Sommernachtssehnsucht – Eine Islandliebe

KARIN LINDBERG

Verlag:
Zeilenfluss
Implerstraße 24
81371 München
Deutschland

ISBN: 978-3-96714-128-3

Cover: Casandra Krammer - www.casandrakrammer.de
Covermotiv: © Shutterstock.com
Lektorat: Dorothea Kenneweg
Korrektorat: Ruth Pöß
2. Korrektorat: Dr. Andreas Fischer
Satz: André Piotrowski

Weitere Informationen unter
www.karinlindberg.info
Auf meiner Website könnt ihr den kostenlosen Newsletter abonnieren.
Neben allen aktuellen Terminen erhaltet ihr regelmäßig kostenloses
Bonusmaterial und exklusive Inhalte.

Sommernachts-
sehnsucht –
Eine Islandliebe

Karin Lindberg

Kapitel 1

Die Scheibenwischer des roten Ford Fiesta schabten quietschend über das Glas. Dicke Regentropfen donnerten von allen Seiten herab und erschwerten die ohnehin schon schlechte Sicht zunehmend.

»Velkomin heim«, murmelte Víoletta, und ein Laut, der eine Mischung aus hysterischem Lachen und verzweifeltem Schreien war, löste sich aus ihrem Mund. *Willkommen zu Hause.*

Ihr war bewusst, dass sie überspannt und fix und fertig war. Die zwei Nächte auf der Fähre von Dänemark nach Seyðisfjördur, an der Ostküste Islands, hatten ihr Übriges nach dem Beziehungsdesaster mit Per dazu beigetragen, dass sie völlig am Ende ihrer Kräfte war. Nicht nur das, eine Dusche könnte sie auch vertragen. Aus Kostengründen hatte sie sich bloß eine Überfahrt ohne Kabine auf dem Sammeldeck leisten können, dementsprechend klebrig fühlte sie sich jetzt nach achtundvierzig Stunden auf See. Und übermüdet war sie sowieso. Das alles und die Entwicklung der vergangenen zwei Wochen waren schlicht zu viel für Víoletta, aber sie konnte und würde jetzt nicht aufgeben. Und der Typ für Nervenzusammenbrüche war sie auch nicht.

Sie fuhr rechts ran, stellte die Warnblinkanlage an und stieg aus. Eisiger Wind peitschte ihr den strömenden Regen ins Gesicht. Vío schloss die Augen und brüllte ihren Frust aus sich heraus, dass sie sogar die Gedanken in ihrem Kopf übertönte. Sie schrie sich alles von der Seele, was sich in den letzten Wochen in ihr aufgestaut hatte, bis ihre Stimme nur noch ein Krächzen war. Dann stieg sie wieder ein, stellte die Heizung höher und blickte durch die Scheibe. Die Landschaft war steinig, hier und da lag schwarzer Sand, es war eine isländische Felsenwüste. Nur wenige Pflanzen überlebten die harschen Wetterbedingungen in diesem Teil des Landes. Vor einigen Jahrzehnten noch war die Gegend im Winter nicht passierbar gewesen, man hatte den Osten über Monate nur mit dem Schiff erreichen können. Die Straße verlor sich irgendwo weiter hinten am Horizont, immer geradeaus, immer weiter. Kurven gab es nur wenige – warum auch, in der Gegend wohnte niemand. Die gelben Fahrbahnmarkierungen bildeten die einzigen Farbtupfer im tristen Grau des verregneten Sommertages.

Vío war zwar völlig durchnässt, aber sie fühlte sich besser. Ihr kleiner Ausbruch war wirklich befreiend gewesen, ein bisschen verrückt vielleicht, aber richtig gut. Der Knoten in ihrem Magen hatte sich gelöst, man würde sehen, was jetzt kam. Sie lächelte schief, startete den Motor und fuhr weiter in Richtung Norden.

Sie konnte sich Zeit lassen, sie hatte Urlaub, oder wie auch immer man ihren Zustand beschreiben sollte. Wenn jemand aus ihrer Familie fragte, wäre das jedenfalls die Antwort, und die würde nicht mal jemand anzweifeln, da Vío schon vor Wochen zugesagt hatte, bei den Vorbereitungen zur Hochzeit ihrer Schwester Hildur zu helfen und sich dafür freizunehmen.

Apropos, sie musste noch Bescheid geben, dass sie bald ankam. Sie hatte niemanden vorab über ihre Ankunft informiert, einerseits, weil sie den Kopf voll anderer Dinge gehabt und man auf der Fähre ohnehin keinen Handyempfang hatte, andererseits, weil es im Grunde nicht nötig war, sich lange im Voraus anzumelden. Bei ihrer Familie war sie sich wenigstens sicher, dass sie willkommen war. Ein schönes Gefühl.

Vío dachte an ihr Leben in Berlin und daran, dass sie andere Pläne mit Per und der Firma gehabt hatte. Per hatte sie während des Studiums kennen und lieben gelernt – es war für fünf Jahre gutgegangen. Dass sie nicht nur ein Paar gewesen waren, sondern auch zusammen gearbeitet hatten, hatte sich gut angefühlt, sehr gut sogar. So gut, dass Vío kürzlich ihre Wohnung gekündigt und ihren Hausstand aufgelöst hatte, um bei Per einzuziehen. Dumm nur, dass er sich kurzfristig anderweitig umgesehen hatte. Wobei man es so nicht nennen konnte – er hatte einen Auftrag zu akribisch ausgeführt vielleicht? Vío hatte Bilder im Kopf, die sie nicht sehen wollte. Per mit Caroline Schäfer ... Die eigentlich nur eine Kundin hatte sein sollen, für die die Agentur eine Social-Media-Kampagne organisierte. Nun, Per hatte sich auch um andere Bedürfnisse gekümmert.

Das Schlimmste daran war, dass Vío es nicht mal mitbekommen hatte, weil sie so mit ihrer Arbeit beschäftigt gewesen war. Die Agentur hatte sich in den letzten Jahren einen Namen damit gemacht, kluge und witzige Internet- und Social-Media-Kampagnen, die anders waren und damit neu und erfrischend. Ein kleiner Start-up inmitten von Berlin mit einem kleinen, aber erlesenen Kundenkreis, der sich langsam, aber stetig erweiterte. Nicht zuletzt war das Vío zu verdanken, weil sie das kreative Köpfchen im Team hatte. Sie begeisterte die Kunden mit unverbrauchten Ideen und schaffte es sogar, den introvertiertesten Promi dazu zu bringen, sich ein wenig für die neuen Medien zu öffnen. Vío war stolz darauf, denn es zeigte, dass sie nicht nur kreativ, sondern auch empathisch im Umgang mit ihren Klienten war. Sie liebte ihren Job und wollte jetzt nicht daran denken, welche Konsequenzen eine Trennung von Per mit sich bringen könnte. Irgendeine Lösung würde sich schon finden, wie man in Zukunft im Büro miteinander umgehen konnte. Oder auch nicht. Alles in ihr sträubte sich beim Gedanken daran, weiter mit ihm in einer Firma tätig zu sein.

Sie erinnerte sich noch sehr gut an den Moment, als Per sie in sein schickes Eckbüro gebeten hatte, als wäre sie nur eine Angestellte. Er hatte sich auf seine Schreibtischkante gesetzt und seine dicke schwarze Brille auf der Nase zurechtgerückt.

»Vío, wir müssen reden«, hatte er ganz ernst gesagt und sich seine gegelten Haare noch einmal glatt gestrichen. Schon zu diesem Zeitpunkt hatte es in ihrem Bauch angefangen zu grummeln: Wenn man diesen Satz hörte, war immer irgendwas im Busch. Doch noch hatte sie damals nicht kapiert, was er ihr hatte mitteilen wollen.

Vío stieß einen tiefen Seufzer aus und starrte auf die Straße vor sich, die sich stur durch die karge Landschaft fraß. Hohe, dunkle Felsen auf der linken Seite ragten in den wolkenverhangenen, grauen Himmel. Die Szenerie hatte etwas von einer Endzeitstimmung und passte zu ihren Gedanken. Sie konnte es auch jetzt nicht wirklich fassen, dass ihr das tatsächlich passiert war. Per war nicht mal mit dem Standardspruch gekommen, ›Wir können Freunde bleiben‹, nein, er hatte sie nur gebeten, dass sie es im Arbeitsalltag professionell halten würden, weil er sich von ihr trennen wollte. Eiskalt und völlig emotionslos.

»Was für ein Drecksack«, schimpfte sie und schlug mit der flachen Hand aufs Lenkrad. Das könnte ihm so passen. Einen Scheiß würde sie. Heute wusste sie, dass es ein Fehler gewesen war, die Agentur zwar gemeinsam aufzubauen, aber nicht am Geschäft beteiligt zu werden, weil sie damals als Isländerin einige Formalitäten noch nicht erledigt hatte. Heute wusste sie, dass sie gleich darauf hätte bestehen sollen. Per und sie hatten die Leidenschaft für eine Sache geteilt. Per hatte das Kapital in die Firma eingebracht, sie die kreativen Ideen – es hatte sich richtig angefühlt, bis zu dem Zeitpunkt, als sie kapiert hatte, dass Per sie ausgenutzt hatte.

Wie sollte es jetzt weitergehen? Einen Arbeitsvertrag hatte sie nicht. Gott, sie schüttelte erneut den Kopf. Jetzt dachte sie selbst schon typisch deutsch, obwohl sie Isländerin war. Sie würde einfach abwarten, ob Per ihr das Gehalt überwies oder nicht. Zu mehr Entscheidungen war sie gerade nicht fähig – sie brauchte eine Auszeit, Ruhe, um nachzudenken, wie sie vorgehen konnte. Sie war längst nicht bereit, einfach aufzugeben und Per das Feld zu überlassen. Sie wusste nur noch nicht wie. *Später*, sagte sie sich. Die Lösung für ihr Problem fand sie sicher nicht auf einer einsamen Landstraße, und sie brauchte etwas Abstand, um wieder klar denken zu können. Den Urlaub hatte sie sich in jedem Fall redlich verdient.

»Scheiße«, brummte sie und strich sich mit der Hand über die Stirn, dann konzentrierte sie sich wieder auf das Fahren. Sie wollte nicht mehr länger über das Desaster ihres Lebens nachdenken. Nicht jetzt zumindest. Es war nicht gut in ihrem übermüdeten und überanstrengten Zustand. Ihr Magen knurrte, was ihre Stimmung auch nicht unbedingt hob, aber sie tuckerte gerade über das Hochland, hier gab es weder Tankstellen noch Läden oder Restaurants. Im Grunde gab es hier nicht mal Gras, die Landschaft war so karg, so harsch und ursprünglich. Aber selbst mit dem Regen war es noch atemberaubend rau und schön. Nach Island reiste man nicht wegen des Wetters, obwohl man sich natürlich immer freute, wenn die Sonne schien. Und wenn nicht, machte man das Beste draus. Isländer waren von jeher unerschütterlich in ihrem Optimismus. Eigentlich. Gerade fühlte Vío sich alles andere als positiv gestimmt, wenn sie in die Zukunft blickte.

Vío war vielleicht zu lange fort gewesen. Es kam ihr so vor, als hätte sie etwas von ihrer bejahenden Grundeinstellung durch die Beziehung mit Per und die bittere Enttäuschung eingebüßt. Es war definitiv an der Zeit, das zu ändern. Aber zuerst musste sie Hildur anrufen. Sie wählte über die Freisprecheinrichtung, ihre Schwester nahm sofort ab und begrüßte sie mit einer Kanonensalve an Informationen. Vío grinste. »Es tut gut, mit dir zu reden.«

»Gleichfalls, Liebes. Wo steckst du? Alles okay?«

Ein warmes Gefühl breitete sich in Víos Magen aus, als sie den besorgten Tonfall ihrer Schwester bemerkte. »Ja, na ja. Ich bin unterwegs. Um genau zu sein, bin ich in anderthalb Stunden bei dir in Akureyri.«

»Waaas?«, kreischte Hildur ins Telefon. »Wie geil ist das denn?«

Vío musste schmunzeln. »Kann ich bei euch schlafen?«

Es folgte ein kurzes Schweigen. »Oh, ähm, na ja. Pierres Familie ist vorgestern angekommen, wir sind komplett voll.«

»Hm.« Vío überlegte. Sie hatte keine Lust, im Wohnzimmer auf einer Matratze zu liegen, umgeben von einer wilden Horde Franzosen. Sie grinste. Hildur war seit vier Jahren mit Pierre zusammen, er war für sie nach Island ausgewandert und arbeitete als Arzt im örtlichen Krankenhaus.

»Wie wäre es, wenn du bei Oma in Hauganes bleibst?«, schlug Hildur vor.

»Bei Oma?« So gern sie ihre Großmutter hatte, sie konnte mitunter ein wenig anstrengend sein. Und neugierig. Für ein paar Tage würde es gehen, aber da Vío keine Ahnung hatte, wie lange sie tatsächlich bleiben würde, wäre es nicht optimal. Zudem wollte sie nicht zu einer Belastung für ihre Oma werden, sie war immerhin gerade achtzig geworden. Sicher wäre es anstrengend für sie, ihre Enkelin andauernd zu betüdeln. Oma Guðný würde es sich nämlich einhundert

Prozent zur Aufgabe machen, Vío zu versorgen, als wäre sie immer noch sieben und nicht achtundzwanzig. So war sie einfach. Nein, das kam nicht infrage, das würde Vío auch nicht aushalten. Sie lächelte in sich hinein, sie freute sich, alle wiederzusehen.

»Was meinst du?«, dachte Vío schließlich laut. »Vielleicht hat Tante Astrún ja noch ein Kämmerchen für mich frei?« Sie wohnte wie Oma in Hauganes am Eyjafjord und hatte ein großes Haus, zwei der drei Kinder waren bereits vor Jahren ausgezogen und hatten eine eigene Familie gegründet. Der Jüngste fuhr im Sommer zur See und war auch nur hin und wieder da.

»Ja, das könnte klappen. Oh, wie schön. Ich freu mich, dich zu sehen. Kommst du nachher vorbei?«

»Ich muss erst mal duschen und mich hinlegen. Bin mit der Fähre gekommen und total im Eimer.«

»Ach so, na gut. Dann melde dich, ja?«

Sie verabschiedeten sich, dann klärte Vío mit ihrer Tante, dass sie für ein paar Tage bei ihr unterkommen konnte. Als das alles geregelt war, tuckerte Vío bereits durch Akureyri. Von hier aus waren es nur noch zwanzig Minuten bis Hauganes. Ihr Tank war fast leer, und ihr Magen hing ihr in den Knien. Sie fuhr kurz an der Tankstelle ran, füllte Benzin auf. Zum Glück hatte es endlich aufgehört zu regnen, in den großen Pfützen spiegelten sich die dunklen Wolken und der Himmel. Die Luft war klar und kalt. Vío atmete tief ein und spürte, wie sich ihre Lungen ein Stück weiteten. Ihr war klar, dass sie kaum besser als eine Pennerin ausschaute, aber es war nicht zu ändern, und letzten Endes war es ihr auch wurscht, ob sie jemandem begegnete, den sie kannte. Sie erhaschte einen kurzen Blick auf ihr Äußeres, das sich in der Glasscheibe reflektierte.

Okay, das war doch schlimmer als gedacht. Ihre dunkelbraunen Haare glichen einem wilden Vogelnest, die Jogginghose hatte Flecken, ihr Kapuzenpullover auch. Aber wirklich schlimm waren die tiefen, dunklen Augenringe und die von der Anstrengung geröteten Pausbacken. Sie klaubte ein paar Krümel von ihrer Hose, die vermutlich mal Käsepopcorn gewesen waren. Das Bedürfnis nach den beiden lebensnotwendigen Ks, Kaffee und Kohlenhydraten, wuchs mit jeder Sekunde. Ja, sie war eine Stressesserin und auch eine Gesellschaftsesserin. Jetzt musste sie doch schmunzeln. Im Grunde konnte sie immer essen, nicht nur das, sie kochte auch gern, was man ihr deutlich ansah. Sie zuckte die Schultern. *Was solls*, sagte sie sich. *Interessiert jetzt sowieso keinen mehr.* Immerhin etwas Gutes, dass sie Per los war. Der hatte immer ihren zu breiten Hintern kritisiert. Als Single konnte sie tun und lassen, was sie wollte. Und jetzt wollte sie ganz dringend einen guten isländischen Hotdog und einen extragroßen Kaffee. Und vielleicht noch ein Eis – all das gehörte zu den Grundnahrungsmitteln der Isländer und war exakt das, was sie sich gönnen würde.

Vío straffte sich, ging hinein, trat an die Kasse, überflog das Angebot, das auf einer Tafel an der Wand angebracht war, obwohl sie genau wusste, was sie bestellen würde. O Gott, es tat so gut, wieder zu Hause zu sein! Allein hier zu stehen, war Balsam für ihre Seele, und sei es nur für einen dämlichen isländischen Hotdog, den sie gleich in der Hand haben würde. In der Tankstelle roch es nach Frittenfett und Zucker. Hinter der Kasse arbeiteten drei Jugendliche, die sich vermutlich nach der Schule was dazuverdienten. Das war der größte Unterschied zu Deutschland. Hier gab es überall junge Menschen, und die älteren waren in die Gesellschaft integriert und wurden nicht als Belastung angesehen. Wenn du in der Tankstelle jobbst, hast du nicht die Perspektive, im Leben verloren, sondern machst einfach deine Arbeit, ohne gleich als Mensch zweiter Klasse beurteilt zu werden.

Vío wollte gerade ihre Bestellung aufgeben, als sich jemand vordrängelte. Sie öffnete ihren Mund und schloss ihn gleich wieder. Ein breitschultriger großer Kerl im gut sitzenden Anzug zückte seine Kreditkarte. Er wirkte, als hätte er es eilig. Nicht nur das, er roch auch ziemlich gut. Sein herbes Aftershave verströmte eine Note von Bergamotte. Vío schluckte und fing an, sich zu ärgern. Scheißegal, wie herrlich der Kerl duftete, das war noch lange kein Grund, sich nicht hinten anzustellen.

»Ähem«, machte sie auf sich aufmerksam.

Er reagierte nicht. Vío starrte auf seinen durchaus ansehnlichen Hinterkopf. Sein dunkelblondes Haar war mit Gel in Form gebracht worden und wirkte doch irgendwie zerzaust. Die junge Frau hinter der Kasse hatte Vío bemerkt, aber es schien nicht so, als ob sie eingreifen wollte.

»Hallo?«, wurde Vío deutlicher. »Ich glaube, ich war vor dir dran.«

Endlich drehte der Kerl sich um und blinzelte irritiert. Er wirkte gedankenverloren, und ihm schien erst jetzt bewusst zu werden, wo er sich befand. Aber vor allem hatte dieser Mann die blauesten Augen, die Vío jemals gesehen hatte. Sie strahlten so intensiv wie der isländische Winterhimmel an einem sonnigen Tag.

Ihr wurde schrecklich warm, während er sie durchdringend musterte. Ganz langsam, als ob sie nackt wäre. Sie versuchte sich nicht davon irritieren zu lassen. Leider musste sie feststellen, dass sein Blick heiße Wellen durch ihren Körper jagte, die sich direkt in ihrem Unterleib sammelten.

Heilige Mutter Gottes. Sie schluckte.

Wo kam diese Reaktion denn auf einmal her? Vío atmete zittrig ein und wieder aus.

O Shit. Hatte sie eben ein ›Wow‹ gehaucht? So viel dazu, cool bleiben zu wollen. Verdammt.

Mit einem Räuspern straffte sie ihre Schultern und richtete sich kerzengerade auf.

»War was?« Der Klang seiner dunklen, ein wenig rauchigen Stimme jagte kleine Schauer an ihrer Wirbelsäule auf und ab.

Und dann erinnerte sie sich, dass sie Leute wie ihn, die keine Rücksicht auf andere nahmen, nicht leiden konnte – scheißegal, wie attraktiv sie auch sein mochten. Sogar sein Hemd wirkte maßgeschneidert. Das alles sollte eher noch einen Minuspunkt extra geben, weil er mit ziemlicher Sicherheit ganz genau wusste, wie heiß er war und das zu seinem Vorteil ausnutzte, als könnte ein Tausendsassa wie er sich alles erlauben.

Ätzend! Von dieser speziellen Sorte Mann hatte sie genug. Ein für alle Mal.

»Du hast dich vorgedrängelt«, klärte sie ihn ruhig auf und schob sich eine Haarsträhne hinters Ohr. Ein Glück, dass es in Island kein ›Sie‹ gab wie im Deutschen, es schimpfte sich per Du nämlich viel deutlicher. Die blöde Strähne löste sich sofort wieder und kitzelte Víos im Gesicht. Leider war ihr Haar von der Reise störrisch und zerzaust. Von Souveränität keine Spur. Ihr lag eine ganze Armada an derben Flüchen auf der Zunge, aber sie schluckte sie herunter. Der Mann konnte nichts dafür, dass sie am Rande eines Nervenzusammenbruchs stand. Er hatte ihr eben nur den berühmten letzten Tropfen geliefert, der das Fass überlaufen ließ. Vío rührte sich nicht, dabei funkelte sie ihn böse an.

Er hob eine Augenbraue, dann steckte er sich den Tankbeleg in die Innentasche seines Jacketts. Eine beiläufige Bewegung, die deutlich machte, dass er nicht nur absolut fantastisch aussah, sondern auch noch überaus definierte Muskeln unter dieser verdammten Anzugjacke verbarg – und sich von ihr nicht im Geringsten aus der Ruhe bringen ließ.

»Ich bin ja jetzt fertig.« Achselzuckend marschierte er mit langen Schritten davon.

Fassungslos glotzte sie ihm hinterher. Einen Knackarsch hatte er auch noch. Sie verzog ihre Lippen und wusste nicht, wohin mit ihrem Ärger.

Der Typ hatte sich nicht mal entschuldigt. *Sollte eigentlich keine Überraschung sein*, überlegte Vío genervt. Manche Leute glaubten einfach, die Welt gehörte ihnen.

»Arschloch«, murmelte sie. Es war ihr egal, ob er das mitbekam. Gleichzeitig merkte sie, dass ihre Reaktion ein wenig übertrieben war. Er hatte sich vorgedrängelt, weil er sie nicht bemerkt hatte. Es gab Menschen, die hatten sie um einiges schlimmer behandelt. Sie sollte sich nicht so aufregen. Sie holte tief Luft und trat an den Tresen, um ihre Bestellung aufzugeben. Leider war sie leicht zu reizen, wenn sie hungrig war, und in ihrem Magen klaffte gerade ein riesiges schwarzes Loch. Genau wie in ihrem Herzen. Sie brauchte Zucker und Fett, und zwar schnell.

Víos Stimmung besserte sich mit der Aussicht auf ihre Snacks um ein Vielfaches, während sie die Tankstelle wenige Minuten später samt Hotdog, Eis und Kaffee verließ und auf ihren Wagen zusteuerte. Im Gehen biss sie schon mal ab, dabei – das war fast klar gewesen – tropften Senf und Remoulade auf ihren Pullover. Sie dachte nicht weiter daran und war soeben im Begriff, die Autotür etwas umständlich, weil sie alle Hände voll hatte, zu öffnen, als ein dunkelgrauer Pick-up an ihr vorbeibrauste. Sie registrierte gerade noch, dass es sich bei dem Fahrer um den rücksichtslosen Anzugträger handelte. Er lenkte seinen Wagen direkt durch eine riesige Pfütze. Sie sah es wie in Zeitlupe auf sich zukommen. Vío schloss die Augen, und dann passierte es auch schon. Sie bekam eine Regenwasserdusche vom Feinsten ab. Alles an ihr war nass – auch ihre Snacks.

Sie fluchte wie ein zahnloser Seemann und stampfte mit dem Fuß auf, als wäre sie wieder drei Jahre alt.

»Das gibts doch nicht, Idiot!«, kreischte sie, während sie prüfte, was von ihrem Hotdog noch zu retten war.

So hatte sie sich das Nachhausekommen nicht vorgestellt.

* * *

Hákon ließ die klare Flüssigkeit in seinem Glas schwappen und schaute aus dem Fenster über den Eyjafjord. Dunkle Wolken zogen über den Himmel, einige Möwen kreisten über der Wasseroberfläche. Auf den Kuppen der gegenüberliegenden Berge lag noch ein wenig Schnee vom letzten Winter, das tieferliegende Gras erstrahlte in einem satten Grün. Die letzten Tage waren regnerisch und kalt gewesen, aber das war nicht der Grund für seine nachdenkliche Stimmung. Im Gaskamin züngelten kleine blaue Flammen, aus den Lautsprechern drangen sanfte Klänge von Ólafur Elíasson an sein Ohr, er liebte die ruhige, melancholische Musik. Sie passte zu seiner nachdenklichen Stimmung.

Hákon war gerade aus Reykjavík zurückgekommen, wo er sich mit seinen Anwälten getroffen hatte, um die Investitionsvorschläge seines Freundes Joe zu diskutieren. Auf den ersten Blick hatte alles ausgezeichnet ausgesehen, ein bisschen zu sehr vielleicht. Er schlug vor, einen Immobilienkomplex in einer mittelgroßen Stadt in Connecticut zu kaufen und darauf ein Einkaufszentrum und Wohnungen zu errichten. Ein Plan, der logisch und plausibel klang, trotzdem wunderte sich Hákon, wie sein Kumpel gerade darauf kam. Hákon trank von seinem Glas und stellte es dann auf den Tisch. Isländisches Wasser war einfach das Beste, er genoss es auch nach Monaten, seit er aus den Staaten wieder hierhergezogen war, noch immer als einen nicht selbstverständlichen Luxus.

16

Er wollte gerade aufstehen und sich umziehen, als die Tür aufging und Flóvent eintrat. Sein Bruder hatte den Zugangscode zum schlüssellosen Haus, es war absolut nicht ungewöhnlich, dass er unangemeldet bei ihm auftauchte. Sie standen sich sehr nahe und waren nicht nur Geschwister, sondern auch enge Freunde.

Hákon drehte sich um und stieß einen Fluch aus, als er Fló mit seinem verdreckten Fahrrad im Flur stehen sah.

»Gehts noch?«, meckerte er.

Sein drei Jahre jüngerer Bruder grinste. Seine Sportklamotten waren mit Matschspritzern übersät, seine Wangen gerötet. Die zu langen blonden Haare hatte er zu einem kleinen Dutt zusammengebunden. Im Gegensatz zu Hákon, der sich hin und wieder rasierte, trug Fló einen gestutzten Vollbart, wie es zurzeit modern war.

»Entspannt dich mal, ich wollte es gerade in die Garage bringen, es stimmt was nicht mit der Feder.«

»Und warum stehst du dann in meinem Haus und saust alles ein?«

»Weil du deinen Pick-up so beschissen geparkt hast, dass ich mit dem Rad nicht vorbeikomme.«

Hákon musste grinsen. »Entschuldige, dass ich mein Auto in meine Garage stelle. Richte dir doch 'ne eigene Werkstatt ein, wenn es dir bei mir nicht passt.«

Fló grinste ebenfalls und zeigte seinem Bruder einen Mittelfinger. Die beiden hatten einige gemeinsame Hobbys, eines davon war das Fahrradfahren. Downhill – was seit einigen Jahren sehr populär geworden war – zählte zu ihren Lieblingsbeschäftigungen im Sommer.

»Du weißt genau, dass ich keine eigene Garage habe.«

»Eben. Also hör auf dich zu beschweren, sonst kannst du gleich putzen, ehe du dein Rad auf Vordermann bringst«, witzelte Hákon, stand auf und ging ein paar Schritte auf seinen Bruder zu. »Wie wars eigentlich?« Flóvent war mit einem Kumpel die Strecke vom Hlíðarfjall, einem Berg, der im Winter zum Skifahren genutzt wurde, mit den Rädern nach unten ins Tal gerast. Hätte Hákon nicht den Termin in der isländischen Hauptstadt gehabt, wäre er selbst mitgefahren.

Flóvents Grinsen wurde breiter. »Mega. Aber ziemlich nass. Und bei dir? Machst du es?«

Hákon rieb sich das stoppelige Kinn. Seinen Anzug hatte er noch nicht gegen legere Klamotten getauscht, das wollte er gleich nachholen. »Ich bin mir nicht sicher, keine Ahnung.«

Geld sinnvoll anzulegen, war grundsätzlich etwas, woran Hákon interessiert war, das war ja das Seltsame bei der Sache. Irgendwas störte ihn an dieser Investitionsmöglichkeit, er wusste bloß nicht, was es war. Rein objektiv betrachtet gab es keinen Haken, aber sein Bauch sagte ihm was anderes.

»Was ist?«, wollte Flóvent jetzt wissen.

»Ich habe keine Ahnung. Vielleicht bin ich auch paranoid oder so.« Er zuckte die Schultern.

»Denkst du, Joe will dich übers Ohr hauen?«

»Nein, auf keinen Fall.« Obwohl er diese Antwort sehr schnell gegeben hatte, war Hákon alles andere als restlos überzeugt. Joe und er waren seit Langem befreundet, und sie hatten schon einige gute Geschäfte zusammen gemacht. Joe war einer der wenigen Menschen, bei denen sich nichts verändert hatte, nachdem Hákon und Flóvent das große Los gezogen und reich geworden waren. Er konnte seinem Kumpel vertrauen. Nur, seit Hákon und Fló die Staaten verlassen hatten, war das Verhältnis ein wenig abgekühlt. Vielleicht rührte seine Skepsis bezüglich der Investition daher, überlegte Hákon. Der Gedanke beruhigte ihn ein wenig.

»Dann mach es nicht«, schlussfolgerte Fló und zuckte die

Schultern. Er schob das Rad in Richtung Verbindungstür zur Garage und hinterließ eine matschige Spur auf dem hellen Steinzeug des Eingangsbereichs.

Hákon fluchte. »Das wischst du nachher aber wieder sauber, klar? Ich muss jetzt laufen.«

Er trollte sich ins Schlafzimmer, von wo aus er in seinen begehbaren Kleiderschrank kam. Viel hing nicht drin, er war, was Klamotten betraf, eher ein Minimalist – mit allem anderen auch. Er wunderte sich selbst noch immer, dass er sich dieses riesige Haus ans Ufer von Hauganes hatte bauen lassen. Ein wenig abseits vom Rest der Siedlung, aber doch nahe genug, um nicht völlig außerhalb zu wohnen. Er hängte seinen Anzug auf einen Bügel und stopfte das Hemd in die Wäschetonne, ehe er in seine Laufklamotten schlüpfte. Er musste raus, nachdenken und sich den isländischen Sommerwind um die Ohren pusten lassen. Vielleicht sah er danach einiges klarer. Er hoffte es zumindest.

Kapitel 2

Etwas drückte auf Víos Magen und ihren Brustkorb. Eine Last, die sich auch noch bewegte. Sie schnappte nach Luft und stieß dabei ein leises Quietschen aus. Als Nächstes bekam sie einen Tritt ins Gesicht. Sie stöhnte, als sie begriff, dass zwei von Astrúns Enkelkindern in ihrem Bett turnten und sie als Trampolin benutzten. Auf Isländisch hießen alle näheren männlichen Verwandten *frændi* und alle weiblichen *frænka*, sie hatte es in ihrer Zeit in Deutschland nie geschafft, die ganzen deutschen Begriffe wie Nichten, Neffen, Großnichte und all das Zeug zu lernen. Vío hielt die Augen geschlossen und dachte nicht mehr darüber nach, wie sie die Sprösslinge ihrer Cousine im Verwandtschaftsgrad auf Deutsch bezeichnen könnte.

»Kinder«, brummte sie. »Geht woanders spielen.« Sanft, aber bestimmt schob sie den dreijährigen Haukur von sich herunter und dann die fünfjährige Sarah.

»Steh auf«, forderte sie der blonde Junge auf und stupste sie immer wieder an.

Vío drehte sich auf die Seite und versuchte der Folter zu entkommen. »Ich will nicht«, knotterte sie. »Ich muss mich ausruhen.«

Tatsächlich war sie gestern erst spät ins Bett gegangen, und dann hatte sie Ewigkeiten gebraucht, bis sie eingeschlafen war. Ihr war einfach zu vieles durch den Kopf geschwirrt, gleichzeitig war sie irrsinnig froh gewesen, endlich angekommen zu sein. Nach zwei Nächten auf der Fähre schien der Boden noch immer unter ihr zu schwanken. Vío hatte sich, obwohl sie keinen Tropfen Alkohol getrunken hatte, gefühlt, als wäre sie betrunken. Jetzt wäre die Zeit, den verpassten Schlaf der letzten Wochen nachzuholen, aber anscheinend wollten das diese kleinen Quälgeister nicht einsehen.

»Was muss ich machen, damit ihr mich in Ruhe lasst?«, versuchte sie zu verhandeln.

Sarah tauchte neben ihrem Gesicht auf, Vío hatte ihre Lider halb geöffnet.

»Ich will ein Eis«, erklärte das Mädchen.

Vío stöhnte und guckte auf ihre Uhr. »Gott, es ist gerade mal kurz nach sieben. Es gibt jetzt bestimmt noch kein Eis.«

»Dann spiel was mit uns.« Haukur war unter Víos Decke gekrabbelt und auf ihren Bauch geklettert. Er guckte sie mit der Bettwäsche auf seinem Kopf an. Der Kleine grinste breit und lachte glucksend.

»Ja, ist ja schon gut, ich geb auf«, meinte Vío mit einem Seufzen, musste aber doch lächeln. Im Grunde fühlte sie sich geschmeichelt, dass die beiden, obwohl sie sich nur selten sahen, sie so ins Herz geschlossen hatten. Noch lieber wäre es ihr natürlich, wenn sie sie bis um neun schlafen lassen würden, um sie erst danach mit ihrer kindlichen Herzlichkeit zu beglücken.

»Hört mal zu, wie wäre es, wenn ich euch Frühstück mache, und dann spielen wir was?« Vío hob Haukur auf den Boden, stand dann selbst auf und streckte sich ausgiebig. Sie fasste ihre Haare und fasste sie mit einem Gummiband zusammen, anschließend schlüpfte sie in eine Jeans. »Geht schon mal vor, ich bin gleich da, na los.« Sie schob die beiden aus ihrem Zimmer und verschwand kurz, um sich frischzumachen.

Als sie wenige Minuten später nach oben in den Wohnbereich trat, entdeckte sie Astrún, die ihrerseits gerade aus dem zweiten Bad kam. Ihre Haare waren noch nass.

»Guten Morgen, ich hoffe, du hast gut geschlafen?«, wollte ihre Tante wissen und gab ihr ein Küsschen.

»Ja, danke.« Vío unterdrückte ein Gähnen.

»Die beiden haben dich geweckt, hm? Tut mir leid.«

Vío winkte ab. »Schon gut, ich kann später ja noch mal ein Nickerchen machen.«

Haukur und Sarah saßen auf einem Spielteppich im Wohnzimmer und reihten kleine Autos vor einem Parkhaus auf.

Astrún legte Vío einen Arm um die Schulter, gemeinsam gingen sie in die offene, behagliche Küche. Auf dem Boden lagen helle Fliesen, die Wände waren in einem zarten Zitronengelb gestrichen. An den Fenstern baumelten luftige Gardinen. »Du siehst wirklich erschöpft aus, gut, dass du da bist. Dann kannst du ein bisschen den Sommer bei uns genießen. Das Wetter soll jetzt auch besser werden.«

Astrún begann die Kaffeemaschine mit Filter, Wasser und Pulver zu bestücken.

»Soll ich den Tisch decken?«, bot Vío an.

»Lass nur. Entspann dich erst mal. Die Kinder essen sowieso Joghurt mit Cheerios und ein bisschen Obst. Da brauch ich nicht viel mehr hinzustellen.«

»Und ich geh nachher erst mal zu Oma«, meinte Vío. »Aber für einen Kaffee würde ich jetzt glatt einen Mord verüben.«

Ihre Tante lachte. Sie war Mitte fünfzig und arbeitete im örtlichen Kindergarten. Gerade war Sommerpause, und sie hatte daher zwei Enkel zu Besuch. Sie trug ihr volles kastanienbraunes Haar schulterlang. Vío vermutete, dass sie bei der Farbe mittlerweile ein wenig nachhelfen musste.

Voller Entsetzen hatte sie letzte Woche selbst ein graues Haar bei sich entdeckt – und es sofort ausgerissen. Daran konnte nur Per schuld sein. Sie wollte jetzt nicht an ihn und die Misere ihres Lebens denken.

»Kaffee kommt gleich. Sag, was hast du geplant?«, fragte ihre Tante.

Vío liebte den Aktionismus ihrer Landsleute und vor allem den ihrer eigenen hyperaktiven Familie. Sie hatte das alles sehr vermisst. Wo es sonst in ihrem Freundeskreis in Berlin Mitte oft nur darum ging, die Freizeit mit chillen und Selbstfindung zu verbringen, hatten die Isländer eine ganz andere Philosophie: raus in die Natur und was erleben, solange das Wetter es zuließ. Die Winter auf Island konnten lang und kalt werden, und gerade in den letzten Jahren hatte es unglaublich viel Schnee und viele Stürme gegeben. Es war daher kaum verwunderlich, dass man die wenigen hellen Sommermonate so gut wie möglich ausnutzen wollte. Auch Vío, egal wie müde sie war. »Natürlich will ich Hildur mit der Hochzeit helfen, da gibts doch sicher noch viel zu tun.«

Astrún nickte. »Klar, aber die ist doch erst in vier Wochen.« Sie lachte. »Du bist ja echt schon halb deutsch geworden.«

Vío nahm die kleine Neckerei nicht persönlich, tatsächlich hatte sie sich in vielen Dingen angepasst, anpassen müssen. Nur mit der Pünktlichkeit war sie auch nach Jahren noch nicht auf einen grünen Zweig gekommen, was bei Per und ihr immer wieder zu Streitigkeiten geführt hatte. Er war, was Planung anbelangte, so penibel wie ein Buchhalter. Bedauerlicherweise hatte er es dafür mit der Treue nicht so genau genommen. Idiot.

»Was ist?«, fragte Astrún. »Du hast gerade so laut geseufzt?«

»Äh, nee, alles gut«, log sie.

Die Kaffeemaschine blubberte und gurgelte, während ihre Tante zwei Schüsselchen für die Enkel hervorkramte, dann nahm sie den Joghurt aus dem Kühlschrank und kippte etwas in die Schüsseln, danach kamen die Cheerios auf den Tisch.

»Kinder, kommt essen«, rief Astrún, und es dauerte keine zehn Sekunden, bis die beiden auf ihren Stühlen saßen und sich Cerealien in den Joghurt streuten.

»Herrlich«, murmelte Vío. »Ist Konráð schon los?« Ihr Mann arbeitete in Akureyri als Geschäftsführer einer Maschinenfabrik.

Sie nickte. »Ja, der hatte heute einen frühen Termin, ist nicht ungewöhnlich.«

Der Duft von Kaffee schwebte durch die Küche, und Víos Stimmung besserte sich merklich, als sie eine große Tasse vor sich stehen hatte, in die Astrún schon etwas Milch gekippt hatte.

Zwei Stunden später trat Vío frisch geduscht und ordentlich gekämmt vor Astrúns Haustür und holte tief Luft. Es roch herrlich würzig nach Meersalz und Gras. Ihre Tante wohnte in einem hübschen, gelb gestrichenen Häuschen in der Nähe des Ufers. In den Blumenkästen vor den Fenstern leuchteten rote Geranien. Etwas weiter die Straße hinab gelangte man zum kleinen Hafen, wie fast jedes Dorf an der Küste einen hatte. In Hauganes gab es nur drei Straßen und weniger als vierzig Häuser. Der Begriff ›Dorf‹ war schon hochgegriffen, überlegte sie fröhlich. Einige Produktionshallen reihten sich aneinander, Vío war nicht sicher, ob sie noch, und wenn ja, wie sie genutzt wurden. Daneben stand ein kleines Holzhaus mit einer großen Veranda. Früher war das ein Restaurant gewesen, aber es hatte vor ein paar Jahren geschlossen. Jetzt kam ihr so vor, als täte sich was darin, es wirkte ein bisschen wie eine Baustelle.

Vío hatte ihren Lopapeysa, ihren isländischen Wollpullover, übergezogen. Die Sonne strahlte von einem wolkenlosen tiefblauen Himmel, es war windstill. Noch.

Vío wusste, dass es hier am Eyjafjord morgens oft so war, gegen Mittag änderte sich das meist, dann frischte der Wind auf, und es war nicht mehr ganz so gemütlich. Es gab sogar einen eigenen Begriff dafür: *hafgola*. Jeder Teil des Landes hatte so seine Eigenarten, was das Wetter betraf. Vío merkte erst jetzt, wie sehr sie das alles vermisst hatte. Sie war so mit sich und ihrem Leben in der pulsierenden Großstadt beschäftigt gewesen, dass sie irgendwie den Blick fürs Wesentliche verloren hatte. Sie atmete noch einmal tief ein und merkte, wie sich ihre verspannte Nackenmuskulatur ein wenig lockerte, dann latschte sie los. Etwas zischte an ihr vorüber.

»Shit«, stieß sie hervor und blinzelte.

Es ertönte ein quietschendes Bremsen, dann drehte ein Radfahrer sich um.

»Sorry, bist du in Ordnung?«, sprach der Typ sie an. Er trug seine blonden Haare in einem modernen Male-Bun und hatte einen Vollbart, der im Sonnenlicht leuchtete. Sein athletischer Körper steckte in einem traditionellen Wollpullover und Jeans. Die blauen Augen leuchteten auf, als er schuldbewusst grinste. Vío fand ihn sofort sympathisch, und das sollte was heißen, immerhin hatte er sie eben um ein Haar umgefahren. Gleichzeitig erinnerte er sie an jemanden, sie kam aber nicht darauf, wer es war.

»Äh, ja, ist noch alles dran«, erklärte sie und lachte. Mit einer wegwerfenden Handbewegung gab sie ihm zu verstehen, dass sie es ihm nicht übel nahm, dass er sie beinahe umgefahren hätte.

»Ich war in Gedanken«, erklärte er. »Tut mir leid, das nächste Mal schaue ich besser.«

»Schon gut, ich habe auch nicht damit gerechnet, dass

mir hier gleich alles um die Ohren fliegt, und mich nicht umgesehen. Soweit ich mich erinnere, war das hier nie eine Hauptverkehrsstraße.« Sie grinste noch immer.

»Wohnst du jetzt hier?« Er neigte seinen Kopf ein wenig und wirkte interessiert, positiv interessiert, nicht lästig neugierig. Sehr sympathisch, dachte sie.

»Bin nur zu Besuch.« Sie wusste nicht, wie sie es sonst beschreiben sollte, und das war, selbst wenn sie sich näher kennen würden, eine ausreichende Info.

»Ah, bei Astrún und Konráð?«

»Ja, Astrún ist meine Tante, die Schwester meiner Mutter.« Sie fügte diese Erklärung automatisch hinzu, es war üblich, dass man seine Verwandtschaftsgrade gleich mit preisgab, das gehörte quasi zum isländischen Vorstellungsprozess. In Deutschland machte so was niemand, aber in Island war es was anderes, die Nation war eng verbunden.

»Coole Sache. Ich bin übrigens Flóvent, Freunde sagen Fló zu mir.« Er kam einen Schritt näher. Er zeigte mit dem Daumen hinter sich auf die alte Salzfischfabrik. »Tryggvi ist mein Opa.«

Das war einer der Gründe, warum Vío Island so liebte. Gerade in der ländlichen Gegend ergab alles irgendwie einen Sinn. »Ah, verstehe. Ihr kommt doch von den Westmänner-Inseln?« Sie erinnerte sich dunkel, dass Tryggvi zwei Enkelsöhne hatte, die früher im Sommer immer mal wieder hier gewesen waren. Sie waren sich bestimmt schon mal begegnet, wenigstens vom Hörensagen waren sie Vío ein Begriff.

Er nickte. »Ja, stimmt. Aber jetzt wohnen wir nicht mehr dort, sondern hier. Ist ne lange Geschichte. Erzähl ich dir gern mal bei einem Bier.«

Sein breites Grinsen wirkte ehrlich, gleichzeitig kapierte Vío, dass er ein Kerl war, der nichts anbrennen ließ. Er versprühte einen männlichen Charme, der bei Frauen garantiert funktionierte. Vío hatte aber kein Interesse, in naher Zukunft von ihm oder jemand anderem flachgelegt zu werden.

»Äh, klar, gern. Machen wir mal«, gab sie ausweichend zurück, ohne unhöflich zu wirken.

»Super, dann … bis bald.« Fló schwang sich wieder auf sein ultracooles Bike und radelte davon.

Sie rief ihm ein »Schönen Tag noch« hinterher, dann war er auch schon um die Ecke verschwunden. Kopfschüttelnd setzte Vío ihren Weg fort, nicht ohne sich noch einmal über diese Begegnung zu wundern und irgendwie auch zu freuen. Vielleicht achtete sie jetzt mehr darauf, aber es kam ihr so vor, als wären die Leute in Island grundsätzlich viel besser drauf als in Berlin. Man machte hier nicht so viel Aufhebens um einige Sachen. In Deutschland gab es zu häufig Lärm um nichts, weil die Leute sich einfach gern aufregten, anstatt sich des Lebens zu freuen. Vielleicht war sie auch einfach noch sauer auf Per und projizierte das nun auf alle Deutschen. Möglich, jedenfalls hatte sie gerade genug von ihrem alten Leben und war glücklich, zu Hause im Norden zu sein. Vío war in Akureyri aufgewachsen, später waren die Eltern beruflich nach Reykjavík umgezogen und Vío zum Studium nach Deutschland gegangen, während ihre Schwester in Akureyri geblieben war.

Vío lief ein paar Meter die Hauptstraße entlang, bis sie zu einem Wohnkomplex gelangte, der für ältere Mitbürger gebaut worden war. Es war nicht direkt ein Seniorenheim, aber es gab eine Krankenschwester im Haus und eine Art Kantine, bei der man sich anmelden konnte, wenn man nicht selbst kochen wollte. Trotzdem lebte jeder in seiner eigenen Bleibe. Das Haus hatte drei Etagen mit je fünf Apartments. Jede der Eigentumswohnungen hatte einen atemberaubenden Blick auf den Fjord. Oma Guðný war vor einigen Jahren nach dem Tod ihres Mannes hergezogen, sie fühlte sich wohl dort. Vío freute sich, sie gleich wiederzusehen. Sie klingelte, durch die Gegensprechanlage ertönte die Stimme ihrer Oma. »Hallo?«

»Ich bins, Vío.«

»Oh, wie schön. Komm rauf, Schatz.«

Víos Mundwinkel bogen sich nach oben, als der Summer ertönte. Sie nahm den Aufzug – sie war noch nie besonders sportlich gewesen und hatte nicht vor, jetzt damit anzufangen. Im dritten Stock stieg sie aus, Oma stand schon an ihrer Wohnungstür und winkte ihrer Enkelin zu.

Vío eilte zu ihr und umarmte sie lange. Sie hatte sie wirklich vermisst. Oma drückte ihr einen dicken Kuss auf die Wange.

»Komm rein, Schatz«, meinte sie irgendwann und führte die Enkelin in ihre Zweizimmerwohnung. Vío zog ihre Schuhe und den dicken Pulli aus, dann ging sie weiter. Die Türen zum Schlaf- und Gästezimmer waren geschlossen. Es duftete nach frischem Gebäck. Víos Magen zog sich erwartungsvoll zusammen. Es war heimelig warm, dafür war das Fenster in der Küche offen und auch die Tür zum Balkon. Isländer hatten das Wort ›Durchzug‹ quasi erfunden, nicht ohne das ganze Jahr über zu heizen, selbstverständlich.

Vío grinste und setzte sich an den runden Tisch, auf dem eine Spitzendecke lag. Oma hatte ihr gutes Geschirr, das mit dem Goldrand, aufgelegt. In der Mitte standen eine Vase mit Plastikblumen und eine gelbe Kerze. Auf dem Herd entdeckte Vío das Waffeleisen, daneben lag ein bereits beachtlicher Stapel an fertig gebackenen Waffeln.

»Ich muss nur noch die Sahne schlagen«, erklärte Oma und band sich ihre Schürze um. Es war klar, von wem Vío ihre Kurven und die Vorliebe für gutes Essen geerbt hatte. Sie fühlte sich sofort wohl und um Jahre in ihre Kindheit zurückversetzt, als eine Waffel mit Marmelade und Sahne noch jedes Problem hatte lösen können.

»Erzähl mal«, forderte Oma sie auf. Erst jetzt hörte sie, dass sie leicht erkältet klang.

»Was meinst du?«, wollte Vío wissen.

»Na, hast du keinen Klatsch und Tratsch aus Berlin mitgebracht?« Oma hustete.

Für eine Sekunde überlegte sie, ob sie Oma reinen Wein einschenken sollte. Dann nieste sie, und Vío entschied sich, vorerst die Trennung auch ihr gegenüber für sich zu behalten. Wenn es Oma erfuhr, wussten es sonst ebenfalls alle anderen.

»Hm, nee, nicht wirklich. Kann ich dir was helfen? Bist du erkältet?« Sie stand auf.

Oma nahm gerade eine Packung Sahne aus dem Kühlschrank und kippte alles in einen Rührbecher, dann kramte sie den Handmixer hervor.

»Nur ein bisschen«, meinte Oma und winkte ab. »Unkraut vergeht nicht.«

Erst jetzt bemerkte Vío, dass auch im Backofen etwas garte. Sie schaute hinein und lachte.

»Toast Hawaii?«, wollte sie wissen.

»Magst du das nicht?«

»Doch, Oma, mag ich.« Vielleicht nicht unbedingt zum Frühstück, aber Guðný meinte es nur gut, also hielt Vío die Klappe und freute sich darauf, umsorgt zu werden. Sie dachte an Per und dass er ausflippen würde, wenn er mitgekommen wäre. Erstens war er Vegetarier mit immer größeren veganen Tendenzen, und zweitens achtete er peinlich genau auf gesunde Ernährung. Der würde die Nase rümpfen und ihr dann den ganzen Tag in den Ohren liegen, wie ungesund und unbekömmlich das alles wäre. Sie atmete leise aus und verdrehte die Augen. Er war zum Glück nicht hier. Und würde auch nicht mehr kommen.

Ihre Gefühle fuhren selbst heute noch Achterbahn, einerseits war sie erleichtert, andererseits verletzt. Sie hatte den Mann immerhin mal geliebt. Vielleicht nicht mehr ganz so dolle am Ende, aber … Sie hatte ihre Zukunft immer an seiner Seite gesehen und nicht allein. Den Punkt musste sie, ob sie wollte oder nicht, überdenken und verarbeiten. So einfach abserviert zu werden, tat niemandem gut.

»Setz dich, Schatz.« Oma Guðný drückte sie sanft in den Stuhl zurück, dann holte sie ein Glas Rhabarbermarmelade aus dem Kühlschrank. »Magst du doch, oder? Zu den Waffeln? Wir gönnen uns heute mal was.«

Vío lächelte, es kam von Herzen. Eine Wärme, die man nur bei der eigenen liebenden Oma empfinden konnte, stieg in ihr auf. »O ja, Oma. Ich freue mich. Lass uns schlemmen.«

Nach dem üppigen Frühstück fehlte Vío nur eins: Ein Bett, in dem sie sich zusammenrollen und verdauen konnte. Sie war sich sicher, dass sie in einen stundenlangen Tiefschlaf verfallen würde. Sogar für ihre Verhältnisse hatte sie über die Stränge geschlagen, vielleicht hatte sie auch aus bescheuertem Trotz noch eine Waffel mehr gefuttert, als sie normalerweise geschafft hätte. Kindisch, als ob Per das interessierten würde – der hatte ja keine Ahnung, und es war ihm sowieso wurscht, ob sie womöglich fünf Kilo zunahm, weil er jetzt eine Neue hatte.

Seit ihrer Abreise hatte sie kein Sterbenswörtchen mehr von ihm gehört. Das hieß, eventuell doch. Während Oma kurz im Badezimmer verschwand, zückte sie ihr Handy, es war auf lautlos gestellt. Vío würde Oma gleich noch ein Stück begleiten, die alte Dame arbeitete für ein paar Stunden an der Kasse des *Whale Watching Hauganes*. Es war kein richtiger Job, eher eine kurze Aushilfe, denn das Boot fuhr nur einmal, selten zweimal am Tag raus. Viel war also nicht zu tun – und Oma kam ein bisschen unter Leute, sie liebte das. Bis alle Touris, manchmal auch Isländer an Bord waren, saß sie hinter der Kasse und gab Anweisungen, dann wurde wieder zugemacht. Hier im Ort ging es beschaulich und familiär zu. Die Erkältung machte Vío ein bisschen Sorgen, sie hatte schon überlegt, ob sie für Oma einspringen sollte, aber die hatte davon natürlich nichts wissen wollen. Beim Frühstück hatte sie ziemlich oft geniest und einige Taschentücher verbraucht.

Vío entsperrte ihr Display und checkte ihre Mails. Sie hatte fünfundzwanzig ungelesene im Eingang – davon waren drei von Per. Was für ein Idiot, dachte sie, als sie die erste überflog. Er bildete sich tatsächlich ein, dass sie jetzt arbeitete, nachdem er sie abserviert und betrogen hatte, dazu noch in den Ferien? Früher wäre sie sofort nach Hause gelaufen und hätte ihren Laptop hochgefahren, nun schnalzte sie nur mit der Zunge. Der konnte sie so was von mal kreuzweise.

Sie überlegte, ob sie schreiben sollte, dass sie im Urlaub war – aber der Kerl war ja nicht dumm, er wusste, dass sie nach Island gereist war. Tatsächlich hatten sie vorgehabt, gemeinsam an der Hochzeit teilzunehmen. Er hatte seinen Flug schon gebucht, hatte beabsichtigt nachzukommen. Tja, das würde garantiert nicht mehr stattfinden. Ihre Familie hatte Per nie leiden können, so hatte Vío wenigstens eine Sorge weniger, wenn er gar nicht erst auftauchte. Der Berliner war ihnen stets ein wenig suspekt vorgekommen, weil er so tat, als wäre er was Besseres und Isländer zurückgebliebene Insulaner. Vío hatte immer behauptet, er würde scherzen, aber natürlich wusste sie, dass er es genauso meinte. Ja, man lebte hier im Norden zwar etwas abgelegen, und der Lifestyle war nicht so hip wie in Berlin. Vío musste auch nicht an jedem Tag in der Woche in einem anderen Lokal essen, um sich gut zu fühlen. Sie brauchte keine vegane Latte zum Glücklichsein.

Bis vor wenigen Tagen hatte sie das allerdings noch ein bisschen anders beurteilt. Es kam ihr so vor, als hätte sich mit Pers Geständnis ein Schleier gelüftet, endlich sah sie das alles klar und deutlich vor sich: In Berlin Mitte gab es für sie nichts mehr zu entdecken. Schon in den Monaten zuvor hatte sie sich immer wieder dabei ertappt, dass sie an den Wochenenden lieber ins Grüne rausgefahren war, allein mit sich und ihren Gedanken. Vermutlich war es irgendwann in dieser Zeit dazu gekommen, dass Per sich anderweitig die ›einsamen‹ Stunden vertrieben hatte.

Sie schüttelte die Erinnerung an diese Demütigung ab und dachte lieber an das, was jetzt auf sie wartete. Ihre Kunden waren informiert, dass sie im Urlaub war – der war nämlich lange geplant gewesen. In den nächsten Wochen würde sie die Umgebung von Hauganes neu für sich entdecken, die Natur genießen und sich überlegen, wo und wie sie ihr Leben führen wollte, statt durch die Welt zu jetten. Dabei gab es allerdings nur ein Problem: Vío wurde bald dreißig. Wenn es nach ihr gegangen wäre, hätte sie längst mindestens ein Kind und vor allem ein richtiges Zuhause. Tja, der Zug war nun erst mal abgefahren – Per hatte immer gesagt, dass sie mit dem Nachwuchs noch etwas warten sollten. Mittlerweile war sich Vío sicher, dass er überhaupt keine Kinder wollte. Der Typ war so auf sich und sein Ego fixiert, er war garantiert nicht in der Lage, sich zurückzunehmen, um einem Baby Platz in seinem Leben einzuräumen.

Nicht mehr ihr Problem, sagte sie sich mit aufeinandergepressten Lippen und steckte das Telefon zurück in die Gesäßtasche ihrer Jeans. So verzweifelt war sie nun auch wieder nicht, dass sie sich hektisch auf die Suche nach einem Samenspender machen musste. Der Gedanke ließ sie nun doch schmunzeln. Nachher würde sie in ihrem Mailsystem noch eine Abwesenheitsnotiz aktivieren, das hatte sie zu Hause vergessen. Sollte der Arsch doch sehen, wie er ohne sie klarkam.

Einige Minuten später, Oma hatte sich bei Vío untergehakt, schlenderten sie zum kleinen Hafen von Hauganes.

Ein großer aufgeschütteter Steinwall schützte das Becken vor Wind und Wetter, es gab einige Stege, viele der Dorfbewohner hatten ein eigenes Boot. Sie entdeckte das Schild des Whalewatching-Unternehmens über einer alten Halle. Deren Tor war geöffnet, dort war offenbar auch so etwas wie ein niedlicher Souvenir-Shop mit Tresen entstanden. Außerdem wurden Mützen und Handschuhe verkauft. Die brauchte man auch im Sommer, wenn man zum Walebeobachten rausfuhr. Auf See herrschte fast immer ein rauer Wind.

»Hier, oder?«, wollte Vío wissen, und Oma nickte.

»Genau. Warst du echt so lange nicht mehr hier, dass du das nicht kennst?«

Vío zuckte die Schultern. »Na ja, Wale hab ich mir jedenfalls in den letzten Jahren keine angeschaut.«

»Solltest du mal tun, vor allem mit dem alten Fischerboot ist es echt toll. Nicht wie die aus Akureyri mit ihren Schlauchbooten und großen Maschinenbooten das machen. Das hier ist noch echt und original.«

Vío grinste. Ihr war klar, dass Oma, was Hauganes anging, sehr patriotisch war. Opa war selbst Fischer gewesen, eine der Fischhallen hatte ihm gehört. Nach seinem Tod hatte Oma das Schiff verkauft, die Halle wahrscheinlich auch. Sie wollte gerade etwas sagen, als ein älterer Herr um die Ecke kam. Er hatte schneeweißes Haar mit einer Schiebermütze darauf, trug eine dunkle Hose und einen braunen Wollpullover. Im Mundwinkel hing eine Pfeife. Möwen kreischten und flogen über ihnen im Kreis.

»Hallo Tryggvi«, grüßte Oma und lächelte.

Er nahm die Pfeife aus dem Mund und grüßte zurück. Färbten sich Omas Wangen gerade ein wenig rosa? Für einen Moment war Vío überrascht.

»Das ist meine Enkelin Vío«, erklärte Oma jetzt.

»Hi«, sagte Vío freundlich. »Bin gerade im Urlaub.«

»Sie lebt sonst in Berlin«, ergänzte Oma und ging dann hinter den Tresen, als die ersten Kunden eintrafen. Sie hustete kurz, dann kümmerte sie sich um die Kasse.

»Wann läuft das Schiff denn aus?«, erkundigte Vío sich bei Tryggvi.

Er nahm einen Zug von seiner Pfeife, ehe er antwortete. »Gegen eins, denke ich.«

Vío lächelte.

»Ich mache es meistens so, eine Tour fischen und einmal Wale mit Touristen anschauen. Je nach Wetter und Fischlage«, meinte er dann mit einem Augenzwinkern. »Im Winter fange ich auch mal mehr Kabeljau, es ist ganz unterschiedlich.«

Das hörte sich sehr gut an und alles andere als nach Massenproduktion. Genau das, was die ganzen Hipster in Berlin suchten. Eine ehrliche Geschichte, dachte Vío und nickte anerkennend. »Das klingt toll.«

Sofort hatte sie eine Idee, wie man das vermarkten könnte. In der nächsten Sekunde verwarf sie diese, sie war nicht im Dienst, und hier wartete auch kein neuer Auftrag auf sie. Beinahe hätte sie gelacht. Sie musste wirklich noch in diesem Urlaub ankommen, so einfach war das anscheinend doch nicht, wie sie vorhin gedacht hatte.

»Kannst ruhig mal mitfahren«, bot er an. »Da hinten ist mein Enkel, er ist meist mit mir unterwegs.«

Vío schaute in die Richtung, in die Tryggvi zeigte, und hob eine Braue, als sie nicht Fló, sondern offenbar seinen Bruder entdeckte. Sie konnte das Gesicht nicht erkennen, weil seine Lippen an einer vollbusigen Blondine klebten, deren ellenlange Beine in einer Leggins steckten. Dazu trug sie ein bauchfreies Top, als befänden sie sich auf Ibiza und nicht in der Nähe des Polarkreises. Vielleicht war Vío auch einfach zu verweichlicht, die Sommer in Berlin konnten mitunter irre heiß werden. Gerade als Vío sich Tryggvi mit einer Antwort zuwenden wollte, löste sich der Enkel von seiner Freundin.

Vío schnappte nach Luft, als sie in ihm den ätzenden Typen von der Tankstelle erkannte. Diese blauen Augen waren einzigartig, auch wenn er heute keinen Anzug, sondern Jeans und Windjacke trug. Daraus lugte ein Rollkragen hervor.

So was aber auch. *Er* war Flós Bruder? Wahnsinn, wie unterschiedlich Geschwister sein konnten, der eine so sympathisch, der andere so ätzend.

Vío merkte, dass Tryggvi sie neugierig anschaute, aber ihr war entfallen, was sie hatte sagen wollen. Die Blondine stieg in einen teuren Geländewagen und brauste davon. Tryggvis Enkel kam auf sie zugeschlendert. Vío wollte sich unsichtbar machen, sie hatte keinerlei Interesse, mit diesem Gigolo zu sprechen. Andererseits ... Er erinnerte sich vermutlich nicht mal an sie. Heute sah sie auch besser aus – wobei ... Im Vergleich zu der dürren Blonden wirkte sie in ihrer ausgebeulten Jeans und dem übergroßen Pullover wohl eher wie ein Trampel. Gut, dass sie sich vorhin wenigstens die Haare gewaschen hatte.

Vío rief sich innerlich zur Räson. Wieso kümmerte es sie überhaupt? Hatte sie nicht genug von Kerlen, die ihre Frauen nach der Kleidergröße auswählten, und nicht nach dem, was sie im Köpfchen hatten? Nicht, dass die Blonde unbedingt dumm sein musste.

Gott. Vío wurde schrecklich heiß, während der durchdringende Blick des Enkels auf ihr ruhte, als er zu ihnen herantrat.

»Das ist Hákon«, erklärte Tryggvi und klopfte seinem Enkel, der ihn um Haupteslänge überragte, auf die Schulter.

Vío schluckte, ihre Kehle war so verdammt trocken, dass sie sich nach einem Glas Wasser sehnte. Ihr Herz schlug viel zu schnell.

»Hi«, grüßte sie und wollte sich am liebsten eine Ohrfeige verpassen. Ihre Stimme klang so dünn wie Gemüsebrühe.

»Víoletta ist Guðnýs Enkelin«, erklärte Tryggvi jetzt seinem Enkel.

Hákons Blick ruhte indes weiter auf Vío, er war so eindringlich, so intensiv, dass ihre Knie weich wurden. Sehr langsam wanderte seine Braue in die Höhe, und etwas blitzte in seinen Augen auf.

Okay, gut, alles klar. Er erinnerte sich also auch an die Szene gestern. Immerhin, das hätte sie ihm fast nicht zugetraut, dass er sich Begegnungen dieser Art merken würde. Oder war ihr erster Eindruck womöglich falsch gewesen? Nein, sagte sie sich. Die Szene eben fügte nur ein weiteres Puzzlestück hinzu und bestätigte, dass er ein oberflächlicher Typ war, der mehr Wert auf Schein als Sein legte. Aber warum arbeitete er dann mit seinem Opa zusammen? Das passte nicht ganz. Auch nicht zur gestrigen Anzugnummer. Vielleicht machte er ja Urlaub, so wie sie, und half seinem Großvater deshalb heute aus?

Gott. Was tat sie denn da? Schon wieder? Es sollte ihr verdammt noch mal egal sein, was er trieb und mit wem und überhaupt. Wenn sie nach der Sache mit Per eines nicht brauchte, dann einen weiteren Mann, der ihr das Leben versaute.

Vío straffte sich und rang sich ein Lächeln ab. »Wir sind uns schon mal begegnet«, merkte sie an. »Dein Enkel hats offenbar nicht so mit Warten, er hat sich beim Tanken gestern vorgedrängelt. Und hey, du schuldest mir einen Hotdog, einen Kaffee und ein Eis – das musste ich nämlich alles wegschmeißen, nachdem du den ganzen Dreck aus der Pfütze im Vorbeifahren auf mich gespritzt hast.«

Sie verschränkte die Arme vor ihrer Brust und blickte ihn herausfordernd an.

Hákon guckte kurz verdutzt, dann geschah etwas Seltsames. Er lachte. Es grollte tief aus seiner Kehle, er warf den Kopf in den Nacken und amüsierte sich köstlich. »Ja, alles klar«, erwiderte er glucksend. »Tut mir leid.«

Sie überlegte, ob er es ernst meinte, oder ob es nur so dahingesagt war. Sie entschied sich, nicht weiter darauf einzugehen. Letzten Endes war es sowieso egal.

Oder auch nicht. Wenn es sie nicht gekümmert hätte, hätte sie es ja nicht erwähnen müssen. Sie schob ihre übertriebene Art auf ihr angegriffenes Nervenkostüm. Sie war sonst keine Person, die dringend auf ihr Recht bestand.

»Schon okay«, murmelte sie dann mit einer wegwerfenden Handbewegung. »Matsch soll ja gut für die Haare sein«, schob sie hinterher und musste selbst lachen. Sie war niemand, der lange sauer war oder schmollte. Außerdem hatte sie nicht vor, ihre Bekanntschaft mit Hákon zu vertiefen, daher spielte es auch keine Rolle, ob es ihm leidtat oder nicht.

Tryggvi wandte sich an Hákon. »Ich geh schon mal an Bord«, erklärte er. »Wir sehen uns, Vío. Hat mich gefreut, dich zu sehen.«

Er winkte zum Abschied, dann marschierte er zu seinem Boot.

Es waren eine ganze Menge Leute eingetroffen, die scheinbar alle zum Wale beobachten mit rausfahren wollten. Oma hatte mittlerweile alle Hände voll zu tun. Hákon wurde gerade von einem Mann angesprochen, den Vío nicht kannte. Sie verschwand unauffällig, da sie nicht vorhatte, noch länger mit Tryggvis Enkel zu plaudern. Sie trat in die offene Halle und schaute sich um. Die Gäste, die bereits bezahlt hatten, suchten sich Klamotten für die Aussichtstour. Ehe sie an Bord gingen, sollte jeder einen Anzug anziehen, der einen schützte, falls man in die See stürzte. Sie wärmten nicht bloß vor dem kalten Wind, sondern im Falle eines Falles sorgten sie dafür, dass man nicht ertrank.

Es war quasi wie eine riesige Ganzkörperschwimmweste, die nicht nur vor dem Ertrinken, sondern auch der sofortigen Unterkühlung schützte. Man sah damit zwar aus wie ein Michelin-Männchen, aber die meisten störte das nicht, wenn sie dafür sicher und warm waren. Wem das nicht genügte, konnte sich mit Mützen und Schals eindecken, die man im Shop erwerben konnte, sogar Handschuhe, die viele Touristen in ihrem Urlaub natürlich nicht im Gepäck hatten. Aber Island konnte auch im Sommer kalt sein, vor allem auf See.

Vío bemerkte, dass es wie auf einem Basar zuging, alle liefen durcheinander, und es schien bezüglich der Anzugausgabe nichts organisiert zu sein. Die sperrigen Dinger waren nicht nach Größen sortiert, sie lagen einfach auf drei unordentlichen Haufen. Vío war zwar keine Ordnungsfanatikerin, aber das konnte sie sich nicht mit ansehen. Sie fing an, den Leuten behilflich zu sein und ihnen was Passendes zu reichen.

»Was machst du da?«, sprach sie jemand an. Sie blickte auf.

Natürlich. Nein, nicht jemand. Es war Hákon, und er wirkte nicht dankbar, sondern genervt. Vío atmete leise aus. Sie ließ sich von ihm nicht beirren, sicher war er nicht wegen ihr so mies drauf.

»Na, ich helfe den Leuten, die richtige Größe zu finden, dann gehts schneller.« Sie lachte, weil sie sich nicht von seiner schlechten Laune anstecken lassen wollte. Heute war ein sonniger, wunderbarer Tag, und Vío genoss ihre Zeit in Island. Sie würde sich nicht von irgendwem ihre gute Stimmung verderben lassen.

Hákon furchte die Stirn, während er sie beobachtete. Vío reichte gerade einem Asiaten einen Anzug in Größe S, der Mann nickte mit einem Lächeln und ging ein paar Schritte zur Seite, um sich umzuziehen.

»Lass das sein«, brummte Hákon. Seine Miene glich einem Gewitter.

»Was?« Vío richtete sich auf und klopfte ihre Knie ab. Sie begriff nicht, was für eine Laus ihm über die Leber gelaufen war, aber ignorieren konnte sie sein rüpelhaftes Verhalten auch nicht länger.

»Na das hier.« Er machte eine umschweifende Handbewegung, und sie kapierte, dass er ihre Hilfe wirklich nicht wollte. Sie verstand jedoch nicht, warum. So ging es viel schneller.

Vío hob erstaunt eine Braue und zuckte die Schultern. »Okay, ich wollte nur zur Hand gehen, damit es flotter geht. Das ist ein echtes Chaos hier.«

Sie blieb freundlich, sicher kapierte er es, wenn sie es ihm erklärte. Männer brauchten manchmal ein bisschen länger, was das Thema Organisation betraf. Da sprach sie aus langjähriger Erfahrung.

»Bis jetzt hat es auch so ganz gut funktioniert.« Hákon hatte die Arme vor seiner zugegeben breiten Brust verschränkt, seine Lippen waren zu schmalen Strichen zusammengepresst. Es machte nicht den Anschein, dass er sich Tipps geben lassen wollte.

Vío hatte langsam die Schnauze voll.

Mensch, was hat der denn für ein Problem? Sie hob abwehrend die Hände. »Okay, mein Gott. Dann halt nicht. Ich wollte nur behilflich sein.«

»Ja, sicher.« Er schnaubte leise.

Vío hatte kein Interesse, sich noch länger blöd von ihm anmachen zu lassen, das hatte sie absolut nicht nötig.

Also war ihr erster Eindruck gestern doch richtig gewesen: Arschloch.

Sie stapfte beleidigt zu ihrer Oma, ihr Herz klopfte wild in ihrer Brust, und ihre Wangen glühten vor Wut. Dann hielt sie inne und betrachtete ihre Großmutter. Omas Nase lief, sie hustete heftig, und ihre Augen wirkten ein wenig glasig. Sofort war Víos Ärger vergessen. Das sah nicht gut aus.

»Hey Oma, alles okay?«, wollte sie wissen.

Die alte Dame lächelte ihren Hustenanfall weg. »Sicher doch.«

Oma gehörte ins Bett! Sie hatte eine fette Erkältung, und wenn sie die nicht auskurierte, könnte sie ernsthaft krank werden. Vío würde sie gleich ins Bett stecken. Es hatte den Anschein, als hätten alle Kunden ein Ticket bekommen, die Halle leerte sich zusehends, dafür tapsten immer mehr Michelin-Männchen an Bord.

»Du bist krank, Oma. Du solltest dich hinlegen und dich ausruhen. Hast du Fieber?«

»Wenn du mir jetzt wie einem Baby ins Gesicht fasst, schreie ich«, kommentierte Oma mit einem Grinsen. »Behandele mich nicht wie eine Demenzkranke, okay?« Dann nieste sie.

Vío schüttelte den Kopf und hob die Augenbrauen. »Hilfe, was seid ihr heute alle empfindlich.«

Oma guckte auf und neigte ihren Kopf. »Was? Wer denn noch?«

»Ach, nicht wichtig«, meinte sie und sah, wie Hákon seelenruhig aufs Schiff trottete und dann seinen Platz oben in der Steuerkabine neben seinem Opa einnahm.

Guðný trat neben sie. »Komm, wir sehen noch zu, wie das Boot ausläuft. Ich finde das immer so schön. Dann koche ich mir einen Tee und mache mir eine Wärmflasche, du Nervensäge.«

Vío nickte zufrieden, und sie beobachteten, wie erst die Leinen gelöst und dann das Schiff im Hafenbecken zurückgesetzt wurde. Die Dieselmotoren tuckerten, kreischende Möwen begleiteten die gespannten Gäste und das Schiff. Viele hatten jetzt schon ihr Handy gezückt, obwohl sie noch eine Weile fahren würden, ehe die ersten Wale zu sehen sein würden. Aber allein das dunkle Meer und die beeindruckende Landschaft waren es wert, fotografiert oder gefilmt zu werden. Es war ein herrlicher Tag, die Luft war so klar und frisch, dass Vío schon fast das Gefühl hatte, zu viel Sauerstoff in ihre Lungen zu atmen. Was natürlich Quatsch war, aber sie spürte, wie der Druck in ihren Nervenenden langsam nachließ, wie ihre Schultern ein wenig herabsanken. Ihre Mundwinkel bogen sich gleichzeitig wie von selbst nach oben, als sie noch einen tiefen Atemzug nahm. Sonnenstrahlen wärmten ihr Gesicht. Es roch nach Meersalz, Algen und frischem Gras. Herrlich. Sie war zu Hause.

Kapitel 3

*N*achdem Vío sich versichert hatte, dass ihre Oma nicht ernsthaft erkrankt war, hatte sie die alte Dame schlafen gelassen. Jetzt stand sie in Astrúns Küche und knetete einen Pizzateig. Es war eine riesengroße Kugel, denn von dieser Menge sollten ziemlich viele Familienmitglieder satt werden. Astrún saß mit den Enkelkindern am Tisch, sie legten gemeinsam ein Puzzle. Haukur war ein wenig von den Weintrauben abgelenkt, die er sich immer wieder in den Mund schob und naschte.

Vío schwitzte vom Arbeiten, ihre Oberarmmuskeln brannten, aber es tat gut, ihre Energie in produktivere Bahnen zu lenken. Obwohl sie sich am frühen Mittag noch frei und fröhlich gefühlt hatte, war das doch nur ein kurzer Moment gewesen. Ihre Stimmung glich einer Achterbahnfahrt, in der einen Sekunde fühlte sie sich ungezwungen und gelassen, in der anderen fing sie an sich fürchterlich über Per und alles, was sie in den letzten fünf Jahren falsch gemacht hatte, zu ärgern. Vío konnte ihm nicht die Schuld an allem geben. Sie selbst hatte sich in diese Lage gebracht. Es war ihr Fehler, dass sie ihre Wünsche und Bedürfnisse nicht ernst genommen hatte, um ihm zu gefallen. Weil sie das getan hatte, was nötig gewesen war, damit die Beziehung funktionierte.

Nicht nur das, auch in der Firma hatte sie nicht für ihre

Rechte eingestanden. Heute wusste sie es besser. Sie war bescheuert gewesen. Am Ende war sie alleine. Abserviert, gedemütigt und betrogen. Wie es mit der Arbeit weiterging, wusste sie auch nicht. Ihr war nicht mal der Moment vergönnt gewesen, dass sie ihm selbst hatte erklären können, dass es aus war. Sogar das hatte er übernommen, weil sie nicht gecheckt hatte, dass er längst eine Neue hatte.

Schamesröte brannte in ihren Wangen. Und Wut. Eine unfassbare Wut auf sich selbst und ihre Naivität. Wie dumm sie gewesen war. Gutgläubig vielleicht. Sie wollte schreien, aber weil sie nicht allein in der Küche war, ließ sie ihren Ärger am Teig aus. Dem tat es gut. Je länger man ihn am Anfang knetete, desto besser und geschmeidiger wurde er am Ende. Nach diesem Rezept musste der Teig alle acht Stunden gedehnt und gefaltet werden, und morgen Abend konnten sie dann leckere Pizzen backen. Ewig hielt sie das nicht mehr durch, ihre Arme machten schon schlapp. Sie war eben nicht in Form, aber es tat dennoch gut, und sie merkte, dass der Knoten in ihrem Magen sich langsam ein wenig lockerte.

»Das sieht ganz schön anstrengend aus«, meinte Astrún jetzt.

»Ist es auch, aber so wird die Pizza später am besten«, erwiderte Vío mit einem Grinsen.

»Wenn du das sagst. Sieht jedenfalls so aus, als würdest du das nicht zum ersten Mal machen.«

Vío lächelte und wandte sich zu ihr um.

»Nein, ich backe regelmäßig. Manchmal auch mit Dinkelmehl, aber mit Weizen gelingt es besser, obwohl er nicht so gesund ist. Na ja, jedenfalls diese Pizza wirst du lieben. Alle anderen auch«, versprach sie zuversichtlich.

Endlich könnte sie mal für Leute kochen, die ihre Mühen schätzten. Für morgen Abend hatte sich ihre Schwester angekündigt, sie würden zusammen essen und danach ein bisschen feiern gehen. Das Wochenende nahte, und Vío freute sich, endlich mal wieder rauszukommen, um in Akureyri die Bars unsicher zu machen. Es gab hier natürlich nicht so eine große Auswahl wie in Berlin, aber allein die Erinnerung an ihre Jugend ließ ihre Vorfreude wachsen. Es fühlte sich ein bisschen wie eine Zeitreise an, im positiven Sinne, und sicher begegneten ihr ein paar alte Freunde in den alten Stammkneipen, von denen sie schon lange nichts mehr gehört oder gesehen hatte. Falls nicht alle bereits mit Kindern zu Hause saßen. Aber nein, erinnerte sie sich, das hier war Island. Da hörte das Sozialleben nicht auf, nur weil man eine Familie gründete.

In Deutschland hatte sie es oft erlebt, dass mit dem ersten Kind das ganze Leben umgekrempelt wurde, um ausschließlich die Bedürfnisse des Säuglings zu erfüllen. Da wurden aus krassen Partygängern stille Mäuse, die nicht mal mehr zum Essen rausgingen, weil der Nachwuchs um neunzehn Uhr ins Bett gelegt werden musste. Vielleicht sollte sie froh sein, dass es mit Per nicht geklappt hatte. Er wäre vermutlich ein Verfechter der Theorie gewesen, dass die Sprösslinge am besten bei der Mama aufgehoben waren. Vío hatte oft erlebt, dass bei den frischgebackenen Eltern nur noch im Flüsterton gesprochen wurde, um das Kind nicht zu stören. Musik wurde gar nicht mehr angestellt. Sie schüttelte sich kaum merklich. Hier war es zum Glück anders. Man lebte *mit* dem Nachwuchs, nicht nur *für* das Baby. Das war ein himmelweiter Unterschied, und in den wenigen Gesprächen, die sie mit Per darüber gehabt hatte, hatte sie immer das Gefühl gehabt, dass sie auf dieser Ebene nicht zusammenpassten.

Nicht nur auf dieser, erinnerte sie sich und konzentrierte sich wieder auf ihren Teig. Sie formte eine Kugel. »Ich denke, das ist gut so. Frage mich aber, wie wir das morgen machen wollen?«

Astrún neigte ihren Kopf. »Wie meinst du das?«

»Na ja, wir sind ja viele Leute. Ich hab gerade drei Kilo Teig angesetzt ... Wenn wir nicht fünf Stunden Pizza backen wollen, brauchen wir noch einen weiteren Ofen oder einen Stein, den wir auf den Grill legen können? Habt ihr so was? Am besten wäre natürlich eine große Küche wie in einem Restaurant. Ich weiß, ich spinne ein bisschen.« Vío lachte. Sie hatte bis eben gar nicht daran gedacht, dass sie die Pizzen nicht alle gleichzeitig backen konnte.

»Ähm«, war alles, was Astrún mit einem Achselzucken von sich gab.

Vío rieb sich über das Kinn und überlegte, aber Astrún kam ihr zuvor. »Wie wäre es denn, wenn du mal Fló fragst? Er hat sich 'ne neue Küche einbauen lassen, drüben im alten *Kaffihús.*«

»Fló?« Vío erinnerte sich, dass das *Kaffihús* früher eine Art Treff für die Leute im Dorf gewesen war. Es hatte die klassischen Gerichte gegeben und eben Kaffee für die Fischer, wenn sie von See gekommen waren. Nicht nur das, auch traditionelle Pfannkuchen und die üblichen Hausfrauenkuchen und Brot mit Lammfleisch oder Saibling, wie man sie gerne als kleine Mahlzeit aß. Aber seit einigen Jahren hatte das Haus leer gestanden. Sie hatte schon am Mittag bemerkt, dass darin gewerkelt wurde, aber sich nichts weiter dabei gedacht.

»Wieso soll ich den fragen?«, wollte sie jetzt wissen, weil sie nicht begriff, worauf Astrún hinauswollte.

»Na, drüben im Restaurant, dort erwischst du ihn, vielleicht kannst du da die Pizzen machen.«

»Ist es seins? Aber es ist doch geschlossen?«

»Ja, aber er wird es bald neu eröffnen, und ich weiß, dass die Küche schon umgebaut wurde. Vielleicht hat er so einen großen Ofen, wie du ihn dir vorstellst.«

»Oh, okay. Spannend. Das ist ja eine super Idee.«

»Ja, genau, und wenn es nicht klappt, lassen wir uns was anderes einfallen.«

»Das machen wir doch immer.« Vío gackerte. Sie fächelte sich Luft zu, ihr war vom Kneten ganz schön heiß geworden.

»Er wohnt über dem Lokal, geh doch gleich mal zu ihm. Er hat das Haus gekauft, als er hierhergezogen ist.«

»Ja, gute Idee. Ich bin ihm heute Morgen schon begegnet, da hat er mich fast mit seinem Rad umgefahren.«

Astrún nickte amüsiert. »Kann ich mir vorstellen. Die Brüder sind ja beide sehr sportlich. Nicht nur das, vor denen ist auch kein Rock sicher.«

»Gut, dass ich fast immer Hosen trage«, konterte sie, und nun lachten sie beide. »Bei mir besteht also keine Gefahr.«

Es tat unglaublich gut, unter Menschen zu sein, die das Leben nicht so bierernst nahmen. Sie hatte das Gefühl, dass sie zum ersten Mal seit Langem sie selbst sein konnte, ohne ständig dafür kritisiert zu werden. Dass sie genau so, wie sie war, richtig war und sich nicht verbiegen musste, um gemocht zu werden.

Vío warf sich eine Strickjacke über, schlüpfte in die Turnschuhe und marschierte über die Straße zum Lokal. Es befand sich noch kein neues Schild daran, sie fragte sich, wie es wohl heißen sollte. Die Fenster waren dreckig, und die Holzverkleidung könnte Farbe vertragen. Es sah ein bisschen wie ein überdimensionierter Schuppen mit einer großen Veranda aus. Tische und Stühle gab es hier draußen noch keine.

Vío versuchte es am Haupteingang, tatsächlich war die Tür nicht verschlossen. Sie klopfte und trat ein. Der Duft von Knoblauch und Salzfisch schlug ihr entgegen. Sofort meldete sich ihr Magen mit einem Knurren. Für ein gutes Essen war sie einfach immer zu haben.

Nein, deswegen war sie nicht hier, erinnerte sie sich vorsichtshalber selbst daran. »Hallo?«, rief sie in den Raum. »Ist jemand da?«

»Hier, ja. Hinten in der Küche«, ertönte die Antwort. Es klang nach dem netten Bruder, Fló, nicht nach dem Griesgram. Ein Glück. Wieso hatte sie überhaupt mit Hákon gerechnet? Dumm von ihr.

Der Holzboden im Innenbereich wirkte älter, aber er war noch in Ordnung und kürzlich geölt worden. Die Bohlen knarzten unter ihren Schritten. Dunkle Tische und Stühle waren am Ende zusammengeschoben und gestapelt. Jemand hatte angefangen, Bilder an die Wände zu hängen. Sie sah im Vorbeigehen, dass es sich um Familienfotos handelte. Die Enkel mit dem Großvater, auf See, in der Fabrik, beim Essen. Es drehte sich alles um Island und den Fisch. Und die Familie natürlich.

Vío bemerkte, dass Hákon sehr fröhlich auf den Bildern wirkte, ganz anders, als sie ihn vorhin erlebt hatte. Also musste es vielleicht doch an ihr liegen. Okay, sie hatten keinen guten Start gehabt, erst der Zusammenstoß in der Tankstelle und dann das. Trotzdem fühlte sie sich so, als läge sein Verhalten an ihr, was total albern war. Sie verdrängte den Gedanken und ging weiter. Der Tresen war kürzlich poliert worden, aber auch diese Einrichtung wirkte nicht neu. Sie mochte es, wenn man alte Dinge restaurierte, anstatt sie gleich wegzuwerfen.

Vío trat durch die Tür in die Küche. Hier wirkte alles, im Gegensatz zum Gastraum, nagelneu und hochmodern. »Wow«, stieß sie hervor, als sie ihren Blick über glänzende Edelstahlflächen schweifen ließ. Eine echte Gastroküche. Sie entdeckte Fló hinter dem Herd, aus einem Topf stieg Dampf auf. Eine Pfanne zischelte leise. Er war nicht allein. Sein grummeliger Bruder war auch da. Hákon saß auf einer der Flächen und hielt eine Flasche *Egils Appelsín*, isländische Orangenlimonade, in der Hand. Als er sie entdeckte, wanderte eine Augenbraue in die Höhe. Vío setzte ein fröhliches Lächeln auf. »Hey Leute, hier riecht's ja super.«

Sie wandte sich dem netten Bruder zu und kam etwas näher.

»Was ist das?«, wollte sie von Fló wissen.

»Salzfisch«, erklärte er. »Willst du mit uns essen?«

Ihr Magen knurrte schon wieder verräterisch.

»Äh …«, war alles, was sie hervorbrachte. Im Grunde wollte sie nur ihre Frage stellen und sofort wieder verschwinden, Hákons Gegenwart machte sie nervös und zittrig. Sie mochte dieses Gefühl nicht. Aber es duftete einfach zu köstlich, als dass sie ablehnen konnte. »Es gibt Salzfisch?«, hakte sie nach.

Fló grinste. »Nicht nur das, dazu habe ich Kartoffelbrei und ein bisschen Tapenade aus schwarzen Oliven und gerösteten Knoblauch mit Petersilie vorbereitet.«

Vío schloss die Augen, ihr lief das Wasser im Mund zusammen. Für einen Moment vergaß sie sogar Hákon, obwohl sie seinen bohrenden Blick auf sich spürte. Sie beschloss, ihn zu ignorieren. Er musste sie nicht mögen, das beruhte sowieso auf Gegenseitigkeit. Dieses Essen würde sie zu gern kosten, dafür nahm sie sogar Hákons Anwesenheit in Kauf. »Klingt göttlich«, antwortete sie. »Warst du mal in Spanien, oder wo hast du dich inspirieren lassen?«

Fló nickte. »Ein paar von Opas besten Kunden haben Restaurants in Spanien, dort heißt der Salzfisch ja Baccalá und ist quasi Nationalgericht.«

»Wie bei uns, nur mit Knoblauch«, scherzte sie.

»Genau!« Fló lachte und gab ihr High Five.

»Bist du Koch?« O Gott, was für eine dämliche Frage. Er kochte ja gerade!

»Also, ich habe noch nie in einem Restaurant gearbeitet, aber mir gehört eins. Wie soll ich also antworten?« Fló zwinkerte und wirkte eher amüsiert als genervt. Zum Glück.

»Das genügt mir«, scherzte sie und band sich ihre Haare im Nacken zusammen. Es war irre heiß hier drin, oder kam es nur ihr so vor? Es konnte natürlich auch am Anblick der Brüder liegen. Einer war heißer als der andere, auch wenn einer von ihnen ein Arsch war.

Fló und Hákon trugen jeweils nur kurzärmelige Shirts, beide waren athletisch und superfit. Der eine Bruder war offen und herzlich, der andere unnahbar. Bei Fló hatte Vío nicht den Eindruck, dass jedes Wort auf die Goldwaage gelegt wurde, bei Hákon ... hatte sie gar kein Gefühl. Wobei ... Das stimmte nicht ganz. Es war nur kein gutes.

»Wann wirst du eröffnen?«, wollte sie von Fló wissen.

Er strich sich über den Bart. »Gute Frage. Die Küche ist ja jetzt drin. Aber ich habe bisher keinen Namen, und, na ja, von außen muss auch noch was gemacht werden.«

Aus dem Augenwinkel bemerkte sie, dass Hákon von seiner Limonade trank. Vío wollte ihn ausblenden, also drehte sie sich so, dass sie ihn nicht mehr sehen konnte.

»Verstehe«, antwortete sie. »Aber gestrichen ist die Bude ja schnell, und Fensterputzen ist auch kein Hexenwerk.« Bilder blitzten vor ihrem inneren Auge auf. Ja, genau, die Hütte hatte sie von Weitem auch ein bisschen an ein Schiff erinnert. Sie hatte eine Idee ... »Du könntest das Restaurant ein bisschen cool stylen, vielleicht als Wikingerschiff. Das ginge ganz einfach, indem du ans Geländer die runden Schilde anbringst und vorne und hinten so geschwungene und verzierte Drachenköpfe. Du könntest das Schiff, also das Restaurant, sogar auf deinen Namen taufen ...« Gott, das fühlte sich gut an. So gut. Sie liebte es einfach, kreativ zu sein.

Hinter ihr schnaubte jemand verächtlich. Vío wirbelte herum. Hákon brauchte nicht auszusprechen, was in ihm vorging, sie kapierte es auch so. Idiot. Gut, nicht jedem musste gefallen, was sie sich ausdachte.

Sie wandte sich wieder Fló zu, der im Gegensatz zu seinem dämlichen Bruder so interessiert wirkte, als gefiele ihm ihr Vorschlag. Sie entspannte sich ein wenig. »Tut mir leid«, sagte sie trotzdem »Ich wollte mich nicht einmischen.«

Fló zog einen Löffel aus einem Edelstahlbehälter und gab etwas Fisch und Oliven-Knoblauch-Kräuter-Gemisch darauf, um sie kosten zu lassen. »Probier mal! Und alles gut. Ich finde die Idee gar nicht übel, muss aber erst mal nachdenken, darauf wäre ich selbst nie gekommen. Ein Schiff ... Ja, wieso eigentlich nicht, die dunklen Bretter würden auf jeden Fall passen, und das mit der Veranda klingt super!«

Vió freute sich über das Lob und probierte den Fisch. Mit vollem Mund und geschlossenen Augen stieß sie aus: »Meine Güte, ist das geil.«

Fló lachte, und darauf, wie der andere Bruder reagierte, achtete sie nicht. Sie wollte sich diesen grandiosen Moment nicht verderben lassen.

»Du kannst dir sicher sein, dass dein Laden immer voll sein wird, wenn du genau dieses Gericht auf die Karte bringst«, wandte sie sich an Fló und zeigte mit dem Daumen nach oben.

»Danke.« Der Jüngere grinste spitzbübisch, vielleicht sogar ein bisschen verlegen, als käme das Lob unerwartet. »Ich steh nicht besonders auf Schi-schi und Deko, deshalb wird es bei mir bodenständige Kost so wie das hier geben. Bei mir sollen die Grundzutaten im Vordergrund stehen. Ich achte auf gute Rohwaren, verstehst du? Den Fisch fangen wir selbst, und er wird auch bei Opa in der Fabrik verarbeitet und gesalzen.«

»Das ist großartig.« Vió gab ihm den Löffel zurück. »Das Konzept ist klasse. Das wird super ankommen, wir fragen uns doch gerade alle bei jeder Mahlzeit, wo das Zeug herkommt, das wir uns in den Mund schaufeln.«

»Bist du irgendwie vom Fach?«, wollte Fló jetzt wissen.

Sie wackelte mit dem Kopf, vermutlich sah sie ein bisschen aus wie diese Dackelfiguren, die alte Leute auf der Ablage im Auto herumchauffierten. Sie grinste. »Mit der Gastronomie habe ich nur als Kunde was zu tun. Ich lebe eigentlich in Berlin, und na ja, essen ist so was wie eine Leidenschaft von mir. Man sieht's vielleicht«, scherzte sie und merkte, dass ihre Wangen schon wieder brannten. Sie räusperte sich und ärgerte sich, dass sie selbst auf ihr Gewicht angespielt hatte. Das war echt unnötig gewesen, jeder konnte sehen, dass ihre Hüften zu breit und Schenkel zu füllig waren. »Es ist auf jeden Fall so, dass Leute immer häufiger wissen wollen, woher die Lebensmittel stammen, wie sie hergestellt wurden. Und das Konzept von dir ist einfach super. Natürlicher gehts nicht.«

Fló wandte sich an seinen Bruder. »Siehst du, Hákon? Sie ist begeistert.«

Hákon brummte etwas in seinen nicht vorhandenen Bart. Vío hob eine Braue und schaute Fló fragend an.

Der zog gerade drei weiße Teller von einem der Regale und begann anzurichten. »Hákon ist nicht überzeugt, dass ein Lokal hier laufen könnte. So weit draußen. Es hatte ja Gründe, warum das *Kaffihús* damals geschlossen hat. Wir haben nicht mehr viele Fischer, die am Nachmittag oder Mittag einkehren, und sonst fährt man lieber nach Akureyri. Aber ich bin mir sicher, dass man die richtigen Kunden schon herbekommt, wenn man ein gutes Produkt auf den Teller bringt. Außerdem will ich drüben am Strand noch ein paar heiße Pötte aufstellen, ich hab da die Idee, dass zwei oder drei normale Runde dort sein könnten, und dann wollte ich ein altes Schiff umbauen lassen, sodass man quasi im Bug des Schiffes im heißen Wasser sitzt und von da aus auf den Eyjafjord schauen kann.«

Vío war überrascht. Das klang irgendwie skurril, aber auch genial. »Das ist ...«

»Irre?«, beendete Hákon den Satz für sie.

Fló warf seinem Bruder eine Kartoffelschale an den Kopf. Er duckte sich weg. »Hákon kann manchmal ein echter Arsch sein.«

Da wollte Vío nicht widersprechen, sie unterdrückte ein Lachen.

Hákon zuckte nur mit den Schultern. Sie hasste es, wie cool er war. »Wir sind nun mal nicht in Reykjavík, und heiße Töpfe sind auch nichts Besonderes mehr. Die gibts überall. Warum sollten Leute so weit rausfahren? Was zur Hölle wollen Touristen in Hauganes?«

»Wegen der Natur?«, half Vío dem kleinen Bruder aus. »Beim Whalewatching findest du es normal, dass man so weit herkommt, warum dann nicht bei Flós Projekten? Ich finde die Idee jedenfalls super. Tourismus abseits der Masse. Das ist was, wofür manche Leute gern und gut bezahlen. Ihr könntet dafür auf dem Walboot auch Werbung machen, sicher möchten manche Gäste beides verbinden. Und essen muss man auch was nach einem so langen Tag, oder?« Vío redete sich geradezu in Rage, sie sah das alles jetzt schon bildlich vor sich. Flós Idee war super, und sie war sicher, dass man den Laden mit den richtigen Marketing-Maßnahmen sehr schnell zum Laufen bringen würde.

Fló nickte ihr mit einem breiten Grinsen zu, während er Kartoffelbrei auf den Tellern verstrich. »Ich liebe dich, Vío. Du bist eingestellt.«

Sie lachte und freute sich sehr über seine Reaktion. Hákon ließ sie links liegen, obwohl sie natürlich merkte, dass er sie ganz merkwürdig anglotzte.

»Ein bisschen irre bist du schon, oder?«, neckte sie den Jüngeren.

Fló arrangierte den Fisch auf den Kartoffelbrei. »Auf jeden Fall. Normal kann jeder. Und Hákon kann weiter mit Opa auf See fahren, während ich den Rest selbst organisiere. Man muss sich ja nicht immer einig sein unter Brüdern.«

Vío enthielt sich eines Kommentars und fand den Zeitpunkt richtig, um das Thema zu wechseln und auf ihr eigentliches Anliegen zu lenken. »Ähm, ich bin hergekommen, um dich was zu fragen.«

Er hob den Kopf. »Ja?«

»Ich, ähm, wollte morgen Abend Pizza für Astrún und die ganze Bande backen – das sind ziemlich viele Leute –, und ihre Küche ist winzig. Meine Tante hat mich auf die Idee gebracht, dich zu fragen, also, hier bin ich: Könnte ich vielleicht deinen Backofen benutzen? Was hast du überhaupt für einen?«

Hákon sprang von der Arbeitsfläche und ging an ihr vorbei. Er sagte nichts, aber Vío hatte das Gefühl, dass er ihr alleine durch seine abweisende Haltung vorwarf, sie wäre nur hier, um einen Vorteil aus der Bekanntschaft mit den Brüdern zu schlagen. Er verschwand aus der Küche, und Vío schaute Fló mit großen Augen an. Leise sagte sie im Scherz: »Ist der immer so schlecht drauf?«

Sie lachte, aber es lag natürlich ein ganzes Stück Wahrheit in ihrer Frage.

Fló gab noch einen Klecks Tapenade und Knoblauch auf den Teller. »Nee, nicht immer. Meistens ist er ganz nett, nicht so nett wie ich natürlich, aber ... Er ist bei neuen Bekanntschaften oft erst mal ein bisschen vorsichtig.«

Vío wusste nicht so recht, wie sie das einschätzen sollte.

»Ähm, okay«, meinte sie.

»Ja, weißt du, seit wir zweimal diese Poker-Weltmeisterschaft gewonnen haben, kamen auf einmal ganz viele Leute an und wollten unsere Freunde sein.«

Vío schnappte nach Luft. Hákon hielt sie für eine Speichelleckerin? Dass sie nur nett war, weil sie Fló ausnutzen wollte? *O mein Gott.* Jetzt brannten ihre Wangen aber nicht nur vor Scham, sondern auch aus Zorn. Sie schnaubte. »Unglaublich! Er denkt, ich will was von euch?«

Sie überlegte kurz und beschloss dann, den großen Bruder zu ignorieren. Hákon konnte sie mal kreuzweise, ihr war egal, was er von ihr dachte. Sie wusste, dass sie nicht hier war, um sich bei den beiden anzubiedern. Als ob sie beeindruckt wäre, weil jemand eine verdammte Poker-Meisterschaft gewonnen hatte. Sie konnte nicht mal pokern. Vío grinste Fló an. »Ich will ja wirklich was von dir, nämlich deinen Backofen einmal zum Pizzabacken benutzen, aber wenn das ein Problem ist, geh ich lieber wieder.«

Sie lachte, weil sie wusste, dass wenigstens Fló keine Hyäne in ihr sah. Bis eben hatte sie nicht mal gewusst, dass die beiden offenbar irgendwas Besonderes waren.

»Du bist witzig, Vío.«

»Nein, im Ernst, es ist mir total unangenehm, dass ich keinen Schimmer von eurem Promi-Status habe. Ich weiß auch nichts von einer Poker-WM. Wird man dadurch tatsächlich berühmt?« Sie wusste es nicht. Zum Glück vermittelte Fló ihr auch nicht den Eindruck, dass er die Gedanken seines Bruders teilte und in ihr jemanden sah, der den Kontakt suchte, um den ein oder anderen auszunutzen.

»Na ja, was heißt schon berühmt. Keine Ahnung. Mir ist auch klar, dass du nicht so eine bist. Gib Hákon einfach ein bisschen Zeit, er taut sicher bald auf.« Flós Lächeln war ein wenig schmaler geworden, ganz so, als ob es doch noch mehr Gründe gäbe, warum Hákon so genervt reagierte. Vío wollte sich nicht einmischen, es ging sie nichts an, und wenn Hákon ein Problem mit ihr hatte, dann war das sein Thema und nicht ihres.

»Das muss er wegen mir gar nicht. Echt. Ich lass euch mal essen. Ich wollte deinen Bruder nicht vertreiben, und wenn das mit dem Ofen schwierig ist, mach' ich es einfach doch bei Astrún. Ich will nicht, dass du wegen mir Stress mit Hákon hast, ja?«

Fló reichte ihr einen Teller und lächelte milde. »Sei nicht so, Vío. Ich würde mich freuen, wenn du bleibst, okay? Du bist immerhin meine erste Testesserin in der neuen Küche. Und was Hákon betrifft – der regt sich schon wieder ab. Ehrlich. Nimm es bitte nicht persönlich.«

Es roch wirklich großartig und sah noch besser aus. Der Appetit siegte über ihr Ego – das war auch nichts Neues, aber sie störte sich im Moment nicht daran.

»Na gut«, erwiderte sie und nahm Fló den Teller ab. Sollte Hákon doch machen, was er wollte, sie würde jetzt was leckeres Essen und dann verschwinden.

»Was willst du trinken?«, wollte Fló wissen.

»Ich würde auch so 'ne Limo nehmen.«

Hákon kehrte kurz darauf zurück, er wirkte so, als hätte er sich abgeregt. Seine Miene war undurchdringlich, und während des Essens war von der Feindseligkeit nicht mehr viel zu spüren, besonders redselig war er jedoch nicht. Vío unterhielt sich einfach mehr mit Fló, und der Fisch war es wert, den Griesgram neben sich zu ertragen. Als sie sich etwas später verabschiedete, war sie satt und zufrieden. Sie konnte die Pizzen morgen im Restaurant backen und würde sogar ein bisschen vom Salzfisch abkriegen, um damit zu experimentieren. Ihre Familie war zum Glück offen für derartige Abenteuer, in ihrem Kopf klang Pizza Baccaló jedenfalls lecker.

Sie trat aus dem Restaurant ohne Namen und atmete tief durch. Es wehte ein leichter Nordwind, die Sonne schien hell vom Himmel. Vío entschied sich, einen kleinen Spaziergang zum Hafen zu machen. Dort angekommen kletterte sie an der Kaimauer über die Steinbrocken hinauf und setzte sich. Der Blick über den Eyjafjord war großartig. Es war niemand auf dem Wasser unterwegs, nur ein paar Küstenseeschwalben flatterten auf der Suche nach ihrem Abendessen dicht über der Oberfläche. Vor Vío ließen sich ein paar Möwen in der Strömung treiben. Die wussten, dass bei ihr nichts zu holen war, und somit hatte sie ihre Ruhe.

Vío zückte ihr Handy und schoss ein Selfie. Sie hatte noch gar nichts auf Facebook und Instagram gepostet, seit sie hier war. Nicht, dass sie das häufig tun würde, aber gerade in diesen Moment wollte sie mit der Welt teilen, wie schön es auf Island war. Seht her, wie gut ich es hier in Island habe, wie wohl ich mich fühle. Das musste nach der Nummer mit Per einfach sein. Sie knipste das Foto jedoch nicht in der Hoffnung, dass Per es sich ansah. Mit dem war sie fertig, aber irgendwie war es doch so, dass er ruhig merken konnte, falls er es angezeigt bekam, dass sie nicht wie ein Häuflein Elend um ihn trauerte, sondern ihre Zeit auf Island in vollen Zügen genoss.

Vío lächelte und warf ihre Haare in den Wind, während sie noch ein paar Aufnahmen machte. Sie hatte gleich mehrere, die gut geworden waren, und wählte eines aus, bei dem sie die Augen geschlossen hatte. Sie verfasste ihre Posts und lächelte in sich hinein. Dann scrollte sie aus Langeweile ein bisschen durch ihre Timeline. *Was mache ich hier eigentlich?*, dachte sie. Sie sollte die Natur genießen und nicht das Internet. Sie wollte das Handy gerade wegstecken, als ihr ein Posting von einem Berliner Klatschmagazin auffiel, dem sie folgte.

»Das gibts doch nicht«, stieß sie atemlos hervor, während sie das Foto betrachtete.

Per und seine Neue waren in einem innigen Kuss vor einem Berliner In-Club abgebildet. Die beiden wirkten so vertraut, so glücklich – und derart übertrieben perfekt für die Kameras posierend, dass Vío beinahe der Salzfisch wieder hochkam.

»Das Promipaar des Berliner Sommers«, lautete die Schlagzeile.

Vío schluckte. Da war das Arschloch die Treppe wohl nach oben gefallen.

Sie biss die Zähne zusammen. In diesem Moment bekam sie eine Mail, ihr Handy signalisierte es mit einem *Pling*.

Sie schaute nach, auch damit sie Instagram hinter sich lassen konnte. Der Betreff lautete: ›Wo bleiben die Unterlagen?‹

Die Mail war von Per. Was bildete das Schwein sich eigentlich ein?

Víos Hutschnur platzte, noch ehe sie ein- oder ausatmen konnte.

Das war doch nicht zu fassen!

Vío hatte schon oft vor Wut falsche Entscheidungen getroffen, und die, die sie in diesem Moment traf, würde sie vermutlich bald bereuen. Aber das war ihr gerade scheißegal, als sie ihren Arm hob. Sie holte aus und feuerte ihr Handy ins Meer. Es flog nicht weit, sie hörte auch kein Platschen, aber das Gefühl der Erlösung war dafür unbeschreiblich.

Freiheit.

Ruhe.

Per konnte sie mal kreuzweise.

Alle anderen auch.

Die Menschen, mit denen sie etwas zu tun haben wollte, hatte sie quasi vor der Haustür. Es war nicht so, dass sie in Berlin keine Freunde hätte, aber gerade brauchte sie nur eins: Abstand von ihrem Leben. Funkstille. Zeit für sich.

* * *

»Warum hast du dich eben wie ein Arschloch aufgeführt?«, wollte Fló von Hákon wissen, während sie gemeinsam die Küche aufräumten.

»Was meinst du?« Hákon stellte sich dumm, obwohl er ahnte, worauf sein Bruder hinauswollte.

»Bitte, das weißt du ganz genau. Dieses blöde Schnauben und die Kommentare? Vío ist nett, und du hast dich unmöglich aufgeführt.«

Hákon hob eine Braue. »Sag bloß, du willst sie flachlegen.«

Fló atmete leise aus. »Als ob es mir nur darum ginge.«

»Worum dann?«

»Sie wohnt quasi hier, Guðný ist ihre Oma. Vío ist keine fiese Tussi, die es auf dein Geld abgesehen hat.«

»Sie wohnt in Berlin, wenn ich richtig gehört habe.« Obwohl Hákon klar war, dass Fló recht hatte, fiel es ihm schwer, das zuzugeben. Er wusste selbst nicht, warum er sich stets so dämlich verhielt, sobald sie in seiner Nähe auftauchte.

»Gott, wieso bist du nur so schräg drauf. War deine letzte Nacht scheiße, oder was? Ich finde Vío jedenfalls sehr nett, und ihre Ideen haben mir auch gut gefallen.«

»Ja, das hab ich gemerkt.« Hákon trocknete die Teller ab. Ein wenig energischer als nötig.

Fló hielt inne. »Ich verstehe schon. Nach Liz bist du grundsätzlich jedem gegenüber misstrauisch. Aber Vío ist doch ganz anders. Sie wird sich nicht an dich ranschmeißen, um dich dann auszunehmen wie eine Weihnachtsgans. Und sie wird sich auch nicht in dein Leben drängen, um einen Job von dir zu bekommen oder sonst etwas. Sie hat keine Hintergedanken, wieso auch? Sie mag dich nicht mal, weil du dich dauernd wie ein Arsch aufführst.«

Hákon war nicht überrascht, wie gut sein Bruder ihn einschätzen konnte. Nach den Erfahrungen der letzten zwei

Jahre war er vorsichtig geworden. Vío war sicher keine von den Frauen, die andere ausnutzten. Vorhin war ihm einfach eine Sicherung durchgebrannt. Fló hatte recht, Vío hatte viele Gründe, ihn nicht zu mögen. Erst jetzt begriff er, dass er sich ständig wie ein Idiot aufführte, wenn sie in seiner Nähe war. Er biss die Zähne zusammen. Letztlich konnte sie gar nichts dafür, dass er so schräg drauf war, zudem war er mit seinen Gedanken nicht nur im Hier und Jetzt gewesen, sondern bei dieser blöden Investitionsmöglichkeit. Joe machte Druck, und Hákon war noch nicht so weit. Der Druck der Entscheidung lastete schwer auf ihm – Bauchgefühl gegen Fakten. Er war noch nie gut darin gewesen, das voneinander zu trennen. Hákon seufzte. »Du hast recht, Fló. Ich sollte mich bei ihr entschuldigen, meine Reaktion war ein bisschen übertrieben.«

Fló grinste. »Das ist das Beste, was ich heute von dir gehört habe.«

»Du bist ein Arsch.«

»Du auch.«

Sie lachten beide, und Hákon schaute aus dem Fenster, während er sich vornahm, sich in Zukunft nicht ständig wie ein Idiot zu benehmen. Hákon war überrascht, als er Vío auf der Mole entdeckte. Sie saß auf den Steinen und stierte angestrengt auf ihr Telefon. »Ich gehe mal raus und erkläre ihr, dass ich nicht immer so dämlich bin. Zufrieden?«

»Ja, ist gut, lass mich nur im Dreck sitzen.«

»Echt jetzt?«

»Nein, war nur Spaß. Geh schon.« Fló lachte.

Hákon zog sich seinen Wollpulli über und machte sich auf den Weg. Als er Vío fast erreicht hatte, geschah etwas Seltsames. Sie holte aus, warf ihr Handy ins Meer und vergrub dann ihr Gesicht zwischen den Händen. Ein bisschen eigen war sie schon, dachte er und trat langsam näher.

»Also, eines ist sicher, mein Telefon werde ich dir niemals ausleihen«, machte er sich bemerkbar, während er zu ihr hinaufkletterte. Womöglich war das gerade kein guter Zeitpunkt, aber es war zu spät für einen Rückzieher. Er würde sich nur kurz entschuldigen und dann wieder verschwinden, damit das Thema vom Tisch war. Gleichzeitig konnte er nicht mal vor sich selbst leugnen, dass er wissen wollte, warum sie ihr Telefon im Eyjafjord versenkt hatte. Vío war ein bisschen schräg. Er mochte das.

Sie schaute zu ihm auf. Ihr Gesicht war gerötet, die kastanienbraunen Locken wogten im Wind. Ihre Augen waren groß, sie wirkte irgendwie verstört. Das Bedürfnis, sie zu umarmen, tauchte so plötzlich auf, dass sein Atem stockte.

»Keine Sorge. Ich fass schon nichts an, was dir gehört«, schnarrte sie.

Hákon seufzte und verzog seine Lippen. Diesen Kommentar hatte er verdient.

»Darf ich?«, fragte er und zeigte auf den Stein neben ihrem.

»Wenn du dich traust?« Ihre Miene wurde weicher, beinahe spöttisch.

Er grinste. Auf eine schräge Weise fand er Vío anziehend. Sie war definitiv anders als die meisten Frauen. Ein echter Pluspunkt. Hákon gestand es sich nicht gerne ein, aber Fló hatte recht, Vío war keine von den Personen, die andere ausnutzten. »Tut mir leid, dass ich vorhin ein bisschen kurz angebunden war.«

Sie stieß einen zischenden Laut aus, der klang, als ob sie überlegte zu lachen, es ihr aber nicht gelang. Er merkte selbst, dass der Satz sich nicht wirklich nach einer Entschuldigung anhörte. Hákon seufzte leise und rieb sich über das Kinn.

»Okay«, begann er noch einmal neu. »Ich habe mich wirklich wie ein Arsch benommen. Das tut mir sehr leid, und vor allem war es absolut nicht gegen dich gerichtet. Ich, ähm, habe einfach ein paar schlechte Erfahrungen mit Leuten gemacht, die so getan haben, als wollten sie uns behilflich sein.«

»Und da hast du bei mir natürlich sofort gedacht, dass ich nur gekommen bin, um euch auszunehmen wie eine Weihnachtsgans, oder was? Habt ihr echt so viel Kohle, dass du Angst haben musst, nur weil ich Pizza backen will? Seid ihr etwa Millionäre, oder wie? Ich habe keine Ahnung vom Pokern, und es interessiert mich auch nicht die Bohne, ob du Weltmeister bist. Es ist typisch männlich, dass du dich so wichtig nimmst, als hätte ich mich im Voraus über dich schlau gemacht, weil ich was von dir erschleichen wollte. Wirklich nicht, Hákon. Da kommt mir ein dünnes ›Tut mir leid‹ auch ein wenig erbärmlich vor. Ich kann nicht glauben, dass du mir so was zutraust. Du kannst dir ruhig ein bisschen mehr Mühe geben, dass es echt klingt, wenn du es so meinst. Und wenn nicht, na ja, es zwingt dich niemand hier zu sein.«

Sie zuckte die Schultern und guckte ihn herausfordernd an. Sie sah wirklich sexy aus, er mochte es, wenn Frauen eine eigene Meinung hatten und diese auch leidenschaftlich vertraten. Víos Augen funkelten, und er kapierte, dass er es echt verbockt hatte. Schon wieder.

Hákon grinste dennoch, er ahnte, dass Gespräche mit ihr immer interessant sein würden. Er hatte ihre Bissigkeit wirklich verdient. »Wie gesagt, es tut mir leid. Ehrlich leid. Und es wird nicht noch mal vorkommen, dass ich dich für etwas verurteile, was du nicht im Sinn hast oder hattest. Ich hatte einfach schlechte Laune, für die du nichts kannst.«

Sie schaute aufs dunkle Meer hinaus, als ob die Sache damit für sie erledigt wäre.

»Schwamm drüber«, meinte sie jetzt. Eine Locke umspielte ihre Wange, er war versucht, sie ihr aus dem Gesicht zu streichen. Dann begriff er, dass das unangebracht wäre.

Sie schwiegen einen Moment, es war nicht unangenehm. Im Gegenteil. Hákon merkte, dass er sich sehr wohl in ihrer Nähe fühlte. Andere Frauen hätten ihm noch drei Jahre Vorwürfe gemacht, für sie schien sein blödes Verhalten damit wirklich abgehakt.

Hákon räusperte sich, weil ihm nicht gefiel, wie sein Körper darauf reagierte.

»Und? Wieso hast du dein Handy ins Wasser geschmissen?«, versuchte er es mit einem Themenwechsel, weil er noch nicht gehen wollte. Tatsächlich hatte er das Bedürfnis, etwas mehr über sie zu erfahren.

Vío blinzelte ein paarmal, schüttelte dann den Kopf und lachte laut los. »Ich neige ein bisschen zu Übersprunghandlungen. Hast du ja schon gemerkt. Ich komme irgendwohin, es ist unordentlich, also fange ich an aufzuräumen, obwohl es nicht mein Laden ist. Ich betrete ein Restaurant und gebe Tipps zum Umbau … Na ja, und eben hab ich schlechte Nachrichten gelesen, da erschien es mir sinnvoll, mein Handy zu versenken. So bin ich nun mal. Leider ist es so, dass ich keine Poker-Weltmeisterin bin. Mir sieht man immer an, was ich denke. Und ich wage ja wirklich zu bezweifeln, dass du die Sache mit dem Pokerface wirklich draufhast. Ich finde, man hat dir deutlich angemerkt, wie angepisst du warst.«

Vío wirkte, als amüsierte sie sich köstlich. Über ihn.

Auf den Mund gefallen war sie schon mal nicht, er mochte das. Sie war sympathisch, da hatte Fló recht. Komisch, dass er das erst nicht begriffen oder gesehen hatte.

»Glaub mir, wenn ich möchte, kann ich ganz ausdruckslos gucken. Schau mal.« Er verbarg sein Grinsen und schaute sie an, als hätte er einen Royal Flush auf der Hand, von dem natürlich niemand wissen sollte.

Víos Stirn war gerunzelt. Einige Sekunden verstrichen, während sie sich wortlos anschauten. Er bemerkte, dass sie hübsche braune Augen hatte, in denen man ganz feine goldene Sprenkel erkennen konnte, wenn man gut genug hinsah. Die Brauen waren sanft geschwungen und ihre Wangen rosig. Ihre Haut sah so zart und weich aus, dass er sich fragte, wie sie sich anfühlte. Er versuchte zu ignorieren, dass sich etwas in ihm regte. Dass sein Herz schneller schlug, konnte er jedoch nicht verhindern.

Vío unterbrach den Starrwettbewerb als Erste und warf den Kopf mit einem herzlichen Lachen in den Nacken. »Okay, du hast gewonnen. Ich habe keine Ahnung, was in dir vorgeht.«

Ein Glück, dachte er. Hákon entspannte sich ein wenig und ließ das Schmunzeln zu, das in ihm aufstieg. »Willst du mir sagen, was die schlechten Nachrichten waren?«

»Ach, dabei kommt dein Geschlecht nicht gut weg.«

»Männerprobleme?« Was machte er denn da? Bislang war er nicht als Frauenversteher bekannt – und er hatte auch nicht vor, einer zu werden. Aber er musste zugeben, dass es ihn brennend interessierte, welche Laus Vío über die Leber gelaufen war. Es kam schließlich nicht jeden Tag vor, dass man ein Telefon im Meer versenkte.

Sie machte eine wegwerfende Handbewegung. »Nee, nicht mehr. Der Kerl hat sich von selbst erledigt.«

Er verstand nicht ganz.

»Ich kann dich über wen-auch-immer hinwegtrösten«, bot er nicht besonders ernst gemeint an. Und doch spürte er, wie es ein wenig in seinem Magen kribbelte. Vío war nicht unattraktiv, im Gegenteil. Sie hatte eine besondere Ausstrahlung, die er anziehend fand. Aber er war weder auf der Suche nach einer Spielgenossin, noch würde sie dafür infrage kommen. So was brachte nur Ärger, vor allem, da sie bei ihrer Tante im Ort schlief. Nach der Beziehung mit Liz hielt er seine Liebschaften immer emotional auf Armeslänge entfernt. Besser noch waren viele Kilometer Distanz. Von festen Bindungen hatte er genug, und Vío war definitiv der Beziehungstyp.

Suchte er gerade nach Argumenten, warum er sie nicht angraben sollte? Das war selbst für seine Begriffe schräg. Vielleicht war ihm in den letzten Monaten auch die Fähigkeit abhandengekommen, sich mit Frauen normal zu unterhalten. Da lag womöglich der Hase im Pfeffer. Hákon liebte attraktive Frauen, aber Gespräche mit ihnen führten meist nur in eine Richtung – die Horizontale. Bei Vío war das ausgeschlossen, auch weil Guðný ihm die Augen auskratzen würde, wenn er ihre Enkelin ins Bett zerrte und sie davon Wind bekam.

Seltsam, dass Vío sich mit der Antwort so lange Zeit ließ. Und noch merkwürdiger war, dass er gespannt auf ihre Reaktion wartete.

»Danke, nein. Außerdem hab ich die Blondine heute Morgen gesehen. Denkst du nicht, sie hätte was dagegen?«, erklärte sie schließlich mit deutlich sarkastischem Unterton.

Ach ja, das hatte er schon wieder vergessen.

Hákon rieb sich über das Kinn. »Nein, so ist das nicht. Wir sind nicht fest zusammen.«

De facto hatte er nicht vor, Lilja noch einmal anzurufen. Mit ihr hatte er sich ein paarmal getroffen, und der Sex war okay gewesen, aber mehr auch nicht. Sie hatte angefangen, über die Zukunft zu reden. Das führte bei ihm nur dazu, dass er impotent wurde.

»Wie auch immer. Wen du flachlegst oder auch nicht, ist nicht meine Baustelle. Ich verzichte daher dankend auf dein Angebot. Und so nötig hab ich es echt nicht.«

»So nötig?« Das wollte er genauer wissen.

»Mir ist klar, dass du vermutlich nur mit den Fingern schnipsen musst, und eine willige Kandidatin springt in dein Bett. So eine bin ich nicht, außerdem würde dein Bett unter meinem Gewicht vermutlich zusammenbrechen.« Sie grinste und boxte ihm spielerisch gegen den Oberarm.

»Ich kann dir mein Schlafzimmer gern zeigen«, gab er mit einem Augenzwinkern zurück. »Und mach dir um meine Möbel mal keine Gedanken, die sind massiv.«

Vío schnaubte noch einmal kopfschüttelnd. »Ich will's gar nicht wissen.«

»Schon gut, ich hab's verstanden. Aber was kann ich dir anbieten? Ich möchte dich keinesfalls allein hier sitzen lassen. Womöglich landest du als Nächstes selbst im Wasser, wenn dir gleich wieder einfällt, dass du das Telefon doch noch brauchst ...«

Er guckte sie erwartungsvoll an.

Vío zuckte die Achseln und stieß die Luft aus. »Nee, ich bin ja nicht lebensmüde. Mir ist klar, dass das hier kein Badestrand ist. Andererseits ... Es ist ja ziemlich populär geworden, im eiskalten Meer zu schwimmen. Es soll supergesund sein.«

Er schüttelte sich. »Ja, und nach zehn Minuten bist du tot. Hast du das schon mal probiert?«

»Noch nicht. Wie du siehst, lebe ich noch.« Sie grinste. »Und ich habe auch nicht vor, heute damit anzufangen, also mit dem Schwimmen im Eyjafjord meine ich.«

»Wie wäre es dann mit einem Bier? Ich beiße auch nicht. Versprochen.«

»Und deine Griffel lässt du auch bei dir?«

Er verzog seine Lippen, fand ihre Art aber ganz erfrischend. »Ehrenwort.«

»Na schön. Ein Absacker kann nicht schaden.«

Und so kam es dazu, dass sie gemeinsam zu ihm spazierten. Sie gingen über den Feldweg zum Strand und liefen die Bucht entlang zu seinem Haus, das über dem Fjord auf einer Klippe gebaut war. Es war nahezu windstill und der Himmel wolkenlos. Die Abendsonne verbreitete ein sanftes, rötliches Licht, das alles in ein Meer aus Farbe tauchte. Es gab nichts außer der Natur und ihnen beiden. Hákon fühlte sich wohl, gleichzeitig war er auch ein klitzekleines bisschen angespannt. Warum, wusste er selbst nicht so genau. Sie hatten ja längst klargestellt, dass zwischen ihnen nichts laufen würde. Als sie das Haus erreicht hatten, merkte er, dass sich sogar sein Herzschlag ein wenig beschleunigte. Seltsam.

»Ein ganz schöner Klotz«, stellte Vío fest, als er den Code an der Tür eingab.

»Meinst du?« Er guckte kurz zu ihr.

»Welcher Architekt hat das denn geplant?« Sie wirkte weder besonders beeindruckt noch überheblich, sondern ehrlich interessiert. Hákon hatte das Haus nach seinen Wünschen bauen lassen, das Design war in seinem Kopf entstanden.

»Gefällt es dir nicht?«, fragte er und wartete gespannt, dann öffnete er die Tür und ließ ihr den Vortritt. Auf den Fliesen war noch immer die Matschspur von Flós Fahrrad zu sehen.

»Hab ich gar nicht gesagt, es wirkt nur so … futuristisch.« Sie trat ein und schlüpfte aus ihren Tretern. In Hákons Flur standen ein paar Turnschuhe, braune Slipper und derbe Stiefel. Ihre eigenen sahen winzig daneben aus.

»Ist es auch ein wenig, das gebe ich zu. Mir war wichtig, dass ich was von der Aussicht habe«, erklärte er, während sie gemeinsam in den Wohnbereich schlenderten. Das Parkett wurde von der Fußbodenheizung leicht erwärmt. Der Blick über den Fjord war atemberaubend, die Sonne strahlte in einem herrlichen Abendrot über der schillernden See.

Vío ging zur bodentiefen Fensterfront.

»Nicht schlecht«, murmelte sie. Dann drehte sie sich zu ihm um. »Wo sind denn jetzt deine so stabilen Massivholzmöbel?«, scherzte sie mit wackelnden Augenbrauen.

»Hast du es dir etwa anders überlegt?« Er grinste, wobei ihm klar war, dass sie vermutlich nur darauf anspielte, dass in diesem weitläufigen Raum lediglich ein Sofa mit einem Tisch stand. An der Wand hing ein großes, abstraktes Gemälde, und dann gab es noch die dunkle Küche, die klar und nüchtern gehalten war.

»Ich brauche nicht viel«, erklärte er, ohne dass sie diese Frage gestellt hätte.

»Das sieht man.« Sie lachte und trat an den Küchentresen heran.

Hákon nahm zwei Flaschen Bier aus dem Kühlschrank, öffnete sie und reichte ihr eine. »Wie wäre es mit einem Film und Chips? Ich fummel' auch nicht.«

Er zwinkerte.

»Bist du immer so direkt? Kann ich mir gar nicht vorstellen, dass die Frauen darauf abfahren.« Sie lachte noch immer, und ihm wurde seltsam warm ums Herz.

»Du darfst den Film aussuchen, aber nur, wenn mindestens eine Person darin stirbt.«

Vío schaute überrascht, dann trat ein Funkeln in ihre Augen, das er sich nicht erklären konnte. Sie stießen an und tranken einen Schluck, während er sah, wie es hinter ihrer Stirn ratterte.

»Oh nein«, brachte er gespielt entrüstet hervor. »Du hast eine Hintertür gefunden!«

»Wozu?« Sie guckte ganz unschuldig.

»Zu einer Liebesschnulze, vermutlich stirbt jetzt der bettlägerige Opa oder so.«

Vío schüttelte sich vor Lachen. »Keine Angst. Es wäre so ungefähr das Letzte, was mir einfiele, mit dir einen Liebesfilm anzugucken.«

»Warum? Wollen Frauen das nicht immer?« Er runzelte die Stirn.

»Das machen wir Mädels nur bei Typen, mit denen wir selbst ins Bett wollen.« Ihre Mundwinkel zuckten verräterisch.

»Ah, okay. Also hab' ich wieder was gelernt.«

»Vermutlich wollen sonst auch alle mit dir schlafen«, stellte sie seltsam emotionslos fest, aber es klang weder nach einem Vorwurf noch nach einer Frage. Eher so, als wäre ihr diese Tatsache eben erst selbst klar geworden.

Hákon wusste nicht recht, was er mit dieser Aussage anfangen sollte. Er entschied sich dafür, sie ein wenig ins Lächerliche zu ziehen, obwohl Vío nicht unrecht hatte. Hákon hatte keine Frauen in seinem Bekanntenkreis, die nur Freunde waren. Um Vío zu antworten, wackelte er anzüglich mit den Augenbrauen und schlug vor: »Weil ich so unwiderstehlich bin.«

»Weil du ein aufgeblasenes Ego hast und viele Frauen nun mal darauf stehen. Also die meisten, nicht ich.« Sie gab ihm einen Klaps auf die Brust. »Nimm es nicht persönlich.«

Er war einen Augenblick lang versucht zu fragen, worauf sie stand. Er ließ es jedoch sein und schaltete den Fernseher und den Streaming-Dienst an.

»Bitte«, er übergab ihr die Macht.

Vío setzte sich aufs Sofa und scrollte durch das Menü, am Ende wählte sie einen politischen Thriller, mit dem er gut leben konnte. Hákon schüttete noch den Inhalt einer Tüte Chips in eine Schüssel – so viel Stil hatte er immerhin, dass er einer Besucherin nicht die Packung hinwarf – und gesellte sich zu ihr auf die Couch. Mit ein wenig Abstand natürlich, er wollte ihr nicht zu dicht auf die Pelle rücken, obwohl er selbst nichts dagegen hätte.

Es dauerte nicht lange, da war Vío eingeschlafen. Er bemerkte es nur, weil er immer wieder zu ihr schielte. Hákon musste zugeben, dass er aus ihr nicht schlau wurde, gleichzeitig empfand er es irgendwie als Kompliment, dass sie sich bei ihm so entspannen konnte und direkt einnickte. Sie wirkte nicht wie eine Person, die Menschen leicht vertraute, und im Schlaf waren alle verletzlich.

Entweder fühlte sie sich sicher bei ihm, oder sie war einfach völlig fertig gewesen. Wenn er es recht bedachte, traf vermutlich Letzteres zu. Sie hatte gestern schon ziemlich erschlagen auf ihn gewirkt, als sie ihn in der Tankstelle zur Schnecke gemacht hatte. Auch diese Szene tat ihm leid, er hatte seine Umgebung gar nicht wahrgenommen, weil er nur mit sich und dem Investmentvorschlag von Joe beschäftigt gewesen war. Und dann noch das mit der Pfütze. Es war ihm im Nachhinein unsäglich peinlich, vor allem, dass er nicht mal angehalten hatte, um sich zu entschuldigen. Er hatte das vorhin nicht erwähnt, denn vermutlich würde sie ihm die Entschuldigung heute sowieso nicht mehr abnehmen, nachdem er ihr am Morgen schon wieder so unfreundlich begegnet war. Hákon nahm sich vor, dass er seine schlechte Laune – oder wie auch immer man seinen emotionalen Zustand beschreiben sollte – nicht noch einmal an Vío auslassen würde.

Kapitel 4

Vío saß am darauffolgenden Morgen mit ihrem Computer am Küchentisch, neben ihr stand eine Tasse mit dampfendem Kaffee. Die anderen waren schon weg, sie waren ins Schwimmbad beziehungsweise zur Arbeit gefahren. Aus dem Radio dudelte leise Musik der Morgensendung. Sie nahm sich einen Augenblick und schaute aus dem Fenster. Die Sonne stand bereits hoch am Himmel, was typisch für den isländischen Sommer war, obwohl die Uhr gerade mal kurz nach acht anzeigte. Das Fenster war geöffnet, und ein leichter Windhauch strömte ins Haus. Es roch nach Gras und Seeluft. Herrlich.

Kurz dachte sie an den gestrigen Abend zurück. Eine verräterische Wärme breitete sich über ihren Hals bis in ihre Wangen aus. Hákon hatte sie sanft geweckt, als der Abspann des Films über die Mattscheibe geflimmert war.

O Gott. Sie fuhr sich mit der Hand über das Gesicht. Es lag durchaus im Bereich des Möglichen, dass sie gesabbert oder geschnarcht hatte. Oder beides. Wie peinlich, dass sie eingeschlafen war. Sie stöhnte leise, dann schüttelte sie sich kaum merklich.

»Egal«, murmelte sie. Zum Glück hatte sie alles andere als eine Liebschaft mit Hákon im Sinn. Dafür gab es sogar gleich eine ganze Reihe an Gründen. Der erste war natürlich

Per oder vielmehr die Tatsache, dass Vío überhaupt keine Lust auf einen Kerl hatte, dem sie am Ende alles hinterhertragen musste. Und nach ihren Erfahrungen kam dieser Punkt immer. Früher oder später. Nein danke. Vorerst war ihr Bedarf an Menschen mit zu viel Testosteron gedeckt.

Und dann gab es natürlich noch zu bedenken, dass Hauganes ein Kaff war. Sie würde den Teufel tun und sich auf jemanden einlassen, der in direkter Nachbarschaft lebte. Das würde zwangsläufig zu Irritationen führen. Selbst wenn sie vielleicht mal Lust auf eine leidenschaftliche Nacht hätte – sie war ja auch nur ein Mensch –, würde sie sich dafür jemanden aussuchen, dem sie danach nicht dauernd begegnete.

Dass Vío für ein paar Wochen in Hauganes bleiben würde, hatte sie längst beschlossen, obwohl sie es noch niemandem erzählt hatte. Also war ihr daran gelegen, sich nicht neue Probleme zu schaffen, indem sie ihre Hormone nicht im Griff hatte.

»Gott«, stieß sie hervor. Diese Gedanken waren lächerlich. Erstens hatte Hákon kein Interesse an ihr – egal, ob er kurz versucht hatte, mir ihr zu flirten, genauso hatte sie es jedenfalls aufgefasst. Und zweitens ...

Zweitens hatte sie direkt vergessen, weil sie an seine blauen Augen gedacht hatte, die dieses seltsame Flattern in ihrer Magengrube auslösten.

»Grmpf«, stieß sie hervor und musste über sich selbst grinsen. Vielleicht war sie doch deutscher geworden, als ihr lieb war, früher hätte sie solche Begegnungen nicht überanalysiert, wie sie es jetzt tat. Vío trank einen Schluck Kaffee, dann schob sie die Erinnerungen an Hákon beiseite und konzentrierte sich auf den Bildschirm vor ihr. Sie öffnete das Online-Banking und loggte sich ein. Ihr Herzschlag beschleunigte sich, während sie wartete, dass sich die Seite aufbaute.

Sie klickte auf ihr Bankkonto, und als sie die Zahl darauf sah, atmete sie zischend aus, dann kontrollierte sie die Geldeingänge und merkte, wie sich ihre Schultern ein wenig entspannten.

»Puh«, murmelte sie und registrierte zufrieden, dass ihr ehemaliger Vermieter ihr die volle Mietkaution zurücküberwiesen hatte und außerdem das Monatsgehalt für Juni eingegangen war. Immerhin etwas. Mit diesem kleinen Polster lebte es sich entspannter – in Island brauchte sie nicht viel.

Sie las die E-Mail einer Freundin, die sie bat, sie dringend anzurufen. In ihrer WG war jemand ausgezogen, und Vío könnte das Zimmer haben. Vío lächelte, manchmal lösten sich Probleme von selbst. Vío schrieb ihrer Freundin zurück, dass sie sich bald melden würde und sie das Zimmer für sie reservieren sollte. Sie hatte keine Lust, sich jetzt damit zu befassen, nun war erst mal ausspannen und Hochzeitsplanung angesagt. Apropos. Sie schloss den Computer und guckte nach dem Teig. Vor dem Schlafengehen hatte sie ihn noch einmal gedehnt und gefaltet, und sie war gespannt, wie er jetzt ausschaute.

Vío streute ein wenig Mehl auf die Arbeitsfläche, anschließend kratzte sie den Batzen mit einer Teigkarte aus der Schüssel und wiederholte das Prozedere des Vorabends. Sie zog die eine Seite lang, dann schlug sie sie unter. Schließlich landete die runde Kugel wieder in der Schüssel, die Vío erneut abdeckte und beiseitestellte. Sie wusch sich die Hände und entschied spontan, dass sie mal nach Oma Guðný gucken sollte, um sich zu erkundigen, wie sich ihre Erkältung entwickelt hatte. Vielleicht brauchte sie ja etwas.

Vío wollte ihr Handy greifen und mitnehmen, dann erinnerte sie sich, dass sie es im Meer versenkt hatte. Ziemlich dämlich und nicht gerade umweltfreundlich. Sie verzog ihre Lippen und stieß leise die Luft aus. Mit einem Kopfschütteln leerte sie ihre Kaffeetasse, räumte sie in den Geschirrspüler und machte sich auf den Weg zu Oma. Als sie aus dem Haus trat, atmete sie tief ein. Ihre Lungen weiteten sich, und ihre Mundwinkel bogen sich nach oben. Der Wind spielte mit ihren Locken, das Kreischen der Möwen und die wärmenden Sonnenstrahlen taten ihr Übriges, dass Víos sich fast schwerelos fühlte.

Scheiß auf das Handy, dachte sie plötzlich gut gelaunt. Wenn sie jemand dringend sprechen wollte oder musste, wussten alle, die ihr wichtig waren, wo sie zu finden war. Diese ewige Erreichbarkeit zu jeder Minute des Tages war ihr zuletzt sowieso auf den Keks gegangen. Überhaupt merkte sie erst jetzt, wie viel sie an ihrem Leben in Berlin als störend empfand, was sie noch vor ein paar Tagen als völlig normal eingestuft hatte.

Vío wollte im Augenblick nicht darüber nachdenken. Auf der Straße begegnete ihr niemand, das Dörfchen ruhte in der Morgensonne. Isländer waren nicht gerade dafür bekannt, Frühaufsteher zu sein. Sie lächelte – außer man hatte kleine Kinder natürlich, denen es egal war, ob die Eltern oder Großeltern noch schlafen wollten. Vío war das Weckprozedere von Sarah und Haukur heute erspart geblieben, aber sie war trotzdem aufgestanden, als sie das Klappern aus der Küche gehört hatte.

Wenig später betrat sie Omas Wohnung. Sie gab ihr ein Küsschen und guckte sich erstaunt um.

»Was ist denn hier los?«, wollte sie wissen.

In Omas Gästezimmer standen alle Schranktüren und Schubladen offen. Auf dem Bett lag alles Mögliche ausgebreitet. Auf dem Boden stapelten sich einige Kisten. *Umzugskisten?*, überlegte sie und kam näher.

Oma nieste und putzte sich die Nase.

»Ist es nicht besser geworden?«, erkundigte sie sich ein wenig besorgt.

Oma winkte ab. »Ach was, nur ein Schnupfen.«

»Hm«, machte sie. »Und was ist das hier?« Sie deutete auf das Chaos.

Oma zuckte die Schultern. »Ich werde nicht ewig leben, Schatz. Besser, ich fange jetzt schon mal mit dem Aussortieren an, dann müsst ihr das später nicht machen.«

Víos Mund klappte auf. »Du machst *was*?«

Ihre Stimme klang nahezu eine Oktave höher.

Oma zupfte an Víos Pullover. »Komm mal mit.« Sie führte sie ins Wohnzimmer, zur großen Schrankwand, in der sich das gute Geschirr und die Fotoalben befanden. Oma zog eine Schublade auf und nahm eine Schachtel heraus. »Hier, willst du das Silber?«

Vío runzelte die Stirn. »Silber?«

»Na, das Besteck.« Sie drückte es ihrer Enkelin in die Hand. Vío war zu perplex, um geistesgegenwärtig zu reagieren.

»Was soll ich denn damit?« Sie hob die kleine Kiste an, sie war ganz schön schwer.

»Ich muss dir doch nicht erklären, was man mit Messer und Gabel tun soll?«

Vío grinste über Omas Scherz. »Ja ist mir schon klar. Aber ich brauche dein Silber wirklich nicht.« Sie packte es zurück in die Schublade. Derzeit war sie obdachlos – auch wenn niemand aus ihrer Familie das wusste –, und da würde sie bestimmt nicht gerade jetzt damit anfangen, Teile von Omas Nachlass anzuhäufen.

»Du willst es nicht?« Oma wirkte nicht nur überrascht, sondern auch ein wenig gekränkt.

Vío seufzte leise. »Machen wir es doch so: Du schreibst einfach ›Vío‹ drauf, dann wissen alle, für wen das vorgesehen ist. Aber wieso eigentlich ich? Du hast noch genügend andere Enkel?«

Ein Lächeln zeigte sich in Guðnýs faltigem Gesicht. »Die anderen haben nicht den großartigen Sinn für Ästhetik so wie du, Vío. Ich bin mir sicher, dass das Silber bei dir auch benutzt wird. Denkst du etwa, deine Schwester würde Silber putzen, um den Tisch festlich zu decken? Oder deine Cousins und Cousinen? Nein, nein.«

Vío kam nicht umhin, um Oma für ihre Logik zu bewundern. »Trotzdem«, meinte sie dann. »Wieso willst du denn auf einmal alles hergeben? Du bist doch nicht krank?«

Oma verdrehte die Augen. »Mein Gott, was hast du nur? Ich bin nicht krank, ich will nur am Ende nicht, dass ihr die ganze Arbeit machen müsst, wenn ich mal nicht mehr bin.«

Vío dachte nach. Irgendwas musste passiert sein. »Wollen wir einen Tee trinken?«

»Ja, aber vergiss nicht, dass ich nachher zum Hafen muss.«

»Kann ich wieder mitkommen?«

Oma setzte Wasser auf, dann nahm sie zwei Tassen aus dem Schrank.

»Du und Hákon, ihr seid gestern aneinandergeraten?«, überfiel Oma sie direkt.

Meine Güte, hatte diese Frau überall Augen? Vío war zwar perplex, aber nicht wirklich überrascht. »Ja, das stimmt. Aber war nur ein Missverständnis. Ich wollte helfen, und Hákon wollte meine Hilfe nicht, also habe ich es sein lassen.«

»Die Brüder unterstützen ihren Opa, das ist wunderbar. Aber Hákon kann auch ganz schön stur sein.«

Vío fragte sich, warum Oma ihr das erzählte. Sie hakte nicht weiter nach, sonst kam sie ihr noch auf die Schliche, dass der attraktive Kerl sie nicht völlig kaltließ. Und wenn es Oma wusste, wussten es alle. Das musste verhindert werden, zumal es noch lange nichts bedeutete, dass Vío einen Mann anziehend fand. Sie fand auch Rúrik Gíslason, den ehemaligen Fußballer, sexy. Auch das bedeutete nicht, dass sie sich ihm an den Hals werfen würde, nur blind war sie eben nicht.

»Wann kommt dein Freund aus Berlin?«, riss Oma sie aus ihren Überlegungen.

Vío verschluckte sich und musste husten, was ihr einen skeptischen Blick ihrer Großmutter einbrachte.

»Ähm. Hab noch keinen genauen Tag«, versuchte sie sich rauszureden.

Oma betrachtete sie einen Moment prüfend, dann pfiff der Wasserkocher und erlöste Vío. Kurz darauf saßen sie mit ihrem Tee am Küchentisch, auf dem eine selbst gehäkelte Decke lag. Die Zeitung war bei den Todesanzeigen aufgeschlagen, Vío klappte sie zu und schob sie beiseite. Vielleicht kamen daher Omas Anwandlungen, ihren Hausstand zu sortieren? Sie würde später nachfragen, jetzt erschien ihr nicht der rechte Zeitpunkt.

Zum Tee hatte Oma Haferkekse und Kuchen aufgetischt. Es war warm in der Wohnung, aber der kühle Windhauch, der durch das geöffnete Fenster wehte, erfrischte ein wenig. Sie knabberten und tranken in aller Seelenruhe. Oma nieste nicht mehr und hustete auch nicht. Die Erkältung war wirklich am Abklingen, wie Vío erleichtert feststellte.

»Und? Wie lange willst du noch in Deutschland bleiben?«, fragte Oma auf einmal aus heiterem Himmel.

Vío riss die Augen auf. »Wie bitte?«

»Na, wann kommst du wieder nach Hause?«

»Ich bin doch hier.« Sie wollte diese Frage nicht beantworten, und bislang hatte sie noch nie auch nur in Erwägung gezogen, Berlin und ihr altes Leben hinter sich zu lassen. Obwohl es mit Per aus war, liebte sie ihre Arbeit dort.

Oma winkte ab und nahm sich noch einen Keks. »Du weißt ganz genau, wie ich das meine.«

O ja, das wusste sie. Für isländische Verhältnisse war man mit Ende zwanzig schon im fortgeschrittenen Alter, um keine Kinder und Familie zu haben. Faktisch lag das nicht nur an Vío, aber das wusste Oma nicht, und sie würde ihr auch nicht erzählen, dass Per bisher keine Kinder mit ihr gewollt hatte und es jetzt sowieso aus war. Zumindest zum jetzigen Zeitpunkt wollte Vío das nicht ausplaudern. Sie wollte nicht zugeben, dass ihr Privatleben im Eimer war und sie noch mal von vorne anfangen musste. Nicht nur familiär gesehen, sondern vielleicht auch beruflich. Es war einfach zu deprimierend.

»Ach, Oma«, war daher alles, was sie erwiderte.

»Ja, ja, jetzt kommst du mir wieder damit, dass ihr Zeit habt und so, dass es bei uns damals anders war. Und, Schatz, es geht mich ja auch nichts an. Ist er gut zu dir?«

Vío wollte nicht lügen.

»Wir haben unsere Probleme«, war alles, was sie preisgab.

Oma hakte nicht weiter nach, aber sie sah die Sorge in ihren graublauen Augen.

»Ja, ja«, meinte sie schließlich – was auf Isländisch alles Mögliche heißen konnte. In diesem Falle war es das Signal zum Aufbruch. »Die Touristen warten nicht gern«, fügte sie noch an, während sie anfing abzuräumen.

»Ich kann das doch machen«, meinte Vío und half ihr.

Einige Minuten später trotteten sie gemeinsam zum Hafen. Tryggvi war schon am Boot, er winkte ihnen von dort aus zu. Aber das war nicht das, was Víos Atem stocken ließ. Es war der Ausblick auf die geöffnete Halle. Hákon stand mit Fló an der Wand. Die beiden waren mit Bohrmaschine und Brettern zugange. Gott, die Brüder waren echt heiß. Wobei einer von ihnen ihr Herz deutlich schneller schlagen ließ als der andere.

»Guten Morgen, Jungs«, grüßte Oma und nahm ihren Platz hinter der Kasse ein. Vío wusste auf einmal nicht so recht, was sie tun oder lassen sollte. Ungewohnt zögerlich betrat sie die Halle.

»Morgen«, erwiderten beide, ohne aufzublicken. Hákon bohrte gerade ein Loch, Fló hielt das Brett fest. Danach ließ Hákon die Bohrmaschine sinken und schaute sich um. Als Hákons Blick auf Vío fiel, flackerte etwas in seinen blauen Augen auf. Er wirkte tatsächlich erfreut, als er sie entdeckte.

Oder bildete sie sich das nur ein? Ein Wunschgedanke?

Nein. Meine Güte, sie war doch sonst nicht so unsicher. Die Verabschiedung nach ihrem Kinoabend – den sie verpennt hatte – war freundschaftlich ausgefallen. Die Fronten zwischen ihnen waren geklärt. Trotzdem *fühlte* sie etwas anderes. Vío schluckte, ihr Mund war auf einmal ganz trocken geworden. Sie vermied es, Hákon anzusehen.

Fló machte nicht so ein fröhliches Gesicht, aber das war nur gespielt.

»Das hab ich nur dir zu verdanken«, meinte er und lachte.

»Mir zu verdanken? Was denn genau?«, wollte Vío wissen. Endlich fiel der Groschen, was hier vor sich ging. Ihr Gehirn funktionierte langsamer als sonst.

Hákon verpasste seinem kleinen Bruder eine spielerische Backpfeife, die mehr ein Streicheln war. Es zeigte jedenfalls deutlich, wie nahe sich die beiden standen. Das war schön mit anzusehen. Per hatte immer nur über seine Familie geschimpft – wie über fast alle anderen auch, was Vío leider erst jetzt feststellte. Miese-Per wäre ein guter Spitzname für ihn gewesen, dachte sie plötzlich amüsiert. Hákon und Fló kapierten natürlich nicht, warum sie kicherte. Aber der Gedanke erheiterte sie, und sie war froh, dass sie nicht mehr so verbittert war, wenn sie an ihre zerbrochene Beziehung dachte. Vermutlich musste sie Per noch danken, sonst hätte sie weitere sehr kostbare Jahre an ihn verschwendet. Jetzt war sie frei, und ihre Zukunft lag wie ein verdecktes Kartenspiel vor ihr ausgebreitet. Sie brauchte nur eine Karte auszuwählen, die sie als Nächstes ziehen wollte. Alle Wege standen ihr offen. Nun, vielleicht nicht alle, aber ziemlich viele, von denen die meisten noch vor einer Woche keine Option gewesen waren.

»Du hast mich überzeugt«, erklärte Hákon jetzt, immer noch mit diesem gewissen Funkeln in den Augen.

»Wovon?«, fragte Vío. Ihre Stimme klang beinahe wie ein Hauch. Total albern. Sie räusperte sich und wandte den Blick nicht ab.

Er kam näher und machte eine ausschweifende Handbewegung. »Du hast mich überzeugt, dass das hier ein einziger Saustall ist.«

Vío riss die Augen auf. »Was? Das habe ich nie gesagt.«

Die ersten Kunden trafen ein, vermutlich Deutsche, dachte Vío amüsiert. Es war dreißig Minuten vor der eigentlichen Öffnungszeit.

Hákon lachte laut los. »Nein das nicht, aber mir ist das gestern klar geworden, nachdem du angefangen hast aufzuräumen. Und um ehrlich zu sein, ich finde, es ist wirklich an der Zeit, dass wir das hier ein bisschen besser organisieren.«

Vío wusste nicht recht, was sie darauf erwidern sollte, glücklicherweise kam ihr Fló zuvor. »Ja, und jetzt hat mein Bruder mich zum Arbeiten eingespannt, obwohl ich heute was anderes vorhatte.«

Hákon schnitt eine Grimasse.

»Stell dich mal nicht so an«, war alles, was der Ältere dazu sagte. Alle wussten, dass niemand von ihnen es böse meinte, und Pläne waren stets dazu da, dass man sie anpassen und verändern konnte. Vermutlich kamen die meisten Isländer deswegen immer zu spät.

Vío war froh, dass sie hier war, dass sie diese tonnenschwere Last, die in den letzten Monaten unbewusst auf ihre Brust gedrückt hatte, losgeworden war. Ständig las sie überall, man sollte im Jetzt leben, nicht in der Vergangenheit oder in der Sorge um die Zukunft. Unbewusst hatte sie aber genau das getan, immer an das Morgen gedacht. Oder die nächste Woche. Was alles zu tun war, was geplant und organisiert werden musste. Bis sie vergessen hatte, wie schön das Leben sein konnte, wenn man sich mal nicht um die unendliche To-do-Liste kümmerte. Schön konnte auch ein einfaches Gespräch mit netten Leuten sein, die sich gegenseitig neckten, ohne gleich beleidigt zu sein. Das bedeutete für Vío, zu Hause zu sein. Unter Menschen, die nicht jedes Wort auf die Goldwaage legten.

»Also, wo soll ich mit anpacken?« Demonstrativ krempelte sie sich die Ärmel ihres Wollpullis bis zu den Ellenbogen hinauf.

* * *

Hákon schob seinen kleinen Bruder von sich, weil er ihm schon wieder viel zu dicht auf die Pelle gerückt war, um ihn zu ärgern.

»Dann kann ich ja jetzt gehen?«, fragte Fló mit einem unschuldigen Zwinkern vor, nachdem Vío ihre Hilfe angeboten hatte.

Hákon verdrehte die Augen und atmete hörbar aus. »Das würde dir so passen, was?«

»Nee, im Ernst. Ich muss dringend Farbe besorgen, und meinen Kumpel muss ich auch treffen.«

»Ja ist klar. Damit du dir einen faulen Lenz machen kannst«, brummte Hákon.

Fló schüttelte den Kopf. »Zufällig nicht, denn ich habe vor, ein Restaurant zu eröffnen, und da gibts noch sehr viel zu tun, und Kári ist Tischler, mit dem bespreche ich die Ideen für das Schiff.«

80

»Wow, klasse«, mischte Vío sich ein. »Dann greifst du den Vorschlag also tatsächlich auf?«

Fló wandte sich Vío zu, und Hákon stand plötzlich außen vor. Diese Position gefiel ihm gar nicht, aber er bewegte sich trotzdem nicht vom Fleck. Er war doch wohl nicht eifersüchtig, weil Vío sich mit seinem kleinen Bruder gut verstand? Der Gedanke war lächerlich, und er verdrängte ihn so schnell, wie er gekommen war. Stattdessen nagte er an der Innenseite seiner Wange und tat so, als ob ihn das Gespräch über Flós Treffen wirklich interessieren würde.

»Ich bin mir noch nicht sicher. Deine Idee ist ziemlich genial, muss ich sagen. Echt krass, dass ich da selbst nicht drauf gekommen bin.«

Vío gackerte. »Ja, unglaublich. Du bist ja voll der Macho.«

»Hä, wieso?«

»Findest du es peinlich, dass dir eine Frau sagt, wie du dem Restaurant den letzten Kick verpassen kannst?«

Fló wirkt ernsthaft schockiert. »Nein, so war das bestimmt nicht gemeint. Es ist nur so, dass ich mich seit Monaten mit der Planung herumschlage und mir die ganze Zeit das Quäntchen Besonderheit gefehlt hat. Und die Linie vom Fisch zum Boot zu ziehen, hätte mir echt gelingen können. Ist es aber nicht.«

Er schnitt eine spitzbübische Grimasse.

Vío zeigte Verständnis, sie schaute Fló mit so viel Wärme im Blick an, dass Hákons Magen sich zusammenzog. Er schluckte trocken und biss die Zähne aufeinander.

Vío sprach weiter. »Ach, das meinst du. Nimm es nicht so tragisch, Fló. Aus eigener Erfahrung weiß ich, dass man in seinen Lieblingsprojekten irgendwann betriebsblind wird. Man sieht dann den Wald vor lauter Bäumen nicht mehr. Das ist der Zeitpunkt, an dem man mal einen Impuls von außen braucht.«

»Was sagst du noch mal, ist dein Job?«, wollte Fló jetzt

wissen. »Du bist nämlich ziemlich gut. Großartig, um genau zu sein.«

Das konnte Hákon nur bestätigen, tat er aber nicht, weil er zu sehr damit beschäftigt war, seinen Bruder zum Kotzen zu finden. Der sabberte ja gleich. Ekelhaft.

Hákon wandte sich unauffällig ab und guckte die Wand an. Dabei sah er eigentlich nichts, weil er immer noch an jedem Wort hing, das die beiden wechselten.

»Mein Job«, wiederholte Vío gerade, und es klang, als müsste sie selbst überlegen. »Studiert habe ich Grafikdesign und Medienwissenschaften.«

»Das klingt logisch, also kreativ, meine ich«, erwiderte Fló. »Echt super. Und gleichzeitig ziemlich grandios, was du mir da geraten hast. Wenn es mit der Gestaltung der Veranda als Schiff am Ende klappt, stehe ich tief in deiner Schuld.«

Er hörte das Lächeln aus Víos Stimme. »Dann lasse ich mir was einfallen, wie du dich bei mir revanchieren kannst.«

Hákon atmete tief ein, das reichte jetzt. Er wandte sich in einer schnellen Bewegung um. »Wenn ihr jetzt genug geplaudert habt? Vertagt euer Kaffeekränzchen doch auf später, wenn ich mit Opa rausgefahren bin. Jetzt würde ich echt gern weitermachen, damit hier mal was passiert und wir fertig werden.«

Tatsächlich waren schon recht viele Kunden in der Halle, die sich von den Stapeln passende Anzüge heraussuchten.

Vío und Fló tauschten einen Blick aus, der Hákon nur noch deutlicher machte, dass die beiden super miteinander auskamen. Womöglich war da sogar ein Funken mehr im Spiel als Freundschaft. Merkwürdig, dass diese Erkenntnis wie Säure in seinem Magen brannte. Sein Bruder würde hoffentlich nicht so dumm sein und was mit Vío anfangen. Liebschaften und Affären zerstörten Freundschaften schneller, als man bis drei zählen konnte. Und Fló war alles zuzutrauen. Erst lud er Vío zum Essen sein, bekochte sie mit einem seiner magischen Gerichte, zündete Kerzen an, und dann landeten sie im Bett – oder noch schlimmer, sie trieben es gleich auf der Arbeitsfläche in der Küche.

Er blinzelte die schrecklichen Bilder weg. »Fló, wie wäre es: Du verpisst dich jetzt, und Vío und ich machen das hier ohne dich fertig.«

Er merkte selbst, wie schroff er klang.

Fló zuckte nur die Schultern, zwinkerte Vío zu und schickte sich an zu gehen. »Wir sehen uns dann später beim Pizzabacken, tschüss, Vío.«

Stimmte ja, das hatten sie gestern besprochen. O Gott. Womöglich war sein kleiner Bruder schon dichter dran, den romantischen Plan umzusetzen, als Hákon gedacht hatte.

Er schluckte hart und nahm die Bohrmaschine wieder in die Hand.

»Kannst du vielleicht kurz dieses Brett hier halten?«, bat er Vío.

Sie trat zu ihm. »Klar. Moment.«

Für einige Minuten arbeiteten sie schweigend, aber nur, weil Hákon nicht wusste, wie genau er seine Warnung formulieren sollte. Als sie alle Bretter, die noch mit Haken versehen werden mussten, angebracht hatten, wandte er sich ihr zu. »Ich, ähm, wollte dir nur sagen, dass mein Bruder ein ziemlicher Hallodri ist.«

Víos Augenbrauen wanderten langsam in die Höhe. Ihre Wangen waren von der frischen Luft und der gemeinsamen Arbeit leicht gerötet. Sie war wunderschön. Natürlich und unverbraucht. Seltsam, dass ihm das gerade jetzt auffiel. Er dachte nicht weiter daran und versuchte die Enge in seiner Kehle durch einen tiefen Atemzug zu lösen. Es gelang ihm nicht.

»Was?«, wollte sie wissen. »Hallodri? Wie meinst du das?«

»Na, es ist so ... Vor Fló ist kein Rock sicher.«

Ach. Du. Scheiße.

Hatte er das eben wirklich gesagt? Dämlicher ging es echt nicht mehr.

»Ich trage nur selten Röcke«, konterte sie mit einem Glucksen, »und meine Tante hat mir mit ziemlich genau demselben Satz schon längst abgeraten, keine Bange.«

Er schnaubte und hielt sich den Nasenrücken. Er hatte das Gefühl, er bekam eine Migräne. Das Blut rauschte in seinen Ohren. »Wie auch immer, sag am Ende nicht, ich hätte dich nicht gewarnt.«

Ihm fiel ein, dass er sie gestern auch irgendwie mit anzüglichen Kommentaren bedacht hatte, und schämte sich ein wenig dafür.

Vío schien sich davon nicht irritieren zu lassen. »Keine Sorge, man hat mich bereits eindrücklich ermahnt, meine Röcke zu schützen. Vor euch beiden.«

Sie lachte laut und schüttelte sich sogar leicht, als ob sie das wirklich zum Brüllen komisch fände. Dann ließ sie ihn stehen und schlenderte zu ihrer Oma, die alle Kunden bereits abgefertigt hatte. Hákon schaute auf die nicht vollständig verrichtete Arbeit und fluchte unterdrückt. Besser, er ging an Bord, sonst fuhr Opa noch ohne ihn, oder er verzapfte noch mehr Mist. Und wenn Hákon jetzt eines brauchte, dann ein bisschen frische Seeluft, um sein Hirn durchpusten zu lassen. Vielleicht vertrieb das ein paar seiner absurden Gedanken.

Konnte es sein, dass er einfach mal wieder Sex haben musste? Möglich wäre es. Ja, ganz sicher sogar. Das war die Lösung für alle Probleme. Oder? Er grinste in sich hinein und zückte sein Handy. Er hatte die Nachricht mit dem Vorschlag, sich am Abend zu treffen, schon beinahe an Lilja abgeschickt, dann dachte er noch einmal kurz nach. Bei der Aussicht auf ein heißes Stelldichein mit der schlanken

Blondine regte sich gerade gar nichts in seinem Unterleib. Nichts. Nada. Überhaupt kein Funke.

Das konnte doch wohl nicht wahr sein. Sofort löschte er die Zeilen und schob sein Handy verärgert in die Gesäßtasche seiner Jeans zurück. Mit langen Schritten ging er an Vío und Guðný vorbei, winkte ihnen kurz zu, nuschelte ein »Wir sehen uns« in seinen nicht vorhandenen Bart und half beim Ablegen. Das Wal-Aussichtsboot war gut gefüllt. So wie es ausschaute, würde es ein erfolgreicher Sommer werden. Es war interessant, was Menschen für ein Erlebnis wie dieses zu bezahlen bereit waren. Klar, das Boot war einzigartig, und die Wale vor der Küste tummelten sich derzeit zuhauf, weil es viel Fisch gab. Er fand es auch, nachdem er die sanften Giganten schon so oft gesehen hatte, jedes Mal wieder faszinierend, sie zu beobachten. Vielleicht war es doch kein Wunder, dass Leute aus dem Ausland regelrecht in Verzückung gerieten, wenn einer der Riesen auch nur verbrauchte Luft auspustete. Hákon kletterte zu seinem Opa in die Kabine hinauf, und sein Blick schweifte noch einmal zum Ufer zurück. Vío stand am Kai und schirmte die Augen vor der Sonne ab.

Schaute sie zu ihm?

Er hob seine Hand und wollte ihr winken, dann wurde ihm klar, dass das ein bisschen albern war. Gott, er führte sich auf wie ein Teenager. Dabei wollte er nicht mal was von Vío. Aber leugnen konnte er auch nicht, dass er eifersüchtig auf seinen kleinen Bruder gewesen war. Seltsam war das alles.

Kapitel 5

Vío war völlig am Ende, nachdem sie die letzte Pizza aus dem Ofen geholt und nach drüben zu ihrer Familie geschleppt hatte. Sie ließ sich auf einen Stuhl sinken und nahm einen tiefen Zug von ihrem Wasserglas. Es roch im ganzen Haus nach Pizza, das Geplapper ihrer Verwandten umhüllte sie wie ein warmer Mantel. Ihre Schwester Hildur war mit ihrem Verlobten Pierre zum Essen gekommen. Hildur hatte die gleichen störrischen Locken wie Vío, aber im Gegensatz zu ihr war sie gertenschlank und achtete sehr auf das richtige Styling. Ihre Augenbrauen waren nicht nur perfekt gezupft, sondern auch dunkler gefärbt, wie es in Island gerade Mode war. Ein dezentes Make-up gehörte zu ihrem Leben wie bei Vío Kaffee und Kohlenhydrate. Hildur stieß ihr jetzt mit dem Ellenbogen in die Seite. »Was ich dich schon die ganze Zeit fragen wollte, wieso kann ich dich eigentlich nicht erreichen?«

Vío schnitt sich eine Ecke von der Pizza ab. »Was meinst du? Wir reden doch miteinander.«

Sie ahnte, was gleich kam, aber sie wollte erst mal ihr Essen genießen.

»Na, dein Telefon«, half Hildur ihr auf die Sprünge.

Vío biss noch einmal ab, dann antwortete sie mit vollem Mund. »Du weißt doch, wo du mich erreichen kannst.«

Astrún beugte sich zu ihnen herüber und wandte sich

mit einem breiten Grinsen an Hildur. »Vío hat ihr Handy im Eyjafjord versenkt.«

Die Augen ihrer Schwester wurden untertassengroß. »Nicht dein Ernst? Wieso das denn?«

Vío zuckte die Schultern und nahm sich noch ein Stück Pizza. »Übersprunghandlung. Um ehrlich zu sein, mir geht dieser ganze Scheiß auf die Nerven. Ständig soll man überall erreichbar sein. Ich hatte keine Lust mehr, dass mein Leben mehr online als live stattfindet.«

Astrún nickte, als ob sie genau verstünde, was ihre Nichte wollte. Hildur hingegen hatte Fragezeichen in ihrem hübschen Gesicht. »Was meinst du? Rede doch mal Klartext.«

Vío wollte die Augen verdrehen, ließ es aber sein. Sie nahm sich die Zeit, ihrer Schwester zu erklären, was ihr selbst erst kürzlich aufgefallen war. »Es ist ein ständiger Wettbewerb. Wer hat das schönste Leben, wer erlebt die tollsten Dinge, wer isst das krasseste Essen. Daran wollte ich nicht mehr teilnehmen.«

»Gott, seit wann bist du so philosophisch?«, wunderte sich Hildur. »Du wirfst dein Telefon ins Meer, weil dir irgendein Wettbewerb zu viel ist?«

Himmel, manchmal konnte ihre Schwester echt begriffsstutzig sein. »Sag mir mal, wie viele Beiträge hast du heute auf Insta oder Facebook gepostet? Ist es nicht so, dass du dich bei allem, was du machst, fragst, aus welchem Winkel das Bild besser aussehen würde? Lächeln in die Kamera oder gleich einen Timer stellen und so tun, als schautest du verträumt in die Ferne, dabei bist du nur drauf bedacht, dass dein Arsch hübsch in Szene gerückt ist. Und dann guckst du fünfzigmal am Tag nach, wie viele die Story angeschaut haben und wie viele deine Beiträge geliket haben?«

Hildurs Miene veränderte sich. Erst wirkte sie erstaunt, dann genervt. »Du meinst doch nicht, dass ich so lebe? Dass ich ein Narzisst bin?«

»Mensch, ich beziehe das doch nicht auf dich persönlich. Es ist das Dilemma unserer Zeit, Hildur, und ich für meinen Teil hab da einfach keinen Bock mehr drauf. Es bringt mir doch nichts, wenn andere mir Herzchen geben, weil mein Leben auf dem Kanal so geil aussieht. Ständig gehts um Achtsamkeit und das alles, und dann ist das Einzige, worauf wir achten, wie andere uns sehen und beurteilen. Ich bin da raus.« Vío hob ihre Hände und atmete aus.

Ihre Schwester atmete ebenso hörbar aus, dann trank sie einen Schluck Wein. »Manchmal bist du mir echt zu kompliziert. Und es ist eine ziemlich teure Erkenntnis, oder willst du jetzt für immer ohne Telefon rumlaufen?«

»Ich geb's auf. Poste du weiter auf Instagram und so. Ich bin froh, wenn mir mal keiner auf die Nerven geht und ich einfach am Ufer sitzen kann, ohne zu überlegen, aus welcher Perspektive das Foto besser ausschauen würde.«

»Amen.« Hildur setzte ihr Glas ab und grinste. »Wollen wir gleich noch los? Bisschen feiern gehen?«

Vío überlegte. Ehe sie antworten konnte, pikte ihre Schwester ihr noch mal den Ellenbogen in die Seite. »Komm schon, heute ist Freitag. Von wegen im Jetzt leben und so. Schlafen kannst du morgen.«

Vío musste lachen. »Ja, ist ja gut. Ich fahr dein Auto nach Akureyri, ihr beide habt ja schon einiges an Wein intus.«

»Kontrollierst du mich?«, kommentierte Hildur mit einem Augenzwinkern.

»Wohl kaum. Ich habe nur praktisch gedacht.«

»Weiß ich doch, Süße.«

»Sag mal, wann wollen wir uns wegen deiner Hochzeitswebsite zusammensetzen?«

»Bald wäre gut. Ich habe da schon ein paar Ideen.«

Da Vío nach dem Pizzabacken ohnehin der Kopf rauchte, winkte sie ab. »Morgen? Ich bin jetzt echt nicht mehr aufnahmefähig.«

»Klar, alles gut. Ich habe mir schon Notizen gemacht.«

Da war sich Vío ziemlich sicher. Was die Hochzeit anbelangte, würde ihre Schwester nichts dem Zufall überlassen. Vío befürchtete sogar, dass sie ein wenig zu viele Hollywood-Hochzeiten verfolgt hatte. Wenn es nach ihr ginge, würde sie die Website eher schlicht halten, ein wenig über das Brautpaar erzählen, ihre Geschichte, eine Galerie, in der nachher die Bilder eingefügt würden, und solche Dinge. Vío wusste, weil sie bereits ein wenig recherchiert hatte, dass manche Paare ihr ganzes Leben auf der Website zeigten. Vor allem der Antrag musste perfekt inszeniert sein, für den Kniefall vor möglichst spektakulärer Kulisse betrieben die Leute irrsinnigen Aufwand. Sie hatte sich mehr Videos dazu angesehen, als ihr lieb war. Gleichzeitig war es ihr sogar damals schon schwergefallen, sich mit Per vor dem Traualtar vorzustellen. Ihre Intuition hatte richtig gelegen, leider hatte es dann doch noch eine Weile gedauert – vermutlich nur, weil sie so in ihrem Alltag gefangen gewesen war, dass sie es nicht begriffen hatte. Aber damit war jetzt zum Glück Schluss. Sie nahm sich auch das letzte Stück Pizza – alle anderen hatten kapituliert und aufgehört zu essen. Die Kinder hatten schon ein Eis bekommen und waren zum Spielen verschwunden.

Als sie merkte, dass Hildur auf eine Antwort wartete, fügte sie noch an: »Wir machen dir die tollste Website, die du je gesehen hast.«

Und das meinte Vío auch ganz genau so, wie sie es sagte. Gleichzeitig ahnte sie, dass es auf den sozialen Medien eine Hashtag-Aktion *#HildurundPierre* geben würde. Womöglich kam sie früher oder später nicht darum herum, sich ein Ersatz-Handy zu beschaffen. Bis dahin würde sie glücklich ohne 4G leben. Der Gedanke erheiterte sie, und sie musste lächeln.

Hákon nippte gelangweilt an seinem Bier und schaute sich in der Kneipe um. Dunkle Balken stützten den hohen Raum des alten Gebäudes, das früher einmal eine Apotheke gewesen war. Eichendielen, über die schon Generationen von Isländern gelaufen waren, bedeckten den Boden. Der lange Tresen war aus poliertem Holz, hier traf man sich, plauderte und trank. Es war stickig und heiß, es roch nach Alkohol, verschiedenen Parfums und Schweiß. Es war laut und voll, und im Grunde hatte Hákon vorgehabt, sich heute zu amüsieren. Aber seine Gedanken schweiften immer wieder zu der Textnachricht seines Freundes Joe zurück, der ihn dazu drängte, endlich zu unterschreiben. Hákon war noch nicht so weit, er war sich noch unsicher, ob er diese Investition unterstützen sollte oder nicht. Gleichzeitig war er sauer auf Joe, dass er ihm die Hölle heißmachte, obwohl Hákon alle Zeit, die er brauchte, zustehen sollte. Ein Stimmchen in seinem Kopf wurde immer lauter, dass er es dann vielleicht lieber sein lassen sollte. Aber Joe war so Feuer und Flamme für diese Immobiliensache, dass Hákon nicht Nein sagen wollte. Es war ein elendes Dilemma.

Er nippte erneut von seinem Bier, das längst schal geworden war. Fló feierte deutlich ausgelassener, er hatte schon seinen x-ten Drink intus. Vielleicht war Hákons Laune auch nur so schlecht, weil er heute fahren musste. Die beiden hatten sich am Nachmittag ein kleines Rennen mit ihren Bikes geliefert, und Hákon hatte verloren – der Einsatz war gewesen, dass der Verlierer fahren sollte. Völlig bescheuert. Nun, womöglich fand er es nur bescheuert, weil es ihn getroffen hatte.

Hákon verzog seine Lippen und stellte die Bierflasche ab. Er wollte niemandem den Spaß verderben, nur weil er irgendwie schlecht drauf war. Während er sich einen

Weg zu den Toiletten bahnte, dachte er an die Szene in Flós Restaurant – das immer noch keinen Namen hatte – zurück. Hákon war doch tatsächlich unangekündigt hereingeschneit, mit der fadenscheinigen Begründung, dass er Milch aus dem Kühlraum holen wollte, weil er keine zu Hause hatte. Er hätte sich einfach in seinen verdammten Pick-up setzen können, um in den nächsten Supermarkt zu fahren, der zwar ein paar Kilometer entfernt war, aber nicht völlig aus der Welt. Hatte er aber nicht, und insgeheim wusste er, warum: Er hatte diese Bilder von Fló und Vío in der Restaurantküche einfach nicht aus seinem blöden Kopf bekommen. Er war erleichtert gewesen, dass Vío wirklich nur Pizza gebacken hatte. Und er war ja nicht gekommen, um zuzuschauen, sondern eher, um ein Techtelmechtel zwischen ihr und seinem Bruder zu verhindern. Hákon blieb stehen und rieb sich über die Stirn. Seit wann verhielt er sich so erbärmlich? Es sah ihm nicht ähnlich, und es gefiel ihm auch nicht.

Hákon straffte sich und marschierte dann aufs Klo, obwohl er gar nicht musste.

Nachdem er sich die Hände gewaschen hatte, schlenderte er nach draußen. Er brauchte ein wenig frische Luft. Vielleicht war es keine gute Idee gewesen, heute auszugehen. Irgendwie war es doch immer das Gleiche.

Oder er war einfach eine Spaßbremse, weil er nüchtern keine Lust auf die angeregten Gespräche hatte, die er sonst mit seinen Freunden führte, wenn sie feiern gingen. Zum anderen wurmte es ihn, dass seine Libido flöten gegangen war. Vielleicht war seine miese Laune auch eine Kombination aus beidem. Normalerweise hatte er nichts dagegen, eine nette Bekanntschaft am Abend zu schließen, in deren Bett er am Ende landete. Doch heute hatte er keine Lust, zu flirten. Tatsächlich war es so, dass ihn vorhin eine ziemlich süße Touristin mit einem eindeutigen Angebot auf ihr

Zimmer eingeladen hatte, und er hatte ihr einfach die kalte Schulter gezeigt, weil sich bei ihm nichts geregt hatte. Das sah ihm nicht ähnlich. Vielleicht musste er sich Sorgen um seine Libido machen.

Hákon bog um die Ecke und lehnte sich gegen die blau gestrichene Fassade seiner Stammkneipe. Wie immer im Sommer war es auch jetzt noch hell. Er überlegte, was er tun sollte, und wusste nichts mit sich anzufangen. Einen Fuß stellte er lässig an die Wand, während er ein paar tiefe Atemzüge in dieser Ruhe genoss. Wirklich still war es aber auch hier draußen nicht, denn die Kneipe lag quasi auf der Amüsiermeile Akureyris. Tagsüber flanierten Leute zum Shoppen und gingen in Cafés, nachts wurde gefeiert, gegrölt und gebechert. Isländer tranken wie die meisten Skandinavier selten während der Woche, dafür umso mehr an den Wochenenden. Überhaupt war das Verhältnis zu Alkohol hier wie in den Staaten, wo er zuvor eine Weile gelebt hatte, merkwürdig. Vielleicht wurde er auch einfach nur alt, dass er anfing, sich über so was Gedanken zu machen.

Gott. Er schnaufte aus und rieb sich erneut über die Stirn, während er sich erneut fragte, warum er so schlecht drauf war. Er wollte gerade wieder reingehen, als ihm eine Bewegung aus dem Augenwinkel auffiel. Jemand saß etwas weiter die Seitenstraße entlang auf einer Stufe und hatte das Gesicht zwischen den Händen vergraben.

Genau, dachte er. Hatte er sich nicht eben erst im Geiste über die Sauferei der Isländer an den Wochenenden ausgelassen? Und jetzt sah er auch schon die erste Schnapsleiche. Hákon wollte gerade gehen, er hatte keine Lust, die Frau zu beobachten, als sie sich in diesem Augenblick ein wenig aufrichtete.

Oh!

Es war nicht irgendjemand, sondern Vío. Das änderte die

Lage natürlich, dennoch zögerte er eine Sekunde. Sollte er sie sich selbst überlassen? Aber was, wenn es ihr wirklich schlecht ging? Und warum wollte er sich um sie kümmern und um jemand anderen nicht? Was hatte sie an sich, dass er sich um sie sorgte?

Hákon gefiel der Schluss auf seine stummen Fragen nicht. Um sich selbst zu beweisen, dass er nach wie vor der harte, coole Typ war, ging er zurück in die Kneipe und ließ sie sitzen.

Er wollte sich imaginär auf die Schulter klopfen, sich freuen, dass er gegangen war. Doch auf halbem Weg spürte er, dass es keineswegs Freude war, die sich in ihm ausbreitete, sondern Scham. Eine Freundin, okay, Bekannte, war betrunken und brauchte Hilfe, und er verpisste sich, weil er sich was beweisen wollte? Was überhaupt?

Nein. Er machte auf dem Absatz kehrt. So ein Mensch wollte er nicht sein.

Hákon trat wieder auf die Straße und marschierte zu Vío. Schon nach dem ersten Schritt begriff er, dass die Treppenstufe leer war. Sie war nicht mehr da.

»Super«, schimpfte er leise und wusste nicht, was das jetzt bedeutete. Hatte er sich getäuscht, und es ging ihr gar nicht so schlecht, oder war sie zum Klo gerannt? Was auch immer es gewesen war, er war genervt, dass er es hatte so weit kommen lassen. Mit der flachen Hand schlug er sich gegen die Stirn und verbot sich jeglichen weiteren Gedanken, was mit ihm heute nicht stimmte. Er zückte sein Handy und schrieb Fló, dass er keinen Bock mehr hatte und nach Hause fuhr. Sein kleiner Bruder würde sich entweder eine Schlafgelegenheit suchen oder ein Taxi nehmen. Es war ja nicht so, dass sie am Hungertuch nagten und er es sich nicht leisten könnte.

Hákon schlenderte durch die schmale Gasse, ohne dass ihm klar war, wohin er wollte. Sein Auto stand auf dem öffentlichen Parkplatz, aber er musste erst ein bisschen Dampf ablassen, ehe er nach Hause fuhr und ins Bett ging. Den Kopf freibekommen.

Er war erst ein paar Schritte gegangen, als er Vío an der Fußgängerampel vor dem kürzlich fertiggestellten Opernhaus *Hof* stehen sah. Sie drückte gerade den Knopf. War sie auf dem Weg in den Hafen? Kurz schoss ihm die Sorge durch den Kopf, dass sie vielleicht zu betrunken war und ins Wasser fiel. Auf diese Weise waren schon viele Isländer gestorben. Nein, bestimmt nicht. Aber dem Zufall wollte er auch nichts überlassen, schon nicht deshalb, weil er eben noch der Meinung gewesen war, dass sie Hilfe brauchte. Hákon beschleunigte seine Schritte und erwischte die Grünphase gerade so. Er holte Vío ein.

»Hey«, machte er auf sich aufmerksam. Sie blieb stehen und drehte sich um. Als er in ihre geröteten Augen schaute, war ihm klar, dass sie nicht betrunken war, aber glücklich sah auch anders aus. Hatte sie geweint?

»O. Hi«, erwiderte sie und schob sich eine Locke hinters Ohr, die sich sofort wieder löste. Hákon hatte keine Ahnung, wie spät es war, durch den Stand der Sonne konnte er jedoch vermuten, dass es weit nach Mitternacht war. Es war windstill. Eine wundervolle taghelle Sommernacht, aber offenbar ging es nicht nur ihm so, dass ihn etwas bedrückte. Er erinnerte sich daran, dass sie ihr Handy wegen irgendeines Kerls ins Meer gepfeffert hatte. Das war gerade mal vierundzwanzig Stunden her. Er wollte nicht neugierig sein, aber war es doch.

»Alles okay?«, erkundigte er sich. »Sollen wir ein Stück gehen?«, schlug er vor, falls sie die erste Frage zu aufdringlich fand.

Sie nickte zögerlich. »Ja, wieso nicht. Wenn du nichts Besseres zu tun hast? Wieso bist du überhaupt hier? Verfolgst du mich?«

Er war sich nicht sicher, ob sie scherzte oder es ernst meinte. Vermutlich eine Mischung aus beidem.

»Vielleicht«, gab er mit einem Grinsen zurück.

»O Gott, sag mir nicht, dass du so ein mieser Stalker bist.«

Er schüttelte den Kopf, obwohl er sich ein bisschen so vorkam. Vielleicht sollte er einfach ehrlich sein und ihr sagen, dass er sie zufällig entdeckt und sich Sorgen um sie gemacht hatte, aber den Gedanken verwarf er sofort, denn dann müsste er auch zugeben, dass er sie erst mal sich selbst überlassen hatte, bis sein Gewissen sich gemeldet hatte. Puh. Irgendwie kompliziert. Obwohl er ein Freund von offenen Worten war, musste manchmal nicht alles gesagt werden.

»Bin ich nicht, keine Angst. Aber ich wollte gerade nach Hause gehen, da habe ich dich entdeckt.« Das war jedenfalls nicht gelogen, aber eben auch nicht die ganze Wahrheit.

»Verstehe, ich will dich nicht aufhalten.«

Jetzt grinste er. »Sehe ich aus, als hätte ich es eilig? Wo wolltest du hin?«

»Ach, nur ein bisschen am Ufer spazieren gehen.«

»Stört es dich, wenn ich dich begleite? Zufällig könnte ich gerade auch ein bisschen frische Luft gebrauchen.« Das stimmte, allerdings hatte Vío vermutlich keine Ahnung, dass sie zumindest zum Teil dazu beitrug, dass in seinem Kopf neuerdings mehr Chaos herrschte, als ihm lieb war.

»Wenn es dich nicht stört, dass ich gerade keine gute Unterhalterin bin, bitte.«

»Glaub mir, wenn ich eines nicht brauche, dann jemanden, der mir das Ohr abkaut.« Zu seiner Überraschung lachte Vío, und in ihren Augen blitzte etwas auf, das er vorhin sehr vermisst hatte. Sie war so traurig gewesen, dass sich sein Herz schmerzhaft zusammengezogen hatte. Jetzt schlug es schneller, denn er hoffte, dass er der Grund für das Funkeln war. Albern, aber es stimmte. Vielleicht war es keine gute Idee, wenn er mit ihr am Ufer entlangschlenderte. Denn im Gegensatz zu vorhin schien seine Libido in ihrer Nähe keine Probleme zu haben. Er verzog seine Lippen.

Komm, sei nicht albern, schimpfte er sich stumm. *Ein Spaziergang heißt noch gar nichts.* Also setzten sie sich in Bewegung, trotteten durch den kleinen Hafen und schauten auf die sanft schaukelnden Boote.

»Wasser übt eine magische Anziehung aus, findest du nicht?«, meinte er in die Stille der hellen Sommernacht.

Auch wenn die Sonne über dem Fjord schien, war es doch ruhig und friedlich, wie es tagsüber nie war. Das hatte er in den Staaten am meisten vermisst, dieses besondere Licht mit den schönsten Farben am Himmel. Die Mitternachtssonne und das dunkel schimmernde Meer im Eyjafjord waren einzigartig. Hier war er zu Hause, und obwohl er es vielleicht nicht aussprach, so war es doch so, dass er nirgendwo sonst leben wollte. Nicht mehr. Er hatte kapiert, dass manches Glitzern und Funkeln trügerisch war. Wenn man den Strom abstellte, war nichts mehr vom Glamour übrig. Er hatte sich für eine Weile blenden lassen, und – da machte er sich auch nichts vor – er hatte die Sau rausgelassen. Es gab vermutlich kein besseres Pflaster als Las Vegas dafür. Aber das war vorbei, die Vorstellung, in einem Luxushotel mit einer x-beliebigen Schönheit zu vögeln, löste eher Horror als Freude in ihm aus. Gleichzeitig stellte er fest, als sie ein Stück weiter gegangen waren, dass er jetzt in dieser Sekunde genau da war, wo er sein wollte. Und mit wem. Er fühlte sich wohl und war zufrieden.

Enten schliefen auf dem steinigen Strand. Sanfte Wellen schwappten ans Ufer. Es war kühl, aber durch die Windstille konnte man es gut aushalten, obwohl er nur ein Hemd trug. Vío hatte bloß einen Pullover an, vielleicht fror sie. Frauen drohten ja oft schon bei fünfundzwanzig Grad, sich kalte Füße zu holen.

»Ist dir kalt?«, wollte er wissen.

Vío guckte von der Seite zu ihm herauf. »Wieso? Willst du mir dein letztes Hemd geben?«

»Für dich würde ich sogar das tun.«

Sie legte sich einen Finger an die Lippen. »Hm, ja, wieso nicht. Einen Blick auf deinen Oberkörper zu erhaschen, könnte ja nicht schaden, du siehst ziemlich sportlich aus.«

Er hob eine Braue. »Machst du mich gerade an?«

Sie gackerte. »Ich dachte, das hätten wir geklärt. Kein Bedarf. Aber gucken kann man ja mal. Blind bin ich nicht.«

»Dann findest du mich also heiß?«, scherzte er, und doch ging ihm ihre Witzelei runter wie Öl. Dabei war er kein Typ, dem man Honig um den Bart schmieren musste. Aber bei Vío kam es nicht wie eine schmierige Schmeichelei an, sondern eher – wie ein unbeabsichtigtes Kompliment. Es war aufrichtig und irgendwie humorvoll.

Endlich hatte er begriffen, warum er sich bei ihr, mit ihr, so wohlfühlte. Puh. Beinahe hätte er erleichtert geseufzt. Das Rätsel war gelöst. Er stand nicht auf sie – wie er im Schock schon fast angenommen hatte –, er genoss einfach ihre Gesellschaft, weil sie die erste Frau seit langer Zeit war, die ihn als Mensch mochte und nicht, weil er durch das Pokern reich geworden war. Zumindest kam ihm das so vor. Dass seine losen Liebschaften nur das eine von ihm wollten – am besten einen Ring am Finger mit einem hübschen Klunker –, hatte er zwar schon länger kapiert, aber dennoch damit gelebt. Aber das war jetzt vorbei, nachdem er begriffen hatte, dass ihn belangloser Sex auf Dauer langweilte.

»Du weißt genau, wie du bei Frauen ankommst«, meinte sie irgendwann. Ihr Tonfall war nicht mehr ganz so spielerisch wie zuvor. Ob nun der richtige Moment war, sie noch einmal zu fragen, warum sie vorhin so niedergeschlagen gewesen war? Ob sie jetzt auch an diesen Kerl dachte, wie neulich?

Hákon entschied sich, es nicht anzusprechen. Wenn sie reden wollte, konnte sie das gerne machen, er würde sie garantiert nicht dazu drängen. Er selbst konnte es nicht leiden, wenn ihn Leute löcherten, warum sollte er das also bei Vío tun?

»Sollen wir nach Hause fahren?«, schlug er irgendwann vor.

»Ja, wieso nicht. Ich bin echt müde.« Sie gähnte lautstark.

Er guckte auf seine Uhr. »Kein Wunder, es ist schon nach drei.«

»Nimmst du mich mit?«

»Klar, kein Problem.«

»Du hast doch nicht getrunken, oder?«

»Nein, habe ich nicht. Zufällig hatte ich eine Wette verloren und musste fahren.«

»Ach so, sollen wir dann noch warten? Kein Problem.«

»Nein, nein«, beeilte er sich zu sagen. »Ich hatte das schon vorhin geklärt, Fló bleibt noch. Der ist richtig in Fahrt. Er findet entweder ein warmes Bett oder ein Taxi.«

Vío grinste. »Das kann ich mir vorstellen.«

Sie klang nicht verärgert oder eifersüchtig. Vielleicht hatte er sich dieses Flirten zwischen ihr und Fló auch nur eingebildet. Überhaupt dachte er derzeit viel zu viel über Sachen nach, die ihm scheißegal sein sollten. Das musste aufhören.

Als sie seinen Pick-up erreichten, öffnete er die Tür für sie, dann stieg er selbst auf der anderen Seite ein. Vío schnallte sich gerade an, als er sich an sie wandte.

»Schläfst du gleich wieder ein?«, neckte er sie.

Sie guckte überrascht. »Könnte passieren.«

»Okay, soll ich dich dann wecken, wenn wir da sind?«

Sie prustete los. »Ist dir wohl noch nicht oft untergekommen, dass Frauen neben dir friedlich schlummern? Bist du sonst so schnell wieder weg, dass das nicht passieren kann?«

Da war was dran, aber das behielt er für sich. »Nee, ich meine ja nur.«

»Mach dir mal keine Gedanken. Ich bleibe schon wach. So müde bin ich noch gar nicht, eher hungrig.«

»Da können wir Abhilfe schaffen.«

»Sag bloß, du kannst so gut kochen wie dein Bruder?«

»Bedauerlicherweise nicht – aber ich kenne zufällig einen sehr guten Laden, wo wir uns einen Hotdog und einen Milchshake holen können.«

Es entstand eine kurze Pause, fast glaubte er, dass sie gleich sagen würde, sie wolle so spät nichts mehr essen. Anderen Frauen hätte er das gar nicht erst vorgeschlagen, die knabberten meist nur an einem Salatblatt oder wollten einen grünen Smoothie. In diese Kategorie steckte er Vío nicht, auch, weil er sie schon mit Snacks an der Tanke gesehen hatte. Er musste daran denken, wie peinlich es ihm noch immer war, dass er durch diese Pfütze gerast war, ohne sich dafür bei ihr zu entschuldigen.

Vielleicht dachte sie auch daran?

»Ich habe diese Pfütze echt nicht gesehen«, platzte es aus ihm hervor.

»Hä?«

»Letztens an der Tankstelle.« Gott, er redete sich noch um Kopf und Kragen.

»Ach, *das* meinst du. Ist schon okay. Ich werde mich irgendwann revanchieren, wenn du gerade nicht dran denkst.«

Er lachte, irgendwie war die Drohung süß und nicht ernst zu nehmen. »Okay, also, hast du Lust auf Milchshakes und Würstchen?«

»Unbedingt.«

Wenig später saßen sie im Pick-up, und jeder von ihnen mampfte einen Hotdog, in den Getränkehaltern hatten sie Schoko-Milchshakes und guckten aufs Wasser hinaus. Die Morgensonne glitzerte im Eyjafjord, es war ruhig und friedlich. Herrlich.

»Gibt nichts Besseres«, stieß sie mit vollem Mund hervor.

Er wusste nicht, ob sie den nächtlichen Snack oder die Natur meinte.

»Stimme ich zu«, erklärte er zufrieden.

Nach der Mahlzeit ließ er den Motor an und fuhr in Richtung Hauganes.

Vío gähnte und hielt sich die Hand vor den Mund. »Sorry.«

»Du musst dich nicht entschuldigen, dass du müde bist.«

Sie erwiderte nichts und guckte aus dem Fenster. Sie wirkte tief in Gedanken versunken, und er wollte weder neugierig noch aufdringlich sein. Eine Weile sagte niemand etwas, aber sie schlief nicht ein. Als sie Hauganes beinahe erreicht hatten, fragte er: »Zu deiner Tante, oder?«

»Du kannst mich bei dir rauslassen, ich geh das Stück über den Strand zurück.«

»Es ist kein Problem, dich rüberzufahren.«

»Das weiß ich, aber ich möchte es. Noch ein paar Schritte zu gehen, tut mir gut.«

Zwingen würde er sie nicht, also fuhr er in die Garage und stellte den Motor ab. Vío stieg mit einem Stöhnen aus und streckte sich. »Gott, ich bin echt kaputt. Aber irgendwie fühlt es sich auch super an – vor allem, dass ich morgen keinen Kater haben werde.«

»Stimmt«, pflichtete er ihr bei, während sie durch die Garage in den Wohnbereich gingen. Er kickte die Turnschuhe von seinen Füßen. »Noch einen Absacker?«, schlug er vor.

»Ich bin total voll, danke.« Sie hielt sich den Magen und schaute zu ihm auf. Ihre Blicke trafen sich, und auf einmal war alles anders. Die Luft zwischen ihnen flirrte. Erst glaubte er, dass er sich das vielleicht einbildete. Oder es sich wünschte, aber er sah an ihren geweiteten Pupillen und ihren geöffneten Lippen, dass es auch ihr so ging. Zwischen ihnen lag ungefähr ein Meter. Keine Distanz, die er nicht mit einem einzigen Schritt überbrücken könnte. Er wollte es. Er schaute auf ihren hübschen, vollen Mund und fragte sich, wie es wohl wäre, sie zu küssen. Hákon war davon überzeugt, dass in Vío eine Menge Leidenschaft steckte.

Sein Unterleib reagierte mit einem eindeutigen Pochen. Einerseits freute er sich, dass seine Libido doch nicht flöten gegangen war, andererseits wusste er genau, dass er sich Probleme einhandeln würde, wenn er diesen Schritt gerade bei Vío wagte. Verdammt. Wieso war das auf einmal so kompliziert, wo er sich früher einfach genommen hatte, was er wollte?

Sein Herz schlug schneller. Viel schneller, als es ihm lieb war.

Sie nahm ihm die Entscheidung ab.

»Danke fürs Mitnehmen«, murmelte sie und senkte ihre Lider.

Hatte er sich das Verlangen in ihren Augen nur eingebildet? Die Sehnsucht, die seine eigene spiegelte?

Wie konnte er sich nach jemandem sehnen, den er gerade mal so kurz kannte? Es war mehr als nur das Bedürfnis, seine Lust zu stillen. Vío hatte etwas an sich, das in ihm das Verlangen weckte, alles von ihr erfahren zu wollen. Wovon sie träumte. Was sie vom Leben erwartete. Was sie zu dem Menschen gemacht hatte, der heute vor ihm stand.

Er blinzelte irritiert über die Intensität der Gefühle, die über ihm zusammenschlugen.

Verdammt, dachte er. Er war womöglich kurz davor, komplett irrezuwerden. Etwas hielt ihn zurück, obwohl alles in ihm danach schrie, sie in seine Arme zu reißen und seinen Mund auf ihren zu pressen. Es war die Angst, dass danach nichts mehr wie zuvor sein würde. Ein Kuss konnte – und würde – ihre Freundschaft zerstören. Ein kurzweiliges Vergnügen. Das war es nicht wert. Denn er wollte Vío weiterhin als Freundin in seinem Leben haben, obwohl ihm klar war, dass sie nur für ein paar Wochen ihren Urlaub hier verbrachte. Er atmete einmal tief durch, bis er sich so weit im Griff hatte, dass für Vío keine Gefahr bestand, von ihm gegen die Wand gedrückt und besinnungslos geküsst zu werden.

Himmel, derart intensiv hatte er schon lange niemanden mehr begehrt.

Vielleicht noch nie.

Er räusperte sich. »Gern geschehen, soll ich dich begleiten?«

Seine Stimme klang belegt.

Etwas in ihm hoffte, dass sie Ja sagen würde, denn dann wäre dieser Abend noch nicht vorbei.

»Nein.« Sie lächelte. »Nachher sieht uns noch jemand am Strand und zieht falsche Schlüsse daraus. Wenn ich auf eines keine Lust habe, dann auf dumme Fragen meiner Verwandtschaft.«

Seltsam, irgendwie hatte er gedacht, dass Vío jemand wäre, der sich nicht darum kümmerte, was andere dachten. Und dann begriff er, dass er sie erst seit wenigen Tagen kannte und im Prinzip gar nichts über sie wusste. Zum Beispiel, ob sie mit diesem Kerl noch zusammen war. Dass sie ihr Handy weggeworfen hatte, musste ja nicht zwangsläufig bedeuten, dass sie getrennt waren.

Der Gedanke ernüchterte ihn vollends.

»Okay, alles klar, dann schlaf gut«, erwiderte er, und es klang kälter als beabsichtigt. Wenn Vío es aufgefallen war, so ließ sie sich nichts anmerken. Sie lächelte noch immer.

»Gute Nacht, wir sehen uns.«

Ja, da war er sich sicher. Wobei er jedoch nicht eindeutig sagen konnte, ob er sich darauf freute oder davor fürchtete.

Hákon schloss die Tür hinter ihr, ging ins Wohnzimmer und schaute aus dem Fenster. Also war er doch ein Spanner. Stalker.

Er überraschte sich gerade selbst. Vor seinem Gewissen konnte er noch so tun, dass er Vío beobachtete, wie sie über den Strand lief, um sicherzugehen, dass sie gut ankam. Dabei war ihm ganz klar, dass das Risiko, in Hauganes vom Strand geklaut zu werden, gegen Null ging. Schon gar nicht im taghellen Sommer. Und doch bewegte er sich keinen Millimeter weg und sah ihr zu, wie sie auf den dunklen Steinen ihre Schuhe und Socken auszog und ihre Füße ins eisige Wasser hielt. Er schmunzelte. Echt jetzt?

Sie zuckte kaum merklich zurück, als eine Welle über ihre Fußsohle schwappte. Er wusste, wie kalt der Eyjafjord auch im Sommer war. Die Frau war wirklich ein bisschen verrückt.

Leider musste er sich eingestehen, dass er diese Verrücktheit ziemlich sexy fand. Erfrischend anders. So normal und gleichzeitig alles andere als gewöhnlich.

Kapitel 6

Vío lächelte mitleidig, während sie in das Gesicht ihrer Schwester schaute. Hildur war so grün wie ein Frosch, dazu hatte sie dunkle Augenringe und nippte immer wieder an einer Tasse mit Kamillentee, um ihren übersäuerten Magen in Schach zu halten. Es war früher Nachmittag, und im Häuschen duftete es verführerisch nach Gebäck, nicht nur das, es herrschte auch reges Treiben, denn die französische Verwandtschaft – Pierres Familie – diskutierte lebhaft und futterte frische Croissants im Nebenzimmer. Vío hatte gedacht, dass die Franzosen Croissants zum Frühstück essen würden, aber diese Familie schien da wohl auch mal eine Ausnahme zu machen. Vío hatte selbst schon eins gekostet, und es war das Beste, das sie jemals gegessen hatte. Leider reichten ihre rudimentären Französischkenntnisse nicht, um sich das Rezept von Hildurs zukünftiger Schwiegermutter geben zu lassen. Nun, vielleicht konnte sie ihr beim nächsten Mal zuschauen, da lernte man ja auch was. Aber jetzt wollte sie sich auf die Aufgabe konzentrieren, wegen der sie hergekommen war: die Hochzeitswebsite.

Sie fuhr ihren Laptop hoch und machte den Fehler, ihr E-Mail-Programm zu öffnen. Es poppten einhundertzwanzig ungelesene Mails auf, und Vío entfuhr ein entsetzter Schrei. Hildur blinzelte müde. »Was ist?«

»Ich hab aus Versehen meine Mails angeschaut.«

»Und?«

»Frag lieber nicht.« Vío winkte ab. Sie sah nur die Betreffzeilen und kapierte sofort, dass einige Kunden nach ihr fragten, aber nicht nur die. Offenbar lief in der Agentur einiges aus dem Ruder – was Vío nicht wirklich überraschte. Ihr war schon vorher klar gewesen, dass sie eine wichtige Position innehatte. Dass ihr Ex das nicht kapiert hatte, rächte sich jetzt. Für ihn jedenfalls.

Per hatte auch eine ganze Reihe an Aufforderungen an sie geschickt. Vío prustete leise und schloss das Fenster. Sie war durch damit, und auch ein Per Koslowski konnte lernen, dass Urlaub wirklich Urlaub hieß. Und das hatte noch nicht mal was mit der Trennung zu tun. Vío atmete tief durch und nahm sich ihren Schreibblock zur Hand. »So, wo waren wir?«

Sie rang sich ein Lächeln ab und war froh, dass ihre neugierige Schwester zu verkatert war, um zu kapieren, dass etwas in Víos Leben ganz und gar nicht stimmte.

Hildur nippte von ihrem Tee, schüttelte sich leicht und guckte zu ihrer Schwester. Auf einmal kehrte Farbe in ihr blasses Gesicht zurück, sie kramte ihr Handy hervor und scrollte – vermutlich in ihren Notizen – und las sodann in einem maschinengewehrartigen Tempo vor, wie sie sich ihre Hochzeit und die dazugehörige Website vorstellte.

Vío unterdrückte Kommentare und etwaige Gesichtsentgleisungen. Sie wusste, dass Hildur sensibel reagierte und sich leicht angegriffen fühlte, wenn es um ihren großen Tag ging. Außerdem war es ja nicht Víos eigene Hochzeit, und daher musste es ihr auch nicht gefallen, was Hildur sich wünschte. Schade fand Vío es trotzdem, dass ihre Schwester sich so sehr auf Äußeres versteifte, anstatt sich aufs Wesentliche zu konzentrieren. Aber was wusste Vío schon, sie hatte nie geheiratet, und in nächster Zeit würde das auch nicht passieren.

»Ich finde, du könntest ein Brautjungfernkleid tragen«, erklärte Hildur ihr gerade, und Vío konnte sich nicht mehr länger zurückhalten, sie stöhnte auf und furchte ihre Stirn.

»Brautjungfernkleid?«

Hildur nickte. »Ja, genau das. Immerhin bist du meine Trauzeugin.«

»Und deshalb kann ich nicht anziehen, was ich möchte? Und was ist mit den anderen Freundinnen von dir? Sollen die etwa auch das gleiche Kleid anhaben wie ich? Wie doof ist das denn, wenn wir Mädels alle in bonbonrosa auftauchen? Wo bleibt die Individualität? Das meinst du wohl nicht ernst, Hildur? Wir leben doch nicht in Amerika!«

Vío hatte sich in Rage geredet. Es war aber auch geradezu absurd. Bis zur Hochzeit waren es nicht mal mehr vier Wochen. Das war typisch, dass Hildur mit so einer Idee jetzt ankam, wo es knapp wurde. Vío hätte das alles vor langer Zeit in die Wege leiten können, wenn ihre Schwester vorher was gesagt hätte. Nicht, dass sie scharf drauf war, wie eine Barbie herumzulaufen.

»Was regst du dich denn so auf?«, zischte Hildur.

Vío rieb sich über die Stirn. »Ich rege mich nicht auf.«

»Es wäre doch schön, wenn ihr das gleiche Outfit hättet.« Ihre Schwester guckte sie mit großen Augen an.

»Für wen wäre das schön? Kapier ich nicht.«

»Meinst du nicht? Ich stelle es mir romantisch vor.« Hildur schien zu zweifeln. Sie knabberte an der Innenseite ihrer Wange.

»Nee, echt nicht. Was soll daran romantisch sein? So sind wir doch gar nicht, Hildur. Das ist 'ne komische amerikanische Marotte, die ich noch nie verstanden habe und die ich auch alles andere als schön finde. Außerdem habe ich schon ein Kleid.«

Beinahe hätte Vío gelacht, ›schon‹ war gut. Dann schmunzelte sie tatsächlich, denn sie dachte wieder wie eine Deutsche, die gerne und immer alles im Voraus planten, und das am liebsten bereits ein Jahr früher als nötig. Wurde Zeit, dass sie diese Angewohnheiten ablegte. Nichts war unmöglich. Sie wollte wieder mehr diesem Wahlspruch folgen.

Gut, vielleicht nicht gerade bei diesem Brautjungfernding. Aber es schien, als hätte sie ihre Schwester überzeugt, dass jeder sein eigenes Kleid tragen durfte.

Gott sei Dank.

Nicht, dass Vío besonders eitel wäre – aber mit ihren üppigen Kurven konnte sie definitiv nicht alles tragen und schon gar kein rosafarbenes Schlauchkleid. Man musste das eigene Selbstvertrauen ja nicht auf die Probe stellen. Oder wie auch immer sie das bezeichnen sollte. Zum Glück war diese Kuh erst mal vom Eis.

Aber es folgten viele weitere, und am Ende ihrer ›kurzen‹ Besprechung war Vio fertig mit den Nerven. Sie hatte eine lange Liste an Punkten notiert, die es zurzeit zu organisieren gab. Hildur hatte zwar konkrete Vorstellungen, aber bisher nichts in die Wege geleitet. Tischdeko, Sitzplan und das Wichtigste, wer würde der *Veislustjóri*, der Moderator der Feier werden und vieles mehr. In welcher Reihenfolge sollten die Reden gehalten werden, damit niemand sich benachteiligt fühlte, und wie konnte man die Sprachbarrieren der Franzosen und Isländer elegant überwinden, ohne dass eine Gruppe sich hier und da ausgeschlossen fühlte oder gar langweilte. Vío atmete tief ein und aus. Sie hatte eine Menge, worüber sie nachdenken musste. Gleichzeitig freute sie sich darauf, immerhin ging es um die Hochzeit ihrer Schwester. Es sollte ein besonderes Fest werden.

Hildurs Telefon bimmelte, sie stand auf und ging zum Fenster. Vío dachte an Hákon und die gestrige Nacht zurück. Sie hatte lange nicht einschlafen können und immer wieder überlegt, ob sie sich das Knistern zwischen ihnen eingebildet hatte. Die Sehnsucht. Das Verlangen.

In ihrem Magen kribbelte es, wenn sie an ihn und seine blauen Augen dachte, seine samtige Stimme und seinen merkwürdigen Humor, bei dem man nie wusste, ob er scherzte oder es doch ernst meinte.

Sie klappte den Deckel ihres Laptops zu und war froh, dass sie heute Morgen nicht der Verlockung erlegen war, zum Hafen zu gehen, um nach Oma zu sehen – oder eher, um ihm ›zufällig‹ zu begegnen. Und doch ... Irgendwie übte dieser Kerl eine so intensive Anziehung auf sie aus, dass sie ihr kaum widerstehen konnte und ständig an ihn denken musste. Wenn sie nicht aufpasste, könnte das zu Schwierigkeiten führen. Vío war noch nie bekannt dafür gewesen, dass sie bei Versuchungen standhaft bleiben konnte. Nicht umsonst waren ihre Hüften doppelt so breit, wie sie sie gerne hätte. Tatsächlich war der Vergleich gar nicht übel, denn Hákon war das Sahnehäubchen auf der Kirsche. Um das zu wissen, musste sie nicht mal von ihm gekostet haben. Puh. Sie fächelte sich Luft zu. Auf einmal war ihr ganz schön heiß geworden. Sie packte ihre Sachen in den Rucksack und stand auf. Hildur kehrte gerade zurück.

»Wer war das?«, wollte Vío wissen.

»Das war Atli.«

»Und? Ist ihm was passiert? Ist er nicht noch auf See?« Atli war Astrúns Jüngster.

»Nichts passiert, oder doch. Das Schiff hat einen Maschinenschaden, sie sind eben im Hafen eingelaufen.«

»Oh. Schade für ihn.« Man verdiente ziemlich gut auf einem der modernen Trawler, wie sie die isländischen Flotten benutzten. Da entging ihrem Cousin ein guter Verdienst, wenn er jetzt an Land kam und nicht weiter zur See fuhr.

Hildur ließ sich auf ihren Stuhl sinken und stützte ihr

Gesicht auf ihren Händen ab. »Kannst du ihn vielleicht abholen und nach Hauganes chauffieren? Ich schaffe das beim besten Willen nicht. Mir ist immer noch so übel.«

Vío kicherte. »Klar, kein Problem. Ich wollte sowieso gleich zurückfahren.«

»Was machst du heute noch?«

»Keine Ahnung. Und ihr?«

»Also, ich weiß nicht, was meine lieben Verwandten machen, aber ich lege mich nur noch aufs Sofa und schleppe mich früh ins Bett.«

»Mach das, Süße. Wir hören uns.«

»Sehr lustig, Vío. Wie soll ich dich anrufen? Hast du dir überhaupt nur eine Sekunde Gedanken über die Konsequenzen gemacht, als du dein Handy ins Meer geschmissen hast?«

Sie schauten sich eine Sekunde wortlos an, dann brachen sie in Gelächter aus. »Natürlich nicht, Dummerchen. Sonst hätte ich es nicht weggeworfen, aber komischerweise fehlt es mir gar nicht. Es ist wie eine Befreiung. Und ja, sag es nicht!« Vío hob abwehrend die Hände. »Mir ist klar, dass ich es auch einfach hätte ausschalten können.«

Hildur nickte. »Kaufst du dir ein Neues?«

»Ruf einfach bei Astrún an. In dieser Familie gibts genug Mobiltelefone. Tschüss, Süße.« Sie drückte ihrer Schwester einen Kuss auf die Wange, dann verabschiedete sie sich von der Meute – nicht ohne sich das letzte Croissant zu klauen – und ging.

Vío fuhr zum Hafen in Akureyri und wartete auf Atli. Es dauerte nur ein paar Minuten, bis er von Bord sprang, den Seesack auf dem Rücken. Sie stieg aus und winkte ihm zu. Als er sie entdeckte, hob er seine Hand zum Gruß und kam mit langen Schritten auf sie zu. Er umarmte sie und drückte ihr fast die Luft ab.

»Mein Gott, bist du noch mal gewachsen?«, scherzte

sie. Atli war Mitte zwanzig und gut eins neunzig, er war lange aus dem Wachstum heraus. Aber er war muskulös geworden, erwachsen. Seit Neuestem trug auch er einen Vollbart.

»Nur Muckis«, gab er zurück und grinste breit. Er öffnete die Tür zur Rückbank und warf seinen Seesack hinein, dann stieg er ein und schob erst mal den Sitz bis zum Anschlag nach hinten. Sie fuhren los, und während der zwanzig Minuten bis nach Hauganes plapperte Atli ohne Punkt und Komma. Es tat gut, ihn wiederzusehen und seine Geschichten vom Alltag auf See zu hören.

»Bist du froh, dass du zu Hause bist?«, wollte Vío dann wissen.

»Eigentlich bin ich genervt, mir entgeht ein Sümmchen, das ich gut hätte gebrauchen können.«

»Verstehe.«

»Aber ich kann mich auch anderweitig beschäftigen, das Wetter soll ja gut werden.«

»Was hast du vor?«

»Fahrradfahren zum Beispiel.«

»Mein Gott, ist das jetzt echt der neuste Trend? Man sieht ja überall nur noch Fahrradfahrer.« Um das zu bestätigen, kam eine Gruppe in Rennkleidung um die Kurve gerast.

Atli lachte. »So sind wir Isländer halt, einer springt auf den Trend-Zug, und alle machen mit. Vor ein paar Jahren war es noch Triathlon, jetzt lassen wir das Joggen und Schwimmen einfach weg.«

Vío schüttelte den Kopf. »Werde ich nie verstehen. Ich halte es eher wie Churchill.«

»Rauchst du jetzt Zigarren, oder wie?«

»Nee, aber ich bin nach wie vor der Meinung, dass Sport Mord ist.«

Atli tätschelte ihr Knie. »Du kannst es ja mal probieren, Downhill, meine ich. Macht echt Spaß. Dass man keinen

Bock hat, sich den Berg strampelnd nach oben zu quälen, kann ich ja noch verstehen, aber das ist echt super.«

»Äh, nee, lass mal«, sie winkte ab, »lieber nicht. Bei meinem Glück breche ich mir noch alle Knochen. Und was danach nicht kaputt wäre, würde mir Hildur brechen, wenn ich sie mit der Hochzeitsplanung im Stich lasse.«

»Viel zu tun?«

Sie schnaubte. »O mein Gott. Ja! Was hast du denn gedacht? Dass irgendwer in Island mal nicht auf den letzten Drücker irgendwas organisiert?«

»Letzter Drücker? Ist die Hochzeit nicht erst im Juli?«

Vío räusperte sich. »Ja, wie auch immer. Sag mal«, wechselte sie das Thema. »Hast du mitbekommen, dass Oma gerade alles Mögliche aussortiert?«

»Nö.«

Sie rollte mit den Augen. Wieso fragte sie ihn überhaupt? Er war ein Mann, er bekam Dinge nur mit, wenn man ihn direkt mit der Nase reindrückte. »Hm, na gut. Es macht mir ein bisschen Sorgen. Ich habe schon gedacht, dass sie vielleicht krank ist und nichts davon erzählt.«

Atli runzelte die Stirn. »Nee, das glaube ich nicht. Die ist fit wie ein Turnschuh.«

»Warum macht sie es dann?«

»Vielleicht plant sie umzuziehen?«

»Äh, wo sollte Oma denn hinziehen? Sie hat sich doch extra diese Eigentumswohnung in dem Haus in Hauganes gekauft, weil da alles altersgerecht eingerichtet ist.«

»Zu ihrem neuen Lover vielleicht?«, schlug Atli mit einem süffisanten Grinsen vor.

»Lover? Spinnst du?« Vío schnappte nach Luft. Also so was.

Atli lachte laut. »Hast du noch nicht mitbekommen, dass sie total in Tryygvi verknallt ist?«

»Verknallt?«, wiederholte Vío leicht dümmlich. Dieses

Wort passte überhaupt nicht zu einer Frau über achtzig. Andererseits ... Vío dachte daran, wie sich Omas Wangen rosa gefärbt hatten, als Tryggvi neulich etwas zu ihr gesagt hatte. Wie ein Backfisch. Vielleicht hinkte der Vergleich doch nicht so sehr. Gleichzeitig musste sie ihre Meinung über Atli revidieren, offenbar bekam er deutlich mehr mit als sie. Womöglich, weil Vío damit beschäftigt gewesen war, Hákon schöne Augen zu machen. Sie stieß den Atem aus und umklammerte das Lenkrad fester.

»Was ist eigentlich mit dir?«, wolle sie jetzt wissen.

»Wie, mit mir?«

»Hast du 'ne Freundin?«

»Eine? Ich habe viele.« Er lachte noch mal und klopfte sich auf die Schenkel.

»Boah, du bist ja echt kaum eingebildet. So ein aufgeblasenes Ego, Mannomann«, neckte sie ihn, als sie nach Hauganes abbog.

* * *

Es war nach Mitternacht, aber da Samstag war, war es nicht ungewöhnlich, dass die drei Männer sich bei jemandem zu Hause trafen. Die Doppelgarage der Familie war eher wie ein zweites Jugendwohnzimmer. Atli war überraschend nach Hause gekommen und hatte Hákon und Fló angerufen, ob sie vorbeischauen wollten, um eine Runde zu spielen. Neben dem Billardtisch gab es noch eine Tischtennisplatte in der Familiengarage. Eine Dartscheibe war auch an der Mauer befestigt. Skier für den Winter hingen ordentlich sortiert und präpariert in Vorrichtungen an den anderen Wänden, daneben standen Skiboots in einem Regal. Hákon saß auf dem ledernen Sofa, neben ihm lungerte Atli mit seiner Cola herum, während Fló die weiße Billardkugel mit seinem Queue auf dem Tisch anvisierte. Sein Bruder war normalerweise nicht ungeschickt, aber er traf sie so unglücklich, dass sie mit einem lauten Poltern vom Tisch auf den Boden und dann gegen die Wand knallte. Sie kullerte über die Fliesen unter das Sofa.

Hákon duckte sich. »Hilfe, willst du mich umbringen?«

Atli lachte. »Der hat es so was von nicht drauf.«

»Ihr seid solche Arschlöcher«, schimpfte Fló mit düsterer Miene, während er sich auf den Boden kniete, um die Kugel hervorzufischen. Eine Tür ging knarzend auf, und platschende Schritte nackter Füße kamen näher. Hákon hob seinen Blick und hielt den Atem an, als er eine verschlafene Vío entdeckte, die um die Ecke schlurfte.

Heiliges Kanonenrohr. Sein Mund klappte auf.

Sie trug einen Hauch von Nichts. Ihre Locken waren zerzaust, die Wangen gerötet. Ihr Oberkörper hob und senkte sich schnell, und ihre Brustwarzen zeichneten sich deutlich unter ihrem weißen, sehr kurzen Hemdchen ab, das weniger verbarg als verhüllte. Sein Blut verabschiedete sich direkte aus dem Gehirn und schoss in tiefere Regionen.

»Was ist denn hier los?«, nuschelte sie. »Was hat da so geknallt?«

Sie guckte aus kleinen Augen in die Runde. Als sie ihn entdeckte, riss sie sie weit auf. Als hätte sie nicht damit gerechnet, andere Leute als Familienmitglieder hier anzutreffen. Sie kam vermutlich gerade aus dem Bett. Schlief sie etwa nebenan? So weit hatte er gar nicht gedacht, als er sich auf den Weg zu Atli gemacht hatte. Bis jetzt.

Hallcluja.

Er konnte seinen Blick nicht von ihr losreißen.

Fló kniete noch immer auf dem Boden, aber er glotzte Vío auch an. Hákon verpasste seinem Bruder einen leichten Tritt, er fiel um.

»Aua, bist du doof?«, meckerte Fló und rappelte sich wieder auf.

Atli wischte sich erschöpft über die Augen und gähnte lautstark. Ihn schien es nicht zu interessieren, dass seine Cousine halb nackt vor ihm stand.

Vío trat von einem Fuß auf den anderen, sie wirkte, als wäre ihr hingegen sehr bewusst, wie leicht bekleidet sie war. Hákon konnte sehen, dass sie einen dunklen Slip mit einer pinkfarbenen Schleife trug, die zwar winzig war, aber einen hübschen Farbklecks bildete. Hákon schluckte trocken und versuchte nicht daran zu denken, wie gern er ihr dieses Höschen von den Hüften streifen würde, um …

Shit. Er atmete scharf ein und rutschte auf dem Sofa hin und her. Seine verdammte Jeans war im Schritt auf einmal höllisch eng geworden.

»Geh wieder ins Bett«, meinte Hákon schließlich. »Wir spielen nur Billard. Wir passen jetzt auch besser auf und stören dich nicht mehr.«

Erst hinterher merkte er, dass er Vío nicht herumkommandieren sollte, zumal das hier auch nicht sein Zuhause war. Hauptsächlich war es ihm darum gegangen, dass … Ach, er hatte keine Ahnung, warum er so reagierte, und das machte ihn rasend.

Sie fuhr sich durch die Locken, leider rutschte ihr Shirt noch ein Stück höher. Himmel, wusste sie denn nicht, was sie da tat? Diese Kurven …

Hákon sprang wie von der Tarantel gestochen auf. »Es ist auch schon spät. Ich denke, ich gehe einfach nach Hause.«

Ihm war klar, wie merkwürdig sein Verhalten aussehen musste, aber was er noch weniger wollte, war, dass alle mitbekamen, wie es körperlich um ihn bestellt war. Der Ständer war definitiv nicht zu verbergen. Er stürmte aus der Garage, sprintete zu seinem Pick-up und raste los.

Erst als sich das Garagentor hinter ihm geschlossen und er den Motor abgestellt hatte, fing er wieder an zu atmen.

»Meine Güte«, japste er. Das war doch nicht zu fassen.
Er reagierte schlimmer als ein Pubertierender.

Was war nur mit ihm los, dass seine Hormone total durchdrehten?

Alles, woran er denken konnte, waren Víos Brüste, die sich sehr deutlich unter dem Shirt hervorgewölbt hatten. Voll, rund, so perfekt.

Hákon schloss die Augen und ließ die Stirn immer wieder gegen das Lenkrad sinken.

Welches Teufelchen hatte sich diese Qual für ihn ausgedacht? Nein, sein Notstand war kein Grund, um höhere Mächte anzurufen oder schuldig zu sprechen.

Hákon stieg aus dem Wagen und überlegte, was er tun konnte, um einen klaren Kopf zu bekommen. Etwas Sinnvolles fiel ihm dazu nicht ein. Also zog er sich aus und stellte das kalte Wasser in der Dusche an.

Am nächsten Mittag schlüpfte Hákon in Arbeitsklamotten. Fló hatte ihn dazu verdonnert, ihm beim Streichen der Fassade zu helfen.

»Was man nicht alles macht«, murmelte er. Das Bimmeln seines Handys erschreckte ihn.

Mit einem selbstironischen Grinsen guckte er aufs Display. Als er den Namen Joe darauf blinken sah, sanken seine Mundwinkel herab.

»Hallo?«

»Hey Hákon, wie läufts?«, trällerte Joe ins Telefon. Hákon wollte die Augen verdrehen, diese neue Art an seinem Kumpel gefiel ihm überhaupt nicht. Es war nicht, was er sagte, sondern wie.

»Super und selbst?«, gab Hákon zurück.

»Ja, ganz gut. Du, ich wollte dich fragen, wann wir weitermachen können? Die Zeit drückt ein bisschen, und ich habe noch andere Investoren …«

Hákon verzog seine Lippen. Er brauchte kein Hellseher zu sein, um zu kapieren, dass Joe das nur sagte, um ihn endlich an den Haken zu bekommen. »Ich bin leider noch nicht zu einem Entschluss gekommen.«

Er hörte, wie Joe am anderen Ende tief ein- und wieder ausatmete, ganz so, als könnte er sich nur mühevoll beherrschen. Hákon begriff nicht, wieso, aber es löste kein gutes Gefühl bei ihm aus. Im Gegenteil.

»Du musst endlich mal zu Potte kommen«, brummte Joe jetzt.

Bei ›du musst‹ zog sich innerlich alles in Hákon zusammen. Er *musste* grundsätzlich erst einmal gar nichts, das sollte Joe endlich begreifen. Sonst was? Stand ihre Freundschaft auf dem Spiel? War es wirklich so, dass Geld der Grund sein würde, warum sie sich letztendlich komplett entfremdeten? Er hoffte, dass dem nicht so wäre, aber tief in sich ahnte er, dass ihre Freundschaft, wenn er diese Investition nicht tätigte, darunter leiden würde.

Hákon blinzelte und schob diese irrationalen Überlegungen beiseite. Er wollte sich keinen Druck machen lassen. »Hör zu, Joe. Ich brauche noch ein paar Tage. Es ist, wie es ist, besser, du akzeptierst es – oder du musst tatsächlich jemand anderen an meiner statt mit in das Projekt nehmen. Vielleicht wäre das sogar die beste Idee, Joe. Irgendwas stört mich an der Sache.«

Hákon schluckte, gleichzeitig wünschte er sich, dass Joe tatsächlich einen anderen Fisch am Haken hätte, dann wäre er befreit von dieser Last, die ihre Beziehung bedrohte.

»Ja, na gut. Ein paar Tage kann ich noch warten«, grollte Joe. »Ich muss jetzt weiter.« Dann legte er auf und ließ Hákon sprachlos zurück.

Das war nicht gut gelaufen, gar nicht gut.

Hákons Laune war unterirdisch, als er sich auf den Weg zum Restaurant machte. Und sie sank ins nahezu Bodenlose, als er Fló und Vío miteinander scherzend und tuschelnd auf der Veranda entdeckte. Mein Gott, warum war sie auch hier? Nicht nur, dass sie ihn bis in seine Träume verfolgte. Er bekam diese Frau nicht aus dem Kopf, und das ärgerte ihn, weil er einfach nicht mehr Herr seiner Sinne war. Und jetzt war er schon wieder mit ihr und ihren verdammten Kurven konfrontiert. Herrgott noch mal, warum musste sie auch so verflucht sexy sein?

»Hey, hallo«, grüßte er und versuchte zu lächeln. Es fühlte sich bizarr und unecht an.

Vío winkte ihm zu, sie wirkte völlig unbeschwert und ausgeglichen. Hákon presste die Kiefer aufeinander, manchmal war das Leben nicht fair. Fló hatte seinen Blaumann an und wedelte mit ein paar Blättern Papier. »Das hier«, erklärte Fló in Hákons Richtung, »sind die Zeichnungen von Kári.«

»Zeichnungen?«, wiederholte er, bis ihm ein Licht aufging. »Du meinst für diese Wikinger-Schiff-Nummer.«

»Schiff-Nummer.« Fló schnaubte, dann machte er eine wegwerfende Handbewegung. »Dir muss es ja nicht gefallen. Das Thema hatten wir schon. Ich dachte nur, dass du endlich kapiert hast, wie wichtig mir das ist.«

Vío schien anderer Meinung als Hákon, sie klatschte begeistert in die Hände. War ja klar. Er hob eine Braue, während Vío ihren Mund öffnete und flötete: »Es wird super! Guck doch mal. Die Drachen sehen *großartig* aus, und die runden Schilde für die Seite könnte man in verschiedenen Farben streichen, was meinst du, Hákon? Bist du jetzt nicht auch überzeugt? Komm schon, das muss sogar dir gefallen!«

Hákon versuchte sich die Bleistiftskizze in Bunt vorzustellen, aber sein Kopf funktionierte gerade nicht so richtig. Nicht nur wegen Vío, sondern auch wegen des vorausgegangenen Telefonats mit Joe, das ihm mehr zusetzte, als ihm lieb war. Hákon straffte sich. Für seine Probleme konnten weder Fló noch Vío etwas. »Sehr cool«, sagte er deshalb ein wenig resigniert und guckte sich nach den Farbeimern um. »Wie soll die Fassade gestrichen werden?«

»So wie jetzt. Ich möchte das dunkle Braun nur auffrischen«, erklärte Fló.

Hákon nickte und schaute Vío noch einmal an. Sie trug eine Jeans und ein Sweatshirt und hatte sich die Ärmel bis zu den Ellenbogen aufgekrempelt.

»Machst du mit?«, wollte er wissen.

Sie hob ihr Kinn ein wenig an. »Was dagegen?«

»Äh, nö. Je mehr Helfer, desto besser.« Er rieb sich die Hände, um seine Verlegenheit zu überspielen. Wäre doch gelacht, wenn er sich nicht ein wenig zusammenreißen könnte. Sicher ging es aufwärts, wenn er dieses Dilemma mit Joe erst einmal verdaut hatte. Auch, dass er scharf auf Vío war, würde dann leichter erträglich sein oder ganz abflauen. Alles halb so wild. Er musste sich das nur oft genug sagen, dann glaubte er es irgendwann vielleicht.

Hákon arbeitete weitestgehend schweigend. Die monotonen Bewegungen mit der Farbrolle halfen ihm dabei, seine Gedanken zu sortieren. Fló und Vío hingegen plapperten in einer Tour miteinander. Es war nahezu grotesk, wie gut die beiden sich verstanden. Hin und wieder warf er ihnen einen Blick zu, während er sich fragte, ob es Funken waren, die flogen, oder doch bloß freundschaftliche Sympathie, die die beiden verband. Irgendwann kam er zu dem Schluss, dass Vío nur nett war, und Fló war sonst auch anders drauf, wenn er eine Frau anbaggerte. Der Gedanke löste eine größere Flut der Erleichterung in ihm aus, als ihm lieb war.

So viel dazu. Er atmete mit einem leisen Seufzen aus.

Hákon tauchte seine Farbrolle erneut in den Eimer und widmete sich dann der nächsten Holzdiele.

»Ich brauche immer noch einen Namen«, sagte Fló jetzt und rieb sich mit der Handfläche über die Stirn.

»Lass uns mal brainstormen«, schlug Vío vor.

Das perfekte Duo, dachte Hákon und biss die Zähne zusammen. Gott, jetzt tat er es schon wieder. Er wurde noch bekloppt. Seine Rollenführung wurde energischer, weil er sich ablenken wollte und irgendwas von seiner aufgestauten Energie rauslassen musste, ehe er ausrastete.

»Wikinger-Schiff, Fisch, Kabeljau, Salzfisch«, zählte Fló die Punkte mit ausladenden Gesten auf, die für das Restaurant relevant waren.

»Brüder? Familie?«, ergänzte Vío.

»Nee, das klingt dann so altbacken.« Fló runzelte die Stirn und fuhr sich über seinen Bart.

»Gibt es nur Essen oder auch Events?«, erkundigte sich Vío.

»Events, wie meinst du das? Ich glaube, eine Clubnacht macht hier draußen niemand mit.« Fló zuckte die Schultern.

Hákon nahm das Grinsen aus Víos Tonfall wahr, ohne hinzusehen. »Ach, wer weiß. Wieso nicht? Hast du nicht gesagt, da drüben ans Ufer kommen noch heiße Pötte hin?«

»Nach dem Tanzen ins warme Wasser, oder wie?«, witzelte Fló.

Hákon warf Vío jetzt doch einen verstohlenen Blick zu. Sie kratzte sich am Kinn und überlegte angestrengt. Ihre Wangen waren gerötet, eine Locke umspielte ihr hübsches Gesicht. Etwas in ihm zog sich sehnsuchtsvoll zusammen.

»Habt ihr nicht erzählt, dass ihr auch Fisch nach Spanien liefert?«, meinte sie in dieser Sekunde und schaute zu Hákon herüber. Sein Herz machte einen Satz, als er das Funkeln in ihren Augen entdeckte. Sie war voll in ihrem Element. Es hatte etwas Belebendes, Menschen zu beobachten, die in Leidenschaft für etwas brannten, ohne dass sie einen eigenen Vorteil daraus zogen. So jemand war ihm schon eine ganze Weile nicht mehr begegnet. Sein Mund wurde trocken.

»Ja, stimmt«, antwortete er, und seine Stimme klang rauer als sonst.

»Ich hab's!« Sie reckte eine Faust in die Luft. »Haltet euch fest!«

»Ja?« Flós Augen waren vor Spannung geweitet.

»Wie wäre es mit *Baccalá Bar*?«

Hákon sagte nichts dazu, aber er fand, dass dieser spanische Name nicht wirklich zu einem Wikingerschiff in Island passte, obwohl sein Opa eine beachtliche Menge des gesalzenen Kabeljaus nach Südeuropa lieferte. Fló rieb sich über den Bart und ging ein paar Schritte hin und her, er schien auch nicht restlos begeistert.

»Ich weiß nicht«, murmelte Fló.

»Mit dem Wort ›Bar‹ würdest du dir offenlassen, ob es nur Essen gibt oder auch Kaffee oder mal 'ne Party«, erklärte Vío ruhig.

»Ja, das schon, aber Baccalá?« Fló zog eine Grimasse. Sein Bruder schien also die gleichen Bedenken zu haben wie Hákon.

»Wie wäre es denn mit einem isländischen Namen?«, schlug Hákon vor.

»Ja, aber verstehen die Touristen das auch? *Saltfiskbarinn* würde sich anbieten. Die Salzfisch-Bar?«, dachte Vío laut. Eine weitere Locke hatte sich aus ihrer Frisur gelöst und wurde ihr vom Wind um die Nase geweht. In der Ferne kreischten ein paar Möwen.

Fló nickte ganz langsam. »Ja, das ist es. *Saltfiskbarinn*. Das klingt cool.«

»Verstehen die Touristen das denn?«, fragte Vío noch einmal.

»Sag du es uns, du lebst doch sonst in Deutschland«, gab Fló mit einem spitzbübischen Grinsen zurück.

Der Gedanke, dass Vío irgendwann wieder abreisen würde, gefiel Hákon seltsamerweise gar nicht. Was ihm in dieser Sekunde allerdings klar wurde, war, dass er im Grunde nichts über sie wusste und dass ihn das zunehmend störte. Er brauchte sich nicht länger etwas vorzumachen, er hatte ein Interesse an Vío entwickelt, das schon fast an Besessenheit grenzte. Kein durchweg positives Gefühl. Es war vor allem neu und verwirrend. Aber auch ein wenig aufregend und prickelnd. Ein Auf und Ab.

»Dann haben wir einen Namen!«, freute sich Fló und gab Vío fünf.

Die Euphorie über diese Entscheidung legte sich den ganzen Nachmittag über nicht bis in den Abend hinein, als sie die Malersachen zusammenräumten. Sie waren zwar noch nicht fertig mit dem Streichen, aber doch ziemlich weit gekommen.

Hákons Magen hing ihm in den Knien, als sie offiziell den Feierabend einläuteten. Er legte seinem kleinen Bruder einen Arm um die Schultern.

»Du darfst was für mich kochen«, scherzte er und meinte es doch sehr, sehr ernst. Wenn er nicht bald was in den Bauch bekam, würde er vor Schwäche zusammenbrechen.

Fló nickte fröhlich. »Klar, mache ich. Gibt aber nur was Schnelles. Vío, isst du noch mit uns?«

Sie schaute von einem Bruder zum anderen, und Hákon würde eine Menge darauf schwören, dass ein Ruck durch ihren Körper ging, ehe sie lächelte. Es wirkte ein wenig gezwungen. »Äh, sorry, Leute. Ich habe zu tun.«

»Was denn?«, wollte Fló wissen, und Hákon war sehr froh, dass sein kleiner Bruder anscheinend noch neugieriger war als er. Oder vielleicht einfach genauso neugierig.

»Meine Schwester heiratet bald, und ich helfe ihr bei der Organisation. Ich bin mit ihr verabredet.«

»Verstehe. Schade, dass du nicht bleiben kannst. Ich werde mich dann später für deine Hilfe bedanken«, meinte Fló und umarmte sie herzlich. »Muss mir nur noch überlegen, wie.«

Vío erwiderte seine Freundlichkeit, dann räusperte sie sich und schaute Hákon an. Überlegte sie, ob sie ihn ebenfalls umarmen sollte? Er wusste auch nicht, was er tun sollte.

Komisch. Betretenes Schweigen breitete sich aus, dann traf er eine Entscheidung.

Mit einem langen Schritt war er bei ihr und drückte sie kurz. Linkisch. Wie ein verpickelter Fünfzehnjähriger, der nicht wusste, wohin mit seinen Gliedmaßen. Meine Güte. So dämlich führte er sich sonst nicht auf. Wie ätzend.

Hákon atmete leise aus. »Dann, äh, schönen Abend.«

Vío wandte sich ab, überlegte kurz und wirbelte noch einmal herum, als hätte sie was vergessen.

»Eine Sache noch«, fing sie an.

»Ja?« Hákon war atemlos. Dämlich. Er holte tief Luft, als ob er sich damit selbst etwas beweisen könnte, was, wusste er auch nicht.

»Meine Oma und Tryggvi. Das klingt jetzt ein bisschen komisch, aber ... Sind die beiden ineinander verliebt?«

Fló machte ein komisches Gesicht, und Hákon zog auch eine Schnute.

»Keine Ahnung«, sagten beide unisono. Darüber hatten sie sich noch nie Gedanken gemacht, wie kam Vío nur darauf?

Die schürzte ihre Lippen. »Hm, na gut. Atli meint ja, dass Oma in ihn verknallt wäre. Ich weiß auch nicht, hab mir so was aber schon gedacht. Na ja, egal. Ist vielleicht auch Unsinn. So, Leute. Macht's gut. Habt noch einen schönen Abend.«

Damit ging sie davon. Hákon und Fló guckten sich irritiert an.

»Opa und Guðný?«, fragte Hákon schließlich, während sie in die Küche schlurften. Die mit Farbklecksen übersäten Schuhe hatten sie draußen stehen gelassen.

»Völlig unmöglich wäre es nicht, oder? Ich meine, Opa ist seit etlichen Jahren alleine. Wäre doch schön für ihn, wenn er noch mal jemanden hätte, der ihn mag. Aber vorstellen kann ich es mir nicht. Hm, was denkst du?«

Fló holte Fisch mit Gemüse aus dem Kühlraum und zwei Limonaden. Er setzte eine Pfanne auf und fing an zu schnippeln.

Hákon öffnete die Flaschen und trank eine halb aus. Dann setzte er sich mit dem Hintern auf die Arbeitsfläche und ließ seine Beine baumeln.

»Keine Ahnung, aber ich guck mir das mal genauer an in den nächsten Tagen«, meinte er anschließend und unterdrückte ein Rülpsen.

»Mach das, du siehst die beiden ja mehr zusammen. Ist dir echt nichts aufgefallen?«

»Nicht wirklich. Ich meine, ja klar, die unterhalten sich und so. Aber Opa labert doch mit jedem und Guðný auch.«

»Alte Leute halt.« Fló lachte und schaltete den Herd an.

Hákon fand, dass jetzt der richtige Moment war, um herauszufinden, was Fló über Vío wusste. »Hast du 'ne Ahnung, was Vío in Deutschland arbeitet und wo?«

Sein Bruder schien diese Frage nicht merkwürdig zu finden. »Sag bloß, du hast sie noch nicht gegoogelt?«

Hákon schnitt eine Grimasse. »Äh, nein? Wieso sollte ich das machen?«

Auf die Idee war er noch nicht gekommen, weil er kein Typ war, der jemanden auf sozialen Medien ausspionierte. Schließlich wollte er selbst nicht auf diese Weise bewertet werden.

»Weil du gestern Abend Stielaugen gekriegt hast, als sie fast nackig in die Garage kam.«

»Hä?« Er tat so, als ob er von nichts wüsste. Und es waren nicht nur Stielaugen gewesen ...

Fló nahm ein Handtuch und warf es nach ihm. Hákon duckte sich weg. »Ich sag nur *Nipplegate*.« Dazu wackelte er anzüglich mit den Augenbrauen. »Du findest sie heiß, was ich wiederum überraschend finde. Du stehst doch sonst mehr auf Püppchen.«

Hákons Zähne knirschten, so fest biss er sie zusammen. »Gott, seit wann bist du eigentlich so dumm?«

Fló nickte selbstzufrieden, dann legte er die Fischfilets vorsichtig in die Pfanne. Das Gemüse streute er daneben, wo Platz war. One-Pot-Gerichte kochte er gern, und in Anbetracht der Tatsache, dass sie beide keine Lust auf großes Aufräumen und Saubermachen hatten, war Hákon alles recht.

Weil sein Bruder immer noch nichts erwiderte, fuhr Hákon fort. Das hieß, er wollte etwas sagen, geistreich und bissig kontern, aber ihm fiel einfach nichts ein, was er zu seiner Verteidigung vorbringen konnte, weil sein dämlicher Bruder leider recht hatte.

So viel dazu. Hákon seufzte und trank den Rest der Limonade aus.

»Sie lebt in Berlin und arbeitet mit ihrem Freund in so einer Agentur, das heißt, ihm gehört die Firma«, erklärte Fló schließlich.

Mit ihrem *Freund* ... Das Wort löste ein Magengrummeln in Hákons Bauch aus. Dann war sie mit dem Idioten also doch noch zusammen. Aber sie mussten Probleme haben, sonst hätte sie ihr Handy nicht aus Wut oder Enttäuschung ins Meer geschmissen.

»Und wer hat dir das verklickert? Vío?«, wollte Hákon wissen.

»Atli hat es mir erzählt. Er hat auch gesagt, dass ihr Freund ein Arsch ist. So ein Schickilacki-Typ, der sich die Hosenbeine hochkrempelt und die Beine rasiert.«

Hákon hob eine Augenbraue. »Zu viele Informationen, die ich nicht hören möchte.«

Wenn Vío auf diesen Typ Mann abfuhr, dann hatte er keine Chance bei ihr. Er schluckte und knibbelte am Etikett der Flasche herum.

»Sag bloß, du bist verknallt in sie?« Fló klang ernsthaft erstaunt.

Hákon guckte nicht auf, er zuckte die Schultern. »Wieso höre ich heute dauernd dieses Wort? Verknallt? Bin ich nicht. Und jetzt mach mir endlich was zu essen, ich krieg schlechte Laune, wenn ich weiter hungern muss.«

Kapitel 7

Hákon stand mit seinem Opa in der Fischhalle. Sie filetierten Kabeljau und packten die Filets dann ins Salz, worin sie einige Wochen lagern mussten, bis das ganze Wasser aus dem Gewebe getreten war. Eine uralte Methode, Fisch haltbar zu machen.

Heute war ein ertragreicher Tag gewesen, und Hákon war froh, dass er beschäftigt war und sich ein wenig ablenken konnte. Was seine Gedanken leider nicht davon abhielt, sich zu verselbstständigen. Nachdem er gestern nach Hause gekommen war, hatte er es doch getan: Vío gegoogelt. Auf ihrem Instagram-Profil hatte er einige Bilder von ihr mit dem Kerl entdeckt. Ein Fehler, wie er heute zugeben musste, denn er bekam sie einfach nicht mehr aus dem Kopf. Und den Typen auch nicht.

Vío hatte doch was Besseres verdient als einen …

Verdammt. Beinahe hätte er sich geschnitten. Er musste sich endlich auf den Fisch vor sich konzentrieren, sonst fehlte ihm am Ende ein Stück von seinem Finger.

»Du bist nicht bei der Sache«, stellte sein Opa fest, dem offenbar nichts entging.

»Ach was«, erwiderte Hákon und überlegte, dass jetzt ein passender Moment wäre, um dem guten alten Herrn mal auf den Zahn zu fühlen, wie es um ihn und Guðný bestellt war. Immerhin wohnten die beiden im gleichen

Haus, wenn auch in unterschiedlichen Stockwerken. So komplett abwegig war die Vorstellung nicht, dass die beiden betagten Leute noch mal einen zweiten Frühling erleben könnten. Vielleicht trauten sie sich nicht?

Hákon verzog seine Lippen. O je. Jetzt dachte er schon daran, den Kuppler zu spielen? Andererseits, so könnte er vielleicht auch Vío …

Nein. Er musste komplett durchgedreht sein. Er würde gar nichts tun.

»Sag mal, Opa, wie ist das eigentlich mit dir und Guðný?«, fragte er dennoch.

Hákon rollte innerlich mit den Augen – er hielt den Blick stur auf seinen Fisch gerichtet. Nicht gerade subtil, wie er da vorging. Da war er ja nicht nur mit der Tür ins Haus gefallen, sondern hatte gleich das ganze Gebäude umgemäht. So ungefähr jedenfalls.

»Was soll sein?«, hakte Opa nach. Er wirkte weder ertappt noch nervös.

Hákon lächelte leise. Nicht nur er konnte gut pokern, das war klar. Opa ließ sich von seinem Enkel nicht in die Karten schauen. »Ich habe gehört, dass Guðný ein bisschen in dich verliebt ist.«

Opa ließ sein Messer fallen. Die Stille im Raum wurde ohrenbetäubend. Hákon schaute vorsichtig auf. Opas Augen waren geweitet, er nahm das Messer wieder in die Hand und machte weiter, ohne ein Wort zu sagen.

Klug und weise, dachte Hákon. Älter zu werden, hatte definitiv auch Vorteile. Er hatte bei sich selbst leider nicht den Eindruck, dass er sich in den letzten Tagen souverän verhalten hatte.

»Und?«, fragte Hákon weiter. »Denkst du, dass Guðný verliebt in dich ist?«

»Das kann ich mir nicht vorstellen«, erklärte Opa und arbeitete stoisch weiter.

»Und wenn doch? Wie würdest du das finden?«

»Seit wann reden wir über ungelegte Eier? Konzentrier dich lieber mal auf deinen Fisch, Junge. Guck dir mal diese Rückengräte an, da hängt noch ein halbes Filet dran.« Er zeigte mit der Spitze seines Messers auf Hákons Filetiertisch.

Hákon grinste. Damit hatte er den Beweis, Opa wollte auch was von Guðný. Er hatte noch nie über Hákons Art, den Fisch zu filetieren, gemeckert, egal, ob er sich Schnitzer geleistet hatte oder nicht.

»Ist gut, Opa«, brummte Hákon zufrieden, und auf einmal ging ihm auch das Arbeiten leichter von der Hand. Er freute sich schon darauf, Vío davon erzählen zu können, dass sie recht hatte. Vielleicht bestand ja tatsächlich die Möglichkeit, die beiden zusammenzubringen.

Er war von sich selbst überrascht, nicht nur, was das Thema Turteln über achtzig betraf. Es kam ihm so vor, als lernte er gerade einiges über sich selbst, worüber er sich bislang selten bis nie Gedanken gemacht hatte. In ihm steckte womöglich sogar ein Romantiker. Das war merkwürdig, aber auch irgendwie spannend.

Am Dienstagnachmittag fand sich Hákon vor Astrúns Haustür wieder. Das Wetter war zu schlecht, sie waren mit dem Walboot nicht rausgefahren. Die See war unruhig, und der Wind peitschte die Wellen weit über die Mauer. Es war eiskalt und ungemütlich. Normalerweise war es ihm egal, ob sie die Tour mal einen Tag ausfallen ließen, aber heute kam es sehr unpassend, denn er hatte sich darauf gefreut, Vío von seinem Gespräch mit Opa zu erzählen. Deshalb stand er jetzt hier, aber im Grunde war es nur ein Vorwand, um sie wiederzusehen. Das wollte er jedoch nicht einmal vor sich selbst zugeben. Egal, sagte er sich, während er klingelte. Es dauerte nicht lange, bis geöffnet wurde. Astrún begrüßte ihn mit einem Lächeln. »Hallo Hákon.«

Er trat von einem Fuß auf den anderen. »Ich, äh … Ist Vío zu Hause?«

Astrún wollte gerade etwas erwidern, als ein Auto die Straße heruntergefahren kam und in der Auffahrt parkte. Hákon schaute sich um. Im Kleinwagen saßen Vío und Guðný, sie waren in Schwarz gekleidet.

»Ja, jetzt ist sie da«, hörte er Astrún sagen. »Vío hat Oma zu einer Beerdigung begleitet.«

»Verstehe«, erwiderte er und wusste nicht, wie er sonst reagieren sollte. Guðný wirkte gefasst, es war vermutlich nicht die erste Beerdigung, zu der sie gegangen war, und Vío schien auch nicht zutiefst bedrückt.

»Es war eine sehr schöne Zeremonie«, sagte Guðný gerade zu Astrún, während sie die Stufen nach oben kam. »Grüß dich, Hákon.«

Astrún drückte ihre Mutter, dann gingen die beiden hinein. Vío sah hübsch aus, auch wenn es nur ein schlichtes schwarzes Kleid war, das sie trug. Im Grunde war es egal, was sie anhatte, denn diese Frau strahlte von innen. Es war seltsam, aber in ihrer Nähe fühlte er immer eine angenehme Wärme in sich.

»Hi«, begrüßte sie ihn jetzt und lehnte sich mit dem Rücken gegen das Geländer, während sie beide vor der Haustür standen.

»Hey, ich wollte was mit dir besprechen. Ich habe mit Opa geredet. Du weißt doch noch, am Sonntag hattest du erzählt –«

»Das ist jetzt kein guter Zeitpunkt«, unterbrach sie ihn. »Wir waren eben auf der Beerdigung einer Schulfreundin von Oma. Ich glaube, dass das auch der Grund war, warum sie letzte Woche angefangen hat, Kisten zu packen – damit sich niemand mit ihrem Nachlass abquälen muss, wenn sie mal stirbt. Obwohl sie so tut, als wäre es nicht so schlimm, glaube ich doch, dass es schwer für sie ist, immer mehr ihrer Freunde und Freundinnen zu beerdigen und selbst noch am Leben zu sein.«

Hákon nickte. »Das tut mir leid.«

Vío schaute in die Ferne. »Ja, mir auch. Sie wird sich schon wieder fangen. Ich werde mal reingehen und mit den beiden noch einen Tee trinken. Tut mir leid, dass du jetzt extra hergekommen bist.«

»Ach Quatsch.« Er winkte ab und lächelte. »Das verstehe ich doch. Melde dich vielleicht mal bei mir, wenn es besser passt. Grüß deine Oma noch mal von mir.«

Dann ging er davon, erst später dachte er daran, dass Vío kein Telefon hatte und sich daher nicht mal eben so melden konnte. Seine Nummer hatte sie natürlich auch nicht. Genervt stapfte er nach Hause, das Gespräch hatte er sich anders vorgestellt.

Hákon wusste nichts mit sich anzufangen, ihm fehlte die innere Ruhe, sich aufs Sofa zu legen und nichts zu tun. Also schlüpfte er in seine Laufklamotten und drehte eine sehr lange Runde, bis seine Oberschenkel brannten und seine Kleidung von Schweiß durchtränkt war. Als er wieder nach Hause kam, fühlte er sich befreiter und auch ausgeglichener. Er schmiss seine Klamotten in die Waschmaschine, trank ein großes Glas Wasser und duschte kurz, dann legte er sich in seinen heißen Pott, der auf der Veranda im Obergeschoss stand. Er machte sich nicht die Mühe, eine Badehose anzuziehen. Er lebte weit genug von anderen entfernt und erwartete nicht, dass jemand am Ufer mit einem Fernglas stand, um ihn auszuspionieren.

Der Gedanke erheiterte ihn, während er sich ins warme Wasser gleiten ließ. Es wehte immer noch ein eisiger Wind, es nieselte leicht. Das Thermometer hatte heute kaum mehr als acht Grad angezeigt. Der Himmel war wolkenverhangen, die Berge auf der anderen Seite fast nicht zu sehen. Das Wasser im Fjord kräuselte sich dunkel und unheilvoll. An Tagen wie diesen war es nicht schwierig, sich vorzustellen, wie gefährlich es früher gewesen war, auf See zu fahren. Zu viele Männer waren nicht nach Hause zurückgekommen. Zum Glück sah das heutzutage ganz anders aus. Mit den modernen Schiffen und den neuen Sicherheitsbestimmungen passierten nur noch sehr wenige Unfälle. Opa besaß einen alten Kutter, aber sie konnten sich den Luxus erlauben, lediglich rauszufahren, wenn die Wetterverhältnisse es zuließen.

Hákon wackelte mit den Zehen im Wasser, während er die kalten Regentropfen auf seinem Gesicht genoss. Er atmete tief durch und seufzte genüsslich. Es gab kaum etwas Besseres, als nach einem anstrengenden Lauf im heißen Wasser an der frischen Luft zu liegen. Noch dazu mit dieser Aussicht. Für ihn war es das Paradies, und es war nahezu perfekt.

Er riss die Augen auf. Nahezu?

Es sollte *vollkommen* perfekt sein! Im Grunde war es das auch, aber es gab doch dieses Stimmchen in seinem Kopf, dass manches tatsächlich mehr Spaß machte, wenn man es mit jemandem teilte. Sofort tauchte Víos Gesicht vor seinem inneren Auge auf.

Merkwürdig, wie vertraut sie ihm schon nach wenigen Tagen war. Oder er bildete sich das alles nur ein? Womöglich verrannte er sich in etwas. In was genau, wusste er nicht mal selbst. Jedenfalls hatte er sie gerne in seiner Nähe, und ja, er sehnte sich sogar nach ihr.

Er blieb noch eine Weile im Wasser und ließ seine Gedanken mit dem Wind in die Ferne schweifen.

Eine halbe Stunde später, er hatte sich gerade eine Tiefkühlpizza gegönnt, war er auf dem Weg zum Sofa, um einen

Film anzusehen. Er saß noch nicht, als es an der Tür klingelte.

Hákon freute sich, als er Víos Gesicht erblickte. Mit ihr hatte er nicht gerechnet. Sie trug ihren Wollpullover, und die Locken flogen ihr um den Kopf. Der Regen war noch mal stärker geworden.

»Komm rein«, sagte er und schob sie auch schon sanft in seinen Flur.

»Sauwetter«, schimpfte sie lachend und zog ihre Schuhe aus.

»Schön, dass du da bist. Ich hoffe, deiner Oma gehts gut?«

Vío nickte und folgte ihm in den Wohnbereich.

»Ja, es geht schon wieder. Alles okay. Jedenfalls wissen wir jetzt, warum sie mit dieser Packerei angefangen hat. Das habe ich ihr wieder ausgeredet und alles zurück in ihre Schubladen geräumt. Puh. Ich bin ganz schön erledigt.« Sie grinste.

»Freut mich, dass ihr das irgendwie regeln konntet. Was kann ich dir anbieten?«, fragte er. Er trug ein T-Shirt, eine Jeans und keine Socken.

»Gehts dir gut? Du siehst so rot aus«, meinte sie, während sie ihn musterte.

»Klar, ich war nur ein bisschen zu lange im Pott.« Er schmunzelte und öffnete den Kühlschrank. »Wie wäre es mit einem *Egils Appelsín.*«

Vío liebte die isländische Kultlimonade. »Das Zeug ist so irre süß! Unbedingt, her damit. In Deutschland gibt es keine Limo, die auch nur annähernd so gut ist wie diese.«

»Die schmeckt aber nur, wenn man sie aus der Glasflasche trinkt.«

»Logo«, pflichtete Vío ihm bei. »Aus Plastik ist es nicht dasselbe.«

»Hast du Hunger?«, wollte er dann wissen.

Sie schielte auf die Packung der Pizza.

»Äh, nein danke. Du scheinst nicht so ein Gourmet wie dein Bruder zu sein«, neckte sie ihn.

Er zuckte die Schultern. »Gutes Essen mag ich schon, ich bin nur kein besonders guter Koch. Aber für Rührei reicht's.«

Er zwinkerte ihr zu.

Vío lachte, dann ließ sie sich auf einen Sessel am Fenster mit Blick auf den Fjord nieder. »Man kann hier einfach stundenlang sitzen und rausschauen, oder?«

Er trat neben sie, und ein Hauch ihres Parfums stieg ihm in die Nase. Er merkte, dass sich eine Gänsehaut auf seinem Körper ausbreitete. »Deswegen habe ich hier gebaut. Es gibt keinen besseren Platz. Egal, bei welchem Wetter. Es ist sogar im Winter großartig, wenn die Berge weiß sind und das Meer fast schwarz aussieht. Aber die Lichtorgien im Sommer sind auch genial.«

Vío blickte zu ihm auf. Ihre Augen funkelten. »Machst du gerade Werbung für Hauganes? Klingt gut. Da möchte man gleich selbst hier leben.«

Sie schaute wieder hinaus und trank einen Schluck.

»Ich muss keine Werbung machen, das hier spricht doch für sich.« Seine Stimme war leise, kaum mehr als ein Hauch. Er machte den Fehler und beobachtete, wie sie ihre Lippen ableckte. Sofort geriet sein Blut in Wallung. Das war einfach nicht zum Aushalten! Er trat einen Schritt zurück und zog sich einen Stuhl vom Esstisch heran. Das Sofa erschien ihm doch zu weit weg.

Er wusste offenbar selbst nicht so recht, was er wollte. Oder doch, das wusste er schon, gleichzeitig war ihm aber auch klar, dass es keine gute Idee war. Ein Dilemma, das ihm völlig neu war, weil er es noch nie so erlebt hatte. Bislang hatte er sich immer genommen, was er gewollt hatte. Geküsst, wen er hatte küssen wollen. Aber bei Vío war es anders, sie war anders. Sie war nicht eine von vielen, sie war etwas Besonderes. Sie hatte mehr verdient als das, was er ihr geben konnte. Vermutlich wusste sie das. Er wusste es auch. Und doch war sie hier.

Andererseits, grübelte er, war sie gekommen, um über die Oma zu reden. Der Gedanke ließ die Temperatur seines Blutes ein wenig abkühlen, was gut war. Er trank einen Schluck, dann räusperte er sich.

»Also, Oma und Opa ...«, fing er an.

Vío neigte ihren Kopf und wandte sich ihm zu. »Denkst du, das könnte was werden?«

»Ich habe Opa beim Filetieren drauf angesprochen.«

»Und?« Ihre Augen weiteten sich.

»Er hat sein Messer fallen lassen.« Hákon berichtete das mit einem breiten Grinsen, und Vío verstand, was er ihr damit sagen wollte.

Sie klatschte fröhlich in ihre Hände. »Wer hätte das gedacht. Was denkst du, müssen wir nachhelfen? Ich meine, wie lange geht das denn schon so?«

Hákon rieb sich das unrasierte Kinn. »Ich habe keine Ahnung, bis jetzt habe ich halt nicht so drauf geachtet. Man sollte glauben, die wären alt genug, um das selbst hinzukriegen, nicht?«

»Das schon, aber in der Generation kommt es nicht so oft vor, dass man außer mit dem Ehepartner noch mal eine neue Beziehung eingeht, oder?«

»Sie sind ja noch fit und mögen sich anscheinend. Große Leidenschaft kann ich mir da jetzt auch nicht vorstellen.«

Vío verzog ihr Gesicht. »Will ich auch gar nicht. Hm, wie könnten wir das vorantreiben? Sie sehen sich ja dauernd, aber das reicht wohl nicht, um den nächsten Schritt zu wagen.«

»Wir könnten sie zum Essen einladen.«

Vío schaute sich um. »Hier bei dir? Aber nicht zu Tiefkühlpizza, oder?«

Hákon prustete. »Gott bewahre. Wenn bei Opa keine Kartoffeln auf den Tisch kommen, ist es kein richtiges Essen.«

»Ist bei meiner Oma genauso. Wenn es dich nicht stört, könnte ich kochen?«

Er schaute sie überrascht an. »Ähm, ja klar. Sehr gern.«

Sie lachte ein wenig verlegen. »Was ist? Ich kann gut kochen, sieht man ja wohl auch.«

Er kniff die Augen zusammen. Hatte sie etwa Probleme mit ihrem Aussehen, weil sie nicht die Kleidergröße ›winzig‹ trug? Nein, oder? Bisher hatte er sie als selbstbewusste, witzige Person wahrgenommen, die nichts und niemand erschüttern konnte.

»Woran soll ich das erkennen?«, fragte er sanft. »An deinen Händen?«

Er streckte seinen Arm aus und nahm ihre Finger in seine. Drehte und wendete sie, strich mit seinen darüber. Ihre Haut war seidig, die Nägel kurz geschnitten und mit einem klaren Lack überzogen. Sie trug keinen Schmuck. Hákon schluckte und schaute dann zu ihr auf.

Ihre Blicke trafen sich, und die Stimmung im Raum veränderte sich. Die Luft war wie elektrisiert. Er atmete schneller, öffnete seinen Mund.

Vío zog ihre Hand nicht zurück, sie befeuchtete sich ihre Lippen. Hákon starrte wie gebannt darauf. Er konnte keinen klaren Gedanken mehr fassen. Es war unausweichlich. Sie zog ihn an wie ein Magnet. Ihr Duft. Ihre Haut. Ihre Nähe.

Hákon schloss die Augen und wollte näher zu ihr heranrücken. In der gleichen Sekunde nahm er wahr, dass die Haustür geöffnet wurde.

»Hey«, hörte er Fló rufen.

Vío und Hákon fuhren auseinander. Hákon schreckte hoch und stieß dabei seinen Stuhl mit einem lauten Krachen um. Er fluchte derb, dann richtete er sich und das Möbelstück wieder auf.

Fló hatte wiederholt sein dreckiges Rad dabei, er selbst sah aus, als hätte er sich im Matsch gesuhlt. Hákon bemerkte aus dem Augenwinkel, dass Vío an ihrem Pullover zupfte, als ob ihr ebenso heiß geworden wäre wie ihm selbst.

»O, du hast Besuch«, stellte Fló jetzt fest. »Hi Vío.«

»Hey«, gab sie zurück und winkte mit einer Hand. Sie wirkte verlegen.

Flós Blick wanderte von ihr zu Hákon und wieder zurück. Dann breitete sich ein süffisantes Grinsen auf seinem Gesicht aus.

»Was ist eigentlich mit deinem Freund, Vío?«, fragte Fló.

Idiot, dachte Hákon. Unverschämt noch dazu. Was ging es seinen Bruder überhaupt an? Wenn er in Víos Schuhen steckte, würde er sauer werden und abhauen. Trotzdem war Hákon auf ihre Antwort gespannt wie ein Flitzebogen. Vío druckste ein wenig herum. Dann seufzte sie schwer. »Das ist eine lange Geschichte und kompliziert.«

Fló winkte ab. »Uh, da bin ich raus. Aber Hákon hört dir gern zu. Machts gut, Mädels.«

Er schob sein dreckiges Rad in Richtung Garage und hinterließ eine matschige Spur. Hákon war zu genervt, um etwas dazu zu sagen oder zu tun. Er verspürte das dringende Bedürfnis, seinen Bruder langsam und sehr qualvoll umzubringen. Er schaute Vío an, die mindestens genauso irritiert dreinblickte.

Die prickelnde Stimmung war jedenfalls verflogen.

»Willst du ein Bier?«, bot er ihr an.

Sie nickte. »Gin Tonic wär mir lieber.«

Ein Wunder, dass sie nicht direkt aufstand und ging.

Er lachte. »Kein Problem.«

Er schlenderte in die Küche und war überrascht, als Vío das Gespräch fortsetzte, das Fló begonnen hatte.

»Mein Freund hat mich nicht nur betrogen, er hat auch noch mit mir Schluss gemacht, bevor ich es tun konnte. Das war alles sehr demütigend. Leider ist er auch mein Chef. Das war die kurze Kurzfassung.«

Erzählte sie ihm das, weil sie sich eben fast geküsst hätten? Er kapierte dieses Coding nicht, falls es eins sein sollte.

Hákon goss Gin in zwei Gläser.

»Also lieber einen doppelten?«, folgerte er schließlich aus ihrer Aussage.

Sie antwortete mit einem Lachen. »O ja. Wobei Alkohol natürlich keine Lösung ist.«

»Wir trinken ja nicht, weil es uns schlecht geht«, meinte er mit einem Zwinkern und grinste dann.

»Nein, das stimmt.« Sie band sich die Haare zu einem Knoten zusammen.

Wenig später saßen sie auf dem Sofa, er hatte den Esszimmerstuhl weggeräumt. Offenbar war ihnen beiden klar, dass sie nicht da weitermachen konnten, wo Fló sie unterbrochen hatte. Vielleicht wollte sie es auch gar nicht, er hingegen konnte nicht leugnen, dass er sich auch jetzt noch zu ihr hingezogen fühlte. Das Sofa war jedenfalls groß genug, um Abstand zu halten. Er würde sich zusammenreißen.

»Aber nicht, dass du mir wieder einschläfst«, neckte er sie, weil er nicht wusste, was er sonst sagen sollte.

Fló werkelte lautstark in der Garage herum, es war zudem anzunehmen, dass er, bevor er ging, noch einmal wie der Elefant in den Porzellanladen ins Wohnzimmer hereintrampelte. Hákon nahm sich vor, mit ihm zu sprechen, dass er in Zukunft entweder klingelte oder vorher anrief.

Moment, wieso eigentlich?

Befürchtete er wirklich, dass Fló ihn eines Tages mit Vío erwischen könnte?

Nun, so ganz abwegig war es nicht. Wäre Fló vorhin nur ein paar Sekunden später gekommen, dann hätte er für nichts mehr garantieren können. Gerade war Hákon sich nicht sicher, ob er erleichtert oder sauer sein sollte. Wenn sie diese Grenze überschritten, gab es kein Zurück mehr. Wollte Hákon das wirklich riskieren?

Er war nach wie vor nicht auf der Suche nach einer festen Beziehung, schon gar nicht mit jemandem, der im Ausland lebte. So bedauerlich es auch war, aber er war nicht bereit, sein Zuhause hier am Eyjafjord noch einmal gegen ein anderes Land einzutauschen. Und dann war da noch der nicht zu unterschätzende Punkt: Was wollte Vío? Die ganze Zeit dachte er nur an die Gründe, warum er sich zwar zu ihr hingezogen fühlte, sich aber auch vor den möglichen Konsequenzen fürchtete. So wie sie hier neben ihm saß und düster in ihr Glas schaute, war ihr Bedarf an Männern derzeit mehr als gedeckt. Hatte sie nicht genau das vor wenigen Tagen gesagt, nachdem sie ihr Handy ins Meer geworfen hatte?

Das Gespräch wollte nicht mehr so recht in Gang kommen – wo vorhin noch ein Prickeln in der Luft gehangen hatte, war jetzt nur noch Befangenheit. Hákon atmete beinahe erleichtert auf, als sein nerviger Bruder erneut im Wohnzimmer auftauchte.

»Fertig«, erklärte Fló. »Sorry wegen der Matschspuren, mach ich später sauber.«

Hákon verdrehte die Augen und winkte ab. »Ja ist klar.«

Natürlich würde Fló es ›vergessen‹, und Hákon konnte selbst den Wischer schwingen, er hatte zwar jemanden, der ihm einmal in der Woche den Haushalt flottmachte, aber bis dahin wollte er nicht warten. Egal, es gab Schlimmeres.

Vío stand auf und stellte ihr Glas ab. »Ja, ich sollte dann auch mal langsam gehen, wir haben ja alles besprochen.«

»Was besprochen?«, wollte Fló wissen.

Vío wirkte ein wenig erleichtert, dass sie nicht mehr mit Hákon alleine sein musste. Es wirkte, als könnte sie gar nicht erwarten wegzukommen. Er wollte nicht analysieren, was diese Erkenntnis mit ihm anstellte. Vielleicht hatte er sich getäuscht, und das Interesse war doch einseitig gewesen. Er presste die Lippen aufeinander, während Vío seinem Bruder erklärte, worum es ging. »Wir organisieren ein Essen mit Tryggvi und Guðný, hier bei Hákon.«

»Ach, bin ich auch eingeladen?« Fló grinste breit.

Vío schaute Hákon an. »Ja klar. Ist ja schließlich kein Doppel-Date.«

Sie lachte laut, aber als sie in Hákons Augen schaute, fror das Lächeln ein wenig ein. Er wandte sich als Erster ab.

»Nee, ist es nicht«, brummte er und leerte sein Glas. »Wir müssen nur noch einen Tag festlegen.«

»Ich rede mit Oma und ihr mit eurem Opa? Kann ja nicht so schwer sein, einen Termin zu finden, der für alle passt, oder?«

»Sag das mal nicht«, wandte Fló ein. »Diese alten Leute haben oft erstaunlich viel zu tun.«

»Spieleabend, Nähclub und all das, hast recht. Ist ja schön, dass sie so fit und aktiv sind«, pflichtete Vío bei.

Sie wollte ihr Glas in die Küche bringen, aber Hákon nahm es ihr ab. »Ich mach’ das schon.«

Er hasste es, dass sein Körper auf die Berührung ihrer Fingerspitzen mit einer Gänsehaut reagierte. Er fühlte sich seinem Verlangen hilflos ausgeliefert, das kannte er überhaupt nicht, und er mochte es auch nicht.

* * *

Der Wind peitschte Vío und Fló um die Ohren, während sie über den Zufahrtsweg nach Hauganes schlenderten. Fló schob sein Fahrrad neben sich her.

»Wie sieht es mit der Wettervorhersage für die nächsten Tage aus?«, erkundigte sich Vío. In Deutschland hatte sie es vermisst, dass man sich stundenlang über das Wetter unterhalten konnte. In Island spielte es seit jeher eine so große Rolle, wie die Wetterlage gewesen war und bald sein würde.

Ziemlich viel hing davon ab, und vermutlich rührte auch die legendäre isländische Unpünktlichkeit ein wenig daher. So hatte sie es sich jedenfalls immer erklärt und auch Leuten, die sie gefragt hatten, genau das gesagt. Pläne konnte man in Island viele schmieden, aber die konnten ganz schnell und unvorhergesehen durchkreuzt werden, wenn die Witterungsverhältnisse sich änderten. Man musste flexibel sein, um zu überleben. Früher jedenfalls. Aber diese Spontaneität hatte man sich, Gott sei Dank, als Nation erhalten.

»Sieht nicht gut aus für die nächsten Tage, aber man weiß ja nie. Ich hätte dir einen sonnigen Urlaub gewünscht.«

Vío lachte. »Na ja, ist ja nicht so, dass ich deswegen hier wäre. Aber ich sitze natürlich auch lieber im Sonnenschein als in dieser trüben Suppe. Bist du denn wenigstens mit dem Streichen fertig geworden?«

»Ja, Gott sei Dank. Aber die Holzarbeiten für die Veranda müssen noch warten, dafür habe ich das Schild mit dem neuen Namen in Auftrag gegeben. Das wird echt cool.«

»Ich freu mich total. Hast du schon ein Eröffnungsdatum? Was willst du machen?«

»Du stellst ja Fragen.« Fló schnaufte aus.

Sie musste wieder lachen. Es überraschte sie nicht, dass Fló noch keine rechte Vorstellung davon hatte, wie der erste Tag seines Lebens als Restaurantbesitzer und Koch ausschauen sollte. »Personal hast du aber?«

»Willst du dich bewerben?« Er grinste breit.

Sie knuffte ihn in die Seite. »Nee danke. Ich kann kein Tablett balancieren, ohne hinzufallen.«

»Ach was.«

»Doch, im Ernst. Unsportlichkeit ist mein zweiter Vorname.«

»So schlimm ist es bestimmt nicht.«

Sie schnaubte nur und musste wieder lachen. »Wenn ich dir sonst helfen kann, sag Bescheid.«

»Du hast mir schon so viele gute Tipps gegeben, ich traue mich gar nicht noch mehr anzunehmen.«

»Du spinnst. Schieß los!«

»Für die Eröffnung ... Ich habe tatsächlich keine Idee. Ich dachte, ich mach' einfach auf, wenn alles fertig ist.« Er zuckte die Schultern.

Typisch Mann, überlegte sie belustigt. »Für die Eröffnung würde ich als Erstes in Hauganes und der näheren Umgebung die Werbetrommel rühren. Außerdem könntest du beim Whalewatching an der Kasse Flyer auslegen und natürlich vorne an der Hauptstraße ein Schild aufstellen, damit Durchreisende sehen, dass man hier gut essen kann. Du weißt schon, zieh die Karte mit dem lokal gefangenen Fisch, handfiletiert und so weiter.«

»Du bist echt ein Genie«, freute er sich.

»Nee, ich gehe nur mit offenen Augen durchs Leben, und das ist das, worauf man heute Wert legt, wenn man gut essen möchte.«

»Willst du vielleicht eine Internet-Kampagne für mich starten? Alle Isländer, die im Land reisen, gucken erst mal im Netz, wo was ist, und die Touristen sowieso.«

Vío schaute verblüfft. »Wie meinst du das?«

»Du sollst das nicht umsonst machen. Ich würde dich natürlich bezahlen.«

»Ähm.« An Geld hatte sie noch gar nicht gedacht. Aber auf die Schnelle war sie mit Flós Bitte überfordert, und außerdem hatte sie ja noch einen weiteren Job. Oder? Sie war sich nicht sicher. Im Gegenteil. In ihrem Kopf drehte sich alles, dagegen halfen auch der eiskalte Wind und der Regen nicht.

»Du kannst es dir ja überlegen.« Sie hatten Haugenes erreicht, und ihre Wege trennten sich an der Ecke.

»Mach ich. Gerade lege ich so was wie eine Medienpause ein, deshalb war ich so perplex. Aber ich guck erst mal, ob ich nicht einen Flyer für dich gestalten kann, ja? Hast du schon einen Entwurf für dein Schild?«

»Den bekomme ich noch.«

Sie tauschten kurz E-Mail-Adressen aus, dann verabschiedeten sie sich. Vío stieg die Stufen zur Haustür ihrer Tante hinauf. Sie wollte gerade die Klinke nach unten drücken – man schloss im Sommer selten die Tür ab –, als sie sich von selbst öffnete. Atli prallte gegen sie.

»Autsch«, knurrte Vío und suchte Halt am Geländer.

»Sorry«, murmelte der Cousin. Er hatte seinen Seesack auf der Schulter und einen Anorak übergezogen.

Es blies immer noch ein starker eiskalter Wind, und der Nieselregen war stärker geworden.

»Kannst du mich fahren?«, fragte Atli jetzt.

»Wohin?«

»Hab einen Anruf bekommen, auf einem anderen Schiff ist was frei.«

»Tut mir leid, ich hatte eben einen Drink.«

»Echt?«

Sie lachte. »Ist das so ungewöhnlich, ich bin immerhin im Urlaub?«

»Mit wem denn?« Es überraschte sie nicht, dass ihr Cousin es genauer wissen wollte.

»War bei Hákon.« Sie versuchte es möglichst beiläufig klingen zu lassen.

»Oh, ist da etwa was im Busch?«

»Du bist ja verrückt.« Leider klang ihre Stimme eine Oktave höher, hoffentlich merkte Atli das nicht.

»Wieso? Irgendwie hatte ich gleich das Gefühl, dass da was zwischen euch läuft. Aber bist du eben nicht mit Fló gekommen?«

Himmel, in diesem Dorf blieb wirklich nichts ein Geheimnis. »Nee, da läuft genau gar nichts. Mit keinem von beiden. Spinn nicht rum.«

Atli kicherte. »Na, wenn du das sagst. Ist auch besser so, Hákon ist nicht gerade dafür bekannt, einem einzigen weiblichen Wesen treu und ergeben zu sein. Und Fló auch nicht.«

»Nicht treu?« Diese Neuigkeit versetzte ihrer guten Stimmung einen deutlichen Dämpfer.

»Na, du weißt schon. Hákon will keine feste Beziehung.«

»Sehe ich so aus, als bräuchte ich einen Mann?« Sie sparte es sich, auf Per zu verweisen, denn nur, weil ihre Familie nicht wusste, dass sie getrennt waren, hieß das noch lange nicht, dass sie lügen würde. Nicht so direkt jedenfalls.

»Ich meine ja nur.«

»Du meinst zu viel, Kleiner.« Es sollte wie ein Scherz klingen, aber nicht mal sie selbst war von ihrem Schauspiel überzeugt.

»Dann kannst du mich nicht fahren?«, kehrte Atli zu seiner ursprünglichen Bitte zurück.

»Nee, lieber nicht. Ich brauche meinen Führerschein noch.«

»Okay, logisch. Dann frag ich Oma. Mama bringt gerade die Kids ins Bett. Bis die Tage, Cousinchen.« Er hob die Hand zum Gruß und marschierte mit seiner Ausrüstung davon.

Vío ging ein paar Schritte und setzte sich ans Ufer. Das Wetter war ihr egal, ein bisschen war es ihr sogar willkommen. Sie ließ sich vom Wind durchpusten und nass regnen. Wenn sie morgen eine Erkältung bekam, würde sie es bereuen, aber jetzt war es genau das, was sie brauchte. Vío wusste selbst nicht, warum sie das Gespräch mit Atli so aus der Bahn geworfen hatte. Oder doch, sie wollte es sich nur nicht eingestehen.

Wenn Fló vorhin nicht zur Tür hereingekommen wäre, hätten sie und Hákon sich geküsst. Víos Hormone hatten komplett verrücktgespielt. Sie fand Hákon nicht nur heiß, er war viel mehr als das. Eloquent, humorvoll und mitfühlend. Natürlich war ihr bewusst gewesen, dass er kein Kind von Traurigkeit war, sie hatte gut in Erinnerung, wie er die Blondine vor ein paar Tagen im Arm gehalten und abgeknutscht hatte. Und doch … Irgendwie hatte sich das, was sie bei ihm gespürt hatte, echt angefühlt. Als gäbe es ein unsichtbares Band zwischen ihnen, das sie unwiderstehlich zueinander hinzog. Sie hatte sich das nicht eingebildet.

Aber dass Männer und Frauen gerade in diesen Dingen deutliche Unterschiede machten, hatte sie für den Moment vergessen. Sie sollte Fló dankbar sein, dass er unerwartet aufgetaucht war. Er hatte sie vor Schlimmem bewahrt – und damit meinte sie nicht den Beinahe-Kuss. Bedauerlicherweise war Vío überzeugt, dass Hákon ein exzellenter Liebhaber war. Aber Fló hatte sie vor der Dummheit bewahrt, den schmalen Grat zwischen Anziehung und Aktion zu überschreiten. Es war glasklar, dass Hákon sich vielleicht für eine Nacht mit ihr zwischen den Laken vergnügen würde, aber danach würde alles anders sein. Beklemmendes Schweigen. Sich aus dem Weg gehen. Keine Scherze mehr. Kein Lachen. Keine gemeinsamen Unternehmungen. All das wäre anschließend vorbei, ein Mann wie er vögelte eine Frau und zog dann weiter. Sie hatte all das vorher gewusst, und doch hatte sie es beiseitegeschoben, weil dieses Kribbeln einfach so stark gewesen war. Wie die größte Versuchung, der sie unmöglich widerstehen konnte. Dabei wollte sie überhaupt keine neue Beziehung und schon gar nicht auf Island – ihr Leben fand immer noch in Berlin statt.

Vío atmete laut aus und warf einen Stein ins Wasser. In der Ferne entdeckte sie einen Seehund, er guckte sie aus dunkel schillernden Augen an, dann tauchte er ab. Sie blieb noch eine Weile, verfolgte das Tier, das immer wieder an einer anderen Stelle im Fjord erschien, mit ihrem Blick, bis es sich endgültig in die Tiefe verabschiedete, um Futter zu suchen. Manchmal wünschte sie sich, sie könnte auch einfach abtauchen und woanders hinschwimmen. Wobei ... Hier gefiel es ihr gerade ganz gut.

Kapitel 8

Einige Tage später war Víó mit ihrer Schwester zur finalen Brautkleid-Anprobe in einem Atelier in Akureyri. Hildur stand mit der Schneiderin vor dem Spiegel und strahlte wie ein Honigkuchenpferd. Sie trug ihr eng anliegendes, cremefarbenes Kleid mit spitzenbesetzten Ärmeln und tiefem Dekolleté. Es war trägerlos und betonte ihre hübsch geschwungenen Schlüsselbeine.

»Du hast abgenommen«, meinte die Schneiderin und zückte ihr Nadelkissen.

»Das müsste mir mal passieren«, kommentierte Víó und schnitt eine Grimasse.

Die Verkäuferin gluckste und steckte das Kleid an der Taille neu ab. »Das geht fast allen Bräuten so. Das ist der Stress.«

Víó dachte an die Schokolade, Süßigkeiten und Chips, die *sie* futterte, wenn sie Stress hatte. Sollte sie jemals heiraten, wäre es wohl besser, sie kaufte Stretch.

Nein, so schlimm war es nun auch wieder nicht. Außerdem standen die Männer derzeit nicht gerade Schlange, und die eigene Hochzeit lag Lichtjahre entfernt. Von Hákon hatte sie in den letzten Tagen auch nichts gehört, das Essen mit den Großeltern sollte aber morgen stattfinden. Sie war ein bisschen nervös, obwohl sie es nicht sein wollte. Zudem würde es ganz sicher keinen einzigen knisternden Moment geben, wenn Oma und Tryggvi mit am Tisch saßen. Komische Situation, dachte sie. Hildur war mit ihrem Spiegelbild und der Vorstellung ihrer Hochzeit beschäftigt, sie sagte gar nichts und ließ das Prozedere der Änderungen mit einer Engelsgeduld über sich ergehen.

»So, du kannst dich wieder umziehen. Das Kleid ist dann in drei Tagen fertig, und du kannst es abholen«, erklärte die Schneiderin etwas später.

Hildur lächelte selig. »Vielen Dank.«

»Unterwäsche hast du ja schon, oder?«, wollte Vío wissen. »Pierre wird ja wohl den ganzen Tag darauf warten, zu entdecken, was sich unter diesem netten Fummel verbirgt.«

Hildur gackerte. »Ich habe eine hübsche Corsage und halterlose Strümpfe.«

»Keine Strapse?«

»Sei nicht albern, wir heiraten und spielen nicht in einem Kostümfilm mit. So weit kommt's noch.«

Vío sparte sich den Kommentar, dass sie in diesem Leben keine halterlosen Strümpfe mehr tragen würde – jedenfalls nicht freiwillig und schon gar nicht als sexy Accessoire. Bei ihren üppigen Oberschenkeln quoll ihr Fleisch über den Rand, oder selbiger rollte nach unten, und am Ende hatte sie die Strümpfe um die Fesseln hängen. Nein danke. In ihrem Fall wäre auch eher Shapewear angebracht. Sie musste schmunzeln, vielleicht war es doch ganz gut, dass sie nicht so bald heiratete. Oder niemals. Alleine das Thema Brautkleid würde sie in den Wahnsinn treiben. Und in den Ruin. Hildur hatte ihr auf der Fahrt erzählt, dass das gute Stück ein Vermögen gekostet hatte. Vío würde mit dem Geld lieber für drei Wochen in die Karibik fliegen.

Während Hildur sich ihre Jeans wieder anzog, schaute Vío in ihr Notizbuch, was auf ihrer Liste noch abgehakt werden musste. Sie waren diese Woche ein gutes Stück weitergekommen. Die Moderation der Hochzeit würde sie zusammen mit Atli übernehmen, darauf freute sie sich. Die Tischdeko war bestellt, jetzt mussten sie sich noch um die Sitzordnung kümmern. Für die Sprachbarrieren hatten sie noch keine Lösung, die Einzigen, die beide Sprachen – Isländisch und Französisch – beherrschten, waren Pierre und Hildur. Und das Brautpaar sollte nicht auf der Bühne stehen, um zu dolmetschen, sondern seine Feier genießen.

Sie dachte einen Augenblick an Fló. Den Entwurf für einen Flyer hatte sie ihm vorgestern geschickt – darin hatte sie das *Saltfiskbarinn*-Schild als Grafik mit aufgenommen. Jetzt war einer der wenigen Momente, in denen ein Handy gut gewesen wäre. So musste sie nachher den Laptop hochfahren und konnte erst dann prüfen, ob eine Mail eingegangen war. Entweder das oder sie ging selbst rüber und besuchte ihn. Aber Víó wollte das Risiko nicht eingehen, Hákon zu begegnen. Es war komisch, sie wusste selbst nicht so recht, warum sie Hákon gerade mied. Im Grunde war zwischen ihnen ja nichts passiert, und morgen sahen sie sich so oder so.

Vielleicht schaute sie nachher doch mal bei Fló vorbei, sie war einfach zu gespannt – das hieß, falls ihre Schwester sie gehen ließ. Hildur trat gerade aus der Umkleide und rieb sich die Hände. »Super, dann können wir ja los.«

Víó fuhr nicht direkt zu Hildur nach Hause, sondern erst zu *Brynja*, ihrer Lieblingseisdiele. Sie bestellte sich ein Softeis und ließ Lakritze, Schokodrops und Schokosoße hineinmischen. *Bragðarefur* hieß das auf Isländisch, und es gab keine wirkliche Übersetzung dafür. Wenn sie es ihren Freunden in Deutschland erklärt hatte, hatten die meisten es nicht so recht verstanden, erst wenn sie das McFlurry-Prinzip vom goldenen ›M‹ ins Spiel brachte, ging den meisten ein Licht auf – nur, dass es in Island mehr Auswahl an Süßigkeiten gab, die man sich in sein Softeis rühren lassen konnte. Und Früchte. Zudem gab es mehrere Eissorten, mittlerweile sogar eine vegane Variante. Die hätte Per wohl ausgewählt. Vío war, was ihre Leidenschaft für Eis anging, jedoch eher konservativ und nicht offen für Experimente.

»O mein Gott.« Sie stöhnte, als sie mit Hildur im Auto saß und sich den ersten Löffel in den Mund geschoben hatte. »Dafür könnte ich sterben.«

Hildur hatte ein kleines Eis in der Waffel und kicherte. »Du bist und bleibst ein Süßschnäbelchen.«

Vío war zwar erschöpft, als sie einige Stunden später auf dem Weg zurück nach Hauganes war, aber zum ersten Mal seit Tagen hatte die Sonne den Kampf gegen die Wolken gewonnen, das hob sofort ihre Stimmung. Es machte so viel aus, wenn der Himmel blau und nicht grau war. Sie lächelte und drehte das Radio lauter. Sie genoss es, endlich mal wieder isländische Musik zu hören – auf Isländisch. Es gab viele Künstler, die international erfolgreich waren, die sangen meist jedoch auf Englisch. Das hier war was anderes, sie hörte gerade die neue Version eines alten Liebesliedes von Kaleo, *Vór í Vaglaskógi* – Frühling im Vaglawald. Der Kerl hatte eine sexy Stimme mit so viel Gefühl. Es ging ihr durch Mark und Bein, und Vío sang aus voller Kehle mit. Einfach großartig.

Zu Hause angekommen, parkte sie den Wagen am Straßenrand und marschierte direkt zu Fló. Sie hatte ihm im Vorbeifahren schon gewunken, er stand vor seinem Restaurant, das Schild war gerade befestigt worden. Bis sie ihn erreichte, hatten die Tischler ihr Werkzeug eingepackt und waren im Begriff, zu gehen.

»Hi«, grüßte sie und trat neben ihn, um das Schild zu betrachten. Es war auf alt gemacht, der eingebrannte Schriftzug war sehr gelungen. Der Farbton des Holzes war eine Nuance heller als der der Fassade. Darüber waren zwei

Strahler angebracht, die den Namen in der dunklen Jahreszeit beleuchten würden.

»Und? Was sagst du?«, wollte er wissen.

»Großartig«, meinte Vío und zeigte mit dem Daumen nach oben. »Ist echt cool geworden.«

»Ja, oder?« Er wirkte wie ein glücklicher Junge, der gerade gehört hatte, dass er in ein Glas mit Bonbons greifen durfte. Irgendwie süß. Komisch, dass sich bei Fló nie dieses Herzflattern und Bauchkribbeln einstellte. Dabei war er kein bisschen weniger attraktiv als Hákon, aber er hatte irgendwie weniger Ecken und Kanten, oder … Ach, sie wusste auch nicht, wieso gerade Hákon ihr Herz höherschlagen ließ. Sie wollte im Grunde auf keinen der beiden stehen, tat es aber leider doch: auf Hákon. Sie brauchte sich nicht länger etwas vorzumachen. Zum Glück war sie eine erwachsene Person, und sie konnte Impulshandlungen unterdrücken und ihren Verstand einschalten. Der sagte ihr laut und deutlich, blinkte förmlich wie eine Leuchtreklame über ihrem Kopf: *Lass die Finger von Hákon, an dem wirst du dich nur verbrennen.*

Ja, das traf es ein bisschen. Sobald sie ihn sah oder auch nur an ihn dachte, stand sie in Flammen. Peinlich, aber wahr.

Sie räusperte sich und kehrte mit ihren Gedanken zu Fló und seinem Restaurant zurück. »Warum ich eigentlich hergekommen bin: Ich wollte fragen, wie du den Entwurf für den Flyer fandest?«

Er guckte sie mit einem Stirnrunzeln an.

»Was?«, stieß Vío hervor. Hatte er die Mail etwa nicht bekommen?

»Hast du meine Antwort nicht gekriegt?«

Sie atmete aus. »Äh, nee, bis jetzt nicht. Es sei denn, du hast sie mir in den letzten Stunden geschickt, da war ich mit meiner Schwester unterwegs. Brautalarm, du weißt schon.«

Er grinste. »Hm, komisch. Eigentlich hatte ich dir gestern Abend geschrieben, warte mal.« Er zückte sein Telefon und schaute nach. »Zu doof. Echt. Ich hab die Mail geschrieben, aber nicht abgeschickt.«

Vío zuckte die Schultern und lächelte. »Macht ja nichts, deswegen bin ich hier. Sag mir doch einfach, wie dir mein Entwurf gefallen hat.«

»Ich finde, dass er cool geworden ist, aber am Text würde ich noch was ändern, wenn das okay ist.«

»Ja, natürlich. Soll ich eben meinen Laptop holen, und wir machen das zusammen? Hast du eine Ahnung, wo du sie drucken lassen kannst? Ich kenne mich gerade nicht so aus, und in Nordisland ist das mit den Möglichkeiten sicher ein bisschen anders als in Berlin – da gibts total viele Druckereien, die auch nicht allzu teuer sind. Aber hier? Da müsste ich mich erst einmal informieren.«

Er rieb sich über die Stirn. »Hm, ne, weiß ich jetzt auch nicht.«

Sie winkte ab, um ihn zu beruhigen. »Mach dir mal keine Gedanken, das finde ich raus. Ich hole nur schnell meinen Computer, dann gehts gleich los.«

»Mega«, erwiderte Fló, und seine Augen strahlten.

Kurz darauf saßen sie nebeneinander im Gastraum, er hatte einen Tisch und Stühle herangeschoben. Das Restaurant wirkte so, als ob es jederzeit geöffnet werden könnte. Es war also höchste Zeit mit der Werbung. Vío guckte sich immer wieder um, sie fürchtete, dass Hákon hereinschneien würde. Diese Nervosität gefiel ihr gar nicht. Aber er tauchte nicht auf, und die Besprechung dauerte auch nicht lange. Vío notierte sich Flós Änderungswünsche und packte den Computer dann wieder weg.

»Wird erledigt, und ich gucke mal, wo ich die, äh, wo du die drucken lassen kannst. Was meinst du? Tausend Stück oder mehr?« Sie schaute ihn erwartungsvoll an, war voll in ihrem Element. Sie liebte es, ihre Kreativität ausleben zu können, ohne dass ihr jemand wie Per ins Ohr quakte.

Fló stöhnte. »Ich habe keine Ahnung.«

»Lass mal nachdenken, in Akureyri könnte man sie auch auslegen, an der Touristeninformation, in Hotels und so? Theoretisch könntest du an allen möglichen Punkten auf dem Weg von Reykjavík in den Norden Flyer platzieren, Tankstellen, Gästehäuser, kleinere Pensionen. Fast alle haben doch Regale mit Informationen über Island und was man wo unternehmen kann. Davon würde auch Tryggvi mit dem Walboot profitieren. Wobei ... Der ist ja schon ausgelastet, dann müsste er eventuell ein zweites Mal am Tag rausfahren.«

»Stimmt, die Flyer noch woanders zu verteilen, ist eine sehr gute Idee. Du bist so genial, dass ich langsam das Gefühl habe, dass ich es auf Dauer ohne dich nicht hinkriege.« Er grinste schief.

»So ein Unsinn, es geht nur darum, den Start gut zu meisten und ein bisschen Aufmerksamkeit zu schaffen. Für mehr brauchst du mich garantiert nicht, und falls doch, kannst du mich erreichen, auch wenn ich wieder in Berlin bin. Auf ewig werde ich nicht ohne Telefon leben. So viel ist mal sicher, obwohl ich es super finde, gerade nicht erreichbar zu sein. Also, du weißt, wie ich das meine, oder?«

Sie wurde ein bisschen rot, weil sie eine Menge redete und sich gleichzeitig immer mehr Ideen in ihrem Kopf formten.

Fló nickte und wirkte dabei sehr lässig. »Ich verstehe dich schon, und ich kann das sogar nachvollziehen, dass du mal deine Ruhe willst. Bei Hákon und mir ging es ziemlich ab, nachdem wir die Poker-WM gewonnen hatten. Dauernd wollte jemand was von uns.«

»Und jetzt nicht mehr? Entschuldige, dass ich so blöd frage, aber ich kann mir das gar nicht vorstellen. Weil ihr beim Kartenspielen gewonnen habt, seid ihr berühmt, oder wie? Wieso kannte ich euch nicht?« Sie wackelte mit den Brauen, ihr war klar, dass sie ein bisschen provozierte, aber sie hatte das Gefühl, die Frage würde besser mit ein wenig Humor ankommen.

Flós Augen weiteten sich. »Kann es sein, dass du echt keine Ahnung hast?«

Vío schaute ihn verzweifelt lachend an. »Nee, habe ich nicht. Das sage ich doch die ganze Zeit.«

Fló schüttelte amüsiert den Kopf. »Du bist witzig, Vío. Ich kann schon verstehen, warum mein Bruder irgendwie einen Narren an dir gefressen hat. Wir haben zwölf Millionen Dollar gewonnen, danach hat man auf einmal sehr viele Freunde.«

Er zuckte die Achseln, wollte es abtun.

Vío japste nach Luft, dann stieß sie einen quietschenden Laut aus. Nein, das konnte doch wohl nicht sein. Sie musste sich verhört haben. »Zwölf Millionen? Nee, oder?«

Fló lachte. »Doch.«

»Mein Gott. Kein Wunder, dass ihr so relaxt seid.« Sie atmete zischend aus. »Hilfe!«

»Schön, dass du das so siehst. Wir haben für eine Weile ziemlich die Sau rausgelassen, das kann ich dir sagen. Aber auch das wird irgendwann langweilig. Mir jedenfalls. Und auf Drogen stehe ich nicht und Hákon auch nicht. Uns hat schließlich das Heimweh gepackt, und Opa kann unsere Hilfe gut gebrauchen. Und mal ehrlich, Hauganes ist tausendmal cooler als Las Vegas.«

Vío nickte und schüttelte den Kopf, dann lachte sie noch einmal spitz auf.

»Wow«, war alles, was sie hervorbrachte.

»Ich hoffe, das viele Geld ändert jetzt nicht alles zwischen uns.« Er sagte es im Scherz, aber Vío spürte, dass ein Funke Wahrheit darin lag. Sie konnte sich gut vorstellen, dass es

Menschen gab, die nur noch den Reichtum sahen, nachdem sie diese Geschichte gehört hatten.

»Es tut mir leid, wenn ihr schlechte Erfahrungen gemacht habt.«

Fló wollte das Thema offenbar nicht vertiefen, er stand auf. »Kommst du mit Fahrrad fahren?«

»Bist du irre? Nee.«

Er klopfte ihr auf die Schulter. »Es geht bergab, ich hab noch ein Rad, das kannst du nehmen.«

»Spreche ich Chinesisch oder was?« Sie stand auf. »Dieser Körper ist nicht für Sport gemacht.«

Fló setzte einen Welpenblick auf, der sonst garantiert immer funktionierte. »Ich schwöre, dass es dir Spaß machen wird. Wenn nicht, werde ich dich nie mehr belästigen. Guck doch mal, das Wetter ist so genial. Und oben vom Hlíðarfjall hat man einen großartigen Blick auf den Fjord. Komm schon, Vío. Bitte.«

»Mein Gott«, sie stöhnte, »wenn ich nicht Ja sage, werde ich dich wohl nie wieder los?«

»Erraten. Also, kommst du mit?« Er faltete die Hände wie zum Gebet und zog ein flehendes Gesicht dazu.

Vío kapitulierte. »Kann ich so gehen?«

Sie guckte an sich herunter. Jeans und Pulli, dazu trug sie Sneaker.

»Hast du vielleicht 'ne Jogginghose?« Er grinste zufrieden mit sich und der Tatsache, dass er Vío überredet hatte.

Man konnte dem Kerl jedenfalls nicht vorwerfen, dass er leicht aufgab, dachte sie amüsiert. »Ein Mann hat mal gesagt, ein deutscher Designer, um genau zu sein, wenn man mit Jogginghose auf die Straße geht, hat man die Kontrolle über sein Leben verloren.«

Fló schnalzte mit der Zunge. »Was für ein Depp. Wie soll man denn sonst Sport machen?«

»Am besten gar nicht«, brummte sie und schulterte ihren Rucksack. »Ich finde, Karl Lagerfeld war in dem Punkt durchaus weise. So, und ich ziehe mich jetzt um, damit du mir nicht weiter auf den Keks gehst.« Sie lachte und streckte ihm dann die Zunge raus.

»Wenn du nicht in zehn Minuten vor der Tür stehst, komme ich und hole dich da raus.« Er hob drohend einen Finger, was natürlich im Scherz gemeint war.

Vío verpasste ihm einen Klaps auf die Brust. »Dir traue ich echt alles zu.«

»Ich verspreche dir, dass du es nicht bereust.«

»Ja, ja«, brummte sie und machte sich auf den Weg.

Als Vío einige Minuten später die Tür hinter sich schloss, entdeckte sie Hákons Pick-up auf der Straße, der Motor lief noch. Auf der Ladefläche waren drei Fahrräder befestigt. Sie atmete leise aus. Das hätte sie sich ja fast denken können. Wo der eine Bruder war, war der andere nicht weit. Verdammt.

Sie blieb stehen und überlegte, einfach auf dem Absatz kehrtzumachen und doch nicht mitzufahren. Aber sie wollte nicht wie ein Feigling oder Spielverderber ausschauen, obwohl sie gerade richtig Angst bekam. Nicht davor, dass sie sich verletzte, sondern dass sie sich zum Affen machte. Nun, das würde zwangsläufig passieren. Wieso hatte sie nur Ja gesagt?

Hákon winkte ihr zu und gestikulierte, dass sie zu ihm ins Auto steigen sollte. Super, dachte sie wenig begeistert und setzte sich in Bewegung. Immerhin, das Wetter war genial und die Aussicht vom Berg bestimmt einzigartig. Darauf zumindest konnte sie sich freuen.

»Hallo«, grüßte sie, während sie sich auf den Beifahrersitz gleiten ließ. »Wo ist dein Bruder?«

»Der ist schon losgefahren.« Hákon löste die Bremse.

»Wie losgefahren? Wohin?« Vío kapierte mal wieder nichts.

»Na, mit seinem eigenen Auto, den holen wir gleich im Tal ab, denn mein Auto bleibt ja oben auf dem Parkplatz. Verstehst du?«

»Äh, nicht so richtig.« Sie fuhren los, und Vío legte ihren Gurt an.

»Wenn wir unten kein Auto platzieren, müssten wir wieder raufradeln – oder nach Hauganes, und ich denke, dass du keine Lust auf die vielen Kilometer hast, oder?«

»Oh«, machte sie, als der Groschen endlich fiel.

»Übrigens, Vío. Es freut mich, dass du mitkommst.« Er guckte sie nicht an, aber sie sah sein Lächeln aus dem Augenwinkel. Es wirkte offen und ehrlich, ohne jeglichen Hintergedanken.

Ihr Herz flatterte. Schon wieder. Mehr als diesen Satz brauchte es nicht aus seinem Mund, und sie schmolz förmlich dahin. Das war ja fast noch peinlicher als ihr Aufzug. Aber Hákon schien es nicht zu interessieren, dass sie eine verbeulte und ausgewaschene Jerseyhose trug, die sie ungefähr noch mal fünf Kilo schwerer aussehen ließ. Vermutlich lag das Problem in ihrem Kopf – sie gab Per die Schuld dafür. Von dem Desaster mit ihrem Ex musste sie sich wirklich erst mal erholen. Sie schob den Gedanken an den Arsch beiseite und betrachtete lieber Hákon. Er wirkte entspannt und ehrlich erfreut, sie zu sehen. *Das* war ein schönes Gefühl, auf das sich aufbauen ließ. Ab jetzt würde sie nur noch die guten Seiten in ihrem Leben betrachten, endlich wieder Optimistin werden.

»Mal gucken, was du nachher sagen wirst«, scherzte sie, als ihr auffiel, dass sie bislang gar nichts erwidert hatte.

»Wieso?« Er warf ihr einen fragenden Blick zu, dann richtete er seine Augen wieder auf die Straße.

Es war nicht viel los, im Norden lebte man glücklicherweise ein beschaulicheres Leben mit weniger Stress. Vío wusste, dass es in Reykjavík anders zuging. Dort war es wie in jeder anderen größeren Stadt der Erde. Leute hatten es immer eilig, hetzten von einem Termin, einem Event zum nächsten. Vío verspürte gerade so gar kein Bedürfnis nach der Großstadt. Nicht, dass Nordisland rückständig wäre, aber sie fand den Unterschied sehr deutlich, die Menschen hier schätzten es mehr, im Einklang mit der Natur zu leben, sich daran zu erfreuen, als anderswo.

Sie wusste, dass sie Hákon noch eine Antwort schuldig war. Aber alles in ihrem Kopf klang irgendwie doof. Sie wollte witzig sein. »Wenn ihr mich dreimal vom Boden aufgekratzt habt, bereut ihr womöglich, dass ihr mich mitgenommen habt.«

Leider hörte sich das alles andere als humorvoll an, eher besorgt.

»Die Strecke ist wirklich nicht schwierig, und wir passen uns deinem Tempo an, mach dir keine Sorgen.« O je, war es so offensichtlich, wie unbehaglich sie sich fühlte. Vío gab sich einen Ruck. Vielleicht wurde es ja gar nicht so übel, und sie entdeckte ein neues Hobby für sich. Seine beruhigende Stimme zu hören, tat zudem sehr gut, sie könnte ihm stundenlang lauschen. Fast hätte sie geseufzt.

Oder hatte sie?

Egal, dachte sie sich und lehnte sich ein wenig tiefer in den Sitz zurück.

»Schauen wir mal«, war alles, was sie noch dazu sagte.

Nachdem sie Fló abgeholt hatten, waren sie den Hlíðarfjall, der im Winter zum Skilaufen genutzt wurde, hinaufgefahren. In den letzten Jahren waren in der Umgebung viele Ferienhäuser entstanden, die nicht nur im Winter ausgebucht waren. Die Sicht von hier oben hinab auf den Fjord war aber auch fantastisch. Vor allem, wenn das Wetter so großartig war wie heute.

Es war schon kurz nach acht, aber ziemlich viel los. Auf dem Parkplatz vor den Liftanlagen standen einige Fahrzeuge. Tatsächlich gab es auch viele, die nach oben radelten – und es war ein steiler Anstieg über mehrere Kilometer –, nur um ihre Fitness zu testen oder sich selbst herauszufordern. Vío hatte diese Art von Quälerei noch nie verstanden, und auch jetzt dachte sie nur: *Warum tun sich Leute das an?* Gab es ein Bikers High? Die einzigen Gefühle, die Sport bei ihr auslösten, waren pure Verzweiflung. Sie grinste in sich hinein. Zum Glück musste sie gleich kaum in die Pedale treten, sondern sich nur bergab rollen lassen. Hákon und Fló lösten die Räder von der Ladefläche und hoben sie auf den gekiesten Weg.

»Passt perfekt«, stellte Fló fest und schob Vío ihres hin. Ein Helm war am Lenker befestigt. Tatsächlich wirkte das Rad, als wäre es für sie gekauft worden. Definitiv zu klein für einen Mann wie Fló oder Hákon.

Sie schaute Fló an und witzelte: »Von einer Ex?«

Seine Augen weiteten sich, hektisch guckte er sich nach Hákon um. Vío merkte, dass sie definitiv in ein Fettnäpfchen getreten war.

Fló winkte ab. »Ist das wichtig?«

Seine Stimme klang beinahe flehend, und Vío begriff, dass es nicht gut wäre, wenn sie weiter nachhakte. Gleichzeitig war klar, dass das Rad wohl einer Verflossenen von Hákon gehören musste. Gehört hatte, es war offenbar zurückgelassen worden.

Gut. Vío hatte nicht angenommen, dass er niemals liiert gewesen wäre. Der Mann war über dreißig, und im Prinzip hatte wohl jeder in dem Alter mindestens eine schmerzhafte Trennung durch. Flós schockierte Reaktion zeigte ihr jedoch, dass Hákon offenbar bis heute darunter litt. Hing er noch an ihr? Der Gedanke gefiel ihr nicht, aber sie verbot sich jeden weiteren. Es ging sie zum einen nichts an, und zum anderen verarbeitete jeder Enttäuschungen anders. Es überraschte sie jedoch, dass ein Charmeur wie Hákon, den sie neulich mit der Blondine in Aktion gesehen hatte, unter seiner Schale offenbar sehr verletzlich war, wenn man nicht mal einen Scherz über ein Fahrrad machten durfte. Letztlich rückte das ihre zaghaften Hoffnungen nur in noch weitere Ferne.

Moment mal. Hoffnungen?

Nein. Gar nicht. Sie hoffte nicht, dass sie sich küssten, miteinander schliefen oder eine Beziehung eingingen. Was war nur in sie gefahren?

Vío wurde schrecklich heiß. Sie nahm den Helm und setzte ihn sich auf den Kopf. Sie werkelte ein bisschen an den Einstellungen herum, bis sie irgendwann bereit war.

Hier oben wehte ein leichter Nordwind, aber es war gut auszuhalten. Die Sonne wärmte zu dieser Tageszeit jedoch nicht mehr viel, was für den Moment angenehm war, ihr war ohnehin ziemlich heiß geworden.

Wenig später saßen sie im Lift. Auch jetzt war ihr alles andere als kalt. Sie hoffte nur, dass sie heil mit dem Rad oben ankam, es nicht fallen ließ oder selbst abstürzte. So ein Mist, dachte sie und guckte nicht nach unten. Es war nicht gerade Höhenangst, aber behaglich fühlte sie sich auch nicht.

Sie machte drei Kreuze, als der Lift oben angehalten wurde, dass sie aussteigen konnten. Die ganze Fahrt zur Gipfelstation über hatte sie befürchtet, dass sie rausspringen mussten. Das hätte nur mit Knochenbrüchen enden können.

Sie schimpfte sich albern und kindisch. Warum stellte sie sich an, als wäre sie eine Giraffe auf dem Eis? Sie war durchaus in der Lage, Fahrrad zu fahren, und da Kondition beim Bergabfahren nicht ihr Problem sein würde, konnte sie es einfach genießen. Genau.

Vío lächelte und straffte sich. Manchmal musste man nach dem Motto *Fake it until you make it* leben. Ein bisschen so tun als ob – damit würde sie sich sogar selbst überlisten. Normalerweise nicht ihr Mantra, aber wenn ihr Selbstvertrauen mal etwas angeschlagen war, half es ihr, sich ein wenig besser zu fühlen.

Als sie alle drei angekommen und ein wenig zur Seite gegangen waren, damit die Nachfolgenden Platz hatten, fragte Fló sie: »Bist du bereit, Vío?«

Sie nickte und zeigte mit dem Daumen nach oben. »Aber so was von.«

»Super.« Hákon lächelte ihr aufmunternd zu, und ihr Magen fuhr Achterbahn. Sie fand es unfair, dass ein freundlicher Blick genügte, um ihre Knie weich werden zu lassen.

Gut, vielleicht lag es nur an der Gesamtkonstellation. Sport und dann auch noch Hákons Nähe ... »Ich schlage vor, dass Fló vorfährt, dann du, und ich komme als Letzter. Wir rahmen dich sozusagen ein. Durch Fló siehst du, wo es langgeht, und ich passe auf, dass wir dich nicht verlieren.«

Vío gackerte. »Das klingt, als ob ich drei Jahre alt wäre.«

Hákon zwinkerte ihr zu. »Uns ist durchaus bewusst, dass du eine erwachsene Frau bist.«

Gott. Schon wieder dieser durchdringende Blick, der ihr durch Mark und Bein ging. Fló war gerade mit seinem Sattel beschäftigt, er wirkte abgelenkt. Und selbst wenn nicht, Vío wäre es egal. Ihr Mund war staubtrocken, und ihr Herz klopfte wie verrückt. ›Erwachsene Frau‹ klang aus Hákons Kehle wie ein sinnliches Versprechen.

Himmel. Sie musste damit aufhören. Das war sicher alles nur Einbildung.

Sie riss sich von seinen hypnotisierenden blauen Augen los und fummelte nervös an ihrem Reißverschluss herum.

»Kanns losgehen?«, meldete sich Fló.

»Ja«, meinte Vío. Leider glich ihre Stimme einem Krächzen, aber vielleicht merkten die beiden es nicht, oder sie schoben ihre Nervosität auf das Biken.

Wenig später war es vorbei mit der Ruhe. Die Strecke war alles andere als einfach. Vío musste sich sehr konzentrieren und bremste die ganze Zeit. Fló gab sich Mühe, nicht zu schnell zu fahren, aber sie fühlte sich trotzdem überfordert. Vermutlich fuhren Siebenjährige deutlich schneller als sie. Nicht nur vermutlich. Diverse Eltern mit Kindern hatten sie schon überholt.

Normalerweise würde das nicht an ihrem Ego kratzen – es war ja kein Geheimnis, dass ihr Sport in jeglicher Form schwerfiel. Deswegen machte sie ja keinen, wenn es nicht unbedingt sein musste. Aber gerade jetzt fand sie es unangenehm, weil sie Hákons Präsenz so deutlich hinter sich spürte, als läge seine Hand auf ihrer Schulter.

Es war nicht nur unangenehm, sondern irgendwie auch tröstlich. Sie hatte nicht das Gefühl, dass sie für die Brüder eine Belastung darstellte – was man bei deren Athletik durchaus annehmen könnte –, sondern dass sie sich bemühten, ihr ein schönes Erlebnis zu ermöglichen. Das war auch der Grund, warum Vío sich zusammenriss. Die beiden konnten ja nichts dafür.

Und dann passierte es. In einer Sekunde der Unachtsamkeit übersah Vío einen Stein. Ihr Reifen prallte dagegen, und da sie nur die Vorderbremse betätigte, geriet sie aus dem Gleichgewicht. Das hintere Rad löste sich vom Boden, und Vío machte einen Salto – oder waren es mehrere – und stürzte. Es fühlte sich wie in Zeitlupe an, sie war schwerelos, aber nicht im positiven Sinne. Sie wusste nicht mehr, wo oben oder unten war. Den Aufprall nahm sie wahr, alle Luft entwich aus ihren Lungen. Es krachte. Sie wusste nicht, ob es ihre Knochen waren oder etwas anderes. Sie blieb liegen und rührte sich nicht, versuchte sich zu sortieren. Die Augen hatte sie geschlossen, während sie nach Luft rang.

»Vío? Vío, alles in Ordnung?«, drang eine alarmierte sonore Stimme zu ihr durch. Sie spürte, dass sich jemand neben sie kniete oder hockte. Seine Wärme übertrug sich auf sie. Er roch gut. Ziemlich gut.

Okay, so schlimm konnte es also nicht sein, wenn sie das mitbekam.

Vío öffnete flatternd ihre Lider und schaute direkt in Hákons besorgt dreinblickende Augen. Sie holte tief Luft und seufzte, er hatte eine Hand an ihre Wange gelegt. O Mann, das fühlte sich so gut an. Warm und trocken, elektrisierend.

»Bist du verletzt? Wo tut es weh?«, wollte er wissen. Jetzt tauchte auch Flós Gesicht neben ihrem auf. »Verdammt«, knurrte Hákon. »Wir hätten sie nicht mitnehmen dürfen, sieh sie dir an, sie kann nicht mal sprechen.«

»Ganz ruhig«, meinte Fló, der offenbar einen kühleren Kopf bewahrte als sein Bruder. Vío fand beides sympathisch. Sie sollte sich langsam mal rühren. Oder schwebte sie doch als Geist über den beiden? Nein, sie stand nur unter Schock. Ihr Kopf pochte ein wenig und ihre linke Schulter, aber sonst fühlte sie sich erstaunlich gut. Sie bemerkte, dass sie im weichen Moos gelandet war. Ein Steinchen bohrte sich in ihre rechte Pobacke, aber die war gut gepolstert, vermutlich würde sie ein paar blaue Flecke davontragen und hatte ein paar Prellungen. Sie bewegte ihre Finger, dann die Füße. Puh. Sie war unverletzt. Nichts passiert.

Na ja. Bis auf ihr Ego jedenfalls, das hatte einen schweren Schaden genommen. Vielleicht sollte sie doch so tun, als wäre sie bewusstlos, dann konnte man sie hier abtransportieren. Flogen Hubschrauber auf den Berg? Ja, doch. Aber wie lange würde das dauern? Vielleicht doch einfach weiterradeln und hoffen, dass sie nicht noch mal eine akrobatische

Einlage lieferte. Letzten Endes war alles Mist, und sie hätte mit ihrem Hintern auf dem Sofa bleiben sollen.

Sie öffnete ihre Lippen. »I-ich bin okay«, stammelte sie. »Helft mir mal auf.«

»Sie ist okay«, stieß Hákon hervor, er wirkte zutiefst erleichtert. Fló war in diesem Falle praktischer veranlagt, er fuhr mit einer Hand unter Víos Schulter und versuchte sie aufzurichten. Es gelang ihm auch, aber Vío war eben keine leichte Feder, er musste seine Muckis schon ein wenig spielen lassen. Sie spannte sich an und rappelte sich mit seiner Hilfe erst mal zum Sitzen auf.

»Mir brummt ein bisschen der Kopf«, erklärte sie verlegen und wich ihren Blicken aus.

»Möchtest du was trinken?«, bot Hákon an. Er hatte eine Flasche Wasser aus seinem Rucksack gezogen, den Vío vorher gar nicht bemerkt hatte.

»Ja, danke.« Er öffnete den Verschluss für sie, und Vío nahm sie entgegen.

Nachdem sie davon genippt hatte, gab sie sie zurück. »Tut mir leid, dass ich euch den Trip versaue.«

Ihr wurde wieder sehr heiß. Sie stand auf und stöhnte leise, weil ihr jeder Knochen im Leib wehtat, auch wenn sie nicht ernsthaft verletzt war.

»Du versaust uns gar nichts«, schimpfte Hákon. »Ich hoffe sehr, dass du wirklich in Ordnung bist, nicht, dass du uns hier die Starke vorspielst. Vielleicht sollten wir zur Sicherheit nachher im Krankenhaus vorbeifahren.«

Vío runzelte die Stirn und schaute ihn überrascht an. »Das wäre wohl ein bisschen übertrieben.«

Fló grinste. »Ein Glück, dass du die Sprache wiedergefunden hast. Ich gebe zu, dass ich auch ein bisschen besorgt war. Mein Gott, was für ein Abgang. Der war filmreif.«

Víos Wangen brannten. »Das kann ich mir vorstellen.«

»Hey.« Hákon hob ihr Kinn sanft an. »Wir sind alle schon

mal auf die ein oder andere Weise gestürzt, Vío. Die Hauptsache ist, dass du nicht verletzt bist. Denkst du, dass du weiterfahren kannst?«

Aus dem Augenwinkel sah sie, dass Fló das Rad überprüfte und es für Vío bereitstellte. Sie schluckte, als sie die Wärme in Hákons Blick wahrnahm. Echte Besorgnis lag darin, aber auch noch etwas anderes, das ihr Herz schneller schlagen ließ. Dieser Mann hatte einfach eine einmalige Wirkung auf sie, und dass er sich jetzt ebenfalls als fürsorglicher und verständnisvoller Begleiter zeigte, war fast zu viel für sie. Sie wollte ausweichen, konnte sich aber nicht von diesem einzigartigen Blau losreißen, das sie so faszinierte. Sie schluckte trocken. Obwohl es ihr nach wie vor unangenehm war – sie sah bestimmt aus wie eine Figur aus dem Horrorkabinett –, vermittelte er ihr ein ganz anderes Gefühl. Als spielte nichts von dem, was sie sonst von Per vorgeworfen bekommen hatte, wirklich eine Rolle. Nur sie als Mensch zählte, ja, er fand sie sogar attraktiv, wenn sie in einer alten Jogginghose eine schlechte Figur auf einem Rad abgab.

War das möglich? Sie hatte keine Ahnung, aber in diesem Moment war es das, was sie fühlte. Was er ausstrahlte. Und dafür war sie dankbar.

Vío lächelte, und es war ehrlich gemeint. »Puh«, machte sie. »Das war wirklich ein einzigartiges Erlebnis. Fló hat nicht zu viel versprochen. Ich denke schon, dass ich weiterfahren kann, wenn ihr das noch mit mir bis nach unten aushaltet.«

»Dein Rad ist jedenfalls wieder fahrbereit«, meinte Fló und zeigte mit dem Daumen nach oben. Vío schaute auf den Eyjafjord unten im Tal, über dem der blaue Sommerhimmel strahlte. Ein Trawler tuckerte aus dem Hafen übers spiegelglatte Wasser. Sie war froh, dass alles gutgegangen war, denn diese Aussicht war einfach unbezahlbar.

»Danach habe ich mir aber eine Pizza verdient«, scherzte Vío.

Hákon legte ihr seinen Arm um die Schultern und führte sie zum Rad. »Die kriegst du, versprochen.«

Kapitel 9

»Jetzt im Pott zu liegen, wäre super, Fló. Wann werden die denn endlich geliefert?«, wollte sie auf der Rückfahrt wissen. Sie saßen in Flós Wagen, die Räder waren auf dem Dach festgeschnallt, und waren unterwegs nach oben, damit Hákon seinen Pick-up holen konnte. Sie hatte sich die Rückbank gesichert, auf ihren Knien lag ein Pizzakarton, und sie biss gerade von einem Stück ab. Die restliche Abfahrt hatte sie ohne weiteren Sturz überlebt, und am Ende hatte es ihr tatsächlich ein bisschen Spaß gemacht. Nicht so, dass sie es bald wiederholen müsste, trotzdem war sie sehr stolz auf sich, über ihren Schatten gesprungen zu sein.

»Wir können uns bei Hákon in den Pott werfen. Meine sind bestellt, dauert aber noch vierzehn Tage«, erklärte er.

In Hákons Badezuber?, dachte sie und wünschte sich, sie hätte es nicht vorgeschlagen. Das würde bestimmt zu einer weiteren peinlichen Situation führen. Zwangsläufig. Okay, immerhin, die Beine und alle weiteren Stellen, die es nötig hatten, hatte sie am Morgen rasiert. Es wäre auch kein Problem, im Badeanzug vor den beiden zu stehen, vielleicht war das das Beste nach diesem Sturz. Jetzt musste ihr nichts mehr peinlich sein – und sie hatte vorhin begriffen, dass ihr Gewicht keine Rolle spielte. Auch der Gedanke nicht, ob sie Dellen in den Oberschenkeln oder am Hintern hatte.

Sie würde nie mit einem Model mithalten können, aber seit sie Per los war, musste sie das auch nicht mehr. In vielerlei Hinsicht hatte diese Bergabfahrt ihr ein paar wichtige Erkenntnisse geliefert.

»Das ist 'ne gute Idee«, pflichtete Hákon bei. »Cool.«

Vío wurde dennoch leicht nervös und hoffte, dass Fló als Anstandswauwau dabei sein würde. Es war irgendwie seltsam, denn das Prickeln zwischen Hákon und ihr lag in der Luft, aber mit Fló in der Nähe konnte sie sicher sein, dass sie keine Dummheiten machte. Der Vergleich hinkte vielleicht ein bisschen, aber sie konnte sich auch besser zusammenreißen, wenn die Tüte Chips noch zu war. Wenn sie erst mal aufgerissen war, gab es kein Zurück mehr.

Nachdem Hákon den Wagen verlassen hatte, zog Vío nach vorne um. Der Sitz war noch warm, und sie kuschelte sich hinein.

»Oder willst du lieber bei Hákon mitfahren?«, schlug Fló mit einem anzüglichen Grinsen vor.

»Nö, wieso?« Sie schaute ihn nicht an. Im Gegensatz zu den beiden Brüdern hatte sie kein Talent fürs Pokern.

»Schon gut. Ich finde ja immer noch, dass da was zwischen euch ist.«

Sie antwortete nicht sofort, und ihr »Quatsch« klang auch nicht besonders glaubwürdig, aber Fló ging zum Glück nicht weiter darauf ein. Dennoch spürte sie, dass er etwas loswerden wollte.

»Was ist?«, fragte sie daher und guckte ihn nun doch an.

Er fuhr sich mit der Hand über den Nacken, als ob er zwar etwas zu sagen hätte, aber nicht wüsste, wie er es formulieren sollte.

»Vielleicht täusche ich mich ja …«, fing er an und zögerte.

Jetzt wollte Vío es wissen. »Was meinst du? Ich kann keine Gedanken lesen, Fló. Nun spuck es schon aus!«

Er seufzte. »Okay, aber von mir hast du es nicht, klar? Wenn Hákon erfährt, dass ich in seiner Abwesenheit über ihn plaudere, schneidet er mir die Eier ab.«

Sie musste schmunzeln. »Auf mich wirkt er gar nicht so brutal.«

»Ja, du hast gut reden. Egal. Ich sag's jetzt einfach. Das Fahrrad, das du benutzt hast, war von Liz. Elisabeth. Hákon war schwer in sie verliebt, er war so weit, dass er eine Familie mit ihr gründen wollte.«

O mein Gott. Sie fühlte sich, als hätte ihr jemand einen Tritt in den Solarplexus verpasst. Ihr Herz stockte, aber dann fuhr Fló fort. »Hákon dachte, sie wäre die eine. Sein Himmel hing voller Geigen. Für ihn ist eine Welt zusammengebrochen, als er kapiert hat, dass er auf dem Weg war, eine Familie zu gründen, um Kinder zu haben, eine gemeinsame Zukunft, sie aber nur darauf aus war, Zugang zu seinem Bankkonto zu kriegen, um sich ihre eigenen Wünsche zu erfüllen.«

Vío atmete ein und versuchte, das zu verdauen.

»Hm«, machte sie, weil sie nicht wusste, was sie sonst erwidern sollte.

»Hákon ist verletzt worden. Liz hat sein Herz gebrochen, sein Vertrauen ausgenutzt und seinen Glauben in die Menschheit erschüttert. Jeder reagiert anders auf so eine Enttäuschung – er hat es krachen lassen, bis er irgendwann gemerkt hat, dass ihm das keine echte Freude bereitet.«

»Deshalb ist er hergezogen?« Vío war immer noch damit beschäftigt, das Gesagte zu verdauen. Gleichzeitig verstand sie jetzt, warum Hákon anfangs so merkwürdig reagiert hatte – auch wenn sie mit dieser Liz natürlich gar nichts gemeinsam hatte.

»Ja, auch. Im Grunde stimmt es, was ich dir letztens erzählt habe, das ist nur die Ergänzung. Wir sind in Island aufgewachsen, wir sind naturverbunden, und es ist echt schön am Eyjafjord. Es ist vielleicht nicht so, dass Isländer generell ehrlicher sind, aber wir haben das Gefühl, dass wir in unserem Land gemocht und akzeptiert werden, wie wir sind, und nicht, weil wir Geld haben.«

»Das kann ich gut nachvollziehen. Was ist denn mit dir? Warum bist du Single?« Sie wollte zwar mehr über Hákon hören, aber gleichzeitig versuchte sie so zu tun, als hätte sie seine Geschichte nicht zutiefst schockiert. Kein Wunder, dass er seitdem nur oberflächliche Liebeleien zuließ und vorsichtig, wenn nicht sogar allem gegenüber erst einmal misstrauisch war.

»Ach, bei mir ist es nicht so kompliziert«, meinte er grinsend.

»Nee?«

»Nein. Ich habe einfach nicht die Richtige gefunden bis jetzt. Vielleicht habe ich auch nicht gesucht. Aber irgendwann wird schon jemand auftauchen, und es macht *boom*.«

»Dann wurde dir also noch nie das Herz gebrochen?« Vío fand es schön, wie offen Fló ihr gegenüber war, und das bestätigte nur ihren bisherigen Eindruck. Er war der Jüngere, der Unbeschwertere von beiden, der die Welt zwar klar sah, aber nicht so extrem desillusioniert war, weil er nicht verletzt worden war wie Hákon.

»Doch. Von Nina in der zehnten Klasse. Sie hat mich für Páll verlassen.«

Vío lachte. »Du bist süß.«

»Im Ernst. Wenn sie, die eine, auftaucht, dann freue ich mich. Bis dahin bin ich auch als Single glücklich, und ich tröste mich mit heißen Affären.«

»Das klingt gut.« Vío musste nicht fragen, ob er Kinder wollte. Sie war bisher noch keinem Isländer begegnet, der Kinder kategorisch ablehnte – wie es in Deutschland häufiger der Fall war. Auch in ihrem Freundeskreis in Berlin, der sich schon dadurch ein wenig zerschlagen hatte. Die einen trieben es bunt, und die anderen waren zu Super-Eltern mutiert, die alles für den Nachwuchs aufgaben. Manchmal hatte Vío das Gefühl, dass Leute davon ausgingen, dass sie ihr Leben für die Sprösslinge ändern, sich aufopfern mussten, dabei war das Gegenteil der Fall.

Sie dachte an Hákon, und die Sympathie für ihn wuchs, seit sie von seiner Geschichte wusste, vor allem, wenn sie sich daran erinnerte, wie besorgt er vorhin um sie gewesen war. Wie fürsorglich und rücksichtsvoll. Er wäre sicher ein guter Partner oder Ehemann. Ein großartiger sogar. Für die Person, die es schaffte, sein Herz zu heilen und seine Enttäuschung erträglicher zu machen. Aus eigener Erfahrung wusste sie, dass man nach einer gescheiterten Beziehung nicht so leicht vergessen und akzeptieren konnte, warum und woran sie gescheitert war. Jeder Partner, der danach kam, musste indirekt das ausbaden, was der vorherige verbockt hatte. Bis Hákon wieder jemandem vertraute, wirklich vertraute, würde es sicher lange dauern.

Bis dahin war sie längst zurück in Deutschland. Ihr fiel ein, dass sie ihrer Freundin noch immer nicht auf das Angebot geantwortet hatte – die hielt ihr das Zimmer sicher nicht bis zum Sankt-Nimmerleins-Tag frei.

Der Gedanke an ihre Zukunft in Berlin war irgendwie traurig, aber auch notwendig, denn für eine Sekunde hatte sie sich gefragt, ob sie diese Person sein könnte, die Hákon zeigte, dass nicht alle weiblichen Wesen waren wie seine Verflossene. Realistisch wäre jedoch, sich darüber im Klaren zu sein, dass Vío nicht diese Frau sein würde. Aber warum hatte Fló dann dieses Gespräch mit ihr geführt? Diese Frage konnte und wollte sie sich nicht einmal stellen. Manchmal fühlte es sich einfach bescheuert an, rational zu sein.

Eine halbe Stunde später lagen sie zu dritt in Hákons Zuber und genossen die Aussicht über den Fjord. Es war göttlich. Vío seufzte leise und wackelte mit ihren Zehen. »Genial«, meinte sie. »Für diesen Moment würden mich Millionen Frauen beneiden.«

»Ach ja?« Fló grinste.

»Die Aussicht ist einzigartig«, stimmte Hákon ihr bei. »Und das kann ich so sagen, nicht nur, weil es mein Pott ist.« Er lachte.

Zum Glück hatte er keine Ahnung, worüber sie im Auto mit Fló geredet hatte – schon alleine deshalb riss sie diesen Witz: »Ich meinte nicht nur die Aussicht, die auch, ja, aber gleichzeitig liege ich hier mit zwei attraktiven Typen. Ein Jammer, dass ich noch immer kein Handy habe. Wenn ich das posten würde, bekäme ich sicherlich eine Menge Kommentare.« Sie gackerte.

»Ich glaube nicht, dass du so was posten würdest«, meinte Fló jetzt.

»Wieso nicht?« Vío richtete sich so weit auf, dass ihr Oberkörper zur Hälfte aus dem Wasser auftauchte. Sie merkte, dass Hákon zu ihr herüberschaute. O ja, vor ihr schwammen zwei Körperteile, die Männern grundsätzlich gefielen, überlegte sie ein wenig amüsiert. Im Badeanzug wurden ihre Brüste auch noch vorteilhaft nach oben gedrückt. Die Wirkung auf den einen Bruder war definitiv da, dazu musste Hákon nicht mal was sagen. Sie merkte es daran, dass er sich verspannte und seine Lippen sich leicht öffneten. Sie fühlte sich durchaus geschmeichelt, obwohl sie nicht vorgehabt hatte, das zu provozieren.

»Weil du keine von denen bist, die sich dauernd in Szene setzen müssen«, erklärte Fló gerade, und Vío ließ sich wieder zurücksinken.

»Womit habe ich verdient, dass ihr so nett zu mir seid?«, fragte sie zufrieden lächelnd.

»Das mache ich nur, damit du aufstehst und uns Bier holst«, witzelte Fló.

Sie spritze ihm Wasser ins Gesicht. »Arsch.«

Hákon richtete sich auf. »Ich kann das übernehmen. Wer möchte eins?«

Vío und Fló hoben die Hände, als wären sie in der Schule. Die Stimmung war ausgelassen. Bei diesem großartigen Wetter, dem spiegelglatten Fjord, der vor ihnen lag, und der Abendröte am Himmel konnte man gar nicht anders, als gut gelaunt zu sein.

Fló stand überraschend auf. »Nee, ich geh schon. War echt nur ein Witz, Vío.«

Er schwang sich aus dem Pott und wickelte sich ein Handtuch um die Badeshorts, damit er drinnen nicht alles nass machte, vermutete Vío. Seine tapsenden Schritte entfernten sich über die Holzbohlen ins Haus.

Es war merkwürdig, aber sofort war die Stimmung eine andere. Vío schielte zu Hákon, der aufs Meer hinausschaute. Als spürte er ihren Blick, wandte er sich ihr zu. Sie hielt den Atem an, ihr Kopf war wie leer gefegt. Gegen diese Empfindungen war sie machtlos. Gerade fiel ihr kein einziges Argument ein, was dagegen sprach, ihn nicht anzuhimmeln, ihn nicht heiß zu finden. Wasser glitzerte auf seinem glatten, muskulösen Oberkörper. Seine Haare waren nass, und auf seinem Gesicht lag ein leises Lächeln. Seine Augen funkelten, und sie wusste plötzlich, dass er sich genauso zu ihr hingezogen fühlte wie sie sich zu ihm. Nur, was sollten sie tun? Mit diesem unausgesprochenen Verlangen? Der Sehnsucht? Und viel wichtiger: Wo würde sie das hinführen?

Nur für diesen Augenblick wollte Vío nicht nachdenken und diesen besonderen Moment genießen. Das Knistern zwischen ihnen in sich aufnehmen, das Kribbeln im Bauch, in ihrem Unterleib. So lebendig hatte sie sich lange nicht gefühlt. Begehrenswert. Einen besseren Egobooster gab es nicht. Und dabei spielte es keine Rolle, was die Zukunft bringen würde. Das Hier und Jetzt war alles, was zählte.

Als Fló wiederkam, hatten sie kein Wort miteinander gesprochen, aber es war doch eine ganze Menge passiert. Etwas zwischen ihnen hatte sich manifestiert, und es war nur eine Frage der Zeit, wann einer von ihnen die unsichtbare Grenze vom Wunschdenken zur Tat überschritt.

Vío bekam ein Bier in die Hand gedrückt, und während sie anstießen und tranken, überlegte sie, was wohl noch kommen würde. Es war spannend, nahezu unerträglich elektrisierend, aber auch irgendwie großartig. Selbst wenn es nur ein Flirt war. Es fühlte sich wunderbar an. Sie wollte mehr davon.

»Willst du Vío nicht mal mit rausnehmen?«, schlug Fló irgendwann vor, als ihre Finger schon ganz verschrumpelt waren. Das Bier hatte ihren Kopf leicht gemacht. Sie war sich sicher, dass sie die ganze Zeit dümmlich grinste. Manchmal war das Leben einfach nur schön.

»Rausnehmen? Wohin? Für heute hatte ich genug Abenteuer.« Sie kniff die Augen ein wenig zusammen.

»Na, aufs Boot«, erklärte Fló. »Sag bloß, du bist die einzige Frau auf Erden, die Wale nicht niedlich und süß findet und vor Verzückung ausflippt, wenn sie welche sieht?«

»Hm.« Sie legte sich einen Finger an die Lippen und spürte Hákons Blick auf sich. »Es ist schon so lange her, seit ich welche gesehen habe, dass ich es nicht mehr weiß«, erklärte Vío. »Eigentlich kann ja ein Tier, das Tonnen wiegt, nicht süß sein.«

Fló grinste. »Hast du eine Ahnung, Vío. Ich bin mir sicher, dass du auch Awww und Oohhh machst, wenn du welche entdeckst.«

Sie stimmte zu und stieß ein Glucksen hervor. »Ja, vermutlich hast du recht.«

»Komm doch morgen früh einfach mit«, meldete sich Hákon zu Wort. Seine Stimme klang ein wenig heiser, er räusperte sich.

»Echt?« Sie machte große Augen.

»Ja, lass einfach Tryggvi bei Guðný an Land, damit schlagen wir gleich zwei Fliegen mit einer Klappe.«

»Opa wird davon aber nicht begeistert sein, oder?«, wandte Hákon ein. »Der meint immer noch, ich bräuchte Assistenz beim Handling mit dem Boot.«

Fló winkte ab. »Unsinn. Erzähl doch einfach, dass du Vío beeindrucken möchtest, dann wird er dich schon mit ihr fahren lassen.«

Vío neigte ihren Kopf ein wenig, denn sie verstand nicht ganz, welche Agenda Fló hatte. Wollte er sie verkuppeln? Oder bildete sie sich das ein? Oder war das wirklich nur seine Art, nett zu sein? Im Grunde wurde sie aus keinem der Brüder schlau. Vielleicht hatte sie auch einfach einen Schwips. Im heißen Wasser stieg einem der Alkohol noch eher zu Kopf. Außerdem ... Wie romantisch konnte so ein Trip schon werden, wenn außer ihnen noch mindestens fünfzig Touristen an Bord waren?

»Ich glaube, ich muss mal raus, ehe ich gar werde«, scherzte sie und versuchte so elegant wie möglich aus dem Zuber zu steigen. Leider trat sie auf ihre eigenen Füße und wäre fast hingefallen. Sie stolperte über die Holzdielen und musste sich an einem Gartenstuhl festhalten.

Vío fluchte leise, dann schnappte sie sich ein Handtuch und wickelte sich darin ein, ehe sie mit hochrotem Kopf ins Badezimmer verschwand.

Kapitel 10

»*D*u bist ja ganz schön viel unterwegs«, stellte Víos Tante mit einem harmlosen Grinsen fest, während sie sich das letzte Stück Knäckebrot mit Käse in den Mund schob. Die Enkel waren gestern von ihren Eltern abgeholt worden, weil Astrún wieder im Kindergarten arbeiten musste, und es war ziemlich ruhig im Haus.

»Ja, super, oder?«, meinte Vío mit einem Lächeln.

»Dann tut dir der Urlaub gut, ja? Das freut mich.« Ihre Tante klopfte ihr auf die Schulter. »Du siehst auch schon viel besser aus.«

»Echt?« Vío war gar nicht aufgefallen, dass man ihr die Erholung so deutlich anmerkte. Aber sie spürte es selbst – nun, vielleicht war es nicht nur die Ruhe, die ihre Haut rosiger wirken ließ. Möglicherweise hatten die Schmetterlinge, die immer, wenn sie an Hákon dachte, in ihrem Bauch aufflatterten, auch etwas damit zu tun.

»Doch. Du bist nicht mehr so blass um die Nasenspitze, du hast endlich ein bisschen Farbe abbekommen. Habt ihr etwa keine Sonne in Berlin?«

Vío lachte, wusste aber nicht so recht, was sie darauf erwidern sollte. Dass sie zu viel gearbeitet hatte und zu wenig rausgegangen war? Das war wohl offensichtlich und nicht der Grund, warum Astrún erwähnt hatte, dass Vío frischer und erholter ausschaute als noch vor ein paar Tagen.

»Heute Abend kommen Oma und Tryggvi zu Hákon zum Essen. Ich koche, Fló kommt auch dazu.«

Astrún lächelte und schob ihren Teller ein Stück von sich. »Das habe ich schon gehört, eine süße Idee.«

»Und, meinst du, die beiden werden ein Paar? Irgendwie niedlich, oder? Du hast doch nichts dagegen?«

»Ich? Was sollte ich dagegen haben?« Astrún furchte ihre Stirn.

Vío druckste ein wenig herum und zupfte sich einen nicht imaginären Fussel von der Jeans. »Na ja, ich meine, Opa ...«

Astrún unterbrach sie. »Bitte, Vío. Meine Mutter ist jetzt so lange alleine. Ich würde mich freuen, wenn sie noch mal glücklich wird. Meinen Segen hat sie, wenn man das so formulieren kann.«

Vío atmete erleichtert aus. »Ah, cool. Mama hab' ich noch gar nichts erzählt. Denn das alles klingt selbst in meinem Kopf komisch, und es wäre ja an Oma, es ihrer Tochter zu erklären, oder?«

Die Tante lachte und stand auf. »Ja, kann ich gut verstehen, dass du mit deiner Mutter noch nicht geredet hast – man weiß ja auch nicht, ob wirklich was dran ist. Zudem kann Oma ihre Entscheidungen wirklich selbst treffen. Ich freu mich jedenfalls, dass ihr Enkel ein bisschen nachhelft. Oder es zumindest versucht. Und die Brüder sind ja auch ziemlich attraktiv, nicht?«

Víos Wangen wurden heiß. Oh, oh, hatte ihre Tante etwas gemerkt? Ihr Gewissen meldete sich auch gleich dazu, weil sie noch immer niemandem erzählt hatte, dass sie von Per getrennt war, und nun dachte ihre Tante womöglich, dass Vío ein Auge auf jemand anderen geworfen hatte? Sie war vielleicht vieles, aber keine Fremdgängerin.

Vío atmete leise aus. Auf einmal wirkte es kompliziert. Sie könnte Astrún auch einfach erklären, dass Per und sie kein Paar mehr waren. Aber dann käme die Frage, warum sie erst gelogen hatte. Mist. Sie schob sich eine Haarsträhne hinters Ohr und nagte an der Innenseite ihrer Wange. Nun, spätestens, wenn es an die Tischordnung ging, musste Vío es Hildur erzählen. Es wäre am Ende noch peinlicher, wenn sie auf der Hochzeit saß, und der Stuhl neben ihr bliebe leer. Sie biss die Zähne zusammen und schob den Gedanken weg. Nicht jetzt, sagte sie sich. Es war noch genug Zeit.

»So, ich gehe jetzt mal Wale anschauen. Tryggvi darf übrigens nicht mit an Bord und bleibt bei Oma an Land«, erklärte Vío mit einem Zwinkern.

»Vielleicht hat sein Enkel ja auch ein Auge auf dich geworfen«, scherzte Astrún, aber Vío war klar, dass ein Funken Wahrheit und gleichzeitig eine Frage darin steckten.

Vío war noch nicht bereit, über ihr Gefühlsleben und die Trennung von Per zu sprechen, sie wusste ja selbst nicht, was sie von alledem halten sollte. Obwohl es vielleicht einfach aussah, war es alles andere als das. Selbst wenn Hákon sie interessant fand, standen immer noch viele Dinge zwischen ihnen. Und aus einer kleinen Romanze konnte ganz schnell ein Desaster werde. Hákon wirkte nicht, als suchte er eine Partnerin, und Vío musste sich erst mal von der Sache mit Per erholen. Sie würde sich bestimmt nicht gleich in eine Affäre stürzen, egal, wie verlockend ihr Unterleib das finden mochte. Ein Glück, dass Fló gestern als Anstandswauwau mit im Bad gesessen hatte, sonst wäre es anders ausgegangen. So machte sie nur eine wegwerfende Handbewegung und schnaufte aus. »Wir sehen uns, Astrún.«

»Hab einen schönen Tag und viel Spaß.«

Ehe Vío sich anzog und ging, rief sie ihre Freundin Lotte in Berlin an, um über das WG-Zimmer zu sprechen. Nachdem sie sie kurz auf den neusten Stand gebracht hatte, nämlich, dass es mit Per für immer und endgültig aus war, machte Lotte ihr einen Vorschlag. »Sag mal, was hältst du davon, wenn wir es endlich durchziehen und nicht immer nur Witze darüber machen? Lass uns unsere eigene Firma gründen, deine Kunden haben sicher kein Problem damit, zu wechseln.«

Vío war erstaunt, natürlich erinnerte sie sich an die im Scherz gefassten Beschlüsse. Lotte hatte das Gleiche studiert und arbeitete in einer anderen Agentur. Dass sie jetzt damit kam, sollte sie nicht überraschen, tat es aber doch.

»Ähm«, stammelte Vío. »So einfach geht das doch nicht.«

»Nein, einfach nicht, aber wir sind nicht dumm, Süße. Wir bekommen das schon hin.«

»Klar, das habe ich auch nicht ernst gemeint, natürlich schaffen wir das, aber ich kann mich damit jetzt gerade nicht befassen. Ich bin dabei, die Hochzeit zu planen, und ich brauche diese Auszeit.«

»Das verstehe ich doch. Von heute auf morgen kann man auch keine Agentur gründen. Ich wollte dir nur sagen: Es gibt einen Plan B. Okay?«

Vío lächelte. »Danke! Und ja: Lass uns drüber reden, wenn ich zurück bin.«

»Dann hast du nicht vor, in Island zu bleiben und Berlin auf Nimmerwiedersehen Tschüss zu sagen?«

Vío lachte spitz. »Was? Nein! Ganz sicher nicht.«

Lotte atmete aus. »Puh, gut. Ich habe mir nämlich schon Sorgen gemacht, weil ich so lange nichts gehört habe.«

Vío erklärte ihrer Freundin, dass das nur daran lag, weil sie ihr Telefon ins Meer geschmissen hatte. Lotte lachte, dann plauderten sie noch ein wenig, ehe Vío sich verabschiedete und auflegte.

Leider war es an diesem Morgen nicht so sonnig wie in der Nacht zuvor. Der Himmel war wolkenverhangen, und es wehte ein leichter Nordwind, der am Mittag vermutlich noch mehr auffrischen würde. Aber Vío ließ sich die gute Stimmung nicht von ein paar Wolken verderben, während sie auf dem Weg in den Hafen war. Das Telefonat mit ihrer Freundin schob sie ganz weit weg, sie würde in Ruhe darüber nachdenken. Außerdem hatte sie jetzt anderes im Kopf. Ein bisschen aufgeregt war sie nämlich – was nichts mit dem Telefonat zu tun hatte, sondern eher mit dem, was gleich auf sie zukam.

Überhaupt kam sie sich in den letzten Tagen so vor, als hätte sie ein ständiges Kribbeln in ihrem Bauch, das sie wie auf rosafarbener Zuckerwatte durch den Alltag trug. Es fühlte sich gut an, so lebendig und positiv. Ihre Nervosität wuchs noch ein wenig, als sie zur Halle am Hafen kam. Oma und ein paar Touristen waren bereits da. Vío gab Oma ein Küsschen, dann schaute sie sich um und betrachtete die neue Ordnung. Die dunkelblauen Rettungsanzüge hingen an den extra dafür angebrachten und beschrifteten Haken, sie waren jetzt nach Größe sortiert. Diese Ordnung zu halten, bedeutete nach der Ankunft am Nachmittag nun zwar etwas mehr Arbeit, da die Gäste ihre Schwimmanzüge nicht immer richtig und ordentlich zurückhängten, aber im Vergleich zur Zeitersparnis gegenüber dem bisherigen Chaos vor der Abfahrt war das nicht der Rede wert. Sie war ein bisschen stolz auf sich, weil sie die Neuerungen angeregt hatte.

Tryggvi kam um die Ecke, er grüßte sie fröhlich. Seine Pfeife hing im Mundwinkel, die Schiebermütze hatte er wie immer auf dem Kopf. »Na du Kapitänin«, meinte er mit einem Lächeln und klopfte ihr auf die Schulter. »Hákon hat mir erzählt, dass du heute mitmischen willst?«

Vío merkte, dass sie rot wurde. »Äh, ja, ich kann es kaum erwarten, endlich mal wieder Wale zu sehen.«

»Ich hoffe, du bist seefest, es könnte heute ein bisschen schaukeln.«

»Ich glaube schon.« Sie hatte keine Ahnung, früher war ihr an Bord eines Schiffes nie schlecht geworden, aber so oft war sie auch noch nicht mit einem Boot unterwegs gewesen. Die Fähre von Dänemark nach Island hatte ihr nichts ausgemacht, aber die war viel größer gewesen. Sie hoffte, dass sie nachher nicht kotzend über der Reling hängen würde. Das wäre um einiges peinlicher als der Sturz mit dem Fahrrad.

»Gut.« Tryggvi nickte. »Dann bin ich also nutzlos.« Er lachte und stopfte seine Pfeife neu.

»So würde ich das nicht sagen«, gab Vío schmunzelnd zurück.

Sie entdeckte Hákon an Bord. Als hätte er ihren Blick gespürt, wandte er sich ihr zu und winkte. Vío überlegte, ob sie einen Anzug wie die Touris tragen sollte, entschied sich aber dagegen. Hákon hatte keinen an, und Tryggvi trug auch nie einen. Außerdem sah man damit furchtbar aus. Nein, sie würde schon nicht über Bord gehen, und kalt würde ihr auch nicht werden.

»Dann, äh, mache ich mich mal auf den Weg, nicht, dass Hákon ohne mich ablegt«, murmelte sie.

»Bis später«, rief Oma ihr hinterher.

Vío drehte sich noch einmal um, aber ihre Oma war schon mit dem nächsten Kunden beschäftigt. Mit klopfendem Herzen lief sie über die Gangway auf das Schiff. Zur offenen Steuerkabine führte eine kleine Leiter nach oben. Mit jeder Stufe, die sie hinter sich ließ, wuchs ihre Aufregung. Sie freute sich tatsächlich auf diesen Ausflug, nicht nur wegen der Nähe zu Hákon.

Er reichte ihr seine Hand, als sie fast oben war. Vío ließ sich von ihm behilflich sein. Mit viel Schwung landete sie neben ihm und wäre beinahe gegen seine breite Brust geprallt.

»Hui«, machte sie.

Er lachte. »Willkommen an Bord, Matrosin.«

»Matrosin?«, erwiderte sie mit einem amüsierten Stirnrunzeln. »Ich dachte, ich wäre die Kapitänin?«

»Das hättest du wohl gerne, dass alle nach deiner Pfeife tanzen, hm?« Hákon schmunzelte, in seinem Blick lag dieses gewisse Funkeln, das die Schmetterlinge in ihrem Bauch aufflattern ließ.

Sie hob einen Finger, als ob ihr ein Licht aufgegangen wäre. »Ah, jetzt kapiere ich. Deshalb hat Tryggvi immer die Pfeife im Mund.«

»Du bist witzig, Vío. Weißt du das?« Hákon sagte es mit einem Schmunzeln, schaute sie aber nicht mehr an. Es schwang eine Menge Wärme in seiner Stimme mit, die ihr guttat. Sie fühlte sich wohl in seiner Nähe.

Ein paar Minuten später tuckerten sie aus dem Hafen. Von hier oben hatten sie einen wunderbaren Ausblick. Vío stützte sich auf das Geländer vor ihr und betrachtete die Leute an Bord. Es war eine bunte Mischung, aber alle hatten eines gemeinsam: Man sah ihnen die Vorfreude deutlich an. Eine gespannte Erregung war in allen Zügen zu erkennen. Kinder machten große Augen und suchten schon jetzt nach den Walen, dabei würden sie erst noch ein ganzes Stück hinausfahren müssen. In den letzten Jahren hatten sich die Buckelwale dichter an Hauganes im Fjord aufgehalten, aber dieses Jahr tummelten sie sich ein Stückchen weiter draußen, weil es dort momentan mehr Fisch gab.

Hákon nahm das Mikrofon und begrüßte die Gäste, erklärte, dass er Bescheid sagen würde, sobald sie die Wale sichteten, und dass er von anderen Booten schon über Funk gehört hatte, dass heute fünf bis sieben Tiere im Eyjafjord gesehen wurden. Er zwinkerte Vío mit einem Grinsen zu, und sie genoss diese Vertrautheit zwischen ihnen. Sie atmete tief ein, spürte das Salz und die Freiheit der See. Einige Möwen folgten ihnen hinaus aufs Meer, flogen mit dem Wind dicht über der Oberfläche, um dann wieder mit der Luftströmung aufzusteigen. Sie war froh, dass sie eine dicke

Jacke und eine Mütze anhatte. Die klare Seeluft war schön erfrischend. Hákon schien nicht zu frieren, er machte das ja täglich und war es gewohnt. Überhaupt fand sie, dass er ziemlich männlich und souverän ausschaute, wie er das Schiff steuerte. Heiß, um genau zu sein. Ein echter Kerl.

Hákon plauderte entspannt mit ihr. Er beeindruckte sie, ohne überheblich zu wirken, mit allem, was er über die Geologie der Gegend und das Meer wusste. Dieses Kribbeln war immer da, die ganze Zeit.

Sie stand neben ihm, ihre Schultern berührten sich beinahe. Sie genoss es, und das Prickeln in ihrer Magengrube war kaum auszuhalten.

»Willst du mal steuern?«, bot er irgendwann an. Wind wehte ihnen um die Nase, auf den dunklen Wellen bildeten sich kleine, weiße Schaumkronen.

»Ich?« Ihre Stimme wurde eine Oktave höher.

»Ja, wieso nicht? Es besteht ja keine Gefahr, dass wir jemanden rammen.«

»Sehr lustig. Danke für dein Vertrauen.« Sie lachte trotzdem.

»Nun mach schon, hier.« Er trat einen Schritt beiseite, und Vío übernahm das Ruder. Tatsächlich war der Seegang mäßig, und sie hatte keine Probleme damit, geradeaus zu steuern. Sie spürte, wie Hákon sich hinter sie stellte, und plötzlich lagen seine Hände über ihren auf dem Steuerrad. Heißkalte Schauer jagten an ihrer Wirbelsäule entlang. Obwohl sie keineswegs allein waren, war es dennoch ein sehr intimer Moment. Sehr vertraut und innig. Seine Haut war warm und trocken und weich, weicher, als sie sie sich vorgestellt hatte. Er beugte sich ein Stück zu ihr herunter. Seine Lippen waren neben ihrem Ohr, als er hauchte: »Wie gefällt es dir?«

Sie erbebte, er musste es spüren. Sein leises, raues Lachen erklang.

»Gut, mir nämlich auch«, murmelte er und rückte nicht von ihr ab. Seine Präsenz umfing sie wie ein wärmender Mantel. Ihre Nervenenden waren zum Zerreißen gespannt. Der Wind blies ihnen um die Ohren, und es gab keinen Ort auf dieser Erde, an dem sie gerade lieber wäre. Und niemanden, von dem sie sich so gerne umarmen ließ wie von ihm.

Sein Daumen strich über ihren Handrücken. Vío unterdrückte ein Stöhnen. Kaum zu fassen, dass eine leichte Berührung ein derartiges Feuer in ihr entfachen konnte. Heilige Mutter Gottes, dachte sie. Und dabei hatten sie sich bisher noch nicht geküsst.

»Guck mal«, raunte er jetzt. »Da vorn ist der erste Wal. Siehst du die Fontäne, die er in die Luft bläst? Wir sollten unsere Gäste informieren. Willst du das machen?«

Vío schüttelte den Kopf. »Nein, mach du nur. Ich bin ja nur die Statistin.«

Hákon trat beiseite und schaute ihr tief in die Augen. »Du bist alles andere als das, und ich glaube, das weißt du.« Dunkel und verheißungsvoll klang seine Stimme in ihren Ohren, und beide wussten, dass es längst nicht mehr um die Gäste ging. Hitze sammelte sich in ihrem Unterleib, und für einen Moment wünschte sie sich, sie wären alleine hier.

Ihr blieb die Luft weg, aber ehe sie etwas erwidern konnte, hatte er das Mikro in der Hand und sprach zu den Gästen. Erklärte ihnen, wo ungefähr der Wal gleich wieder auftauchen würde.

Vío ließ sich von der Euphorie anstecken, obwohl sie wirklich geglaubt hatte, dass sie cooler sein würde. Aber es hatte etwas unglaublich Faszinierendes und außergewöhnlich Beglückendes, die sanften Giganten des Meeres mit eigenen Augen nur ein paar Meter entfernt zu sehen.

»Irgendwie dachte ich, dass sie sich von den Motoren stören lassen würden«, meinte Vío zu ihm, als gerade wieder einer abtauchte und seine Schwanzflosse das Letzte war, das im dunkelblauen Meer verschwand.

»Sie kennen das schon und haben gelernt, dass wir keine Bedrohung darstellen.«

»Und wieso stoßen die Buckelwale nicht von unten an das Schiff?«

»Du hast zu viele Horrorfilme gesehen«, neckte er sie. »Sie haben ein ganz feines Gespür, das ist noch nie passiert, Vío. Keine Sorge.«

»Mit dir habe ich keine Angst.«

Erst danach merkte sie, was sie von sich gegeben hatte. Aber Hákon wirkte nicht schockiert oder genervt, sondern nickte nur und strich mit den Fingerknöcheln über ihre Wange. Eine intime, zärtliche Geste, die sich ganz wunderbar anfühlte. »Das freut mich.«

Wieder nahm er das Mikro zur Hand und war voll damit beschäftigt, zu erklären, wo der nächste Wal auftauchen würde. Nach einer ganzen Weile und vielen Ahhhs und Ohhhs wendete er das Schiff, und es ging zurück nach Hauganes. Der Wind war kälter geworden, der Seegang stärker. Er bat sie, nicht mehr zu steuern, und es gab auch keine Zärtlichkeiten mehr. Entweder hatte Vío etwas falsch gemacht, oder dieser besondere Augenblick war einfach vorbei. Vielleicht hatte sie sein Verhalten auch falsch interpretiert.

Nein, sagte sie sich. Das war so ein typisch weiblicher Gedanke, der ihr als selbstbewusster Frau nicht gerecht wurde. Es war bestimmt alles in Ordnung, und sie konnte eben einfach nicht erwarten, dass er die ganze Zeit mit ihr schmuste, während er ein Schiff mit fünfzig Leuten darauf lenken und sicher in den Hafen bringen wollte.

Vío war nicht enttäuscht, aber auch nicht ganz glücklich. Sie war irgendwie melancholisch, dass dieser besondere Moment vorbei war. Gleichzeitig sehnte sie sich nach mehr.

Als sie in Hauganes anlegten, machten sich alle für den Abgang bereit. Sie betrachtete ihre Heimat, das Land und das Meer. Nirgends roch die Luft so rein und klar wie hier. Ihre Nasenspitze war zwar fast eingefroren, so fühlte es sich jedenfalls an, aber es war trotzdem großartig gewesen. Einzigartig. Magisch.

* * *

Der Himmel hatte sich ein wenig gelichtet, die Wolken waren am Abend nicht mehr so düster wie am Morgen, hier und da bahnten sich ein paar Sonnenstrahlen ihren Weg. Hákon war guter Dinge, während er mit Fló den Esstisch in seinem Haus deckte.

»Du gibst einfach ein Zeichen, wenn ich nachher mit Oma und Opa abhauen soll, ja?«, rief ihm sein Bruder zu.

»Was? Kapier ich nicht.« Hákon blinzelte irritiert.

»Na, du weißt schon. Wenn du mit Vío alleine sein willst.«

Hákon verdrehte die Augen. »Willst du mir jetzt die ganze Zeit mit deinem albernen Geschwätz auf den Sack gehen? Hast du kein eigenes Leben?«

Fló grinste. »Doch schon, ich meine es ja auch nur gut mit dir.«

Obwohl Hákon es nicht länger leugnen konnte, dass zwischen ihm und Vío etwas war, so konnte er auch nicht benennen, was es war oder werden sollte. Oder vielmehr wollte er überhaupt keinen Gedanken daran verschwenden, eine Definition zu suchen. Davor hatte er viel zu viel Angst. Alles, was er wusste, war, dass er sich zu ihr hingezogen fühlte. Dass er sie küssen, umarmen und ja, auch in seinem Bett haben wollte. Mit seinem Bruder wollte er das allerdings nicht besprechen, ganz sicher nicht.

»Es geht heute wohl eher um Guðný und Opa, nicht?«, sagte er deshalb und bemühte sich darum, es möglichst lässig klingen zu lassen.

Fló wackelte mit den Augenbrauen. »Ja, klar. Nur um die beiden.«

Die Türklingel erlöste Hákon, er öffnete, und eine gut gelaunte Víó stand vor ihm. Ihr Parfum stieg ihm in die Nase und ließ sein Herz schneller schlagen. Sie hatte eine Flasche Wein dabei, obwohl er ihr gesagt hatte, dass sie nichts mitbringen musste. Das war typisch für sie, irgendwie süß. Den Fisch fürs Essen hatte er vorhin selbst aus der Kühlung geholt, und den Rest hatte Fló eingekauft. Ein Gutes hatte es, wenn man einen angehenden Restaurantbesitzer in der Familie hatte.

»Hey, komm rein«, begrüßte er sie, weil ihm nichts Besseres einfiel und er der Versuchung, sie in seine Arme zu ziehen, nicht nachgeben wollte. Unsicher, ob er ihr ein Küsschen geben sollte oder nicht, trat er einfach zur Seite. Fast hätte er über sich gelacht, es war ein seltsames Gefühl, nicht zu wissen, wie er sich verhalten sollte, schüchtern war er für gewöhnlich nicht. Aber es war nicht nur komisch, irgendwie auch erfrischend. Vor einer Weile hatte er noch gedacht, dass das Leben keine Überraschung mehr für ihn parat haben würde –, ein bitterer Gedanke für einen Zweiunddreißigjährigen, das war ihm klar.

Und dann war Víó in sein Leben geschneit. Er hatte keine Ahnung, wie lange sie in Hauganes bleiben würde, und er wollte auch nicht an die Zukunft denken. So weit war er noch lange nicht. Fürs Erste wollte er damit zufrieden sein, dass er jemandem begegnet war, in dem er mehr sehen konnte als nur eine attraktive Frau, die er ins Bett zerren wollte. Mit Víó schlafen wollte er auch, das war keine Frage. Aber der Rest war mit Víó anders. Mit ihr konnte er reden, scherzen, lachen ... So jemand war ihm lange nicht mehr begegnet, vielleicht noch nie. Er verbot sich den Gedanken an seine letzte Beziehung, die mit der bittersten Enttäuschung seines Lebens geendet hatte. Vío war nicht wie sie. Zum Glück.

Sie zog gerade ihre Schuhe aus und drückte ihm den Wein in die Hand, schlüpfte aus ihrem Wollpullover und hängte ihn auf einen Bügel an die Garderobe. »Dann wollen wir mal. Oma und Tryggvi kommen ja erst in einer halben Stunde. Da kann ich schon mal die Kartoffeln aufsetzen und ein bisschen was vorbereiten.«

Sie marschierte, ohne zu zögern, schnurstracks in die Küche. Es gefiel ihm, wie heimisch sie sich offenbar bei ihm fühlte. Vío hatte keine Hemmungen, ohne zu forsch zu sein. Eine coole Mischung, die er extrem attraktiv und anziehend fand. Aber das hatte er ja schon zu Beginn festgestellt: Vío war nicht nur äußerlich schön, sie hatte auch ein gutes Herz.

Mein Gott. Hákon verdrehte die Augen über sich selbst. Ein Glück, dass niemand seine Gedanken ahnte. Selbst in seinem Gehirn hörte es sich schmalzig an. Aber es stimmte. Er war fasziniert von ihr, im positivsten Sinne.

Nachdem Fló Vío umarmt hatte, goss er Wasser in eine Karaffe. Aus dem Eisfach gab er Eiswürfel dazu und stellte das Gefäß anschließend auf den gedeckten Esstisch.

Vío suchte in den Schränken nach einem Topf. Als sie einen gefunden hatte, gab sie die Kartoffeln und Wasser hinein.

»Sicht ja schon super aus«, meinte sie gut gelaunt. Ihre Locken hatte sie zu einem Dutt zusammengebunden. Sie trug eine luftige, zitronengelbe Bluse, die ihre Haut und Haare wunderbar leuchten ließ. Der Ausschnitt war auch nicht zu verachten, ihre Kurven waren echt heiß. Ihr war vermutlich nicht klar, wie sexy er sie fand, mit der eng anliegenden Jeans, die ihren wundervoll gerundeten Hintern in Szene setzte. Er schluckte und verbot sich, weiter über ihre Vorzüge nachzudenken, es pochte auch jetzt schon unangenehm in seinem Schritt. Noch so eine Szene wie in der Garage neulich wollte er vermieden. Wie peinlich, dass er sich in ihrer Nähe kaum unter Kontrolle hatte.

»Möchte jemand ein Glas Wein?«, bot er an.

Vío schüttelte den Kopf. »Nein danke, erst mal nicht.«

»Ich auch nicht«, erklärte Fló.

Alleine wollte Hákon nicht trinken, also goss er sich ein Glas Wasser ein. Die Küche war groß genug für sie drei, man trat sich nicht auf die Füße, aber er umrundete den Tresen dennoch und setzte sich auf einen der Barhocker.

»Soll ich was helfen?«, wollte er wissen, weil er sich nutzlos fühlte.

»Lieber nicht«, kommentierte sein Bruder und grinste spöttisch.

Hákon nahm es nicht persönlich. Als der liebe Gott die Talente in der Familie verteilt hatte, war bei ihm einfach das Kochen zu kurz gekommen. Er war schon froh, wenn er sich nicht verbrannte, wenn er Rührei zubereitete. Bislang war er auch so durchgekommen, zur Not machte ihn genauso ein *Samloka*, ein Sandwich, satt.

»Haben wir eigentlich eine Strategie?«, wollte Vío jetzt wissen, während sie den Salzfisch aus dem Papier nahm und auf ein Arbeitsbrett legte. Sie fuhr mit den Fingern über das Filet, um nach Gräten zu suchen.

»Die sind schon alle raus«, klärte Hákon sie zufrieden auf.

Sie hob ihren Blick. »Habe ich gemerkt, das ist super.«

Fló schnitt das *Rúgbrauð*, das dunkle, süße Roggenbrot auf, das man mit dem Fisch und den Kartoffeln essen würde.

»Ich weiß nicht, wie man Überachtzigjährige verkuppeln kann«, meinte er dabei.

Vío schnaufte aus. »Kann man überhaupt jemanden verkuppeln? Ich meine, das müssen die schon selbst machen, oder? Keine Ahnung.«

Sie zuckte die Schultern.

»Bis jetzt hat es ja nicht geklappt mit den beiden«, wandte Hákon ein.

»Ja, aber was sollen wir sagen? ›Hey Leute, wollt ihr nicht ein Paar sein?‹ Dämlich, oder?« Vío verzog ihre Lippen.

»Muss ich dir recht geben«, stimmte Fló zu und brachte das Brot zum Tisch.

»Na, wir werden sehen. Ist doch schon mal ein Anfang, dass sie zusammen zum Essen kommen, oder?« Vío guckte aus dem Fenster. »Das Stichwort, ich sehe Omas Auto, sie fährt gerade in die Auffahrt.«

Hákon stand auf, um zu öffnen.

Eine Viertelstunde später saßen sie am Tisch, das Gespräch kam von alleine in Gang. Es war einfach, man musste nur mit einer Person anfangen, schon besprach man alle Verwandtschaftsgrade mit jemand anderem, bis man wieder zum Ursprung der Unterhaltung zurückkehrte. Hákon musste selbst grinsen, solche Gespräche konnte man nur in Island führen.

Opa trank ein Pilsner, ein Leichtbier, das nur 2,5 % Alkohol hatte. Guðný hatte Apfelsaft im Glas. Die drei Enkel hatten Weißwein vor sich stehen.

Hákon sprach einen Toast aus.

»Wie schön, dass wir hier alle zusammen sind. Auf Gesundheit und neue Wege«, sagte er, und sie prosteten sich zu.

Vío guckte ihn mit hochgezogener Augenbraue an. Hätte er doch eine Anspielung auf die mögliche Verliebtheit machen sollen? Nein, er wüsste auch gar nicht, was er hätte sagen sollen.

Fló stellte sein Glas ab, während Vío in die Küche ging, um die Kartoffeln abzuschütten. Hákon folgte ihr.

»Kann ich helfen?«, wollte er wissen.

Sie lächelte und schob ihn beinahe schon zärtlich beiseite.

»Lieber nicht, sonst müssen wir dich gleich noch ins Krankenhaus fahren.« Sie kicherte und guckte zu ihm auf.

Hákon verzog seine Lippen, während sein Puls in die Höhe schnellte. »Es ist mir echt irgendwie unangenehm, dass ich dich das machen lasse.«

Er sagte es so leise, dass nur sie das mitbekam. »Wieso?«

Sie schreckte die Kartoffeln mit kaltem Wasser ab und fischte dann eine Schüssel aus dem Oberschrank.

»Vielleicht kannst du mir ja was beibringen? Ich fühle mich so unfähig.«

Vío hielt inne und trat einen Schritt näher. »Sei nicht albern, du hast andere Qualitäten.«

Sie tätschelte seine Brust, dann widmete sie sich wieder den Kartoffeln.

Hákon wusste nicht, wie er darauf reagieren sollte. Bisher hatte es ihn nie gestört, dass er sich in der Küche bewegte wie ein Blinder mit Krückstock auf einer sechsspurigen Autobahn. Warum sich das gerade jetzt änderte, konnte er nicht genau benennen, aber es war so. Vielleicht konnte er sich ja bei Fló was abgucken.

Aber wozu? Um Vío zu beeindrucken?

Bis er dazu in der Lage wäre, war sie längst abgereist.

Der Gedanke ernüchterte ihn ein wenig, und er ging zurück zum Tisch und setzte sich. Wenig später saßen alle wieder beisammen, der gekochte Salzfisch, die Kartoffeln, Brot und Butter wurden herumgereicht.

»Hätte ich Gemüse dazu machen sollen?«, dachte Vío laut, während sie sich einige große Butterflocken auf ihre Kartoffeln schabte. Auf einmal lachte sie. »Ach nee, habe ja vergessen, dass in der traditionellen isländischen Küche Gemüse oder Salat nur als Deko benutzt wird, wenn überhaupt.«

»Ich mochte dieses Gras noch nie«, erklärte Oma jetzt. »Haben wir früher nur den Kühen gegeben.«

Hákon grinste, denn alle wussten, dass die ältere Generation nicht mit der Vielfalt an frischem Gemüse oder Obst aufgewachsen war, wie man es heute kannte.

»Ja, und Äpfel gab es nur an Weihnachten«, ergänzte er amüsiert.

»Stimmt.« Vío wedelte mit ihrer Gabel. »Das erzählt meine Mutter auch ständig, wobei man sich ja mittlerweile echt dran gewöhnt hat, dass man in Island heute alles bekommt, was das Herz begehrt. Von Avocado bis Zucchini.«

»Wir haben unserer Jugend auch mit Möhren, Steckrüben und Kartoffeln überlebt«, merkte Opa an.

»Und Fisch mit Kartoffeln und Roggenbrot ist sowieso das Beste«, pflichtete Fló bei.

Darin waren sich letzten Endes alle einig. Zum Nachtisch servierte Vío Eis mit selbst gemachter Schokoladensoße. Es war bis jetzt ein entspannter Abend gewesen, aber Hákon könnte nicht sagen, dass zwischen Opa und Guðný eine besondere Stimmung herrschen würde. Ob es bei älteren Herrschaften wirklich anders war? Da sprühten bestimmt nicht mehr so die Funken, wie wenn er Vío tief in die Augen sah. Hákon hatte keine Ahnung. Nur in einer Hinsicht war er sich sicher: Opa würde den ersten Schritt tun müssen, wenn er Guðný erobern wollte.

Die Teller wurden zusammengeschoben, nachdem der Kaffee getrunken war. Obwohl der Abend fröhlich und ausgelassen gewesen war, hatten die Enkel mit ihrer Aktion nicht wirklich etwas erreicht. Er war unzufrieden damit.

»Ja, ja«, sagte Guðný jetzt, und in diesem Fall war es das Signal zum Aufbruch.

Hákon war nicht glücklich, dass das Essen nun so enden sollte. Sie hatten die beiden doch irgendwie darauf hinweisen wollen, dass sie zusammengehörten.

»Und jetzt geht ihr noch zu dir, Opa?«, scherzte er deshalb. Sein Großvater schaute ihn komisch an, er verstand offenbar nicht, worauf Hákon hinauswollte. Kein Wunder, Tryggvi dachte sicher nicht die ganze Zeit daran, Guðný ins Bett zu bekommen, so wie Hákon bei Vío. »Hast du vielleicht eine Briefmarkensammlung, die du Guðný zeigen willst? Oder wie habt ihr das früher gemacht?« Er äußerte die Frage in einem scherzhaften Tonfall, aber es kam rüber, was er beabsichtigt hatte.

Guðnýs faltige Wangen färbten sich leicht rosa, dann gluckste sie.

Vío hielt inne und wandte sich an ihre Oma. »Ja, erzähl doch mal, wie hat ein Mann früher sein Interesse an einer Frau bekundet? Heute kriegt man einfach eine SMS oder einen blöden Spruch.«

»Falls man ein Handy hat«, witzelte Fló, und Vío schickte ihm einen bösen Blick. Sie hatte die Anspielung verstanden.

Guðný winkte ab. »In vielerlei Hinsicht war das damals, glaube ich, einfacher. Ich habe das Gefühl, dass ihr jungen Leute oft zu früh aufgebt oder zu viel herumeiert, bis mal klar ist, was Sache ist.«

Vío machte große Augen. »Na ja, so kann man das ja wohl nicht sagen. Man muss heute nicht mehr zusammen sein, wenn es nicht klappt. Frauen können allein leben, sie können für sich sorgen, sie sind finanziell nicht auf Männer angewiesen, und ich bin froh, dass wir das erreicht haben.«

»So habe ich das nicht gemeint«, beruhigte die Oma ihre Enkelin.

»Ja, Opa, wie würdest du denn eine Frau überzeugen?«, wandte Hákon sich an Tryggvi, der gerade dabei war, seine Pfeife zu stopfen.

Alle richteten gespannt ihren Blick auf ihn. Er schob sich die Pfeife in den Mund und zündete sie an. Er paffte den Rauch aus, dann erklärte er. »Ich würde mit einem Strauß

Blumen vor der Tür stehen und fragen, ob ich reinkommen kann.«

»Aha, nicht schlecht. Blumen sind immer gut, und dann?«, hakte Vío nach.

»Man merkt als Mann, ob man willkommen ist oder nicht, das habe ich auf meine alten Tage nicht vergessen.«

»Aha, so ist das also. Gibt es denn jemanden, dem du gerne mal Blumen bringen würdest?«, wollte Fló wissen und schaute zu Guðný.

Die alte Dame knetete ihre Hände im Schoß und blickte dann auf. Hákon erlebte diesen Moment als etwas Besonderes. Guðný und Tryggvi tauschten einen Blick aus, und Hákon konnte spüren, dass da tatsächlich etwas vor sich ging. Der Opa räusperte sich.

»Mal sehen«, sagte Opa jetzt. »Ja, da würde mir jemand einfallen.« Er ließ Guðný nicht aus den Augen.

Hákon fand, dass die beiden den Rest unter sich ausmachen sollten. Er legte dem Opa eine Hand auf die Schulter. »Dann solltest du wohl mal in einen Laden gehen und welche besorgen ...«

Guðný grinste und stand auf. Sie sagte nichts dazu, und das war es, was die ältere Generation auszeichnete – manches konnte man unausgesprochen lassen, und doch kapierten alle, was los war.

»Guðný, kannst du mich auch mitnehmen?«, wollte Fló jetzt wissen, als sich die Stille auflud.

Hákon schaute seinen Bruder überrascht an, das sah ja beinahe nach Flucht aus. Er erinnerte sich an die Kommentare, die Fló während des Tischdeckens von sich gegeben hatte. Hákon war sich nicht sicher, wie er das finden sollte, und entschied sich, einfach abzuwarten. Nach einer kurzen Verabschiedung stellte Hákon erfreut fest, dass Vío nicht vorhatte zu gehen. Sie kehrte in die Küche zurück und begann damit, den Geschirrspüler einzuräumen.

Hákon fühlte sich befangen. Erstens sollte sie nicht bei ihm sauber machen, und zweitens wusste er nicht, was er sagen oder tun sollte. Also half er ihr dabei.

»Was denkst du?«, fragte sie irgendwann. »Über Guðný und Tryggvi meine ich.«

Er lächelte. »Ich glaube, sie haben es verstanden. Die Frage ist, ob sich was ändert.«

»Das werden wir dann ja sehen.« Sie grinste.

Für eine Weile arbeiteten sie schweigend nebeneinander, doch dann war die Küche sauber und alles erledigt. Hákon fühlte sich wie ein Schuljunge, und zwei Herzen kämpften in seiner Brust. Freundschaft oder Leidenschaft? Es war eine schwierige Entscheidung. Er war nur eine Berührung weit davon entfernt, das eine für das andere zu riskieren. Vío klappte gerade den Geschirrspüler zu, eine alles andere als sinnliche Beschäftigung, und doch konnte Hákon bloß daran denken, wie es wäre, sie in seine Arme zu ziehen und endlich von ihren herrlichen Lippen zu kosten. Ob sie so süß schmeckte wie in seiner Vorstellung?

Sie schaute zu ihm auf und rührte sich nicht. Zwischen ihnen lag nur noch ein großer Schritt. Víos Pupillen weiteten sich, ihre Brust hob und senkte sich schneller. Sie spürte es also auch.

Er war nicht dafür bekannt, der Vernünftige zu sein, warum kümmerte es ihn jetzt auf einmal? Oder hatte er Angst? Wovor? Er wollte nicht nachdenken, das führte nur in eine Richtung, die er jetzt nicht einschlagen wollte. Aber überfallen wollte er sie auch nicht.

»So ein schöner Abend«, meinte er schließlich, seine Stimme klang rau.

Sie nickte, und ein Lächeln erschien auf ihrem Gesicht. »Das stimmt.«

»Zu schön, um ihn in der Küche zu verbringen«, gab er mit einem Schmunzeln zurück.

Vío lachte. »Dem kann ich nicht ganz zustimmen, mir macht es großen Spaß, stundenlang in der Küche zu stehen und etwas Leckeres zu kochen. Aber ich weiß, was du meinst, außerdem bin ich satt.«

Sie zwinkerte, und er war froh, dass sie so lässig reagierte.

Niemand bewegte sich, irgendwann zückte er sein Handy. »Ich mache mal ein bisschen Musik an.«

Er wählte eine ruhige Playlist aus, nicht zu romantisch. Nicht dass sie noch Angst bekam oder sich bedrängt fühlte. Der Gedanke erheiterte ihn ein wenig und löste etwas von seiner Befangenheit. Vío wirkte alles andere als verängstigt, und das war gut so.

»Kann ich dir ein Plätzchen auf meinem Sofa anbieten? Noch ein Glas Wein vielleicht?«

»Das erste Angebot nehme ich, beim Wein verzichte ich. Danke.« Sie ging an ihm vorbei und warf sich auf die Couch. »Wer könnte zu dieser Aussicht schon Nein sagen? Es ist echt zu krass, wie schön es hier ist. Ich liebe diese taghellen Sommernächte, das habe ich sehr in Deutschland vermisst.«

Er lächelte zufrieden und folgte ihr. Sanfte Klänge drangen aus den Lautsprechern. Er setzte sich, nicht zu nah, aber auch nicht zu weit weg. Hákon überlegte, worüber er noch mit ihr sprechen konnte, so wirklich fiel ihm nichts ein, ohne mit der Tür ins Haus zu fallen. Und er wollte auch nicht mehr reden. Diese sexuelle Spannung zwischen ihnen war förmlich greifbar, und er war sicher, dass Vío es ebenfalls spürte.

Er drehte sich in ihre Richtung, stützte seinen Kopf auf und betrachtete sie. Vío guckte ihn an. »Was ist? Hab ich da was?«

Sie fasste sich ins Gesicht. Hákon rückte näher.

»Warte, lass mich mal sehen.« Er fuhr ganz sanft mit seinen Fingerspitzen über ihre Wange, dann über ihre Lippen. »So schön«, murmelte er.

Sie erschauderte unter seiner Berührung und atmete scharf ein. Seine Hand wanderte langsam in ihren Nacken, Vío seufzte leise, und das Sehnen in seinen Lenden war kaum mehr auszuhalten. Hákon schloss die Augen und küsste sie. Ganz zart und federleicht.

Er spürte, wie sie ihre Hände auf seine Brust legte, nicht, um ihn von sich zu schieben, sondern um ihm nah zu sein. Sie musste seinen donnernden Herzschlag fühlen. Er stöhnte leise auf, als sie näher an ihn heranrückte und seinen Kuss erwiderte. Hákon ließ seine Zunge über ihre Lippen in ihren Mund gleiten und kostete von ihr. Vío schmeckte wie das Paradies. Er konnte nicht genug von ihr bekommen. Seine Liebkosungen wurden leidenschaftlicher, sie stand ihm in nichts nach. Irgendwann saß sie auf seinem Schoß, ihre Beine hatte sie um seine Hüften gelegt. Sie hielt sein Gesicht mit beiden Händen, ihre Brüste pressten sich gegen seinen Oberkörper. Hákon konnte schon lange nicht mehr klar denken, er atmete schwer und kostete jede Sekunde aus. Es war noch viel besser als in seiner Vorstellung. Sie passten perfekt zusammen. Noch nie hatte sich küssen so gut angefühlt, so richtig, elektrisierend. Er wollte mehr, aber er wollte auch nichts überstürzen. Víos Hände glitten über seinen Rücken, er umfasste ihren Hintern und zog sie noch ein Stück enger zu sich heran. Sie musste spüren, wie erregt er war. O Gott, es war eine süße Folter, von der er einfach nicht genug bekam.

Sie schmeckte so gut, ihre Lippen, ihr Atem. Einfach himmlisch.

Sanft wanderten seine Finger unter ihre Bluse, ihre Haut war seidig und weich. Sie seufzte leise in seinen Mund, und Hákon konnte nicht anders, er stöhnte und intensivierte seine Küsse.

Ein schriller Ton erklang, die Musik verstummte. Erst wusste er nicht, was los war. Nur langsam kehrte er in die

Realität zurück und begriff, dass es sein Telefon war, das den Krach verbreitete. Hákon löste sich von Vío. Er fuhr sich durch die Haare und japste nach Luft. »Tut mir leid, diese verdammte Technik.«

Víos Blick war verhangen, ihre Augen glänzten vor Leidenschaft. Ihre Lippen waren geschwollen, die Wangen rosig. Sie war so heiß, so sexy. Er begehrte sie wie noch niemanden zuvor.

»Entschuldige«, er keuchte er immer noch nach Atem ringend, »ich muss das verdammte Bimmeln abstellen.«

Zärtlich schob er sie aufs Sofa und stand auf. Seine Erregung zeichnete sich deutlich durch seine Hose ab. Er zupfte daran herum und grinste sie an. Víos Augen weiteten sich, dann grinste sie ebenfalls.

»Geh nicht weg«, mahnte er sie im Scherz. »Bin in einer Sekunde zurück ...«

Er hatte nicht vor länger zu brauchen, bis er dieses verdammte Smartphone abgeschaltet hatte. Scheiß auf die Musik, dachte er genervt. Vielleicht sollte er es auch ins Wasser schmeißen, wie Vío neulich.

* * *

Vío schaute Hákon verdutzt hinterher. Sie legte sich eine Hand aufs Dekolleté, während sie noch immer schwer atmete. Wow, der Mann konnte vielleicht küssen. Hammer. Es war noch besser, als sie sich erträumt hatte, und das sollte was heißen. Dass dieses blöde Telefon geklingelt hatte, schien ihn ziemlich zu ärgern. Sie verfolgte seine – gerade nicht so geschmeidigen – Bewegungen mit ihrem Blick. Die Beule in seiner Jeans war beachtlich. Sie schluckte und erinnerte sich, wie sie sich an ihrem Schritt angefühlt hatte. Vío war versucht, sich Luft zuzufächeln.

Mit jedem anderen Mann, der so aussah wie Hákon, würde sie sich jetzt Sorgen machen, ob sie es riskieren konnte, mit ihm ins Bett zu gehen. Vío wollte keine Komplexe wegen ihrer Leibesfülle haben, aber im Laufe ihrer Zeit mit Per hatten sich da einige etabliert, auch, weil er sie ständig daran erinnert hatte, was seiner Meinung nach alles noch optimiert werden müsste. Bei Hákon hatte sie diesen Eindruck nicht, im Gegenteil. Wenn er sie ansah, wusste sie, dass er alles an ihr attraktiv und sexy fand. Sie hatte keine Zweifel daran, und das war so ein befreiendes und wunderbares Gefühl, dass sie die ganze Welt umarmen könnte. Nein, lieber ihn. Nicht nur umarmen. Oh, ihr fielen eine ganze Reihe an Dingen ein, die sie mit ihm tun wollte. Die ganze Nacht. Wieder und wieder.

Vío war überzeugt, dass er ein großartiger Liebhaber war, ausdauernd noch dazu. Sie grinste. Sie beobachtete, wie Hákon sein Telefon in die Hand nahm, aufs Display schaute und dann tatsächlich beantwortete. Hatte er es nicht ausschalten wollen?

Sie runzelte die Stirn. Er guckte sie mit einem Blick an, der Bedauern und Schock ausdrückte. So war dieser Abend in ihrem Geiste nicht weiter verlaufen. Die romantische und leidenschaftliche Blase zerplatze lautlos. Vío schluckte und versuchte, sich nicht anmerken zu lassen, wie ätzend sie es fand, dass er sie im Wohnzimmer sitzen ließ.

Hákon verschwand in einem anderen Raum, er schloss die Tür hinter sich.

Vío blinzelte und hob eine Augenbraue.

»Echt jetzt?«, murmelte sie und fuhr sich mit den Fingern über die geschwollenen Lippen. Sie konnte seine Küsse noch spüren, trotzdem kam es ihr so vor, als hätte jemand einen Kübel mit Eiswürfeln über ihr ausgeleert. Unhöflich. Unangebracht. Er verhielt sich gerade wie ein Arsch. Etwas, das sie bei ihm nicht vermutet hatte.

Es sah nicht so aus, als hätte er noch vor, mit ihr zu schlafen. Und ihre Leidenschaft war ebenso verpufft. Sie wollte sich nicht gekränkt fühlen, spürte den Stachel dennoch. Dieses unhöfliche Verhalten hätte sie ihm nicht zugetraut, zumal er ihr bis jetzt immer das Gefühl gegeben hatte, dass nichts auf der Welt so wichtig sein könnte wie die Zeit mit ihr – schon gar kein Telefonat. So viel dazu.

Vielleicht hatte er das Zusammensein nicht so genossen wie sie. Aber das glaubte sie auch nicht wirklich. Sie hatte gefühlt, dass seine Leidenschaft echt und roh gewesen war.

Wobei ... Sie legte sich einen Finger an die Lippen. Er hatte bestimmt viel mehr Erfahrung als Vío. Nein, jetzt fing sie schon wieder damit an. Hákon benahm sich komisch, und sie war sicher nicht der Grund dafür – aber gefallen musste es ihr trotzdem nicht, dass die Sache so abrupt und unromantisch endete.

Gehen oder warten? Sie war überfordert, und vielleicht war der Anruf ja wirklich wichtig. Glücklich hatte er nicht ausgesehen, und sie glaubte auch nicht, dass es eine Masche war, um sie loszuwerden. Das hatte jemand wie er gar nicht nötig. Er könnte einfach sagen, dass sie gehen sollte.

Sie kam zu dem Schluss, dass es weder an ihr lag noch eine Agenda dahintersteckte, und entschied sich deshalb zu bleiben und nicht wie ein gekränktes Huhn davonzulaufen. Wenn er sie nicht hierhaben wollte, dann musste er das bitte schön auch klar formulieren – falls es wirklich so war. Damit könnte sie leben, aber artikulieren musste er es sclbst.

Vío stand auf, richtete ihre Bluse und ihre Haare. Sie zupfte ihre Jeans zurecht, tapste zum Fenster und schaute hinaus. Der Fjord erstreckte sich ruhig und dunkel vor ihr. Das satte Grün der gegenüberliegenden Wiesen stand im leuchtenden Kontrast dazu. Der Himmel war klar und von einem so reinen Blau, dass sich etwas von ihrer Anspannung löste. So konnte man sich gut jede Wartezeit vertreiben, aufs Meer zu blicken wurde nie eintönig. Niemals.

Es dauerte auch nicht lange, bis sie hörte, dass eine Zimmertür geöffnet wurde. Schritte kamen näher. Hákon trat hinter sie und gab ihr einen Kuss auf den Scheitel, eine zärtliche, liebevolle Geste, und ihr Herz wurde leicht. Er umarmte sie und schmiegte sich an sie. »Entschuldige, Vío.«

Es klang aufrichtig, und sie hatte keinen Grund, anzunehmen, dass es nicht so war.

»Schon in Ordnung.« Sie fragte nicht nach, weil sie nicht neugierig sein wollte. Natürlich brannte sie trotzdem darauf, zu erfahren, was los war. Aber er sollte sich nicht gedrängt fühlen. Sie wusste, dass Männer das überhaupt nicht leiden konnten. Frauen vermutlich auch nicht, aber Männer waren von Natur aus mehr mit sich beschäftigt und kümmerten sich weniger um den Kram anderer. So empfand sie es zumindest.

»Vío, ich …«, fing er an, und an seinem Tonfall merkte sie, dass etwas ganz und gar nicht stimmte. Sie spürte, wie sie sich – ohne es zu wollen – leicht versteifte. Er umarmte sie fester.

»Es tut mir leid, ich würde so gerne mit dir den Abend verbringen, aber ich muss weg.«

Sie riss die Augen auf und drehte sich um. »Wie weg?«

Hákon war blass, er wirkte so schockiert, als hätte er wirklich, wirklich schlechte Nachrichten bekommen. Sehr schlechte Nachrichten.

»Ist alles okay?«, wollte sie wissen.

Er schüttelte den Kopf, und in seinen Augen sah sie Schmerz, Sorge und Verwirrung. Er nahm ihre Hand in seine. »Ich kann dir das jetzt nicht alles erklären, aber ich muss sofort los, dass ich den nächsten Flieger bekomme.«

»Den nächsten Flieger?« Sie kapierte nicht, es war Abend,

wohin wollte er jetzt fliegen? Ein Stimmchen sagte, dass es sie nichts anging, also nickte sie nur.

»Ich verspreche dir, dass ich es dir erkläre, Vío. Ich kann jetzt aber nicht, ich ...« Er schüttelte den Kopf, als hätte er selbst noch nicht kapiert, was los war und was er zu tun hatte. Vielleicht war etwas mit seinen Eltern? Sie hatten nie über sie gesprochen. Soweit sie wusste, lebten sie noch immer auf den Westmänner-Inseln.

»Kann ich dir helfen?«, erkundigte sie sich, weil alles andere nebensächlich war. Er war ihr keine Rechenschaft schuldig, und sie wollte in diesem für ihn schwierigen Moment nicht auch noch zu einem zusätzlichen Problem werden.

Er atmete ein und dann leise wieder aus. Ein trauriges Lächeln umspielte seine Mundwinkel. »Das ist süß von dir, und ich danke dir, aber ich muss mich allein darum kümmern. In ein paar Tagen bin ich wieder zurück.«

In ein paar Tagen? Sie blinzelte. »Ähm, okay. Dann ... gehe ich jetzt besser.«

»Ich kann dich nach Hause fahren, wenn du kurz wartest, muss aber noch eben ein paar Sachen zusammenpacken.«

»Sei nicht albern, ich kenne den Weg, und du musst ja los.« Wohin auch immer.

Vío wollte gehen, aber er hielt sie zurück. Er zog sie noch einmal in seine Arme, nahm ihr Gesicht zwischen seine Hände und schaute ihr tief in die Augen. »Glaub mir, ich wollte nicht, dass der Abend so endet, Vío, und es tut mir aufrichtig leid. Du bist die Person, bei der ich jetzt sein möchte, aber ich muss gehen.«

Sie schluckte. Es lag so viel Sehnsucht, so viel Gefühl in seinen Worten, dass sie keines davon anzweifelte.

»Ich verstehe das.« Und das tat sie wirklich. Er würde ihr von seiner Reise erzählen, wenn er es für richtig hielt, und sie wollte nicht aufdringlich sein.

»Ich hoffe, es ist alles in Ordnung«, fügte sie noch hinzu und ließ es nicht als Frage anklingen.

»Danke, Vío, dass du Verständnis hast.« Und dann küsste er sie, weil alles, was er sagen würde, zu viel oder zu wenig war. Sie waren kein Paar, keine Liebenden. Sie waren zwei Menschen, die sich zueinander hingezogen fühlten, aber mehr auch nicht. Vielleicht *noch* nicht, das würde sich zeigen.

Doch jetzt war nicht der richtige Moment für gewisse Fragen. Vío wusste das. Trotzdem fiel es ihr schwer, zu gehen, denn sie hatte keine Ahnung, ob es nicht vielleicht doch das letzte Mal gewesen war, dass sie ihn geküsst hatte. Der Gedanke schmerzte mehr, als sie sich vorgestellt hatte. Sie lächelte dennoch, als sie winkte und ging. Sie wollte, dass er sie fröhlich in Erinnerung behielt, wohin auch immer er reiste.

Kapitel 11

Vío saß ein paar Tage später mit ihrem Computer im Bett und ärgerte sich. Nicht nur darüber, dass sie dieses blöde E-Mail-Programm überhaupt geöffnet hatte, sondern vor allem über ihren Ex-Freund, der sie nach wie vor mit Nachrichten bombardierte. Sie hatte keine Lust mehr auf diesen Mist.

Zum Teil rührte ihre Stimmung sicher auch daher, dass seit Hákons Abreise vier Nächte vergangen waren und sie bisher nicht wusste, was los war und wo er hingefahren war. Sie hatte allerdings weder ein Recht darauf, es zu erfahren, noch konnte er sie erreichen, weil sie kein Telefon hatte. Natürlich könnte er über Fló an ihre E-Mail-Adresse kommen, aber darum ging es hier gar nicht. Vielmehr war der Punkt, dass Vío sich nach ihm sehnte und nicht wusste, ob Hákon die gleichen Gefühle für sie hegte.

Sie rieb sich mit der Hand über das Gesicht, dann öffnete sie eine neue E-Mail und adressierte sie an Per. Vío holte tief Luft, ehe sie zu schreiben begann.

Lieber Per, fing sie an. Dann löschte sie es wieder.

Zu nett, dachte sie.

Sehr geehrter Herr Koslowski ...

Sie verzog ihre Lippen. War es angebracht, ihn mit seinem Nachnamen anzusprechen, obwohl sie wusste, welche Unterhosen er trug?

Sie löschte auch das. Vío seufzte leise, dann schrieb sie.
Hallo Per,
nach reiflicher Überlegung habe ich mich dazu entschie-
den, aus der Firma auszuscheiden. Ich werde nicht mehr in
die Agentur zurückkehren, du kannst dieses Schreiben als
fristlose Kündigung betrachten. Es ist ohnehin nur eine reine
Formsache, da ich keinen schriftlichen Vertrag besitze.

Sie lächelte in sich hinein. Zum ersten Mal war es ein
Vorteil, dass sie nichts schriftlich fixiert hatte. So konnte
sie niemand zwingen, den Job weiterzumachen. Das letzte Gehalt war bezahlt, damit konnte sie guten Gewissens
leben.

Fehlt noch was, überlegte sie? Persönliche Sachen aus
dem Büro? Da gab es nicht viel. Und ihre Möbel und Kisten
aus der alten Wohnung waren ohnehin eingelagert, auch
darüber musste sie sich keine Gedanken machen. Vío konnte in aller Ruhe nachdenken, was sie wollte, und dachte an
Lotte. Mit ihr würde sie nie in dieser Art von Schwierigkeiten landen, eine weibliche Geschäftspartnerin war die
perfekte Wahl. Vielleicht sollte sie Per am Ende dankbar
sein, dass er Schluss gemacht hatte, ehe sie ihre Sachen
verkauft hatte. Jetzt musste sie sich nur entscheiden, wo sie
in Zukunft leben wollte. Das Berliner WG-Zimmer konnte
bloß für den Übergang sein, sie fühlte sich zu alt, um sich
auf Dauer Bad und Küche mit mehreren Leuten zu teilen.

Bei Hákon hätte sie das Problem nicht, dachte sie, verwarf diese Idee aber so schnell, wie sie gekommen war.
Sie würde auf keinen Fall sofort bei ihm einziehen, selbst
wenn er auch etwas für sie empfand. Ja, da musste sie sich
nichts vormachen. Sie hatte sich in ihn verliebt. Letzten
Endes war es keine große Überraschung, auch wenn es sie
ziemlich überrumpelt hatte. Sie war nun mal kein Typ für
unverbindliche Liebeleien. War sie noch nie gewesen. Und
gegen ihre Gefühle war sie nun mal machtlos, auch wenn

es womöglich kein Happy End geben würde. Von ihrer beruflichen Zukunft mal abgesehen … Sie konnte sich beim besten Willen nicht vorstellen, eine Beziehung über eine so große Distanz zu führen. Sie wollte auch nicht alles, was sie sich in Deutschland erarbeitet hatte, aufgeben.

Aber so weit war sie mit Hákon noch lange nicht. Nicht mal ansatzweise.

Vío fuhr sich mit der Hand über das Gesicht. Es sah ihr gar nicht ähnlich, sich andauernd den Kopf über ungelegte Eier zu zerbrechen.

»Erst mal das hier fertigmachen«, murmelte sie und las sich noch einmal alles durch.

Sie schrieb noch am Ende ihrer E-Mail an Per: *Ich wünsche dir und der Agentur alles Gute für die Zukunft. Mein Arbeitszeugnis kannst du zuerst per E-Mail an mich versenden, das Original bitte an die Adresse meiner Eltern in Reykjavík.*

Schönes Leben noch.

Nein, das las sich schon zu sarkastisch. Die letzte Zeile löschte sie wieder und schrieb stattdessen: *viele Grüße Vío letta.*

Erleichtert drückte sie auf ›Senden‹.

Das wars. Fünf Jahre Beziehung und Arbeitsleben waren in wenigen Minuten passé. Sie war sich auf einmal gar nicht mehr sicher, ob sie überhaupt nach Berlin zurückkehren sollte. Derzeit zog sie persönlich nichts dorthin, es gab viel mehr, was sie dazu veranlasste, sich ihre Zukunft hier am Eyjafjord in schillernden Farben auszumalen. Dämliches Herz. Blöde Schmetterlinge.

Vío wusste nicht, ob sie Grund hatte, sich Hoffnungen zu machen. Deshalb wollte sie sich jetzt, wo sie emotional ohnehin nicht gerade die Stabilste war, auch nicht in etwas verrennen. Gleichzeitig lechzte sie nach Informationen über Hákons Verbleib.

Sie wusste genau, wo sie die bekommen konnte, aber sie

ahnte, dass Fló sie komplett durchschauen würde, und sie wollte ihn nicht als Informanten missbrauchen. Vielleicht verkomplizierte sie auch alles zu sehr.

Eine neue E-Mail traf ein. Kurz dachte sie, dass es eine Antwort von Per sein könnte, aber nein, es war ein Kunde.

Er wollte unbedingt mit ihr sprechen.

Was wollte er denn?

Sie hatte kein Telefon. Doof, dachte sie jetzt. Klaus Berger hatte noch keinen Vertrag unterschrieben, sie hatte mit ihm verhandelt, und er wollte sich nach seinem Sommerurlaub melden. Das wäre im September gewesen, viel zu früh also. Komisch, dachte Vío. Sie schrieb ihm zurück, dass sie über Skype sprechen konnten, und schlug ihm einen Termin vor.

Was mache ich hier eigentlich?, fragte sie sich.

Sie hatte eben ihre Kündigung ausgesprochen, aber wollte trotzdem noch mit dem Kunden reden?

Um ihn abzuwerben.

Vío fühlte sich schlecht dabei.

Nein, sagte sie sich. *Ich habe jedes Recht dazu.*

Kurz darauf hatte sie Herrn Bergers Gesicht auf dem Bildschirm. Sie hatte es gerade geschafft, sich die Haare zusammenzubinden und einen Pullover über den Schlafanzug anzuziehen. Zum Glück war die Bildqualität nicht so super.

Eine halbe Stunde später verabschiedeten sie sich. Sie hatte ihm erklärt, dass sie die Agentur verließ, und Herr Berger war davon nicht begeistert gewesen. Er bestand darauf, dass sie sich um seine Kampagne kümmern würde. Woher die Dringlichkeit komme, hatte sie ihn gefragt, und er hatte nur gesagt, dass er sich ihre Vorschläge noch einmal angesehen habe und der Meinung sei, so schnell wie möglich mit der Umsetzung zu beginnen.

»Da muss ich Sie leider enttäuschen«, meinte Vío. »Ich stehe Ihnen nicht mehr in der Agentur zur Verfügung und bin gerade auch in Island.«

»Das können Sie nicht machen, Víoletta«, antwortete er mit einem schiefen Grinsen. »Ohne Ihre Kompetenz wird das nichts.«

Sie freute sich geradezu ein Loch in den Bauch und überlegte kurz. Dann hatte sie eine Idee. »Geben Sie mir ein paar Tage Zeit, ich habe einen Vorschag. Was halten Sie davon, wenn wir die Videos für die Image-Kampagne in Island aufnehmen?«

O Gott. Sie redete sich gerade um Kopf und Kragen. Was machte sie da? Eine Kampagne, die Geld in Pers Kasse brachte? Aber sie war noch nie gut darin gewesen, Nein zu sagen.

»Aber den Vertrag schließe ich mit Ihnen persönlich.«

Vío hatte keine Ahnung, wie das gehen sollte, doch sie nickte nur. »Natürlich. Ich melde mich bei Ihnen, wundern Sie sich nicht, wenn es eine Google-Adresse ist.«

Herr Berger schien zufrieden. »Ich freue mich darauf. Wie fühlt es sich an, seine eigene Chefin zu sein?«

Vío schwitzte. Er hatte das anscheinend völlig falsch verstanden. Herr Berger glaubte, dass sie eine neue Firma gegründet hatte. Hilfe! Andererseits ... So kompliziert war das in Island nicht. Die Idee gefiel ihr, Büros in Akureyri und Berlin. Das klang schön international. Was Lotte dazu sagen würde? *Später*, ermahnte Vío sich. In ihrem Kopf drehte sich alles. »Sehr gut. Ich habe mir alles notiert und melde mich. Es kann allerdings ein paar Tage dauern.«

»Kann ich Sie telefonisch erreichen?«

Sie unterdrückte ein Stöhnen. »Ist gerade schwierig, aber ich lasse es Sie wissen.«

Nach einer kurzen Verabschiedung klappte Vío ihr Notebook zu und ließ die Stirn darauf sinken.

Scheiße. Hoffentlich hatte sie da eben keinen großen Bockmist gebaut. Als ob sie hier in Island nicht genug zu tun hätte, beschwor sie gerade auch noch einen Krieg mit Per herauf. Natürlich nur, falls er davon Wind bekam, dass Herr Berger nicht vorhatte, bei ihm einen Vertrag zu unterzeichnen.

Vío verdrängte diese Gedanken, ändern konnte sie es jetzt sowieso nicht mehr. Sie duschte, und nach dem Frühstück machte sie sich auf den Weg zur *Saltfiskbarinn*, um etwas über Hákons Verbleib herauszufinden. Womöglich war Fló gar nicht da, schoss es ihr durch den Kopf.

Die Flyer hatte sie bei einer Druckerei in Akureyri in Auftrag gegeben, schon vor einigen Tagen. Sie wusste also nicht, womit sie das Gespräch eröffnen sollte, ging trotzdem ums Haus und klingelte. Man gelangte über eine Außentreppe zum oberen Stockwerk. Vío war noch nie bei ihm privat gewesen, immer nur in der Bar. Ihr Herzschlag beschleunigte sich. Es dauerte einen Moment, bis jemand die Tür öffnete. Es war Fló, und er wirkte verschlafen. Seine Haare waren zerzaust und die Augen ganz klein. Er trug nur eine Boxershorts. Auf seinen Beinen glänzten feine, goldene Härchen in der Morgensonne. Er war durchtrainiert und hatte einen beachtlichen Torso.

»Hallo«, grüßte er und wischte sich übers Gesicht. Dann gähnte er lautstark.

»O Mist, ich hab dich geweckt«, murmelte sie. »Tut mir leid, geh wieder ins Bett.«

Fló furchte die Stirn. »Hä? Wieso das denn? Komm schon rein, jetzt bin ich ja wach.«

»Ich will dich nicht stören.«

Fló zupfte an ihrem Pulli und grinste spitzbübisch. »Nun komm schon rein, Vío. Was ist los, du bist doch sonst nicht so schüchtern?«

Da hatte er recht, deswegen gab sie sich einen Ruck und folgte ihm. In seiner kleinen Wohnung war es unordentlich, aber nicht dreckig. Sie urig eingerichtet. Möbel, die wohl aus den Sechzigern stammten, standen überall herum. Es wirkte ein bisschen zusammengewürfelt, ein Potpourri aus vergangenen Zeiten, was zu Fló passte.

Die Küche war klein, der Herd antiquiert – vermutlich hatte sie ihn deshalb öfter unten kochen gesehen. An den Fenstern hingen Spitzengardinen, die sicher nicht von ihm ausgesucht worden waren. Lustig, wie unterschiedlich die Brüder sich eingerichtet hatten.

»Kaffee?«, bot er an und machte sich an einer Siebträgermaschine zu schaffen, die ein wenig futuristisch ausschaute.

»Gern.« Vío setzte sich an den kleinen Esstisch, der mit ziemlicher Sicherheit auch aus den Sechzigern stammte. Er war nierenförmig, hatte eine grau melierte Oberfläche und dünne, etwas schräge Beine. Die Stühle passten dazu und waren nicht gerade bequem. Alles in allem war es aber schon wieder cool. Aus einem Oberschrank, dessen Tür quietschte, zog er zwei große Henkeltassen hervor. Kaffeeduft erfüllte die Küche, und wenig später saßen sie gemeinsam am Tisch. Dass er nur eine Unterhose trug, schien ihn nicht zu stören, sie auch nicht. Seltsam, wie unbefangen sie mit Fló umgehen konnte, während allein der Gedanke an Hákon reichte, um sie nervös werden zu lassen.

»Na, wie gehts?« Er grinste.

Sie konnte es nicht einordnen. Wusste er was oder nicht? Und wenn ja, was hatte Hákon gesagt? Vío war gerade im Begriff, nachzufragen, als sich eine Tür öffnete und jemand die Küche betrat. Dieser Jemand war eine Frau, und Vío kam sie vage bekannt vor. Als sie erkannte, wer da eben die Küche betreten hatte, klappte ihr Mund auf. Es war die Frau, die Hákon letztens am Hafen so innig geküsst hatte.

»Hey Babe, guten Morgen«, säuselte die Blondine, deren ellenlange Beine unter einem grauen Männershirt hervorlugten. Sie bedachte Vío mit einem Lächeln, es war nett, nicht unfreundlich und ganz und gar nichtssagend. Sie gab Fló einen Kuss, dann nahm sie sich einen Kaffee und verschwand aus der Küche, vermutlich zurück ins Bett. Víos Augen mussten so groß wie Unterteller sein, sie schaute der leicht bekleideten Dame hinterher.

»Echt jetzt?«, gab sie dann leise und ziemlich schockiert von sich.

Fló zuckte die Schultern, ihm schien es nichts auszumachen, dass sein großer Bruder vor ihm dran gewesen war. Letzten Endes ging es sie nichts an, das sollten die beiden unter sich klären. Ein bisschen absurd fand sie es dennoch. Okay, *sehr* absurd. Aber das hieß ja wohl, dass Hákon fertig mit ihr war.

Vío ärgerte sich über ihren letzten Gedanken. Sie würde garantiert nicht damit anfangen, eifersüchtig zu werden, weil sie gar keinen Grund dazu hatte. Sie und Hákon waren nicht zusammen, sie hatten sich einmal geküsst, und dann war er Hals über Kopf abgerauscht.

Sie nippte von ihrem Kaffee.

»Alles klar für die Eröffnung?«, wollte sie wissen. Am kommenden Samstag sollte es so weit sein.

»Ja, denke schon. Ich habe zwei Kräfte für den Service, Küche mach' ich erst mal allein. So viele Tische haben wir ja nicht.«

»Auf Dauer brauchst du bestimmt jemanden.«

»Ja, aber das kommt dann später.«

Die Frage, ob Hákon zur Eröffnung wieder hier sein würde, stand auf ihren Lippen. Fló schien es zu ahnen.

»Ich weiß nicht, wann er wiederkommt«, sagte er sanft.

»Wer?«, fragte sie dummerweise auch noch.

Fló verzog sein Gesicht. »Hákon. Er ist in Chicago.«

»Chicago?« Ihr wurde heiß, denn ihr war klar, dass sie sich gerade total zum Affen machte. Vío atmete tief durch und guckte bedröppelt in ihren Kaffee.

»Ein Freund von uns hat einen Selbstmordversuch begangen«, erklärte Fló jetzt, und Vío riss ihren Kopf hoch. Fló fuhr fort. »Das Ganze ist eine längere Geschichte. Joe heißt er. Joe hat Hákon einige Investmentangebote gemacht und ihn dazu gedrängt, endlich zu unterschreiben. Das kriselte in den letzten Wochen etwas, aber Hákon hat gezögert. Nun stellte sich heraus, dass er spielsüchtig ist, dass das ganze Investment ein einziger Fake war. Joe hat all das Geld, das ihm Freunde und Bekannte gegeben hatten für seine Sucht verbraten. Hákon war nicht der Einzige, dem Joe das Investment andrehen wollte. Es war gut gemacht, aber eben ein Schwindel. Es ist hart, wenn ein Freund einen betrügen möchte. Es ist alles geplatzt, und Joe ist die ganze Sache über den Kopf gewachsen. Es wurde ein Abschiedsbrief bei ihm gefunden. Dass er spielsüchtig ist, hat er schließlich gestanden, und wusste nicht mehr weiter. Es ist eine traurige Geschichte. Mit dem geliehenen Geld wollte er das verlorene wieder zurückgewinnen. Die alte Leier, die niemals aufgeht.«

Fló wirkte mit einem Mal sehr bekümmert, der spöttische Glanz in seinen Augen war verschwunden.

»Das ist ja schrecklich«, stieß Vío hervor. Kein Wunder, dass Hákon so schockiert gewesen war. Sicher war das der Anruf gewesen, woraufhin er Hals über Kopf davongerauscht war. »Und jetzt ist Hákon bei Joe?«

»Ja, in Chicago. Er will Joe helfen, redet mit den Gläubigern. Redet mit Joe – der sitzt in der Psychiatrie –, dass er es nicht noch mal versucht. Wir sind beide fassungslos, dass er sich umbringen wollte. Er ist neunundzwanzig, aber hat keinen Ausweg mehr gesehen.«

Vío atmete langsam aus. »Das tut mir leid.«

»Ja, mir auch. Uns auch. Das Dilemma mit Geld ist doch das: Wenn du keins hast, ist es scheiße, und wenn du zu viel hast, bringt es dich um den Verstand.«

Manche Leute würden sagen, dass man nie zu viel Geld haben konnte, dachte sie, aber sie verstand, worauf Fló hinauswollte. »Kann ich irgendwas tun?«

Fló schaute sie eindringlich an, sehr lange, ohne ein Wort zu sagen. Schließlich nickte er. »Hákon wird ziemlich fertig sein, wenn er wiederkommt. Ich hab' dir schon mal erzählt, dass er schwer von einer Frau enttäuscht wurde, und das mit Joe, das wird ihn noch weiter zurückwerfen. Immerhin wollte sein Freund ihn um eine Menge Geld bringen. Spielsucht hin oder her. Es ist ein krasser Vertrauensbruch, an dem er zu knabbern haben wird, wenn der anfängliche Schock erst mal verdaut ist.«

Vío nickte. »Das verstehe ich. So was ist unfassbar tragisch und schmerzhaft. Und es ist auch nicht so, dass wir zusammen sind, Fló. Ich weiß gar nicht, *was* das mit uns genau ist. Und sicher hat Hákon gerade andere Sorgen.«

Fló seufzte. »Alles, worum ich dich bitte ... Sei ehrlich zu ihm. Er verkraftet es nicht, noch mal verarscht zu werden. Willst du denn in Island bleiben?«

Vío schlucke. Die Frage kam direkt und unerwartet. »Ich ... Ich weiß es nicht.«

»Gut. Aber sag es ihm, bevor er sich noch mehr in dich verliebt.«

»Noch mehr?« Ihr Herz flatterte.

Fló lachte. »Ein Taubstummer würde mitbekommen, wie die Funken fliegen, wenn ihr euch nur auf fünfzig Meter nähert.«

Obwohl Vío sich darüber freute, fand sie es unangebracht, fröhlich zu sein. Daher sagte sie nichts und ließ diesen Satz einen Moment auf sich wirken, ehe sie antwortete. »Pass auf, Fló. Ich habe keine Ahnung, wo mich das alles hinführt, oder uns, ob es ein Uns überhaupt gibt. Also, damit meine ich nicht dich und mich.« Sie gluckste. »Hákon und mich. Mein Punkt ist jedenfalls, dass ich heute meinen Job in Deutschland gekündigt habe. Ich habe keine Wohnung mehr in Berlin, meine Sachen sind eingelagert. Ich hatte nicht vor, in Island ein neues Leben anzufangen, aber ausschließen würde ich es gerade auch nicht. Ich muss aber eine ziemlich miese Trennung verarbeiten, gleichzeitig sind fünf Jahre Arbeit den Bach runtergegangen. Nicht nur Hákon hat Probleme, auch wenn mir meine gerade ein wenig banal vorkommen.«

Fló nickte. »Ja, ist in Ordnung. Das ist mir klar. Ich will dir auch nichts vorschreiben, oder so.«

»Das weiß ich doch.« Sie lächelte. »Ich wollte nur offen sein.«

Fló hob die Hände. »Ich bin im Grunde nicht der, dem du das erzählen solltest, und ich werde bei dir und Hákon nicht stille Post spielen. Was du ihm mitzuteilen hast, erklärst du ihm selbst. Und komm mir nicht damit, dass du kein Telefon hast.«

Sie wusste, dass er recht hatte. »Ich will ihn nicht stören, und wie gesagt. Ich weiß nicht, was das zwischen uns ist.«

»Ich schätze, du wirst es irgendwann herausfinden, für immer wird er nicht in Chicago bleiben.«

»Wann kommt er zurück?« Da hatte sie endlich ausgesprochen, was sie am meisten interessierte.

»Das weiß ich nicht.« Er zuckte die Schultern.

Vío trank den Kaffee aus und verabschiedete sich. Das war harter Tobak, den sie erst mal verdauen musste. Irgendwie hatte sie das Bedürfnis, Hákon zu sagen, dass sie an ihn dachte. Sie war schon versucht, nach Akureyri zu fahren, um sich ein Handy zu besorgen. Dann fand sie in der nächsten Sekunde, dass er sicher andere Sorgen hatte, als Nachrichten von ihr in die Psychiatrie geschickt zu bekommen, wo sein Freund jetzt lag, nachdem er sich hatte umbringen wollen.

Sie wandte sich noch einmal an Fló. »Richte ihm einfach

Grüße von mir aus, okay? Ich werde ihn nicht stören, aber ich bin für ihn da, wenn er zurückkommt.«

* * *

Hákon war ziemlich erschöpft von den Terminen und Sitzungen der letzten Tage. Er hatte sich in Joes finanzielles Dilemma eingeklinkt und versucht zu retten, was zu retten war. Das war nicht viel, dafür gab es umso mehr Gläubiger, die Joe auf den Leim gegangen waren. Hákon war noch immer fassungslos, dass es so weit hatte kommen können in der kurzen Zeit. Ja, ihr Verhältnis war ein wenig distanzierter geworden, seit er aus den Staaten weggezogen war, aber Hákon hätte nie vermutet, dass Joe spielsüchtig werden würde. Das Wichtigste war, dass Joe nun ärztlich und therapeutisch versorgt wurde, dass er einen Ausweg aus der Misere aufgezeigt bekam.

Hákon würde Joes Schulden nicht übernehmen, aber er hatte die Idee, einen Fonds zu gründen, der Menschen helfen sollte, die die Kontrolle über das Spielen verloren hatten. Man sollte sich anonym und kompetent beraten und helfen lassen können, kostenfrei. Er schritt den schmalen Flur der Einrichtung entlang, er war auf dem Weg zu Joe. Die Wände schienen näher zu rücken, es war ihm alles zu viel. Die Erlebnisse in Chicago machten ihn fassungslos, und gleichzeitig sehnte er sich zurück nach Island. In Víos Arme, in die Weite der Natur. Er hasste die stickige Luft der Großstadt mittlerweile.

Joe war in guten Händen, das wusste Hákon, und es würde seinem Freund auf Dauer auch nicht weiterhelfen, wenn er ständig Händchen hielt. Er musste aus seiner Zwangslage professionell begleitet herausfinden, dabei konnten ihm nur erfahrene Ärzte und Therapeuten helfen. Er klopfte, ehe er das Zimmer betrat. Joe saß in Jogginghose am

Fenster und schaute in die parkähnliche Anlage der Einrichtung. Körperlich sah er nahezu unversehrt aus, jedoch wusste Hákon, dass seine Handgelenke bandagiert waren, die Wunden waren längst nicht verheilt. Er schluckte und verdrängte die Gedanken, was geschehen wäre, wenn Joes Ex-Freundin nicht unerwartet in die bisherige gemeinsame Wohnung gekommen wäre, um ein paar Sachen abzuholen. Clarisse war am Boden zerstört, sie liebte Joe noch immer, aber mit seiner Spielsucht und den Lügen hatte sie es nicht mehr ausgehalten. Sie war es, die ihn über seinen Zustand informiert und angerufen hatte.

»Hey Kumpel«, machte Hákon auf sich aufmerksam.

Sein Freund blickte nicht auf. »Hey.«

Joe hatte sich so oft bei ihm entschuldigt, die Reue war groß, und Hákon hatte nach einigen Gesprächen mit den Therapeuten begriffen, dass Joe in dieser Spirale aus Lügen und Druck festgesessen hatte. Klar, er war noch immer enttäuscht, aber er hatte ebenfalls Verständnis, wusste, dass Joe krank war. Ein wenig wurmte ihn auch sein eigenes schlechtes Gewissen. Wenn er nicht so mit sich beschäftigt gewesen wäre, hätte er merken müssen, dass etwas bei Joe nicht stimmte. Hákon vermied es, das Gespräch auf Clarisse zu bringen. Beziehungsthemen waren sicher das Letzte, was Joe jetzt brauchte. Die beiden hatten eine Chance, wenn Joe mit seiner Therapie vorankam, bis dahin war es jedoch ein weiter Weg.

»Hör zu. Ich muss zurück nach Island. Du bist bei mir immer willkommen, Joe. Ich hoffe, das weißt du. Sobald du hier raus bist, besuchst du mich, ja?«

Sein Freund war blass, er war schmal geworden. Müde hob er seinen Kopf. »Ich danke dir. Ich weiß gar nicht, was ich sagen soll.«

Hákon umarmte ihn. »Du musst gar nichts sagen. Werde einfach wieder gesund, den Rest regeln wir gemeinsam.

Okay? Vieles habe ich schon geschafft, und ich bleibe weiter dran.«

Joe nickte, er brachte keinen Mucks mehr hervor. Hákon schluckte, es tat weh, seinen sonst so starken und selbstsicheren Freund so verletzlich und gebrochen zu sehen. Sie saßen noch eine Weile im Park der Klinik, es war herrlich warm und sonnig. Niemand sagte ein Wort, das war auch nicht nötig. Hákons Gedanken schweiften nach Island zurück. Zu Vío. Er hatte keine Ahnung, was er ihr erzählen oder was er tun sollte. Ihm war längst klar geworden, dass sie ihm mehr bedeutete, aber er fürchtete sich auch davor.

Kapitel 12

Vío brütete mit ihrer Schwester über der Sitzordnung. Es war ein ewiges Hin und Her. Der eine konnte nicht mit dem anderen zusammensitzen, oder es waren zu viele oder zu wenige für die Achtertische, die als Gesprächspartner infrage kamen. Vío seufzte und trank einen Schluck von ihrer Limonade. Dann guckte sie wieder auf den riesigen Bogen Papier vor sich, auf den sie Tische gezeichnet hatten und Namen eintrugen, um sie dann doch wieder auszuradieren, weil irgendwas nicht passte.

»Gott«, Hildur seufzte und rieb sich über das Gesicht, »Wieso muss *ich* das eigentlich machen und nicht Pierre?«

Vío grinste, obwohl sie auch gestresst war. »Weil es Pierre scheißegal ist, ob die Leute sich verstehen oder nicht.«

»Männer«, schimpfte die Braut.

Vío richtete ihren Blick wieder auf das Papier. Sie nagte an ihrer Unterlippe, denn neben ihr war Per eingezeichnet. Sollte sie nicht doch erzählen, dass sie wieder Single war? Mittlerweile kam es ihr albern vor, dass sie es nicht gleich von Anfang an gesagt hatte. Aus heutiger Sicht wäre es gut gewesen, sich trösten zu lassen, aber bei ihrer Ankunft hatte sie das noch anders gesehen. Wenn sie jetzt erklärte, dass sie schon länger getrennt waren, würde Hildur sich verarscht fühlen. Zu Recht. Andererseits ... Gerade war sie so in ihre eigenen ›Probleme‹ vertieft, dass sie es vermutlich nur mit einem ›Hm‹ kommentieren würde. Womöglich war das Víos Chance, einer eingehenden Inquisition ihrer Schwester zu entkommen. Was wollte sie lieber? Einen leeren Platz neben sich oder die bekümmerten Blicke, weil sie ohne Begleitung auf einer Hochzeit war? Aber war es nicht schlimmer, zu lügen? Sie entschied sich, lange genug mit der Wahrheit hinter dem Berg gehalten zu haben.

»Übrigens, Per wird nicht kommen. Den streiche ich lieber«, wagte sie sich vor.

Hildur guckte sie mit gerunzelter Stirn an. »Wieso?«

Vío wurde heiß, sie trank noch einen Schluck, dann machte sie eine wegwerfende Handbewegung. »Wir haben uns getrennt. Alles gut, bin froh, dass ich ihn los bin.«

Das war nicht mal gelogen.

Hildur atmete zischend ein und guckte überrascht. »Du bist, ihr seid … getrennt?«

Vío nickte und wandte sich dann wieder der Sitzordnung zu. »Ja. So, wo setzen wir Claudine und Hugo hin?«

Sie tat sehr konzentriert, während ihr unangenehm heiß wurde.

»Mensch, Vío. Du schmierst mir hier diese Info aufs Brot, als wäre es keine große Sache. Wieso seid ihr getrennt und seit wann? Lass dir doch nicht alles aus der Nase ziehen!«

Vío seufzte. »Die Hauptsache ist doch, dass ich ihn los bin, nicht?«

Hildur verzog ihre Lippen. »Ja, das schon. ›Endlich‹, möchte ich fast sagen. Ich konnte ihn nie leiden.«

»Ja, ja, schon gut.« Sie winkte ab. »Jetzt bin ich deiner Meinung. Leider merkt man das selbst immer erst zu spät.«

»Zu spät war es doch nicht, oder … bist du schwanger?«

Vío schnaubte. »Nee, ich bin nur fett.«

Sie schnitt eine Grimasse.

Hildur gab ihr einen Klaps auf den Arm. »Sei nicht so ätzend. Du bist nicht fett.«

Vío lachte. »Ja, ich weiß. Aber der Witz hat sich angeboten. Und nein, ich bin auch nicht schwanger.«

Hildur atmete aus. »Hm, okay. Dann ist ja alles gut.«

Vío furchte die Stirn. Sie wusste auch nicht, ob ihr eine andere Reaktion lieber gewesen wäre, gleichzeitig war sie froh, dass das jetzt nicht zum Tagesthema werden würde. Sie erklärte Hildur dennoch in Kurzfassung, was und wie das Ende mit Per gelaufen war. Ihre Schwester wünschte ihrem Ex ein paar fiese Geschlechtskrankheiten, dann brachen sie beide in Gelächter aus.

»Wen bringst du dann als Begleitung mit?«, wollte Hildur schließlich wissen und nahm den Bleistift in die Hand. »Hákon?«

Vío riss die Augen auf. Woher wusste Hildur nur schon wieder, dass sie Hákon gut fand? Hm. So gut konnte sie ihre Gedanken anscheinend nicht verbergen. Bis zu diesem Tag hatte sie noch immer nichts von ihm gehört, damit erübrigte sich alles andere sowieso. Heute Abend war die Eröffnung von Flós Restaurant. Sie hatte angenommen, dass Hákon zu diesem Termin garantiert auftauchen würde, aber ... Nichts aber. Es ging sie nichts an, und sie würde ihn ganz sicher nicht als Begleitung zur Hochzeit ihrer Schwester mitbringen, so oder so.

»Nein. Ich komme alleine«, erklärte sie schließlich mit sicherer Stimme und straffte sich.

Hildur musterte sie eindringlich und legte ihren Kopf schief. »Aber da ist doch was im Busch mit dir und Hákon? Das alles ergibt jetzt, wo ich weiß, dass du und Per getrennt seid, noch mehr Sinn.«

Vío schüttelte den Kopf. »Meine Güte, Hákon ist doch gar nicht im Land. Setz mich einfach zu Atli, der kommt ja wohl auch ohne Begleitung – Ende der Geschichte. Können wir jetzt bitte aufhören, über mich zu reden?«

Hildur sagte nichts weiter dazu, und Vío war froh darüber. Sie kümmerten sich wieder um die Sitzordnung, bis Hildur irgendwann erneut aufblickte. »Bist du sicher, dass du wieder nach Deutschland willst?«

Nein, das war Vío ganz und gar nicht, und wieso kam Hildur gerade jetzt darauf? Als ob sie nichts anderes zu tun hätten. Vío lächelte, aber in ihr sah es anders aus. Könnte sie hier neu anfangen? Wieso eigentlich nicht? Sie war unabhängig, gute Leute wurden immer und überall gesucht. Oder sollte sie sich selbstständig machen? Dafür wäre Reykjavík eher geeignet. Andererseits ... Im digitalen Zeitalter war es auch nicht zwingend nötig, für ihren Job in einer Metropole zu leben. Zu viele Fragen für den Moment, die sie nicht beantworten konnte oder wollte.

»Musst du mich jetzt damit nerven? Gerade habe ich alle Hände voll damit zu tun, deine Hochzeit zu organisieren. Danach überlege ich mir, was ich beruflich machen werde und wo das sein wird. Zufrieden?«

Hildur grinste. »Ich würde mich freuen, wenn du mal nicht dreitausend Kilometer von mir entfernt leben würdest.«

Vío erwiderte das Lächeln, und ihr wurde ganz warm. Es tat so gut, hier zu sein, wo man sie liebte, ohne Wenn und Aber. »Ja«, sie nickte und meinte es ehrlich, aus tiefstem Herzen, »ich auch.«

Es war früher Abend, als Vío zu ihrer Oma schlenderte, um sie für die Eröffnungsfeier abzuholen. Die Sonne leuchtete über dem Eyjafjord und tauchte alles in ein helles, sanftes Licht. Es ging ein leichter Nordwind, der so frisch und herrlich war und etwas vom Meersalz herüberwehte, dass sie einen Augenblick die Lider schloss und tief durchatmete, ehe sie zu Oma hinaufging.

Vío trug ein lässiges Kleid, das nicht zu feierlich, aber auch nicht zu leger war. Das dunkle Grün harmonierte hervorragend mit ihren Haaren, stellte sie zufrieden fest, als sie sich vor Omas Garderobe noch einmal im Kreis drehte. Ihre Locken glänzten, ihre Augen leuchteten. Sie war zufrieden mit sich. Gleichzeitig wurde sie etwas wehmütig, sie hatte so gehofft, dass Hákon heute zurückkehren würde.

Fló hatte nichts mehr gesagt. In den letzten Tagen hatten sie sich häufiger gesehen, um die Flyer in der Umgebung zu verteilen. Vío hatte auch nicht gefragt, denn Fló hatte ihr beim Treffen in seiner Wohnung deutlich gemacht, dass er nicht die stille Post spielen wollte, und das akzeptierte sie natürlich. Trotzdem – sie wurde immer ungeduldiger, ob und wann Hákon wieder hier auftauchte. Vielleicht hatte er sich in Chicago ja anderweitig umgesehen? Schwer dürfte es einem attraktiven Mann wie ihm nicht fallen, Bekanntschaften zu schließen. Der Stachel der Eifersucht traf sie unvermittelt und heftig schmerzend. Vío schob den Gedanken beiseite, es war nicht ihre Art, so zu reagieren, vermutlich war es noch eine Nachwirkung von Pers Betrug. Andererseits … Hákon hatte ihr nichts versprochen, sie waren nicht mal zusammen. Nur weil sie sich nach ihm sehnte, hieß das noch lange nicht, dass es ihm ebenso ging. Womöglich hatte er mit seinem Freund Joe auch ganz andere Sorgen, als seine Hormone im Griff zu behalten. Im Grunde war es also völlig unangebracht, eifersüchtig zu sein. Leider konnte sie sich nicht ganz frei davon machen.

Oma kam gerade aus dem Bad. Sie trug ein buntes Kleid und eine zweireihige Perlenkette. Sie war eine flotte alte Dame. Vío klatschte anerkennend. »Sieht toll aus.«

Oma drehte sich im Kreis. »Danke, danke.«

In diesem Moment klingelte es an der Tür.

»Ich geh' schon«, bot Vío an. Sie öffnete und machte große Augen, als sie Tryggvi entdeckte. Er hielt einen riesigen Strauß Blumen in seinen Armen und hatte sich ordentlich in Schale geschmissen. Ohne Schiebermütze, dafür aber mit einem dunklen Anzug und einem strahlend weißen Hemd mit hellblauer Krawatte.

»Schick, schick«, kommentierte Vío mit einem anerkennenden Kopfnicken. »Oma, du hättest ruhig sagen können, dass du mit deinem Verehrer zur Feier gehst.« Vío trat lachend beiseite. »Dann will ich euch mal nicht weiter stören. Komm doch bitte rein, Tryggvi.«

Sie lächelte und erinnerte sich an das Gespräch beim Abendessen, als Tryggvi erklärt hatte, dass er einer Frau Blumen bringen würde, wenn er mehr von ihr wollte. Und jetzt stand er hier. Das war schön und irgendwie ergreifend.

Vío schlüpfte in ihre Schuhe, dann nahm sie sich ihre Strickjacke und machte einen eiligen Abgang. Zufrieden drückte sie den Knopf am Aufzug und schaute sich noch einmal lächelnd um. Also hatte ihre kleine Aktion doch gefruchtet. Wie schön.

Auf dem Weg zur *Saltfiskbarinn* summte sie leise *Love is in the Air* vor sich hin und freute sich auf einen wundervollen Abend. Mit oder ohne Hákon. Sie würde einfach Spaß haben und mit netten Menschen die Eröffnung des Restaurants feiern.

Sie war nicht die Erste, aber auch längst nicht die Letzte, die ankam. Es schien das ganze Dorf auf den Beinen zu sein. Vío wurde in viele gute Gespräche verwickelt, die Stimmung war großartig. Fló hatte Boxen installieren lassen, aus denen isländische Schlager dröhnten. Oma und Tryggvi standen nebeneinander und unterhielten sich mit Freunden, Tryggvi hatte einen Arm um ihre Schultern gelegt. Vío lächelte in sich hinein.

»Mission erfüllt«, sprach Fló sie an und stieß mit seiner Bierflasche gegen ihre.

Vío grinste. »O ja, das ist echt niedlich.«

»Das war eine gute Idee, mir scheint, du bist ein unerschöpflicher Quell an Inspirationen.«

»O Gott, was säuselst du da?« Sie lachte. »So philosophisch bist du doch sonst nicht?«

Fló zwinkerte. »Das machen der Alkohol und die große Freude, dass es endlich losgeht. Hast du schon von den Häppchen probiert?«

Sie schüttelte den Kopf. »Noch nicht, ich bin überhaupt nicht so weit gekommen. Sind die in der Küche?«

»Ja, genau. Heute gibts noch mal ein offenes Haus sozusagen, und ab morgen bin ich der *Chef de Cuisine*, und da darf außer mir keiner mehr in die Küche.«

»Verstehe, dann guck ich mal, dass ich was abbekomme, ehe alles aufgefuttert ist.«

Vío bahnte sich ihren Weg durch die Menge, sprach hier und da noch ein paar Sätze mit ihrer Tante und deren Mann Konráð. Es dauerte eine ganze Weile, bis sie endlich in die Küche gelangte. Es roch herrlich, und sie schnappte sich ein Kanapee mit geräuchertem Salzfisch auf Brioche. Sie schloss die Augen und genoss diese kleine Köstlichkeit. Herrlich. Kochen konnte Fló, das musste man ihm lassen. Als sie die Lider wieder öffnete, schnappte sie nach Luft. Vío blinzelte. Nein, das musste eine Fata Morgana sein. So viel hatte sie doch noch gar nicht getrunken, dass sie schon Halluzinationen hatte.

Hákon stand vor ihr und grinste. Himmel, er war so verteufelt sexy und attraktiv, dass sie vergaß zu atmen. Er trug eine dunkle Jeans und einen hellen Wollpullover mit Rollkragen, der seine Schultern noch breiter wirken ließ.

»Hi«, sagte er und rührte sich nicht.

»Kann ich dich kneifen? Bist du echt?« Vío fand ihre Sprache wieder.

Hákon zog sie in seine Arme, und sie atmete tief ein. Er roch himmlisch wie nach Hause kommen von einer langen Reise, was genau genommen richtig war. Für ihn jedenfalls.

Ob er es auch so empfand? »Ich *bin* echt. Ist es okay, wenn dich drücke?«

Sie schmiegte sich an ihn, nur für einen Moment. »O ja.«

Er strich über ihren Rücken, und Víos Haut kribbelte. »Es tut mir leid, dass ich einfach so abgedampft bin. Kannst du mir verzeihen?«

»Es ist okay, wirklich. Du musst dich nicht entschuldigen.«

Er löste sich von ihr, und kurz glaubte sie, dass er sie küssen wollte, doch er rührte sich nicht, sondern betrachtete sie nur mit einer Mischung aus Verwirrung und Sorge. Ein wenig Sehnsucht glaubte sie auch in seinem Blick zu erkennen. Víos Herz raste noch immer. Obwohl sie gehofft hatte, ihn zu sehen, hatte sie doch nicht mehr mit ihm gerechnet. Umso aufgewühlter war sie jetzt. Natürlich freute sie sich auch, aber es war noch mehr als das. Dieses Prickeln zwischen ihnen war sofort wieder da, und sie erkannte in seinem Blick, dass er es ebenfalls spürte. Víos Libido regte sich.

»Am liebsten würde ich dich auf Händen hier raustragen und direkt in mein Bett verfrachten. Es gibt so viel zu erzählen, und eigentlich will ich dich doch nur die ganze Zeit küssen«, erklärte er mit belegter Stimme.

O Gott. Vío glaubte zu träumen. Sie schluckte hart, während ihr Puls in ungeahnte Höhen schnellte. »Aber?«

Sie klang außer Puste, und genauso fühlte sie sich auch.

Hákon atmete tief durch und rieb sich das Kinn. »Ich will meinem Bruder nicht die Show stehlen, und gleichzeitig möchte ich hier sein, um ihm zu zeigen, wie cool ich es finde, dass er das alles geschafft hat. Aber mindestens genauso sehr möchte ich alleine mit dir sein.«

Hákon wirkte zerrissen, als hätte er Sorge, dass Vío sauer sein könnte. Hatte er wirklich keine Ahnung, dass es ihn nur umso attraktiver machte, dass er mitdachte, dass es bei seinen Überlegungen nicht nur um sein Vergnügen ging, sondern auch um das Glück seines Bruders wegen der Eröffnung?

»Es ist auch wirklich großartig geworden«, stimmte Vío ihm daher zu. Kurz schoss ihr der Gedanke durch den Kopf, dass Hákon sie vielleicht nicht vor den vielen Leuten küssen wollte, damit sie beide nicht zum Dorfgespräch wurden. Auch das war möglich. Andererseits … Sie erinnerte sich an die Blondine, bei der war es ihm herzlich egal gewesen, dass alle Welt die Knutscherei mitbekommen hatte.

Vío wollte sich nicht so fühlen, aber sie war plötzlich unsicher. Gleichzeitig hatte sie keine Lust, Hákon dämliche Fragen zu stellen. Stattdessen sollte sie ihm zeigen, wie sehr sie ihn vermisst hatte, wie sehr sie sich freute, ihn wiederzusehen. Er wirkte blass, ein wenig schmaler, und das erinnerte sie daran, weshalb er so fluchtartig abgereist war. Wie blöd von ihr, sie hatte nur an sich und ihr Vergnügen gedacht, nicht an das, was er erlebt hatte.

»Geht es dir gut?«, wollte sie jetzt wissen, gleich in der nächsten Sekunde ahnte sie, dass er das unmöglich in einem Satz beantworten konnte, falls er überhaupt darüber reden wollte.

Hákon rührte sich nicht, aber der Glanz in seinen Augen trübte sich ein wenig. »Jetzt, wo ich hier bei dir bin, geht es mir sehr gut.«

Vío lächelte. »Das freut mich. Es freut mich sehr.«

Die Luft zwischen ihnen flirrte, es war ein Wunder, dass sie noch immer allein in der Küche standen. Doch die Geräusche von draußen waren deutlich zu hören.

»Vielleicht sollten wir uns unters Volk mischen«, schlug sie vor, obwohl sie sich ein Wiedersehen in ihrem Geiste anders ausgemalt hatte. Ganz anders.

Hákon zögerte. Ging es ihm vielleicht auch so?

Ihr Herz schlug höher, als sich seine Pupillen weiteten und er einen Schritt auf sie zukam. »Ich kann nicht mehr warten, ich muss deine Lippen auf meinen spüren.«

Und dann zog er sie in seine Arme und küsste sie so leidenschaftlich, dass ihre Knie unter ihr nachgegeben hätten, wenn er sie nicht gestützt hätte. Verlangen pulsierte durch ihre Adern, sie vergaß Raum und Zeit. Sie wollte nur eines, ihm nahe sein. So nah wie möglich. Er küsste wie ein Profi, was er auch war, aber das störte sie nicht. Nicht in diesem Augenblick, der so köstlich, so elektrisierend war, dass sie leise in seinen Mund stöhnte. Seine Zunge spielte mit ihrer, Víos Unterleib meldete sich mit einem süßen Ziehen.

Viel zu schnell trat Hákon zurück und fuhr sich mit der Hand durch die Haare. Er wirkte genauso mitgenommen, genauso erregt, wie sie sich fühlte. Er stieß einen unterdrückten Fluch aus, dann grinste er spitzbübisch. Gott, er war so heiß, so männlich, dachte sie hingerissen. Endlich fand er seine Sprache wieder. »Das war so viel besser als in meinen Erinnerungen.«

Vío fächelte sich Luft zu und lächelte. »Hui, das kann ich nur bestätigen.«

»Ich würde am liebsten sofort gehen ...« Er guckte verzweifelt, wobei er immer noch lächelte. Sie verstand ihn gut, ihr ging es genauso. Sie akzeptierte aber auch, dass er noch ein Weilchen bleiben musste. So lange würde sie sich gedulden können, auch wenn sie ihm am liebsten hier und jetzt die Klamotten vom Leib gerissen hätte.

Sie hob eine Hand und unterbrach ihn sanft. »Alles okay, Hákon, amüsieren wir uns ein wenig, und später schleichen wir uns davon.«

Sie zwinkerte ihm zu und fühlte sich großartig und begehrenswert.

Hákons Augen funkelten amüsiert, gleichzeitig legte sich

ein spöttischer Zug um seine herrlichen vollen Lippen. »Ich glaube, ich liebe dich.«

Víos Mund klappte auf. Tatsächlich wurde er rot. Hákon korrigierte sich sofort. Verlegen stammelte er: »Nein, also, so habe ich das nicht gemeint. Ich meinte, ich liebe es, wie unkompliziert es mit dir ist.«

Sie nickte und winkte ab, alles andere wäre ja auch zu absurd gewesen. »Ja klar, ist doch logisch, dass du das so gemeint hast ...« Sie räusperte sich. »Wie wäre es mit einem Drink?«

Hákon wirkte erleichtert, gleichzeitig ein wenig aus dem Konzept. Vío kam nicht darum herum, dass sie sich diesen Satz immer wieder leise in Erinnerung brachte. *Ich glaube, ich liebe dich.* Natürlich hatte es nichts zu bedeuten, Hákon liebte sie nicht. Vío war klar, dass große Gefühle sich über einen längeren Zeitraum entwickeln mussten. Ob es so sein würde, wusste sie nicht, aber sie sehnte sich danach.

Und doch ... Sie wünschte sich, er würde den Satz eines Tages genauso aussprechen und es auch ehrlich meinen. Innerlich warnte sie dieses kleine Stimmchen, dass es womöglich niemals dazu kommen würde. Sie hatten beide eine Vergangenheit, die sie nicht einfach abschütteln konnten. Vielleicht wollte Hákon sich überhaupt nicht mehr fest binden. Und sie? Noch vor wenigen Minuten hätte sie das Gleiche von sich behauptet, aber jetzt? Vío war hin- und hergerissen und drängte die aufsteigenden Gefühle zurück. Nicht jetzt, sagte sie sich. Irgendwo hatte sie mal gelesen, dass man niemals Entscheidungen treffen sollte, wenn man glücklich oder traurig war. Gerade fühlte sie sich mehr als glücklich, sie sollte also besser keine Zukunftspläne schmieden, während sie auf einer rosaroten Wolke schwebte. Von dort konnte man tief fallen und sich schwere Verletzungen zuziehen. Sie musste sich und vor allem ihr Herz schützen.

Hákon war übernächtigt, einfach hundemüde, seine Muskeln schmerzten, und die Schultern waren verspannt. Der Jetlag erwischte ihn nach dem ersten Bier mit voller Wucht, gleichzeitig fühlte er sich, seit er Vío wiedergesehen und geküsst hatte, elektrisiert und belebt. Lange würde er nicht mehr auf dieser Feier ausharren, obwohl er froh war, dass er es geschafft hatte. Er plauderte hier und da, hielt sich an seiner Flasche Bier fest – mehr zu trinken wäre sein Untergang nach der langen Reise – und wollte einen klaren Kopf behalten, sofern man das in seinem Zustand noch behaupten konnte. Es gab im Grunde nur eines, das ihn wachhielt, oder eine: Vío.

Er wollte sie in seine Arme ziehen, sie liebkosen und ihr zärtliche und schmutzige Dinge ins Ohr raunen. Aber hier in der *Saltfiskbarinn* war nicht der richtige Ort dafür. Nach ihrer leidenschaftlichen, aber viel zu kurzen Begrüßung in der Küche waren sie getrennte Wege gegangen und plauderten mit unterschiedlichen Leuten. Doch immer wieder begegneten sich ihre Blicke, kam der eine beim anderen vorbei. Eine beiläufige Berührung, ein Lächeln. Es war aufregend, ihr kleines Geheimnis. Hákon erwischte sich immer wieder, dass er verstohlen auf die Uhr schaute und abwägte, wann wohl der richtige Zeitpunkt gekommen wäre, um sich davonzuschleichen.

Das Wetter war großartig, die Sonne strahlte auch in tiefster Nacht vom Himmel, es war nahezu windstill. Zudem gab es noch genügend zu trinken, und es machte nicht den Anschein, dass die Dorfbewohner bald ihren Weg nach Hause finden würden. Hákon entdeckte seinen Bruder, er stieß gerade mit ein paar Freunden an. Fló war glücklich, die Eröffnung war gelungen. Hákon war froh, dass der Kleine es geschafft hatte und endlich seinen Traum verwirklichen würde.

Irgendwann konnte Hákon sich kaum mehr auf den Beinen halten, er griff sich Fló und zog ihn kurz beiseite und verpasste ihm einen liebevollen Knuff. »Glückwunsch, Kleiner.«

»Es ist echt cool geworden, ich bin froh, dass ich es durchgezogen habe.« Fló grinste selig, seine Augen waren glasig. Er hatte den Drinks offenbar freudig zugesprochen, und das stand seinem jüngeren Bruder auch zu.

Hákon kniff ihn in die Wange. »Hab noch einen schönen Abend, ja? Ich muss ins Bett.«

Fló wackelte anzüglich mit den Brauen. »Doch wohl nicht alleine?«

Hákon verdrehte die Augen. »Geh und kümmere dich um deine Gäste.«

»Danke, dass du gekommen bist.«

Sie umarmten sich brüderlich, dann machte Hákon sich auf die Suche nach Vío. Er fand sie in der Küche, wo sie mit Atli plauderte. Als sie ihn erblickte, weiteten sich ihre Augen. Hákon machte eine Kopfbewegung, dass sie sich draußen treffen sollten. Die anderen bekamen es nicht mit, aber sie nickte kaum merklich, und ihre Lippen formten ein Lächeln. Er wusste, es war nur für ihn bestimmt, und er freute sich sehr darüber. Hákon verließ die Bar durch den Hinterausgang und lehnte sich an seinen Pick-up. Er gähnte und schloss die Augen. Es dauerte einige Minuten, er fragte sich schon, ob sie wohl doch nicht mitkommen wollte, aber da tauchte Vío mit geröteten Wangen bei ihm auf. »Wie schön, dich zu sehen«, murmelte er zufrieden und streckte seine müden Glieder. »Ein Glück, dass der Weg nach Hause nur kurz ist.«

»Kannst du noch fahren?«, wollte sie wissen.

»Ich hatte nur ein Bier. Ist das okay?«

»Oh. Na dann.« Sie umrundete das Auto und stieg auf der Beifahrerseite ein.

Hákons Vorfreude wuchs, als sie kurz darauf in seine Garage rollten. Sie hatten wenig gesprochen, aber es war auch nur ein Katzensprung von der Bar zu ihm nach Hause. Hákon fragte sich, ob sie womöglich Bedenken hatte und lieber doch nicht bei ihm die Nacht verbringen wollte. Dann verwarf er den Gedanken, nein, man musste nicht die ganze Zeit quatschen, das war es ja gerade, was diese einzigartige Verbindung zwischen Vío und ihm ausmachte. Zudem war er so müde, dass er kaum klar denken konnte. Gemeinsam gingen sie durch die Garage in den Wohnbereich. Dort zog er Vío in seine Arme und hielt sie eng umschlungen. Darauf hatte er lange gewartet. Er vergrub seine Nase in ihren Locken und atmete tief ein.

»Du riechst so gut«, murmelte er.

Víos Hände wanderten unter sein Hemd und streichelten über die verspannten Rückenmuskeln. Das erinnerte ihn daran, dass er dringend duschen musste. Der ganze Dreck der Reise klebte noch an ihm, und das wollte er weder sich noch Vío zumuten.

»Ich muss kurz duschen«, brummte er, weil er viel lieber direkt mit ihr ins Bett gegangen wäre.

Vío war schon dabei, die Knöpfe seines Hemdes zu öffnen.

»Hmm, okay.« Sie wirkte konzentriert. Süß, fand er, und gleichzeitig regten sich seine Lenden. Ihre Finger wussten genau, was sie taten. Vío hob ihren Blick und stellte sich auf die Zehenspitzen, ihre Hände ruhten auf seinem Brustkorb, heiß und zart.

»Ich könnte zusehen«, schlug sie mit einem Lächeln vor. Dann küsste sie ihn. Hákon stöhnte, als ihre Zunge seine liebkoste. O Gott, er war so was von scharf auf sie. Die Müdigkeit tat ihr Übriges, mit seiner Beherrschung war es nicht mehr weit her. Seine Finger wanderten in ihr Haar, und er genoss die Empfindungen, die sie in ihm wachrief. Irgendwann löste sie sich von ihm, sie atmete genauso schnell wie er.

Hákon grinste, griff sich ihre Hand und trottete mit ihr nach oben ins Badezimmer. Er stellte das Wasser in der Dusche an und schob einen Stuhl davor.

»Bitte schön, ein Platz in der ersten Reihe«, scherzte er.

»Gut, dass die Kabine aus Glas ist«, erwiderte Vío und überschlug ihre Beine. Für einen Augenblick überlegte er, ob er sie mit reinnehmen sollte, dann entschied er, dass es gut so war, wie es war. Sex in der Dusche wurde ohnehin überschätzt, und er sehnte sich nach seinem Bett, den weichen Kissen, der Daunendecke und Víos perfekten Kurven, die er unter sich spüren wollte. Und über sich. Überall.

Hákon zog sich langsam aus, dabei ließ er sie nicht aus den Augen.

»Eine Premiere«, erklärte er mit rauer Stimme, während er den letzten Knopf seines Hemdes öffnete.

Vío guckte aufmerksam zu, sie strahlte. »Was meinst du?«

»Ich habe noch nie vor einer Frau gestrippt.« Seine Mundwinkel bogen sich nach oben, er wackelte mit den Brauen und summte die allseits bekannte Melodie »Dadadaadadaa …«, während er seine Hüften im Spaß kreisen ließ.

Vío schüttelte den Kopf und prustete los, aber sie hing mit ihrem Blick an seinem Körper, und das gefiel ihm. Es gefiel ihm sehr. Hákon öffnete die Knöpfe seiner Jeans und schob sie gleichzeitig mit seiner Boxershorts nach unten. Seine Erregung war nicht zu übersehen, und Víos Pupillen weiteten sich ein wenig. Sie öffnete ihre Lippen und befeuchtete sie mit ihrer Zunge.

»Gott, ich weiß nicht, wer hier wen heißmacht«, knurrte er und stieg eilig in die Dusche. Er hatte sich Zeit lassen, ihr eine echte Show liefern wollen, aber alles, woran er denken konnte, während er sich in Rekordzeit einseifte und abduschte, war, ihre Lippen auf seinen zu spüren, sich in ihrer feuchten Hitze zu versenken und Vío zu lieben, bis sie vor Lust schrie.

Hákon schluckte, drehte das Wasser ab und schnappte sich ein Handtuch vom Haken. Er trocknete sich hastig ab, dann zog er sie auf die Beine.

»Und jetzt bist du dran«, erklärte er mit rauer Stimme.

Sie blinzelte, dann beugte er sich nach unten, hob den Saum ihres Kleides an und zog es ihr zärtlich über den Kopf. Er faltete es sorgfältig, nur um sich selbst ein wenig zu beruhigen, weil er fürchtete, dass er sonst tatsächlich die Kontrolle über sich verlor. Seine Nacktheit war ihm deutlich bewusst, als er Víos schwarze Spitzenunterwäsche betrachtete.

»Du bist so heiß«, murmelte er und strich mit den Fingerkuppen über ihre Schlüsselbeine.

Sie legte ihren Kopf in den Nacken und schloss die Augen, während sie leise seufzte. Hákon stöhnte, dann bedeckte er ihr Dekolleté mit unzähligen Küssen, während seine Finger über ihre erhitzte Haut strichen. Beseelt stellte er fest, dass sie erschauderte und schneller atmete. Hákon wollte nicht mehr warten; er nahm ihre Hand und führte sie in sein Schlafzimmer. Mit einem leisen Lächeln bekam er mit, dass sie ein anerkennendes »Krass« ausstieß, als sie das Bett in der Mitte des Raumes entdeckte. Es war ordentlich gemacht, und von dort aus hatte man einen einzigartigen Blick über den gesamten Fjord. Das Zimmer hatte eine ebenso riesige Fensterfront wie sein Wohnzimmer, es war puristisch gestaltet, modern und schnörkellos. An einer Betonwand hing ein Gemälde, das den Eyjafjord in Blautönen zeigte.

Aber Hákon wollte nicht sein Haus bewundern, sondern sich ausgiebig um Víos Vergnügen kümmern. Er zog sie sanft mit sich zum Bett, und sofort hatte er ihre ungeteilte Aufmerksamkeit. Sie blickte zu ihm auf, während sie auf die Matratze kletterte, dann krümmte sie ihren Zeigefinger und grinste anzüglich. Er zögerte nicht und folgte ihr, um sie ausgiebig zu küssen. Dabei wanderten seine Hände an ihrem göttlichen Körper entlang, liebkosten jede Rundung, jeden Zentimeter. Ihre Brustwarzen waren aufgerichtet, sie stöhnte leise, als er sie mit seinen Daumen streifte. Hákon ließ seine Lippen über ihren Hals gleiten, sie bog ihren Kopf in den Nacken und atmete scharf ein. Ganz langsam arbeitete er sich über ihr Schlüsselbein zu ihrem Busen vor und nahm sich viel Zeit, während er sich erst der einen, dann der anderen Seite widmete. Víos Haut war herrlich zart, und sie roch so gut, er hinterließ eine heiße Spur auf ihrem Bauch und wanderte immer tiefer, spreizte ihre Schenkel und erreichte schließlich ihren Venushügel. Zärtlich streichelte er darüber und ließ seine Lippen folgen.

»So schön«, murmelte er heiser, dann fanden seine Lippen ihr Zentrum der Lust. Vorsichtig und bedächtig ließ er seine Zunge kreisen, Vío schrie leise auf und bog ihren Rücken durch. Er schob seine Hände unter ihre Hüften und umfasste ihren herrlichen Po. Ihr Atem kam schneller, sie hatte ihre Finger in sein Haar gekrallt, und er spürte, wie viel Lust er ihr bereitete. Er freute sich, gleichzeitig konnte er sich selbst nur mühsam zurückhalten. Es erregte ihn sehr, wie leidenschaftlich sie auf seine Küsse reagierte. Ihre leisen Schreie kamen in immer kürzeren Abständen, sie wand sich unter ihm. Sie stöhnte seinen Namen und brachte ihn damit beinahe vollends um den Verstand. Er saugte und leckte sie, bis er ihre Nägel spürte, merkte, wie sich ihr Körper versteifte und ein Beben durch ihre Muskeln zuckte. Er versenkte zwei Finger in ihrer Nässe, und Vío schrie vor Wonne auf. Irgendwann ließ sie ihn los und stieß einen tiefen Atemzug zusammen mit einem »Herr im Himmel«

aus, was wohl bedeuten sollte, dass es ihr gefallen hatte. Er lächelte zufrieden. Hákon krabbelte zu ihrem Gesicht und gab ihr einen Kuss.

»Mhm«, machte sie und hielt ihn fest.

»Alles okay?«, fragte er.

»Mehr als das«, murmelte sie zufrieden.

Er spürte, dass sie ihn auf sich ziehen wollte.

»Warte«, meinte er und holte ein Kondom aus der Schublade am Bett. Er streifte es über und kehrte zu ihr zurück. Für einen Moment verharrte er regungslos und schaute ihr tief in die Augen. Es war ein stiller und bedeutungsvoller Moment, in dem er begriff, dass das hier anders war als alle anderen Male zuvor. Hákon beugte sich zu ihr und verschlang ihre Lippen mit seinem Mund, dann drang er mit einer Bewegung in sie ein und keuchte auf. Einen Atemzug lang rührte er sich nicht, ließ die Empfindungen auf sich wirken und ihr die Zeit, sich an ihn zu gewöhnen. Vío umschlang seine Hüften mit ihren Beinen und zog ihn enger zu sich heran.

»Mehr«, hauchte sie. »Gib mir mehr.«

Das musste sie nicht zweimal sagen, langsam begann er, seine Hüften zu kreisen, stieß in sie. Es war unbeschreiblich, eine süße Folter, erregend und so intensiv, dass er an nichts anderes mehr denken konnte, wollte, als das hier und jetzt und die Nähe zu dieser wunderbaren Frau. Seine Stöße wurden drängender, er spürte Víos Nägel in seinem Rücken. Schweiß glänzte auf ihren Körpern, sie waren sich so nah, so vertraut, so leidenschaftlich verbunden, wie es nur Liebende sein konnten. Die Erkenntnis erwischte ihn nicht eiskalt, aber überraschte ihn doch. Hákon verschloss Víos Mund mit seinen Lippen und intensivierte den Rhythmus. Er war kurz davor, sehr kurz davor, und er merkte, dass es Vío genauso ging. Er öffnete die Augen und betrachtete ihr Gesicht, im gleichen Moment öffnete sie die Lider und hauchte seinen

Namen, während sie sich an ihn klammerte und die ersten Wellen ihres Höhepunkts durch ihren Körper jagten.

»Vío«, flüsterte er heiser und ließ sich gehen. Die Kraft seines Orgasmus fegte über ihn hinweg und trieb ihn in ungeahnte Höhen, die ihn aus dieser Welt hoben und direkt ins Paradies beförderten.

Sehr viel später lag Vío in seinen Armen, die Decke war über ihnen ausgebreitet, und ihr Atem hatte sich langsam beruhigt. Víos Finger strichen über seinen Bauch. Er hatte die Augen geschlossen, und eine träge Mattheit hatte sich in seine Glieder eingeschlichen. Er war glücklich und zufrieden, spürte, dass er sehr bald die Grenze vom Wachsein zum Schlaf überschreiten würde. Er war einfach zu lange unterwegs gewesen.

»Schlaf süß, meine Liebe«, murmelte er, ehe er wegdämmerte.

Kapitel 13

Vío blinzelte. Sie wusste für einen Augenblick nicht, wo sie war. Dann fiel es ihr wieder ein, und die Nähe von Hákons Körper tat ihr Übriges. Sie lächelte zufrieden in sich hinein und schmiegte sich an ihn. Er musste es gespürt haben, denn seine Umarmung wurde ein wenig fester. Er atmete leise und gleichmäßig, vermutlich lag er noch im Tiefschlaf.

Vío hatte keine Ahnung, wie spät es war, der hohe Stand der Sonne bedeutete in dem Falle gar nichts, das war ja das Schöne am isländischen Sommer. Hákon hatte vermutlich Jalousien, die er zur Verdunkelung herunterlassen konnte. Sie war froh, dass er es nicht getan hatte. Vío schaute sich fasziniert um. Das Wasser im Fjord glitzerte im Sonnenschein, über den Himmel zogen einige weiße Schleierwolken. Ein paar Möwen kreisten etwas weiter über der ruhigen See. Allein für diesen Anblick würden manche Menschen einiges geben, noch dazu lag sie in den Armen eines fantastischen Mannes nach einer noch fantastischeren Nacht. Vío war zwar müde, aber unglaublich zufrieden.

»Hey«, murmelte Hákon.

»Hab ich dich geweckt?«, erwiderte sie sanft und ließ die Finger über seinen flachen Bauch wandern. Seine Haut war warm und trocken, und der feine Flaum unter seinem Bauchnabel kitzelte sie ein wenig.

»Nein, hast du nicht. Gehts dir gut?«

»So gut wie lange nicht mehr. Und du? Was macht der Jetlag?«

Sie schaute weiter aus dem Fenster, fühlte sich weder befangen noch irgendwie komisch, wie es manchmal der Fall war nach einer ersten Nacht. Nicht, dass sie bereits viele ähnliche erlebt hätte. Mit Hákon war es dennoch so vertraut, als wären sie schon lange ein Paar, und das war wunderschön. Es fühlte sich richtig an.

»Halb so wild«, gab er mit einem Gähnen zurück.

Vío kicherte. »Ja, ist klar. Soll ich dir einen Kaffee holen?«

Er versteifte sich ein wenig, dann entspannte er sich wieder. »Du musst mich nicht bedienen, *Ástin mín.*« *Meine Liebe.*

Ihr Herz machte einen freudigen Satz. Vielleicht sollte sie dem nicht so viel Bedeutung beimessen, tat es dann aber doch. Sie hatte sich vorgenommen, nicht zu viel Hoffnungen in diese Nacht zu setzen. Aber es war nicht möglich, dass sie ihre Empfindungen abstellte, als wären sie ein technisches Gerät. Vielleicht schaffte sie es ja, diese Momente zu genießen, ohne sich ständig zu fragen, was daraus werden konnte, werden würde. Das nahm sie sich vor, als sie ihre Lippen öffnete. »Ich bin nicht weniger emanzipiert, wenn ich deine Kaffeemaschine bediene«, gab sie amüsiert zurück. »Hat dir etwa noch niemand Kaffee ans Bett gebracht?«

Vío stützte sich auf die Unterarme und guckte ihn an. Sein Dreitagebart glänzte in der Morgensonne, sein Haar war zerzaust. Ein leises Lächeln umspielte seinen sinnlichen Mund. »Wenn ich ehrlich bin, dann nein. Noch nie.«

Vío gab ihm einen kurzen Kuss. »Das müssen wir ändern.«

»Noch eine Premiere«, scherzte er. »Von mir aus können noch viele weitere folgen.«

Vío strich mit ihren Fingern über seine stoppelige, kantige Wange und lächelte aus tiefstem Herzen, als er seine Lider öffnete und sich ihre Blicke begegneten. Es lag so viel Wärme und Zärtlichkeit darin, dass sie am liebsten vor Glück gejauchzt hätte.

»Rühr dich nicht von der Stelle«, befahl sie ihm stattdessen sanft.

Hákons Grinsen wurde breiter. »Darauf kannst du eine Wette abschließen, ich gehe nirgends hin. Dieses Bett ist genau der Ort, an dem ich gerade sein will. Du kommst aber gleich wieder, oder? Du läufst nicht davon?«

Er furchte die Stirn.

Süß, wie er sich sorgte, gleichzeitig gab er ihr das Gefühl, dass sie sich das hier alles nicht einbildete. Die Nähe, die Vertraulichkeit, die Verbundenheit. Er musste es auch spüren und fragte sich vielleicht, ob es ihr genauso ging. Das war gut. Sehr gut.

»Bei dieser Aussicht kann ich gar nicht anders, als so schnell wie möglich wieder unter die Decke zu kriechen. Zu dir.«

Er hob seine Hand und strich über ihren Arm, sein Blick wurde eindringlich, hungrig.

»Das wollte ich hören«, gab er rau zurück. »Also lass ich dich gehen. Kurz«, fügte er noch an und lächelte zufrieden. Dann schloss er wieder die Augen und seufzte genüsslich.

Vío betrachtete diesen Prachtkerl einen Moment länger, griff sich sein Hemd und zog es über, und ihren Slip – man wusste ja nie, ob Fló zufällig hereinschneite. Diesen möglichen peinlichen Moment wollte sie sich ersparen, wobei Vío es für unwahrscheinlich hielt, dass Fló heute in der Lage sein würde, große Sprünge zu machen. Er hatte gestern heftig gefeiert.

Mit nackten Beinen tapste sie nach unten in die Küche. Sie summte eine leise Melodie vor sich hin, während sie die Kaffeemaschine anstellte und dann in den Kühlschrank guckte. Ihr Magen knurrte lautstark, sie war nun mal keine Person, die von Luft und Liebe leben konnte. Sie griff nach der Eierpackung und bereitete ein schnelles Omelett mit Tomaten, Käse und Kräutern zu, während sie zwei Tassen Kaffee machte. In einem Schrank fand sie sogar ein Tablett, dort richtete sie alles an – ein Teller mit zwei Gabeln genügte in dem Fall. Orangensaft gab es auch. Vor sich hinpfeifend balancierte sie wenige Minuten später ihre Ausbeute nach oben. Leises Schnarchen empfing sie, und Vío schmunzelte. Von wegen, der Jetlag war gar nicht so schlimm. Sie überlegte, ob sie ihn schlafen lassen sollte, während sie die Stützen des Tabletts ausklappte und auf ihre Seite des Bettes stellte.

Ihre Seite?

Ups.

Ihre Wangen wurden heiß. So viel dazu. Vío verzog ihre Lippen und krabbelte ins Bett, dabei passte sie auf, dass sie das Tablett nicht umstieß. Sie würde ihm was übrig lassen, beschloss sie und nippte von ihrem Kaffee.

»Das ist unfair«, brummte Hákon und tastete nach ihrem Oberschenkel.

Sie grinste. »Was meinst du?«

Also war er doch nicht im Tiefschlaf gewesen, oder sie hatte ihn geweckt.

»Na, dass du ohne mich anfängst«, erwiderte er müde.

Er musste noch im Halbschlaf sein, dachte sie belustigt und wedelte etwas vom Kaffeeduft zu ihm. Seine Nasenflügel bebten ganz leicht, und seine Lider flatterten.

»Ahhh, das funktioniert«, scherzte sie, als sie begriff, dass er reagierte.

Hákons Lippen verzogen sich zu einem trägen Lächeln, das ihr Herz zum Stolpern brachte. Es brauchte nicht mehr als das, dieser Mann hatte einfach eine einzigartige Wirkung auf sie. Langsam richtete er sich auf und lehnte sich wie sie mit dem Rücken an das Kopfteil des Bettes. Die Decke rutschte herab, und sie bewunderte seine glatte Haut, die sich über den Muskeln spannte. Sie wackelte mit den Augenbrauen und reichte ihm eine Tasse. »Hier, lass ihn dir schmecken.«

Ganz wenige feine, goldene Härchen glänzten im Sonnenlicht auf seiner Brust. Ihre Finger berührten sich, als er ihr den Kaffee abnahm. »Ich frage mich gerade, womit ich das verdient habe«, murmelte er zufrieden und trank vorsichtig einen Schluck, um sich nicht zu verbrennen. »Ah, das tut so gut.«

»Probier erst mal das Omelett. Ich will mich ja nicht selbst loben, aber die Auswahl in deinem Kühlschrank war eher begrenzt, und daher ist es als Meisterwerk anzusehen.«

Hákon strich über ihre Locken, sanft, beinahe ehrfürchtig, dann fand sein Blick ihren. »Ich hoffe wirklich, dass wir das jetzt öfter tun.«

Sie schluckte, ihr Mund war auf einmal so trocken wie die Sahara in einer langen Dürreperiode. Vío räusperte sich.

»Ja«, war alles, was sie erwidern konnte, dabei wollte sie am liebsten rufen: ›Unbedingt und für immer.‹ Aber sie fand, dass das ein wenig zu euphorisch wäre. Warum auch immer. Sie ärgerte sich sofort über sich selbst und fragte sich gleichzeitig, warum sie sich zurückhielt. Hákon hatte ihr bislang keinen einzigen Grund geliefert, warum sie ihm nicht glauben sollte. Und doch. Sie war einfach noch nicht so weit, alles auf die Karte *große Liebe* zu setzen.

Gott, wie dämlich. Jetzt sprach sie schon im Poker-Jargon. Sie musste damit aufhören.

Um ihre Verlegenheit zu überspielen, reichte sie ihm eine Gabel.

»Noch eine Premiere, vermute ich«, neckte sie ihn. »Soll ich dich füttern?«, bot sie dann großzügig an.

»Das schaffe ich noch, meine Liebe. Aber danke, so was hat wirklich noch niemand für mich getan.«

Vío wollte ihn fragen, mit welchen Leuten er sich sonst durch die Laken wühlte, aber sie biss sich auf die Zunge. Erstens wollte sie wirklich nicht hören, welchen Typ Frau er üblicherweise bevorzugte – das konnte sie sich leider trotzdem bildlich vorstellen –, und zweitens wunderte sie sich, dass er von solch einfachen Dingen begeistert war. Sie hatte für Per häufig Frühstück gemacht, aber anstatt fröhlich und dankbar zu sein, hatte der lieber nach dem Salz gefragt, weil sie das Essen angeblich zu lasch gewürzt hatte.

Sie kehrte ins Hier und Jetzt zurück. War es tatsächlich möglich, dass Vío mit Hákon den perfekten Mann gefunden hatte, der nicht nur liebenswert, fröhlich, intelligent und superheiß war, sondern auch noch nett und einfühlsam?

Vielleicht rührte ihre Unsicherheit daher. Es war einfach zu gut, um wahr zu sein. Oder?

»Das kann doch gar nicht sein«, widersprach sie leise und schaute weg.

Sie war sich nicht sicher, womöglich hatte sie mit ihren vergangenen Beziehungen – vor allem der letzten – einfach zu viel Mist erlebt, als dass sie sich jetzt völlig fallen lassen konnte. Das würde sicher kommen.

Moment mal. Beziehung? Davon hatte doch noch niemand gesprochen, oder?

Vielleicht meinte Hákon eine Sommeraffäre, eine Liebelei, bis er weiterzog. Er wusste ja, dass sie hier nur zu Besuch war. War er deshalb so freundlich, so offen, so herzlich, weil ihm bewusst war, dass Vío ohnehin bloß ein Kapitel in seinem Leben füllte, dessen Ende noch nicht feststand? Vielleicht war für ihn klar, dass die Hauptrolle im nächsten jemand anderes spielen würde?

Gott, sie hasste sich selbst für ihre Zweifel, aber sie waren nun mal da. Irgendwo gab es immer einen Haken. Immer.

Es konnte nichts anderes sein.

Diese Erkenntnis dämpfte ihre Stimmung und ihren Appetit. Nach ein paar Bissen legte sie ihre Gabel weg.

Vío spürte seinen Blick auf sich und schielte zu ihm rüber. Er guckte sie direkt an, ganz ruhig und ohne Schalk oder Spott. Er wirkte ein wenig bedrückt.

»Was stimmt nicht?«, wollte er wissen, griff nach ihrer Hand und verhakte seine Finger mit ihren.

»Alles ist super«, log sie und lächelte.

Hákon atmete leise zischend aus, senkte die Lider für einen Moment, dann guckte er sie wieder an. Entschlossenheit war in seiner Miene zu sehen, und Vío straffte sich.

»Ich weiß nicht, was ich falsch gemacht habe, meine Liebe, aber sag mir doch, was es war, damit ich es berichtigen kann.« Er klang ganz ruhig, ja sogar eindringlich. Eine Gänsehaut breitete sich auf ihrem Körper aus.

Sie schluckte, und der Kloß in ihrem Hals wurde riesengroß. Er glaubte, dass er etwas falsch gemacht hatte? Er wollte es wiedergutmachen? Himmel, das war unfassbar. Er war einfach großartig. Víos Gewissen meldete sich, und es tat ihr leid, dass sie ihm das Gefühl vermittelt hatte, etwas geradebiegen zu müssen. Sie schob das Tablett beiseite und rückte an ihn heran. »Du hast wirklich absolut nichts falsch gemacht, Hákon. Ehrlich nicht.«

»Was ist dann los mit dir?«

Vío guckte ihn nicht an, sondern aus dem Fenster. Damit fiel es ihr leichter. Sie wollte kein Drama heraufbeschwören, auf gar keinen Fall. Dafür hatte es definitiv keinen Grund gegeben, ihre eigene Unsicherheit mal außer Acht gelassen, denn für die konnte er beim besten Willen nichts. »Ich bin einfach überdreht«, gestand sie. »Das hier«, sie schaute ihn jetzt vorsichtig, beinahe schüchtern an, »das ist fast zu gut, um real zu sein. Verstehst du? Ich ... Ich habe einfach Angst, dass ich blinzele und dann feststelle, es war alles nur ein Traum. Ein großartiger Traum, aber einer, der nicht echt ist.«

»Nicht echt?«, wiederholte er.

Vío lachte nervös, es klang unnatürlich hoch. »Natürlich sind Träume nie real. Gott, ich rede Unsinn.«

Sie fuhr sich durch die Haare und kam sich saublöd vor. Sie hätte die Klappe halten sollen.

Hákon schwieg, aber seine Finger waren noch immer mit ihren verschränkt, sein Daumen streichelte über ihren Handrücken.

»Es geht dir zu schnell?«, schlussfolgerte er leise. Er wirkte weder verletzt noch allzu drängend. Eher interessiert an ihr und ihren Empfindungen.

»Das würde ich nicht sagen, ich ... Ach, ich weiß auch nicht. Ich bin einfach nervös, okay?« Sie lächelte, dieses Mal kam es von Herzen.

Sie schielte erneut zu ihm und forschte in seinem Gesicht. Er wirkte auch jetzt so, als wollte er verstehen, was in ihr vorging und was sie bewegte. Hákon nickte langsam. Víos Herz quoll über vor Liebe und Sehnsucht.

Ja, es war nicht zu leugnen. Es war schnell gegangen, aber ihre Gefühle waren echt und tief empfunden. Vermutlich reagierte sie deshalb so merkwürdig, weil sie Angst hatte, wie schrecklich ihr Fall sein würde, wenn er diese Liebe nicht erwiderte.

»Was hältst du davon, wenn wir ein paar Tage wegfahren? Ich habe ein Sommerhaus am See, da wären wir ungestört, könnten uns kennenlernen ohne den Rummel hier im Ort?«

Sie war baff, ihr Mund klappte auf. »Wegfahren?«

Hákon grinste wie ein kleiner Junge. »Ja, dann hätte ich dich vierundzwanzig Stunden am Tag für mich allein.«

»Gott, das klingt fantastisch«, stieß sie mit einem erleichterten Seufzer hervor. Dann fiel ihr ein, dass es immer noch eine Hochzeit zu planen gab. Sie verzog ihre Lippen.

»Wenn fantastisch so bei dir aussieht, dann weiß ich nicht.« Hákons Brauen wanderten in die Höhe.

»Es ist die Hochzeit«, gab sie ehrlich zu. »Meine Schwester bringt mich um, wenn ich sie jetzt hängen lasse.«

»Hey, einige Tage wird sie ohne dich auskommen. Es gibt auch Internet in meiner bescheidenen Hütte.«

Vío lächelte. »Warum überrascht es mich nicht, dass du ein Sommerhaus besitzt? Ist es so modern und stylish wie das hier?«

Er führte ihre Hand zu seinen Lippen und drückte Küsse auf jeden Fingerknöchel, ehe er antwortete. Víos Unterleib zog sich erwartungsvoll zusammen. Seine Wirkung auf sie war noch immer einzigartig und äußerst effektvoll. »Es ist urig, alt und sehr einsam. Es liegt am *Álftavatn*, im Süden. Da wären wir definitiv ungestört.«

Vío atmete leise aus, und dann lachte sie. »Es klingt so verlockend, dass ich nicht Nein sagen kann. Aber nur für zwei Tage, okay?«

»Drei.« Er strich mit seinen Fingerspitzen über ihre Wange.

Sie gackerte und warf den Kopf in den Nacken. »Du bist ein harter Verhandlungspartner.«

»Nur, wenn mir etwas wirklich wichtig ist.« Ein sinnliches Versprechen, das sie erschaudern ließ. Es klang ein wenig wie ›Weil du mir wirklich wichtig bist‹. Und dieses Mal zweifelte sie nicht daran, sondern freute sich auf die gemeinsame Zeit. Hákon schien ihre Reaktion zu gefallen, er bettete sie unter sich und stützte sich auf die Ellenbogen. Er raunte dicht an ihren Lippen. »Jetzt verschaffe ich dir einen kleinen Vorgeschmack auf das, was dich und mich dort erwartet, meine Liebe.«

Sie rieb ihre Hüften an seiner Erektion. »Ich bin gespannt ...«

* * *

Etwas später am gleichen Tag saßen sie gemeinsam in Hákons Pick-up. Er war glücklich, dass sie zugestimmt hatte, mit ihm wegzufahren. Ein kleiner Tapetenwechsel nach dem Stress der letzten Wochen war ihm sehr willkommen. Vío hatte es sich auf dem Beifahrersitz bequem gemacht, nachdem sie zuvor ein paar Dinge von ihrer Tante geholt hatte, unter anderem ihren Laptop – falls Hildur doch etwas von Vío benötigte, während sie unterwegs war. Er hatte nichts einzuwenden, im Gegenteil, es zeigte nur, wie zuverlässig und gewissenhaft Vío als Mensch war. Das imponierte ihm, und sein Vertrauen in sie wuchs von Tag zu Tag.

Er hatte längst begriffen, dass die Verbindung mit Vío mehr als nur körperlich war, auch wenn es ihm ein bisschen Angst einflößte. Mit Liz hatte er nicht die richtigen Entscheidungen getroffen, und es war daher wohl selbstverständlich, dass immer mal wieder Bedenken in seinem Kopf aufflackerten, ob er hier das Richtige tat, indem er sein Herz für sie öffnete. Aber selbst wenn er es nicht wollte, verhindern konnte er es nicht, dafür war es längst zu spät.

Natürlich kannten sie sich kaum, aber er hatte ja auch nicht vor, ihr übermorgen einen Heiratsantrag zu machen. Und um sich besser kennenzulernen, waren sie nun auf dem Weg in den Süden, wo er ein kleines Sommerhaus besaß, das er vom Opa mütterlicherseits übernommen und renoviert hatte. Er war gespannt, wie es Vío gefiel, aber im Grunde machte er sich deshalb keine Sorgen. Sie war eine Frau, die ihn nicht wegen seines Geldes schätzte, die nicht Kaviar und Champagner erwartete. Er war davon überzeugt, dass er sie mit Marshmallows am Kamin glücklich stimmen würde, solange er an ihrer Seite war. Dieses Gefühl war etwas, das ihm seit langer Zeit keine Frau mehr vermittelt hatte, und dabei war es Vío noch nicht einmal bewusst, dass sie besonders und anders war.

Als sie ihm vorgeschlagen hatte, ihm Kaffee zu bringen, hatte er gezögert. Tatsächlich war er es üblicherweise, der sich aus dem Bett hievte, um der Dame an seiner Seite etwas Gutes zu tun. Diese Art von liebreizender Selbstlosigkeit war neu für ihn im Zusammenhang mit einer Frau, mit der er schlief. Überhaupt war vieles neu und aufregend, gut aufregend. Vor allem nach den Erlebnissen mit Joe.

Als sie die erste größere Anhöhe etwa eine Stunde nach Abfahrt passierten, verschlechterte sich das Wetter, das war nicht ungewöhnlich. Der Pass Öxnadalsheiði war als Wettergrenze bekannt, und es musste keinesfalls heißen, dass es bis zu ihrem Ziel schlecht blieb. Er grinste in sich hinein. Wenn eines in Island sicher war, dann, dass das Wetter unberechenbar war. Als er um die nächste Kurve bog, bremste er kurz, als er Schafe am Straßenrand sah, die sich überlegten, auf die andere Seite zu laufen.

Vío zeigte mit dem Finger auf die Tiere. »Ich hab es so vermisst.«

»Was meinst du?«

Sie seufzte leise und lächelte zufrieden. »Das alles hier, die Natur, die Leute, dass alles irgendwie einfacher ist als anderswo. Schafe laufen frei herum, ohne Zaun, ohne eingeengt zu werden. Man ist frei, Probleme werden einfach gelöst, anstatt sich unnötig daran die Zähne auszubeißen. Überhaupt finde ich, dass wir Isländer glücklicher sind. Früher habe ich das gar nicht so bewusst wahrgenommen.«

Er wagte kaum zu fragen, aber es klang sehr danach, dass ihr das Leben in Deutschland nicht mehr gefiel. Anscheinend haderte sie damit. Aus eigener Erfahrung konnte er sagen, dass es natürlich auch damit zu tun haben könnte, dass sie sich vor Kurzem getrennt hatte und davon auch alles andere in ihren Erinnerungen überschattet war. Der Gedanke verpasste ihm einen kleinen Dämpfer, denn er hatte noch nicht in Erwägung gezogen, dass Vío ihn womöglich nur als Ersatz sah, um sich zu trösten. Dass sie nach einer kurzen Affäre nach Deutschland reisen würde, ohne zurückzublicken. Dass sie beide zwar Leidenschaft verband, aber nicht mehr.

»M-mh«, war daher alles, was er hervorbrachte. Sie fuhren eine Weile schweigend, bis sie in Varmahlíð die Tankstelle erreichten.

»Wie wäre es mit einer *Pylsu* oder einem Eis?«

»Hotdog klingt gut, da bin ich dabei.«

»Mit allem?«

»Aber ganz sicher. Und ein *Egils Appelsín.* Soll ich die Sachen vielleicht besorgen?«, wollte sie wissen und schnallte sich ab.

»Nein, meine Liebe, bleib doch sitzen. Ich erledige das, wenn ich getankt habe.«

»Okay.« Sie lächelte und warf ihm einen Luftkuss zu.

Sein Herz weitete sich ein wenig, und vergessen waren seine Bedenken. Er würde einfach die Zeit mit ihr genießen und an nichts anderes denken als daran, wie schön es war, bei ihr zu sein. Sie zu küssen, zu lieben, mit ihr zu plaudern und zu scherzen.

Es war abends kurz vor zehn, als sie das Sommerhaus erreichten. Hákon stieg aus dem Wagen und öffnete das Tor, um auf sein Grundstück zu fahren. Als er wieder einstieg, wandte sich Vío an ihn. »Lustig, wie viele Bäume hier wachsen. Man könnte meinen, wir wären in Kanada.«

Er grinste. »Ja, nicht? Dieses Fleckchen am Álftavatn wird von gutem Wetter verwöhnt. Wo weniger Wind ist, wachsen sogar Bäume.«

»Echt hübsch.« Hákon fuhr die letzten hundert Meter und parkte den Pick-up vor seinem Haus. Die Sonne schien, einige Schleierwolken zogen über den blauen Himmel. Es wehte nur eine leichte Brise.

»Hey, lustig, und die Hütte sieht auch noch aus wie ein Blockhaus.«

»Mein Opa hat sie gebaut«, erklärte Hákon. Die dunklen Bretter hatte Hákon im letzten Sommer frisch gestrichen, rund um das Grundstück wucherte etwas Unkraut, aber das war nicht weiter tragisch. Er war gespannt, was Vío sagen würde, wenn sie erst mal den See und die fantastische Aussicht entdeckte. Er freute sich auf ihre Reaktion.

Sie stiegen aus, er nahm sie an der Hand und führte sie um das Haus zur Veranda. Vío lachte.

»Gibt es einen geheimen Zugang?«, scherzte sie.

»Nein, ich wollte dir erst etwas zeigen«, erwiderte er und küsste sie auf die Stirn, dann gingen sie weiter. Als sie die Hütte umrundet hatten, stieß sie ein anerkennendes »O« aus. Sonnenstrahlen glitzerten auf dem spiegelglatten, dunklen Wasser. Gänse flogen in einer Formation darüber hinweg. Bäume säumten das Ufer rund um den weiten See. Dieses Panorama war der Grund gewesen, warum Hákon das Häuschen übernommen hatte. Es war perfekt, um die Stille und die Natur zu genießen.

Er ging mit Vío über den von ihm angelegten Weg zu einer Plattform, von wo aus eine kleine Treppe nach unten zum Anlegesteg führte. Sie blieben oben stehen, er umarmte Vío und schaute über ihre Schulter hinweg mit ihr in die gleiche Richtung. Ihr blumiger, frischer Duft stieg ihm in die Nase.

»Es ist wundervoll«, murmelte sie, und er war sich nicht sicher, ob sie seine Nähe oder die Aussicht meinte. Womöglich beides, und das freute ihn ungemein. Er hielt sie ein wenig fester.

»Es ist so friedlich, so still, und gleichzeitig ist immer etwas los. Ich werde nie müde, hier zu sein«, raunte er an ihrem Ohr. Er spürte, wie sie erschauderte, und Lust regte sich in seinen Lenden. Er glaubte, dass er nie genug von ihr bekommen würde. Diese Erkenntnis machte ihm ein wenig Angst, denn nach wie vor hatte er keine Ahnung, ob sie ebenso empfand.

Für einige Minuten standen sie schweigend da, es war nicht unangenehm, sondern sehr harmonisch und gleichzeitig prickelnd. Er hatte noch nie eine Frau mit an diesen Ort gebracht, der so magisch und bedeutungsvoll für ihn war. Erst jetzt kapierte Hákon, dass Vío die erste Frau in seinem Leben war, mit der er sein Leben teilen wollte. Ohne es zu ahnen, hatte sie sein Herz nicht nur geheilt, sondern auch im Sturm erobert. Heute begriff er, dass seine Beziehung mit Liz niemals gutgegangen wäre, und obwohl es immer noch schmerzte, daran zu denken, so war es eher bittere Enttäuschung, die ihn traf, als Liebeskummer. Das war vor einer Weile noch anders gewesen, aber jetzt hatte er kapiert, was er sich wirklich von einer Frau wünschte. Vío erfüllte alles, wonach er sich unbewusst gesehnt hatte. Sie war unkompliziert, witzig, selbstlos und auch noch leidenschaftlich und herzlich.

Sie drehte sich zu ihm und blickte zu ihm auf. Sie umarmte ihn, legte ihre Hände auf seinen Hintern und stellte sich auf die Zehenspitzen, um seinen Mund zu erreichen. Er schloss die Augen und genoss die Liebkosungen, dieses zärtliche Sehnen in seinem Unterleib, das so viel mehr war als sexuelle Erregung. Er war glücklich und schaute zum ersten Mal seit langer Zeit optimistisch in seine Zukunft, was das Privatleben betraf. Víos Zunge spielte mit seiner, und alles Blut verabschiedete sich in tiefere Regionen, er konnte nicht mehr klar denken und wollte nur noch den Moment genießen.

* * *

Das Wetter war herrlich, die Sonne spiegelte sich im dunkelblauen See. Enten schwammen mit ihren Küken an ihnen vorbei. Vío saß mit Hákon in einem Kajak, sie paddelten über das eiskalte Wasser, nachdem sie zuvor ausgiebig gefrühstückt hatten. Vío beugte sich über den Bootsrand, schaute ins klare Wasser und lachte. »Es ist so witzig. Als wir angekommen sind, habe ich gedacht, dass er echt tief ist.«

Hákon streckte seine Hand nach hinten und tätschelte ihren Oberschenkel. »Du bist doch nicht etwa enttäuscht?«

»Auf keinen Fall. Um ehrlich zu sein, bin ich fast ein bisschen erleichtert, dass es so flach ist, dann ist es nicht so schlimm, wenn wir kentern.«

»Ich habe nicht vor, hier baden zu gehen«, meinte Hákon. »Es ist vielleicht nicht tief, aber dafür umso kälter.«

Vío wackelte ein bisschen, sodass das Kajak ins Schlingern geriet. »Angst?«

»Wenn ich falle, fällst du mit rein«, meinte er ganz ruhig und paddelte weiter.

»Schon gut. O, guck mal, da sind Fische.« Vío fühlte sich fast wie ein kleines Mädchen, das immer wieder etwas Neues in der wunderbaren Welt entdeckte. Sie atmete tief ein, es roch so herrlich würzig und frisch. Etwas weiter hinten am See flog eine Gänseformation über sie hinweg, ihnen folgte das typische Schreien und hallte über das Wasser zu ihnen.

»Wir können gerne welche fangen, das sind Saiblinge.«

»Hast du eine Angel mit?«

»Die können wir ganz schnell holen.«

»Da werden wir Geduld brauchen, nicht?«

»Mal sehen, es lohnt sich in jedem Fall.«

»Deshalb habe ich Sojasoße im Schrank gesehen?«

250

»Frischeres Sashimi kriegst du nirgendwo«, erwiderte Hákon mit einem Nicken.

»Es ist so cool«, stieß Vío begeistert hervor. »Ich komme mir vor wie in einem Abenteuerurlaub. Es ist so herrlich hier.«

»Ich bin froh, dass du das sagst. Sollen wir noch ein bisschen paddeln oder gleich die Angel holen?«

»Drehen wir erst noch eine Runde über den See, ich bin noch nicht so hungrig, dass ich es nicht mehr aushalten könnte.« Sie grinste, auch wenn er es nicht sehen konnte.

»Dazu habe ich einen schönen Weißwein kaltgestellt«, fügte Hákon noch hinzu.

»Das klingt verlockend.«

Während sie das Ufer mit ihrem Kajak erkundeten, plauderten sie über alles Mögliche. Es war ungezwungen, sehr vertraut und freundschaftlich, dabei war mit jeder Sekunde klar, dass es mehr als das war. Sie wusste es, und sie glaubte, dass es ihm auch so ging. Vío war glücklich und fühlte sich so gut wie seit Ewigkeiten nicht mehr.

»Sieh mal, da sind Schwäne, es gibt eigentlich viele davon hier.«

»Deshalb auch der Name? Álftavatn?«

»Genau.«

Vío folgte seinem Blick und entdeckte die weißen Vögel, wie sie zu zweit über den See glitten. Sie hatten keine Jungen bei sich, entweder waren sie zu alt, um noch Nachwuchs zu bekommen, oder die Kleinen hatten es nicht geschafft. Die Natur in Island war rau, und das Wetter konnte in manchen Jahren dazu beitragen, dass die Jungbrut nicht überlebte.

»Wenn zwei Schwäne zusammenfinden, bleiben sie für immer zusammen«, murmelte Vío vor sich hin und atmete tief ein. Es war romantisch, aber auch traurig, denn wenn der Partner starb, blieben die Tiere allein, oder sie starben selbst an gebrochenem Herzen. Vío spürte den Wunsch in sich aufkeimen, dass Hákon vielleicht dieser eine für sie sein könnte, aber er ging nicht darauf ein, sondern paddelte weiter. Sie wollte nicht zu viel in sein Schweigen hineininterpretieren, aber ein wenig von ihrer vorher beschwingten Stimmung war verflogen.

Kapitel 14

Vío stand unter der Dusche in Hauganes und ließ das warme Wasser über ihre Muskeln tröpfeln. Es war herrlich, sie fühlte sich großartig. Die Tage mit Hákon waren wundervoll gewesen. So harmonisch hatte sie noch nie mit einem Mann zusammengelebt, nicht mal für ein kurzes Liebeswochenende. Hákon war der perfekte Lover, dazu noch aufmerksam und witzig. Sie konnte gar nicht glauben, wie unkompliziert das Zusammenleben mit ihm war, wie großartig der Sex.

»Jackpot«, murmelte sie vor sich hin, während sie das Wasser abstellte. Vor einer Stunde waren sie nach Hause gekommen, und so langsam musste Vío in die Realität zurückkehren, zumindest teilweise. Sie hatten nicht besprochen, ob sie jetzt ein Paar waren, aber sie hatten auch nicht beschlossen, ihr Verhältnis zu verheimlichen. Es war irgendwie seltsam, dass das noch immer in der Schwebe war. Astrún und ihrer restlichen Familie hatte sie erzählt, dass sie im Süden etwas zu erledigen hatte. Niemand hatte sie ausgefragt, wobei allen klar gewesen war, dass sie mit Hákon davongefahren war.

Ihren Laptop hatte sie seit Tagen nicht mehr hochgefahren, um genau zu sein, seit der Kündigungsmail und dem Telefonat mit Herrn Berger. Womöglich tobte Per in Berlin wie ein Verrückter, oder er hatte es einfach hingenommen.

Der Schlussstrich fühlte sich endgültig und richtig an. Vío war es egal, welche Probleme Per damit in der Agentur haben würde – die hatte er letztlich selbst verschuldet. Ihre berufliche Zukunft konnte sie ab sofort eigenverantwortlich gestalten, mit oder ohne Arbeitszeugnis, in Island brachte ihr ein deutsches ›Zertifikat‹ sowieso nicht viel.

Tatsächlich hatte sie in den letzten Tagen immer wieder an die Kampagne für Herrn Berger gedacht und wie sie das organisieren konnte. Am besten in Hauganes, sinnierte sie glücklich, als sie sich frische Sachen aus dem Ankleidezimmer holte. Sie hatte ihre Tasche dort abgestellt, als sie angekommen waren. Im Schlafzimmer gab es nichts außer dem Bett, und da hatte es sich nur natürlich angefühlt, ihre Klamotten bei seinen Kleiderschränken zu lagern. Darin lag auch keine tiefere Botschaft, sie hatte aufgehört, in jede Geste, jeden Satz etwas hineinzuinterpretieren. Damit fühlte sie sich frei und unbeschwert.

Vío schlüpfte in eine Bluse und eine Jeans, dann ging sie nach unten. Am Treppenabsatz hörte sie eine weibliche Stimme, sie sprach Englisch.

»Ich weiß nicht, ob es richtig ist«, sagte die Frau, und es klang weit entfernt. Vío begriff, dass Hákon über Lautsprecher telefonierte. Sie wollte nicht lauschen, aber sie war erstarrt und konnte sich nicht rühren.

»Hey Süße, wir schaffen das«, antwortete Hákon jetzt. »Du solltest dich um die Schwangerschaft kümmern, um dich. Ich helfe dir, mach dir keine Sorgen. Wir werden das Kind schon schaukeln. Du bist nicht allein.«

Vío wurde schlecht. O Gott. War das vielleicht diese Ex, die ihm das Herz gebrochen hatte? Schwanger? Von Hákon? Ja, klar, warum sonst sollte sie mit ihm sprechen.

Vío ging rückwärts, stieß mit dem Fuß gegen eine Kante. Ein scharfer Schmerz durchzuckte sie, und sie atmete zischend ein.

Was sollte sie tun? Nach oben gehen und dort warten? Bei Hákon nachher so tun, als hätte sie nichts gehört? Oder ihn offen darauf ansprechen?

Nein, das auf keinen Fall. Wenn, sollte er ihr davon erzählen, sie hatte es ja nicht freiwillig gehört. Andererseits ... Wenn er etwas verbergen wollte, wieso hätte er dann über den Lautsprecher seines Handys telefonieren sollen? Wie wusste es nicht, aber eins war deutlich. Verpufft war das Glücksgefühl, das sie durch die letzten Tage und Nächte getragen hatte. In ihrem Magen lag ein schwerer Klumpen, der sich auch nicht durch heitere Gedanken vertreiben ließ, denn alles, woran sie denken konnte, war, dass Hákon nun andere Verpflichtungen hatte, dass er zu seiner Ex zurückkehren würde, weil er ein Mensch war, der immer das Richtige tat. So hatte sie ihn jedenfalls kennengelernt.

Vío schluckte, und hinter ihren Augen brannte es. Sie ging nach oben, so leise wie möglich. Zog sich kurz ins Bad zurück und atmete ein paarmal tief durch. Dann wusch sie sich die Hände, sie wusste selbst nicht, wieso, denn sie kam gerade aus der Dusche. Die mechanischen Bewegungen halfen ihr ein wenig dabei, sich zu beruhigen, sich zu sortieren. Sie schaute in den Spiegel und seufzte leise. Dann schloss sie die Augen und fragte sich, warum in ihrem Leben nicht einmal irgendwas funktionieren konnte.

Womöglich reagierte sie einfach über. Heutzutage war ein Kind doch kein Grund, mit der Person zusammen zu sein, wenn man sich nicht mehr liebte. Aber vielleicht liebte er sie noch. Und dann dachte sie, ob er sie vielleicht während seiner Reise getroffen hatte? Das wäre nach ihrem ersten Kuss gewesen. Vío schluckte, und der Schmerz, den sie in ihrem Brustkorb verspürte, raubte ihr die Luft. Unentschlossen, wie sie sich verhalten sollte, ging sie nach unten.

Es schien, als hätte er das Telefonat beendet. Vío tapste

ins Wohnzimmer, Hákon saß auf dem Sofa und scrollte durch sein Handy. Er wirkte weder aufgelöst noch beunruhigt, womöglich kam jetzt sein Pokerface zum Vorschein. Als ob er ihre Anwesenheit spürte, wandte er sich ihr zu. Er lächelte und streckte seine Hand aus. »Komm her, *Ástin mín.*«

Sie wollte lächeln, aber es fühlte sich wie eine Grimasse an. Sie ließ sich von ihm umarmen, gemeinsam lagen sie auf dem Sofa und schauten auf den Fjord. Die Sonne hatte sich hinter dicke Wolken verzogen, es hatte angefangen zu regnen. Der Himmel war dunkel und grau, das Meer im Fjord unruhig. Das Grün der Berghänge wirkte wie ein verwaschenes Aquarell in düsteren Tönen. Vío atmete leise aus.

Hákon streichelte ihren Unterarm, er wirkte total lässig, zufrieden.

»Was ist los?«, wollte er wissen.

Bedauerlicherweise war sie keine gute Schauspielerin. Vío fasste sich ein Herz, was nützte es, um den heißen Brei herumzureden. »Hast du eben telefoniert? Ich habe oben Stimmen gehört. Oder hattest du Besuch?«

Ihr Gesicht brannte. Sie war erbärmlich darin, so zu tun, als wüsste sie nichts. Hákon versteifte sich ein wenig. Hatte er gemerkt, dass sie gelauscht hatte? Himmel, warum war das so schwer?

Sie wusste es natürlich. Sie hatte Angst, dass es vorbei wäre, ehe es richtig angefangen hatte, dass sie sich alles nur eingebildet hätte, dass sie außer Sex nichts verband. Nicht umsonst drehte sich fast jeder Song um Liebe, verletzt zu werden und all die Dramen rund um Beziehungen. Wenn es einfach wäre, gäbe es nicht so viele einsame Seelen. Vío wollte nicht wieder eine von ihnen werden. Dieses Gefühlschaos tat ihr nicht gut, ihr war elend zumute, dabei hatte er es noch nicht einmal ausgesprochen.

»Ja, ich habe mit einer Bekannten telefoniert.«

Eine Bekannte, wiederholte sie stumm. Sein Tonfall war etwas weniger sanft, weniger zärtlich.

»Aha«, war alles, was Vío einfiel. Sie merkte selbst, wie skeptisch es klang.

Hákon löste sich von ihr und drehte Vío liebevoll an der Schulter zu sich um. Schließlich saßen sie sich gegenüber. Vío im Schneidersitz und er mit den Knien angezogen. Es fühlte sich an, als läge eine tiefe Schlucht zwischen ihnen. Sie hätte es noch vor einer Stunde für unmöglich gehalten, dass das so schnell gehen konnte. Und dabei wusste sie nicht mal, was genau Sache war.

Hákons Stirn war gerunzelt, er rieb sich das Kinn. »Vío, was ist los? Warum bist du so komisch?«

Sie zuckte die Schultern, der Kloß in ihrer Kehle war so groß, dass sie nicht sprechen konnte. Sie richtete den Blick auf ihre Hände, die sie in ihrem Schoß knetete, dann fasste sie sich ein Herz. »Ich weiß nicht, was ist. Warum sagst du mir es nicht?«

Jetzt schaute sie ihm direkt in die Augen, und der verletzte Ausdruck in seinem Blick rührte etwas in ihr an, das sie nicht definieren konnte. In der nächsten Sekunde war seine Miene verschlossen, die perfekte Maske, undurchdringlich. Es war unmöglich, zu sagen, was in ihm vorging. Als hätte jemand einen Schleier fallen gelassen. Jetzt begriff Vío, wie einfach es ihm gelungen sein musste, diese Poker-Turniere zu gewinnen.

»Ich weiß nicht, warum, aber ich habe den Eindruck, dass du etwas auf dem Herzen hast und es mir nicht sagst. Hast du gehört, worum es im Gespräch ging?« Er hob eine Augenbraue, dann nickte er. »Ja, das hast du, und es ist schade, dass du nicht einfach mit mir sprichst. Du tust so, als wüsstest du nichts, und hast doch schon längst deine eigenen Schlüsse gezogen.«

Sie wusste, dass er recht hatte. Jetzt, wo er ihr vor Augen führte, wie sie sich verhalten hatte, kam sie sich saublöd vor. Sie räusperte sich, aber schwieg.

»Ich habe nichts vor dir zu verbergen, Vío. Aber anscheinend vertraust du mir nicht. Ich hätte dir gern erklärt, worum es genau ging. Aber deine Reaktion gefällt mir nicht, ich sag's dir ganz offen.«

Er stand auf, ging zum Fenster und blickte hinaus. Sie starrte auf seinen Rücken, seine breiten Schultern und wie verkrampft er jetzt wirkte. Es tat ihr leid, dass dieser wunderbare Tag so endete. Sie hatte keine Idee, was sie tun oder sagen könnte, um es geradezubiegen. Es war womöglich nur ein Missverständnis, aber Hákon war schon oft enttäuscht und verletzt worden, und sie konnte seine Reaktion deshalb irgendwie nachvollziehen. Das hieß bedauerlicherweise nicht, dass sie wusste, was sie tun konnte. Das Bedürfnis, sich an ihn zu schmiegen, war auf einmal riesengroß, aber sie war unsicher, ob er es wollte, es zulassen würde. Sie merkte auch so, dass er stinkwütend sein musste.

»Ja, Hákon«, fing sie schließlich an, ihre Stimme glich einem Krächzen. »Ich habe was gehört, und ich wollte es nicht, aber der Lautsprecher war an. Ich wusste nicht, wie ich mich verhalten sollte, und dann bin ich nach oben gegangen, denn ich wollte keinesfalls dein Telefonat mit anhören. Es geht mich nichts an, deshalb habe ich nichts gesagt.«

Eine Sekunde. Zwei Sekunden. Sie sah, wie er schneller atmete. Dann wirbelte er herum. Seine Augen schleuderten Blitze. So wütend hatte sie ihn noch nie erlebt.

Für einen Moment war sie sprachlos, während das Blut in ihren Ohren rauschte. Sie stand ebenfalls auf und straffte sich.

»Eine Beziehung ohne Vertrauen ist für mich nicht möglich, Vío.«

Beziehung, er hatte von Beziehung gesprochen. Nicht möglich, wiederholte sie stumm in ihrem Kopf. Dann begriff sie und nickte.

»Es tut mir wirklich leid, Hákon. Ich wollte dich nicht enttäuschen, und nichts lag mir ferner, als dir Vorwürfe zu machen, oder was auch immer.« Sie schob sich eine Strähne hinters Ohr, ihre Finger zitterten.

Seine Miene war versteinert, seine Nasenflügel bebten ganz leicht. Das einzige Anzeichen dafür, was für ein Sturm in ihm tobte. Er rührte sich nicht. Sagte nichts.

Vío fühlte sich fehl am Platz. Vielleicht konnte man später noch einmal reden oder morgen.

Oder nie mehr.

Der Gedanke, dass es jetzt vielleicht für immer vorbei sein könnte, schnitt ihr ins Herz. Gleichzeitig hatte sie das Gefühl, dass es nicht allein ihr Fehler war. Er reagierte heftig, zu heftig, was wohl hieß, dass er auch ihr nicht wirklich vertraute, wenn er gleich so in die Luft ging. Ja, das Leben war kompliziert, und er hatte recht: Wenn man nicht vertraute, hatte alles andere keinen Sinn. Sexuelle Anziehung und Gefühle hin oder her. Sie begriff, nickte ganz langsam. »Dann ... geh' ich jetzt wohl besser.«

Er schaute sie eindringlich an, sie las nichts in seinem Blick. Die Mauer war meterhoch, und Hákon sorgte dafür, dass Vío nicht mehr an ihn herankam. Während sie sich abwandte und ihren Kram holte, hämmerte ihr Herz so schnell, dass ihr ganz schwindelig wurde. Sie stopfte alles in die Tasche und ging nach unten, nahm ihre Jacke vom Haken, schlüpfte hinein und dann in ihre Boots. Sie sparte sich ein Tschüss, sondern zog die Tür einfach ganz langsam hinter sich ins Schloss.

Draußen wehte ihr eisiger Wind und heftiger Regen entgegen. Sie blieb kurz stehen und schloss die Augen. In ihrer Magengrube brannte es. Sie wusste nicht, wo ihr der Kopf stand. Es war alles so schnell gegangen. Die Flamme zwischen ihr und Hákon war rasch erloschen, bei der ersten Böe. So weit her konnte es also nicht mit ihnen gewesen sein. Womöglich hatte sie sich alles bloß eingebildet, und es war doch nur Sex gewesen.

Sie schüttelte sich und straffte sich noch einmal, ehe sie die Kraft aufbringen konnte, einen Fuß vor den anderen zu setzen.

Die Blase war zerplatzt, sie konnte es einfach nicht fassen.

Vío wählte den Weg über den Strand, sie ließ sich den eisigen Sturmwind um die Nase pusten. Sie war jetzt schon durchnässt, aber es tat gut, und so konnte sie die Gefühle, die tief in ihr tobten, ausblenden und sich auf das, was von außen auf sie einprasselte, einlassen. Sie wollte nicht an Hákon denken, nicht an die Erinnerung, wie schön es war, in seinen Armen zu liegen, seine samtige Stimme an ihrem Ohr zu hören. Es tat weh. Es schmerzte mehr, als sie je befürchtet hatte.

Sie hörte nichts außer dem Tosen der See und des Windes, während sie über den steinigen Strand stolperte. Vío atmete tief ein, füllte ihre Lungen mit der frischen isländischen Luft. Ausgeträumt. Der Traum war ausgeträumt.

Kapitel 15

»Vío«, hörte sie jemanden hinter sich rufen. Sie glaubte, sich getäuscht zu haben. Aber dann erklang der Ruf noch einmal. »Vío, bitte warte.«

Sie erstarrte und wagte nicht, sich umzudrehen. Jetzt hörte sie feste, schnelle Schritte auf den Steinen näherkommen. Sie hielt den Atem an und drehte sich ganz langsam um. Sie glaubte zu träumen, als sie Hákon erblickte, der auf sie zugerannt kam. Er trug nur sein Shirt, und seine Schuhe waren nicht zugeschnürt. Er war wie sie bis auf die Knochen durchnässt. Als er sie erreichte, keuchte er leise auf. Vom Pokerface war nichts mehr zu sehen, er war weiß wie eine Wand, seine Augen weit aufgerissen. Das nasse Haar klebte an seinem Kopf.

»Es tut mir leid«, erklärte er und ließ seine Schultern hängen. »Ich habe total überreagiert, Vío.«

Sie konnte nichts sagen, begriff gar nicht wirklich, was jetzt los war.

Er hob seine Hand, ließ sie dann wieder sinken. »Bitte komm mit mir zurück, dann erkläre ich dir alles. Bitte, Vío.«

Sie schaute zu ihm auf, und die Sehnsucht, die aus seinen Augen strahlte, sagte alles. Sie vergaß den Regen und kalten Wind.

»Mir tut es auch leid«, sagte sie leise.

Er trat zu ihr heran und umarmte sie, hielt sie so fest, dass ihr die Luft für einen Moment wegblieb. »Komm mit mir zurück, bitte, *Ástin mín.*«

Sie schluckte und spürte Tränen in sich aufsteigen. Sie wollte nicht weinen, aber die Erleichterung, dass er hier war, war riesengroß. Sie beide hatten eine Vorgeschichte, und die machte ihnen das Leben nicht gerade einfacher. Sie wusste, wie schwierig es war, jemandem zu vertrauen, wenn man zuvor zutiefst enttäuscht worden war. Hákon hatte das anscheinend begriffen, und sie hatte selbst daran zu knabbern.

»Du wirst ganz nass«, wisperte sie und schaute zu ihm auf.

Ein wehmütiges Lächeln umspielte seinen sinnlichen Mund. »Trocknest du mich ab?«

Sie merkte, wie sich ihre Mundwinkel nach oben bogen. »Das könnte ich einrichten.«

Er nahm ihr Gesicht zwischen seine Hände, blickte ihr so tief und eindringlich in die Augen, dass ihre Knie ganz weich wurden. Dann küsste er sie hart und leidenschaftlich, dass sie seine innere Zerrissenheit spürte, als wäre es ihre eigene. Vielleicht war es das auch. Sie waren zwei verletzte Seelen. Es würde vermutlich dauern, bis sie begriffen, was sie aneinander hatten – falls es mit ihnen weiterging, sich etwas zwischen ihnen entwickelte. Vío erwiderte seinen Kuss und seufzte leise. Die Welt um sie herum versank in Bedeutungslosigkeit. Die Brandung toste ans Ufer, der Regen wirbelte von allen Seiten auf sie nieder, aber ihr war alles andere als kalt. In seinen Armen zu liegen, war das Beste, was ihr je passiert war.

Irgendwann löste er sich von ihr und nahm ihr die Tasche ab. Dann verschränkte er seine Finger mit ihren. »Ab in den heißen Pott«, schlug er vor. »Dann reden wir, okay?«

Sie nickte atemlos. »Unbedingt.«

Kurz darauf lagen sie im Wasser, während der Regen von oben herabprasselte. Es dampfte aus dem Zuber. Hákon hielt ihre Hand, sie schauten gemeinsam auf den Fjord hinaus. Vío atmete tief durch, das war auch Island, und sie liebte das schlechte Wetter genauso wie das gute. Vielleicht musste sie einen Weg finden, das auf den Rest ihres Lebens zu übertragen. Sie war froh, als er anfing zu sprechen.

»Wir haben nicht viel über Joe geredet, weil ich die Zeit mit dir nicht damit trüben wollte«, erklärte er leise. Sie spürte die Last auf seinen Schultern. »Er ist stabil, ist in der Klinik, aber die letzten Wochen waren hart, es hat mich ziemlich mitgenommen.«

»Das verstehe ich«, erwiderte Vío und drückte seine Hand.

»Der Anruf vorhin, das war Joes Ex-Freundin.«

Víos Mund klappte auf, dann schloss sie ihn wieder. Besser, sie hielt die Klappe und ließ ihn weiterreden.

»Ich kenne sie, die beiden waren lange ein Paar. Dass sie sich getrennt hatte, habe ich erst in Chicago erfahren. Nun hat sie festgestellt, dass sie von ihm schwanger ist, und weiß nicht weiter. Sie hat mich um Rat gebeten, und ich habe ihr meine Hilfe zugesagt.«

Vío fühlte sich dämlich. Also hatte es tatsächlich eine ganz einfache Erklärung gegeben. »Es tut mir leid –«

»Sch«, unterbrach er sie sanft und legte einen Finger an ihre Lippen. »Mir ist klar, wie das ausgesehen haben muss, und ich habe total überreagiert. Können wir noch mal neu anfangen, den Stress hinter uns lassen?«, bat er sie und zog sie auf seinen Schoß.

»Das wäre schön«, flüsterte sie und umarmte ihn. »Du bist ein wunderbarer Freund.«

Hákon seufzte leise. »Man sollte für andere da sein, nicht nur, wenn die Sonne scheint. Ich bin gerade zwar nicht gut zu sprechen auf Joe, aber ich kann und werde ihn auch nicht hängen lassen. Er steckt in einem ziemlichen Schlamassel, vieles konnte ich regeln, als ich in Chicago war. Zumindest habe ich ihm das Dach über dem Kopf gesichert. Aber das ist eine lange Geschichte, Vío, das heben wir uns für später auf, ja? Und dass ich dir gegenüber völlig zu Unrecht ausgeflippt bin, habe ich kapiert, als ich dich vorhin am Strand gesehen habe. Das ist sonst gar nicht meine Art. Ich kann mir nicht erklären, warum ich so heftig reagiert habe.«

Vío nahm es als Kompliment. Sie lächelte und verschränkte ihre Hände in seinem Nacken.

»Ich bin froh, dass wir das geklärt haben. Das nächste Mal poltere ich einfach in den Raum«, meinte sie scherzhaft.

Er grinste, und kleine, ganz zarte Lachfältchen zeigten sich um seine blauen Augen. »Ich bitte darum. Ich habe keine Geheimnisse, Vío. Ehrlichkeit ist mir wichtig, sehr wichtig.«

Seine Hände ruhten auf ihrer Taille und wanderten an ihrer Wirbelsäule auf und ab. Sie spürte, dass sich in seinem Schritt etwas regte. Ihr Unterleib reagierte mit einem süßen Ziehen darauf. Sie rückte noch ein wenig enger an ihn heran.

»Schätze, wir haben heute beide etwas voneinander gelernt«, wisperte sie und hatte ihren Blick auf seine leicht geöffneten Lippen gerichtet. Und dann beschloss sie, dass sie für den Moment wirklich genug geredet hatten.

* * *

In den darauffolgenden Tagen besserte sich das Wetter kaum, aber das war nicht weiter tragisch. Vío hatte auch so genug zu tun. Sie hatte ein Konzept für Herrn Berger ausgearbeitet, es ihm gemailt und mit Lotte besprochen, wie sie zusammenarbeiten könnten, ohne gleich viel Geld in eine Firmengründung stecken zu müssen. Außerdem rückte die Hochzeit näher, und die Braut wurde immer nervöser. Víos Eltern würden übermorgen anreisen. Sie freute sich, sie wiederzusehen.

Vío schaute bei ihrer Tante vorbei, um ihre restlichen Klamotten zu holen. Sie fand Astrún in der Küche. »Hallo, wie gehts?«

Vío gab ihrer Tante ein Küsschen auf die Wange.

»Nein, Vío, wie schön, dich zu sehen!« Astrún freute sich ehrlich, ihr Gesicht strahlte.

»Na, was machst du Schönes?«, wollte Vío wissen.

»Schreibe gerade eine Einkaufsliste, bald haben wir wieder ein volles Haus. Aber dein Bett habe ich jetzt freigegeben«, erklärte sie mit einem Augenzwinkern.

Vío wurde nicht mal rot, sie lachte. »Das ist gut, kannst du gern machen. Ich bleibe erst mal bei Hákon.« Bei Astrún musste mittlerweile auch angekommen sein, dass es mit Per schon lange vorbei war. Sie war froh, dass sie das nicht noch mal alles erklären musste.

»Wie läuft es mit ihm?« Astrún wirkte ehrlich interessiert, sie nippte von ihrem Tee und blickte ihre Nichte erwartungsvoll an.

»Sehr gut, muss ich zugeben, er ist toll.« Mehr konnte sie nicht dazu sagen. Obwohl sie sehr viel Zeit miteinander verbrachten, hatte niemand von ihnen bisher das Wort ›Beziehung‹ in den Mund genommen. Außer diesem einem Mal im Streit natürlich, aber das zählte irgendwie nicht. Seitdem waren sie beide vorsichtiger geworden, das spürte Vío, niemand wollte ernsthaft verletzt werden. Gleichzeitig suchten sie die gegenseitige Nähe, und es war mehr als nur der Sex – der war nach wie vor der beste ihres Lebens, aber eben nicht alles. Es war deutlich zu kompliziert, um es ihrer Tante im Vorbeigehen zu erklären.

»Ja, ist er«, meinte sie daher nur.

»Bringst du ihn mit zur Hochzeit?«

Vío schüttelte den Kopf. »Nein, die Sitzordnung steht doch schon.«

»Die könnte man durchaus noch ändern, weißt du?«

Vío seufzte. »Ja, weiß ich, aber ... Keine Ahnung, das Gespräch hat sich noch nicht ergeben, und ich habe auch gar keine Zeit, weil ich mit Atli die Feier manage. Das wäre doch auch irgendwie doof.«

Astrún hakte nicht weiter nach, worüber Vío froh war. »Ihr seid ja auch alt genug, um euren Kram zu regeln. Und er ist nicht Per.«

»Das stimmt.« Vío schmunzelte, dann stand sie wieder auf. Per hatte es gehasst, in Island bei der Verwandtschaft zu sein. »Apropos regeln, ich habe echt zu tun, nachher schmücken wir den Saal, das kann dauern. Die Namensschilder müssen wir auch noch basteln, und Hildur ist ein einziges Nervenbündel. Ich werde nie heiraten«, meinte Vío dann im Scherz. »Ist viel zu stressig.«

»Man soll nie nie sagen«, kommentierte Astrún und grinste. »Bei Oma und Tryggvi läuft es wohl auch ganz gut. Ich sehe die beiden immer händchenhaltend spazieren gehen.«

Vío lachte. »Das ist cool, oder? Ich freue mich sehr. So, jetzt muss ich aber, sonst bringt mich Hildur um.«

Wenig später brauste Vío in ihrem Auto nach Akureyri. Im Grunde war alles gut, aber irgendwie war ihre Stimmung getrübt. Sollte sie Hákon bitten, mit zur Hochzeit zu kommen? Wollte er es? Wenn er ihr Freund wäre, sollte er doch mitkommen. Oder? Sie war überfragt. Womöglich wäre es gut, wenn sie das heute einmal ihm gegenüber ansprach. Unwillkürlich schoss ihr auch die Frage durch den Kopf, was sie beruflich mit sich anfangen sollte. Den Laptop hatte sie seit der Kündigung nicht mehr angeschmissen. Sie hatte alles, was die Hochzeit betraf, ohne Technik regeln können. Ein wenig grauste es ihr außerdem davor, was Per ihr womöglich noch schriftlich an den Kopf geworfen haben könnte, und schon deswegen hatte sie den Computer nicht mehr benutzt. Sicherlich waren zig Mails in ihrem Account, oder er hatte ihn gesperrt – die Firmenadresse zumindest. Zu kompliziert für den Augenblick, entschied sie und konzentrierte sich wieder auf die Straße.

Nach dem kurzen Streit mit Hákon vor einigen Tagen hatten sie erneut in ihrer Blase gelebt, und Vío hatte fast alles, was die Realität betraf, ausgeblendet. Es war ihr wohlverdienter Urlaub, und nach Hildurs Hochzeit würde sie sich um ihre beruflichen Ideen und Klaus Bergers mögliche Antwort kümmern und wie seine Wünsche umzusetzen waren. Es war leicht, sich bis dahin mit anderen Dingen zu befassen, denn es gab auch so genug zu tun. Mehr als genug. Die französische Familie erwies sich hingegen als nicht sonderlich hilfreich, schon alleine wegen der Sprachbarriere. Hildur wirkte völlig aufgelöst, als Vío sie abholte.

»Wie wäre es mit einem Eis?«, schlug Vío vor.

»Ich kriege nichts runter«, gab Hildur zurück.

»Du siehst jetzt schon elend mager aus. Du solltest was essen, sonst schlottert dein Kleid am Samstag an dir, das willst du doch nicht.«

Hildur legte sich eine Hand auf den Bauch. »Mir ist so latent übel.«

»Du bist doch nicht etwa schwanger?«

»Nein, denke nicht. Das ist garantiert nur der Stress.«

»Wenn heiraten so anstrengend ist, werde ich das niemals tun.«

Hildur tätschelte ihren Schenkel. »Das glaube ich nicht, Liebes. Wenn der Richtige erst mal da ist, willst du es auch.«

Vío überlegte, ob Hákon womöglich dieser Kandidat sein könnte. Aber um das zu entscheiden, war es natürlich noch viel zu früh. Doch sie erwischte sich, während sie den Festsaal dekorierten, immer wieder bei dem Gedanken, wie sie ihre eigene Trauung gestalten würde, sollte sie jemals den Bund fürs Leben eingehen. In Island feierte man groß, jeder hatte eine Menge Verwandte, die natürlich alle dabei sein wollten. Vío war sich nicht sicher, ob das tatsächlich ihr Ding war, ob sie nicht lieber auf offener See das Jawort geben wollte, umkreist von Möwen, Walen und der engsten Familie. Sie lächelte in sich hinein. Ja, das klang schon besser in ihrem Kopf. Viel besser. Fragte sich nur, ob sie sich da etwas zusammensponn, das so nie stattfinden würde. Heute war sie mehr als froh, dass Per nicht mehr an ihrer Seite war. Tatsächlich hatten sie in kaum einem Punkt ihrer Vorstellungen Übereinstimmungen gehabt – außer bei der Arbeit natürlich.

Sie war völlig am Ende, als sie spät am Abend zurück nach Hauganes fuhr. Hákon hatte ihr den Zugangscode verraten, sie musste also nicht bei ihm klingeln. Vorsichtshalber rief sie ein lautes »Hallo« in den Flur, als sie das Haus betrat und Jacke und Schuhe auszog. Den Koffer hatte sie noch im Auto, den würde sie nachher holen. Sie war gerade viel zu erschöpft.

Aus dem Wohnzimmer drang leise Musik, also ging sie dorthin. Hákon saß am Fenster, er war nicht allein. Fló lungerte auf der Couch herum, seine langen Beine baumelten über der Lehne.

»Hallo schöne Frau«, grüßte der kleine Bruder.

Hákon lächelte sie an. »Hey Vío. Alles klar?«

Sie seufzte leise, gab Fló einen Knuff und lachte. »Hallo Meisterkoch.« Dann ging sie zu Hákon und ließ sich auf seinen Schoß fallen. »Ich bin total erledigt.«

Sie schlang ihre Arme um ihn, schmiegte ihr Gesicht an seinen Hals und schloss die Lider. Die Bartstoppeln kitzelten sie auf eine angenehme Weise.

Hákon rieb ihr über den Rücken.

»Keine Sorge, ich schmeiße meinen lästigen kleinen Bruder gleich raus, dann kümmere ich mich um dich«, scherzte er, aber es war klar, dass ein Funken Wahrheit darin lag.

Fló lachte. »Ihr seid echt ekelhaft verknallt. Ich geh' schon von allein.«

Vío blickte auf und bemerkte, wie Fló aufstand. »O nein, das tut mir leid, ich wollte dich nicht vertreiben. Wie läufts in der *Saltfiskbarinn*?«

»Prima, ehrlich gesagt. Unter der Woche passt es gut, wenn ich gegen zehn schließe, am Wochenende lass' ich länger auf. So, ihr Hübschen, ich mach die Biege.«

Vío winkte. »Tschüss, war schön, dich zu sehen.«

Kurz darauf waren sie zu zweit, und Vío ließ ihren Kopf erneut gegen seine Brust sinken. Es fühlte sich gut an, so vertraut. Wie nach Hause kommen.

»Ich hoffe, ich erdrücke dich nicht«, murmelte sie kraftlos. Er ging zum Glück nicht darauf ein, und sie wusste auch nicht, warum sie eine Anspielung auf ihr Gewicht gemacht hatte. Bisher hatte er ihr nicht eine einzige Sekunde das Gefühl vermittelt, dass er sie zu pummelig fand.

»Du bist völlig erledigt, *Ástin mín*. Lass uns ins Bett gehen. Mir fällt schon was ein, wie ich dich wieder munter bekomme.« Sie hörte den Schalk in seiner Stimme, gleichzeitig kribbelte es in ihrer Magengrube, weil sie sich vorstellen konnte, was er mit ihr vorhatte.

»Ich habe nichts dagegen«, erwiderte sie lächelnd, dann erhob sie sich mit einem lauten Ächzen. »Gott, diese Hochzeitsplanung ist so was von anstrengend.« Sie streckte ihre müden Glieder und gähnte laut.

»Bald ist es ja geschafft.«

»Ja, aber morgen ist auch noch die Generalprobe in der Kirche. Klingt wie bei einem Theaterstück, oder?« Sie lachte und schüttelte gleichzeitig den Kopf. War jetzt vielleicht der Moment, da sie ihn fragen sollte, ob er mitkommen wollte?

Sie nagte an der Innenseite ihrer Wange. Vío spürte seinen Blick auf sich und hob ihren Kopf an.

»Was ist, Vío?« Es war erstaunlich, wie gut er sie schon kannte.

»Ich, ähm, ich wollte, ähm, ich weiß nicht ...«, gab sie nervös zurück.

»Hey.« Er nahm sie in seine Arme und hielt sie fest. Sein Kinn ruhte auf ihrem Scheitel, während seine Wärme sie einlullte. »Ganz ruhig, *Ástin mín.*«

Vío atmete leise aus und entspannte sich ein wenig. »Ich bin mit Atli zusammen für den Ablauf der Hochzeit verantwortlich, es gibt so viel zu tun, und ich springe quasi dauernd herum und organisiere die Reden aller Leute und so was. Trotzdem habe ich mich gefragt, ob ich ... Also, ob du mich, ähm ...« Sie räusperte sich. »Ob du mitkommen möchtest, meine ich.«

»Ach sooo«, gab er lang gezogen zurück und klang erleichtert. »*Das* meinst du. Weißt du, meine Liebe, ich würde dich gern begleiten, wenn du es dir wünschst.«

»Wirklich?« Sie lugte zu ihm auf.

Er lächelte. »Natürlich, wieso nicht? Aber, Vío, willst du das wirklich? Und mach dir keine Gedanken, ich bin nicht beleidigt, wenn dir das zu viel ist, weil du zu tun hast. Du sollst dir nicht noch Sorgen machen, ob ich mich langweile oder so was. Bitte, ich meine das ernst. Ich brauche keine großen Feiern im Moment. Am liebsten bin ich sowieso allein mit dir.«

Während er das sagte, fuhren seine Hände unter den Saum ihres Pullovers und strichen über ihre nackte Haut. Sie reagierte mit einem leichten Schaudern und einer Gänsehaut. »Ich bin wirklich erleichtert, dass du das sagst, Hákon. ganz ehrlich, und das ist nichts gegen dich oder uns, ich könnte mich besser auf diese Hochzeit und meine Aufgaben konzentrieren, wenn ich allein ginge.« Sie schluckte, dann grinste sie. »Wenn du da wärst, würde ich mich die ganze Zeit nur in eine dunkle Ecke mit dir verkriechen, um zu knutschen.«

Er zog sie enger an seinen Körper. »O, das klingt heiß. Jetzt will ich doch mit.«

»Spinner.« Sie war befreit, gleichzeitig wurde das Sehnen in ihrer Mitte stärker. »Lass uns ins Bett gehen, Hákon.«

»Du ahnst gar nicht, wie sehr ich das möchte. Und wegen der Hochzeit: Ein Anruf, und ich bin zur Stelle, okay? Du kannst dir ja meine Nummer aufschreiben. Mir ist klar, dass du kein Handy hast. Wenn du mich brauchst oder Sehnsucht hast, komme ich sofort.«

»Das ist lieb von dir, und ich kann mir im Notfall bestimmt ein Telefon borgen. Ich vermisse mein Handy immer noch nicht, vor allem nicht, weil mir keiner auf die Nerven geht. Damit meine ich nicht dich!« Sie ließ ihre Hüften spielerisch kreisen, dann guckte sie aus halb gesenkten Lidern zu ihm auf. »Na, wie fühlt sich das an?«

Seine Pupillen weiteten sich, seine Lippen waren leicht geöffnet. »Ich kann einfach nicht genug von dir bekommen, Vío. Das ist mir völlig neu, und es tut so gut.«

Für einen Moment sagte niemand etwas. Ihr Herz schlug höher. Sie spürte, dass ihm etwas auf der Zunge lag, das seine Gefühle zu ihr betraf, aber sie wollte ihn nicht drängen, und selbst traute sie sich auch nicht, ihre eigenen auszusprechen. Deshalb fasste sie nach seiner Hand und nahm ihn mit sich nach oben. Im Schlafzimmer zog sie sich ihren Pullover über den Kopf und warf ihn achtlos beiseite. Dann trat sie vor ihn und nestelte an den Knöpfen seiner Jeans. Weil es ihr nicht gleich gelang, schimpfte sie. »Du solltest Druckknöpfe tragen, damit ich sie einfach aufreißen kann.«

Hákons raues Lachen grollte tief aus seiner Kehle, dann half er ihr. Wenig später lagen sie nackt auf dem Bett, sie hatte sich auf ihn gesetzt und beugte sich zu ihm, um ihn zu küssen. Hákon knetete ihre Brüste, und ein Keuchen löste sich aus ihrem Mund. Sie wusste mittlerweile, wo er die Kondome aufbewahrte, also fischte sie eines heraus, riss die Packung auf und streifte es ganz über seine Erektion. Hákons hungriger Blick folgte ihren Bewegungen. Als Vío ihn mit ihrer Hand umfasste und langsam in ihre feuchte Hitze gleiten ließ, stieß er einen nicht jugendfreien Fluch aus. Sie lachte leise, es gefiel ihr, wie intensiv er auf sie reagierte. Gleichzeitig bereitete ihr sein sexuelles Begehren selbst größtes Vergnügen. Gemächlich bewegte sie sich, seine Hände ruhten auf ihrem Hintern. Seine Finger gruben sich in ihr Fleisch, während er ihr half, den Rhythmus zu finden, den sie beide brauchten. Vío schloss die Augen, legte den Kopf in den Nacken und gab sich der innigen Leidenschaft hin, die sich mit jedem Mal noch zu verstärken schien. Sie spürte, wie sich der Höhepunkt rasant in ihr aufbaute. Hákons Hände wanderten zu ihrem Busen, seine Daumen umkreisten ihre Nippel, dann glitt eine Hand tiefer und fand ihre intimste Stelle. Vío schrie auf, es war kaum auszuhalten, so süß war die Qual, das erregende Spiel seiner Finger auf ihrer Haut.

»O Gott«, japste sie, als sie die ersten Wellen des Orgasmus spürte, die durch ihren Körper rollten.

Vío rief seinen Namen und gab sich ihrem Höhepunkt hin, gleichzeitig merkte sie, dass auch er sich unter ihr versteifte und seine Hüften unkontrolliert zuckten. Sie ließ sich fallen, er fing sie auf.

Es dauerte einen Moment, bis sie beide ins Hier und Jetzt zurückkehrten. Vío lag noch immer auf ihm, er hatte eine Decke halb über sie gezogen, aber das genügte. Zwischen ihren Körpern hatte sich genug Hitze gesammelt. Seine Finger strichen träge über ihren Rücken, ihren Hintern.

»Es ist so schön mit dir«, murmelte er leise. Es tat so gut, diese Worte zu hören, weil sie wusste, dass sie aus tiefstem Herzen kamen und ehrlich gemeint waren.

»Mir ging es lange nicht so gut«, hauchte sie und hielt ihre Augen geschlossen.

»Ich habe mich in dich verliebt, Vío.«

Sie erstarrte für eine Sekunde, dann bogen sich ihre Mundwinkel nach oben. Er hatte es gesagt, und nicht während sie Sex hatten – denn dabei sagten Männer gerne Dinge, die sie nicht so meinten.

»O Hákon«, sie richtete sich auf und nahm sein Gesicht zwischen ihre Hände, »ich bin so glücklich.« Dann küsste sie ihn lange und zärtlich.

Sie spürte, dass sich etwas bei ihm regte. Kurz löste sie sich von ihm. »Du bist unersättlich, hm?«

Er grinste anzüglich, während er sie weiter streichelte. »Ich kann nicht genug von dir bekommen, mein Verlangen nach dir wird jeden Tag stärker, Vío.«

Mit einer kraftvollen Bewegung schaffte er es, sie unter sich zu betten. »Ich werde dir zeigen, wie sehr ich dich begehre.«

Dann bedeckte er ihren Körper mit heißen Küssen, erkundete jeden Zentimeter ihrer Haut aufs Neue, und Vío wurde von einer Woge der Lust davongetragen.

Kapitel 16

Vío stand neben dem Brautpaar in der prachtvollen Kirche von Akureyri. Ein roter Teppich führte zum Altar, es gab viele Bilder und Statuen, die mit Gold verziert waren. Man konnte fast meinen, dass man sich in einer katholischen Kirche befand, aber die fehlenden Kniebänke waren Beweis genug, dass Isländer ihre evangelischen Kirchen reich verziert mochten.

Vío versuchte sich auf das Prozedere zu konzentrieren, dabei war ihr Job relativ einfach. Sie hielt den Brautstrauß, der bei dieser Generalprobe aus einem Schal bestand, weil der richtige Strauß noch beim Floristen oder vielleicht noch gar nicht gebunden war. Die Bänke und der Altarbereich waren mit roten Rosen geschmückt. Es wunderte Vío nicht, dass Hildur diese gewählt hatte, denn das passte zu ihr und ihrer sehr üppigen Hochzeitsplanung. Sie maßte sich kein Urteil darüber an, auch wenn sie selbst etwas Schlichteres, weniger Klischeehaftes ausgesucht hätte. Hauptsache, Hildur und Pierre waren zufrieden damit. Vío betrachtete die beiden, sie sagten sich ihr Hochzeitsversprechen auf, Pierre auf Französisch, Hildur auf Isländisch. Obwohl beide in ihren Alltagsklamotten hier standen, spürte vermutlich jeder in der Kirche, wie sehr die beiden sich liebten. Sogar Vío bekam eine Gänsehaut. Der Pfarrer nickte.

»An dieser Stelle dürftest du die Braut jetzt küssen«, erklärte er Pierre.

Der dunkelhaarige Franzose grinste.

»Das müssen wir natürlich auch proben«, erklärte er, zog Hildur in seine Arme und verschloss ihre Lippen mit seinen. Mannomann, der ließ nichts anbrennen. Vío wurde rot, so leidenschaftlich wirkten die zwei und wandte ihren Blick ab. Ein Schmunzeln schlich sich in ihr Gesicht, dann schaute sie zum Gitarristen, der in der vordersten Bank saß und sich jetzt erhob, um einen Song zu spielen. Als die ersten Klänge ertönten, wurde Vío von einer romantischen Welle erfasst. Sie liebte gute Liebeslieder, und das hier war wunderschön, eine alte isländische Version von *Vór í Vaglaskógi*.

Für eine Sekunde, nur einen Atemzug lang stellte sie sich mit geschlossenen Augen vor, wie Hákon und sie Hand in Hand über diesen Teppich schreiten würden, hinaus in ihr gemeinsames Leben, eine Zukunft voller Liebe. Vielleicht lohnte sich der Stress der Hochzeitsplanung am Ende doch, dachte sie mit einem Flattern im Bauch.

Sie riss die Augen auf und schaute sich beinahe panisch um. Gott sei Dank schien niemand zu ahnen, in welche Richtung ihre Gedanken sich bewegten. Himmel, jetzt ließ sie sich schon von dieser ganzen Hochzeitsmanie anstecken. Sie mochte es doch gar nicht pompös, aber sie musste sich eingestehen, dass sie ziemlich verknallt war. Mehr als das. Vío schluckte, ihre Kehle war staubtrocken, denn diese Gefühle machten ihr ganz schön Angst. Vielleicht übertrieb sie ja auch, und es war wirklich diese besondere Stimmung, die sich über alle Anwesenden gelegt hatte. Ja, das musste es sein. Sicher würden ihre Hormone sich bald wieder beruhigen.

Der restliche Tag stand weiterhin ganz im Zeichen der Hochzeitsplanung. Vío saß am Abend mit Hildur an deren Esstisch, und sie gestalteten ein Update ihrer Website. Sie trug noch ein paar Rahmendaten nach: Uhrzeit der Trauung, Ort der Feier, ein hübsches Foto der Trauringe, das sie vorhin während der Probezeremonie geschossen hatte, Bilder des geschmückten Festsaals, der zwar noch nicht komplett fertig dekoriert war, aber aus ihrer Perspektive schon perfekt ausschaute. Vío wischte sich mit der Hand über die Stirn und schnaufte leise aus. Sie war fix und fertig, das war echt anstrengend gewesen. Sie trank ihre Tasse mit Kakao aus und schob sich noch eine Praline in den Mund. Das hieß, sie wollte, aber die Packung war leer. Vío riss die Augen auf und guckte irritiert.

»Leer?«, fragte sie an Hildur gerichtet. Ihre Schwester zuckte die Schultern.

»Guck mich nicht so an, ich habe keine gegessen.«

»Scheiße«, stieß Vío hervor. Sie hatte gar nicht gemerkt, dass sie während der Arbeit die ganzen Dinger gefuttert hatte. So war das immer. Sie schnaubte empört über ihre mangelnde Disziplin. »Das wäre es ja noch, dass mein Kleid dann nicht zugeht und ich nackt zu deiner Hochzeit kommen muss.«

Hildur lachte herzhaft. »Wehe!«

»Keine Sorge, ehe das passiert, lass ich den Reißverschluss offen.« Vío hoffte, dass das nicht der Fall sein würde, immerhin verbrauchte sie in der Horizontalen gerade sehr viel Energie. Und das oft und regelmäßig. Der Gedanke an den Sex mit Hákon stimmte sie fröhlicher. Er schien echten Gefallen an ihren Kurven gefunden haben. Einen Vorteil hatte man damit definitiv: Ihr Busen war voll und rund. Und alles andere mochte Hákon auch an ihr. Vielleicht war es also nicht so tragisch, dass sie mal wieder über die Stränge geschlagen hatte. Ja, ganz sicher sogar.

»So, fertig.« Aus Gewohnheit klickte sie auf ihr Mailprogramm.

Sie entdeckte neue Nachrichten von Per. Natürlich musste er ihre Kündigung mittlerweile gelesen haben. Ob es ihm gefiel oder nicht, ihre Meinung stand fest. Sie würde nie wieder für ihn arbeiten. Ganz sicher nicht. Vío überflog die Betreffzeilen.

Ruf mich an.

Ich muss mit dir reden.

Bitte, melde dich.

Das waren nur einige von vielen. Sie hatte keine Lust, mehr zu lesen, und klappte das Notebook zu. Vío grinste in sich hinein, ja, da war gerade einiges an Schadenfreude dabei, das würde sie offen zugeben, wenn man sie fragte. Pers eindringliche Bitten kamen zu spät. Viel zu spät. Das hätte er sich mal alles überlegen sollen, ehe er diese Promitussi ins Bett gezerrt und Vío abserviert hatte. War alles nicht mehr ihre Baustelle. Ein Glück.

* * *

Hákon schob sein Fahrrad in die Garage. Er war von oben bis unten durchnässt, mit Matsch bespritzt und völlig verschwitzt. Es war ein rasanter Ritt vom Berg ins Tal gewesen, den er sehr genossen hatte. Fló kam hinter ihm her, er schob sein eigenes Bike neben das von Hákon.

»Bist du so nett und machst meins mit sauber?«, erkundigte sich Fló.

Hákon zeigte seinem Bruder einen Vogel. »Wovon träumst du nachts?«

Fló wackelte anzüglich mit den Brauen. »Na, jedenfalls nicht von Vío, so wie du.«

Hákon verdrehte die Augen. »Du bist manchmal solch ein Idiot.«

»Wie geht es weiter mit euch?«

Das hatte sich Hákon auch schon ein paarmal gefragt,

aber sich nie getraut, Vío direkt auf die Zukunft anzusprechen. Er wusste viel über sie, zum Beispiel, dass sie im Grunde nichts in Berlin hielt, sie war frei, ihren Job hatte sie gekündigt, und auch die Vereinbarung mit einer Freundin, dass sie in ihre Wohngemeinschaft einziehen konnte, war nur lose abgesprochen. Hákon hatte ein paarmal ganz vorsichtig die Unterhaltung in die Richtung gelenkt, aber Vío war stets ausgewichen, dass sie zuerst die Hochzeit ihrer Schwester organisieren und feiern wolle, ehe sie an ihre eigenen Pläne dachte. Hákon hatte das akzeptiert, er wollte sie auch nicht drängen, aber leise Zweifel hatte er dennoch. Das wollte er vor seinem Bruder jedoch nicht zugeben.

»Wie soll es weitergehen? Frag nicht so blöd. Hey, habe ich dir schon von Joe erzählt?«, lenkte Hákon das Gespräch in eine andere Richtung, während sie anfingen, ihre Räder zu säubern.

»Gibt es was Neues?«, erkundigte sich Fló.

»Ja, tatsächlich. Joe und Clarisse haben sich versöhnt. Ich bin sehr froh darüber, wenn ich ehrlich bin. Gleichzeitig bin ich noch immer fassungslos, was die Spielsucht aus ihm gemacht hat, aber zum Glück ist er in der Klinik in guten Händen. Ich mache mir Vorwürfe, dass ich das nicht früher habe kommen sehen.«

Fló hielt inne und blickte seinen Bruder ernst an. »Wie hättest du das erkennen sollen? Joe ist weit weg und hat sich in den letzten Monaten ziemlich rar gemacht. Nichts von alledem ist deine Schuld.«

Hákon atmete tief durch, dann putzte er weiter. »Ich bin jedenfalls froh, dass er noch mal mit einem blauen Auge davongekommen ist. Sein Apartment konnte ich retten, und die Therapie läuft. Alles andere wird man sehen müssen, aber ich glaube, er hat kapiert, dass es so nicht weitergeht. Durch das Baby hat er immerhin einen sehr triftigen Grund, nicht noch mal abzurutschen.«

»Hoffen wir, dass du recht hast.«

»Es ist ein langer Weg, aber er schafft das.« Hákon konzentrierte sich auf sein Rad, fettete die Kette und stand dann auf. »Ich geh duschen.«

»Ja, in Ordnung, mach das mal. Sehen wir uns nachher noch?«

»Denke nicht, ich warte auf Vío.« Hákon grinste.

»Muss Liebe schön sein«, trällerte Fló.

Hákon warf einen Lappen nach seinem Bruder, aber leugnen konnte er es nicht. Vío hatte ihm total den Kopf verdreht.

Kapitel 17

Die Trauung war ergreifend und wundervoll gewesen. Vío hatte es genossen, gleichzeitig hatte sie hin und wieder ihren Blick über die Gäste schweifen lassen und dann enttäuscht festgestellt, dass Hákon nicht gekommen war. Ziemlich dämlich von ihr, denn sie hatte ihm ja gesagt, dass sie lieber ohne ihn gehen wollte, weil sie beschäftigt war. Sie war vermutlich einfach ein hoffnungsloser Fall, und die Attacken von Romantiksucht nahmen zu. Fakt war jedoch, sie vermisste Hákon an ihrer Seite. Es überraschte sie ein wenig, wie intensiv dieses Gefühl in ihrer Magengrube brannte. Damit hatte sie nicht gerechnet.

Das Brautpaar war gerade aus der Kirche in den Sonnenschein getreten, dort wurden sie von Freunden und Bekannten mit Reis und Blüten beworfen. Vío schlich sich an die Seite und beobachtete das Schauspiel mit einem Lächeln im Gesicht, dann sah sie sich um.

Nein, natürlich stand Hákon auch nicht hier.

Sie musste damit aufhören.

Von der Kirche aus konnten sie zu Fuß zum Festsaal gehen, es waren nur ein paar Meter. Und ab sofort hatte Vío keine Gelegenheit mehr, nachzudenken. Ihre Pflichten als *Veislustjóri*, als Moderatorin der Hochzeit, zusammen mit Atli, ließen das nicht zu. Sie stürzte ein Glas Champagner herunter und war dann im Eiltempo unterwegs, um sich darum zu kümmern, dass alles reibungslos lief. Es wurde gelacht, geredet, Filmchen gezeigt, und die Übersetzerin, die sie aus Reykjavík aufgetrieben hatten, sorgte dafür, dass auch die sprachlichen Barrieren keine mehr waren. Es lief richtig gut, Vío war glücklich, dass alles so fantastisch klappte. Atli erwies sich als humorvoller Redner, auf den sie sich als Co-Moderator super verlassen konnte.

Es war spät, als Vío einmal zum Frische-Luft-Schnappen auf die Straße trat. Atli tauchte hinter ihr auf und hatte zwei Gläser in der Hand. »Hier, die Drinks haben wir uns redlich verdient, würde ich sagen.«

Vío grinste und nahm ihm eines ab.

»Ich hoffe, da ist kein Wasser drin«, scherzte sie.

»Nur wenig, hauptsächlich Tonic und eine Menge Gin.«

»Wenn du nicht mein Cousin wärst, würde ich dich jetzt küssen.«

Atli lachte, und sie stießen an. »Auf eine gelungene Feier.«

»Die beiden wirken glücklich und zufrieden, und die Gäste ebenso, oder?«

Der Himmel war knallrosa gefärbt, die Sonne schien auch zur späten Stunde auf sie herab. Es wehte eine kühle Brise, die ihr sehr willkommen war. Atli nickte. »Volltreffer, würde ich sagen.«

Vío trank einen Schluck, dann sagte sie: »Kannst du Hákon eine SMS schicken? Wenn er noch wach ist und Lust hat, könnte er vorbeikommen? Ich habe ja kein Handy ... Und irgendwie vermisse ich ihn.«

Atli wackelte mit den Augenbrauen. »Muss Liebe schön sein. Zuckersüß.«

Sie boxte ihm zärtlich gegen den Oberarm. »Arsch.«

Ihr Cousin kicherte, dann zog er sein Handy aus der Anzugjacke und tippte eine Nachricht. »So, fertig.«

»Was hast du geschrieben? Doch hoffentlich, was ich gesagt habe?«

»So ungefähr. Ich habe geschrieben, hier gibts einen romantischen Notfall, und er soll dich retten.«

Vío verdrehte die Augen. »Du bist unmöglich.«

Trotzdem freute sie sich und hoffte, dass Hákon noch nicht schlafen gegangen war.

Vío plauderte hier und da mit einigen Gästen, die ebenso wie sie ein wenig frische Luft schnappen wollten. Sie hatte das Gefühl für die Zeit verloren, es war auch nicht wichtig. Immer wieder guckte sie sich um, ob Hákon auftauchte.

Sie erstarrte.

Es lief ein Mann auf sie zu. Aber das war nicht Hákon.

Es war Per.

Vío blinzelte. Sie musste sich täuschen. Ihr Herz blieb stehen, um dann in doppeltem Tempo weiterzuschlagen. Per trug Outdoor-Klamotten, er wirkte, als käme er gerade von einer Hiking-Tour. Das war unmöglich. Was wollte er hier? Und warum ausgerechnet heute? Zu dieser Uhrzeit?

Aber sie täuschte sich nicht. Er war es tatsächlich und leibhaftig. Víos Mund öffnete sich.

In der gleichen Sekunde tauchte Hákon auf, er bog um die Ecke und trug eine Jeans mit einem dunkelblauen Hemd.

Scheiße.

Einen unpassenderen Moment hätte es nicht geben können, dass Hákon vorbeischaute.

Vío musste Per loswerden, was auch immer er von ihr mitzuteilen hatte. Gleichzeitig lechzte sie danach, zu hören, wie sehr er es bereute, sie verlassen zu haben. Vío würde die Genugtuung auskosten und ihm eiskalt antworten, dass es zu spät war, dass sie froh war, ihn los zu sein.

Vío sah Hákon auf sich zukommen, er lächelte. Per winkte Vío. »Vío, ich muss mit dir reden.«

Hákon guckte von ihr zu ihm, dann begriff er, dass Per

ihr Ex war. Sie erkannte es auf seinem Gesicht. Sie war nur kurz überrascht, aber vielleicht hatte er ihr Instagram-Profil angesehen, dort gab es massenweise Bilder von ihnen beiden.

»Hákon, ich erkläre es dir gleich, bitte warte kurz, okay? Das dauert nicht lange«, rief sie ihm auf Isländisch zu, sie wusste, dass Per das nicht verstand. Dann ging sie mit hoch erhobenem Haupt zu Per und zischte auf Deutsch: »Was willst du hier? Das ist eine Hochzeit, und du bist nicht eingeladen.«

Sie war sich sicher, dass Per sie zurückwollte, dass er eingesehen hatte, welchen großen Fehler er begangen hatte. Sie musste sich das anhören, um ihn dann abzuservieren.

»Ja, ich weiß, dass die Hochzeit heute ist«, erklärte er mit nahezu ausdrucksloser Miene. »Deswegen habe ich dich ja gefunden. Mein Gott, wieso antwortest du mir nicht auf meine Nachrichten? Was ist eigentlich los?«

Vío machte große Augen. *Was war eigentlich los?* Das konnte ja wohl nicht sein Ernst sein! Sie wollte ihn anschreien, aber hielt sich zurück. »Warum bist du hier?«

Er sollte ruhig direkt zum Punkt kommen. Sie freute sich auf seine Entschuldigung.

»Ich weiß, wie blöd die Trennung war.«

»Ach«, blaffte sie. »Warum bist du überhaupt in Island?«

»Na, der Flug, den konnte ich nicht stornieren, und da habe ich gedacht, mach ich doch mal eine Reise.«

»Alleine?«

Er atmete ein und leise wieder aus. »Nein.«

Das war der erste Dämpfer, er hatte sie dabei? Vío straffte sich und zog ihren Bauch ein. »Und weiter?«

»Ich wollte dich bitten, weiter für mich zu arbeiten. Ich verstehe, dass du sauer bist, aber wir waren doch so ein eingespieltes Team. Und wir übernachten heute in Akureyri, da dachte ich, es wäre gut, dich zu treffen.«

Vío war fassungslos. Dieser Mann überraschte sie tatsächlich noch einmal. Er war nur gekommen, um sie zu bitten, wieder für ihn zu arbeiten? Seine neue Freundin saß womöglich im Auto und schaute zu? Labte sich daran, wie hässlich und fett Vío im Vergleich zu ihr war?

Das Ausmaß der Demütigung nahm noch einmal andere Dimensionen an. Sie wünschte sich unsichtbar zu sein.

Das war doch nicht zu glauben, dachte sie und wurde immer wütender. Víos Hand zuckte. Gerade so konnte sie sich noch beherrschen, ihn nicht zu ohrfeigen. Stattdessen reckte sie das Kinn nach vorn. »Verschwinde und lass dich nie mehr bei mir blicken. Wir sind fertig miteinander. Beruflich *und* privat.«

Damit ließ sie Per stehen und hastete davon. Sie wollte zu Hákon gehen, um ihm alles zu erklären, aber konnte ihn nirgends finden. Verdammt, dachte sie. Sie musste hinterher, aber Atli kam gerade um die Ecke und zupfte an ihrem Kleid. »Wo steckst du denn? Na los, unser Typ wird verlangt, der Abend ist noch nicht vorbei …«

Vío seufzte schwer und raffte ihren Rock. Sie konnte nicht einfach von der Hochzeit verschwinden. Also würde sie später mit Hákon sprechen müssen. Sie würde ihm alles erklären, er würde sicher Verständnis haben. Das hoffte sie jedenfalls.

Spät in der Nacht krabbelte sie zu Hákon ins Bett und schmiegte sich an seinen Rücken. Sie war völlig erschöpft, aber in ihrem Kopf kreisten so viele Gedanken, die sie nicht ordnen konnte. Sie war noch immer über Pers Auftauchen erbost, aber froh, ihm endlich klargemacht zu haben, dass er sie mal kreuzweise konnte. Gleichzeitig hatte sie Angst, dass Hákon etwas falsch interpretierte. Hier gab es definitiv Gesprächsbedarf, aber sie wollte ihn nicht wecken, und morgen ließ sich alles ganz einfach erklären. Hákon schlief tief und fest.

Es tat gut, in seiner Nähe zu sein, seinen Duft einzuatmen und die Augen zu schließen. Obwohl sie noch immer aufgewühlt war, merkte sie, dass sie sich langsam entspannte.

Als Vío die Augen das nächste Mal aufschlug, war die Bettseite neben ihr leer. Komisch, dachte sie, aber blieb ruhig. Er hatte vermutlich einfach ausgeschlafen und sie nicht wecken wollen. Vío stand auf, zog sich ein Shirt über und tapste nach unten. Hákon saß mit einem Kaffee am Fenster. Seine verspannte Haltung fiel ihr gleich auf, und ein ungutes Gefühl beschlich sie. Sie trat auf ihn zu.

»Guten Morgen.« Vío drückte ihm einen Kuss auf die Stirn, wollte auf seinen Schoß krabbeln, aber er rührte sich nicht. Sie schluckte.

»Wie war die Hochzeit?«, fragte er, ohne sie dabei anzusehen.

»Sie war wunderschön, ich habe dich vermisst.«

Hákon stieß leise die Luft aus, dann blickte er auf. Es lag so viel Kälte in seinen Augen, dass Vío fröstelte. »Was bin ich für dich, Vío?«

»D-du bist mir wichtig, Hákon.«

Er schwieg einen Moment, dann öffnete er seinen Mund. »Das war dein Ex-Freund gestern?«

Sie nickte. »Ja.«

»Ich werde dich nicht fragen, was er wollte, Vío, denn im Grunde spielt es keine Rolle. Ich habe kapiert, dass ich für dich nur ein Übergangsmann bin, und das gefällt mir nicht. Du bist noch nicht so weit.«

Ein Knoten bildete sich in ihrem Magen. Ein *Übergangsmann?* Einen Moment lang glaubte sie, dass er Witze machte. Aber sein Gesichtsausdruck sagte was anderes, und ihre gute Laune verflog.

»Wie schön, dass du das von mir weißt. Dass du offenbar

Gedanken lesen kannst, ist ja geradezu eine Sensation.« Sarkasmus troff aus ihrer Stimme. Vío verschränkte die Arme vor der Brust. Innerlich wusste sie, dass sie besser mit Verständnis reagieren sollte, um einen Streit zu vermeiden. Sie musste ihm schildern, wie sehr Per sie gedemütigt hatte, wie nötig es gewesen war, ihm persönlich die Meinung zu geigen. Aber Vío hatte es satt, von Männern umgeben zu sein, deren Macken *sie* regelmäßig ausbaden und hätscheln sollte. Wenn Hákon ihr nicht vertrauen wollte, dann war das sein Problem. Das war jedenfalls keine Basis, auf die man aufbauen konnte. Víos Schultern sanken herab, diese neuerliche Niederlage war zu viel für sie.

Hákons Miene glich einem Sommersturm. »Du hast mir kein einziges Mal *gesagt*, dass du etwas für mich empfindest. Was soll ich denn glauben, wenn hier dein Freund auftaucht?«

»Ex«, korrigierte sie ihn. Vío war noch immer wütend. Sie wusste, sie könnte dieses Gespräch in sanftere Gefilde lenken, wenn sie sich entschuldigte, aber da war so viel in ihr aufgestaut, dass sie sich nicht beherrschen konnte. Sie wollte sich nicht für etwas entschuldigen, für das sie nichts konnte. Sie hatte gedacht, dass Hákon anders war. Dass er Verständnis für sie zeigen würde. Vío *konnte* nicht klein beigeben. Es ging nicht. Alles in ihr sträubte sich, weil sie wusste, dass Hákon im Unrecht war. Sie hatte ihm gestern versichert, dass sie ihm alles erklären wollte, aber er war gegangen, und jetzt war er sauer auf sie. Das war kindisch. Und dumm. »Du glaubst doch sowieso, was du willst, Hákon. Spielt es überhaupt eine Rolle, was ich jetzt sage?«

An seiner Reaktion erkannte sie, dass sie recht hatte. Er hatte seine Entscheidung getroffen, und sie würde den Teufel tun und ihn ganz sicher nicht anbetteln. Er wollte etwas anderes glauben, nämlich, dass sie sich nichts aus ihm machte. Er suchte nur nach einem Grund – den hatte er jetzt gefunden. Víos Herz brach zum zweiten Mal in kürzester Zeit, sie war bemüht sich nichts anmerken zu lassen. Gleichzeitig fühlte sie sich reichlich bescheuert, wie sie halb nackt vor ihm stand. Sie schluckte und blinzelte die aufsteigenden Tränen weg.

»Vielleicht war das mit uns ein Fehler«, murmelte Hákon jetzt.

Vío reichte es. Ein für alle Mal. »Ja, vielleicht.«

Sie ballte ihre Hände zu Fäusten, während der rasende Puls in ihren Schläfen pochte.

»Es tut mir leid«, erklärte er mit kalter Stimme.

»Was genau tut dir leid?«, zischte sie. Er sollte es ausspre-chen, das zumindest hatte sie verdient, wenn schon nicht sein Vertrauen. Die Erkenntnis war bitter.

»Du weißt, was ich meine. Du warst nicht bereit für eine neue Beziehung und ich offenbar auch nicht.« Er klang resigniert und sehr bestimmt.

Vío stieß die Luft aus. »Hör endlich auf, mir zu erklären, wie ich angeblich denke oder fühle!«, brauste sie auf. »Der Punkt ist doch der: Du willst es nicht, und das ist okay, aber gib es dann einfach offen zu!«

Hákon blickte sie direkt an und nickte bedauernd. Es wirkte sehr gefasst. Zu gefasst für ihren Geschmack. Ein Kübel mit Eiswasser hätte nicht effektvoller sein können. Vío hielt sich aufrecht, als Hákon sprach. »Ja, du hast recht. Ich möchte das nicht, es tut mir leid. Ich möchte keine Beziehung.«

Mit dir, fügte sie im Geiste hinzu.

»Gut, dann sind wir ja schon zwei. Ich möchte auch nicht mit jemandem zusammen sein, der mir nicht vertrauen kann oder möchte. Sorry, Hákon, aber ich habe etwas Besseres verdient. Ich packe mein Zeug, und dann gehe ich. Das ist es doch, was du willst.«

Als sie sich ohne ein weiteres Wort umdrehte, wusste sie, dass er sie dieses Mal nicht zurückholen würde. Es tat schrecklich weh, aber sie redete sich ein, dass es gut so war, dass sie ohne jemanden, der immer das Haar in der Beziehungssuppe suchte, besser dran war.

Die Hochzeit war vorbei, sie würde sich ein paar Tage Zeit nehmen und sich fragen, was und wo sie neu anfangen wollte. Zum Glück hatte sie etwas, woran sie sich klammern konnte. Lotte und der wichtige Auftrag. Jedenfalls war die Entscheidung jetzt gefallen, dass ihr weiteres Leben nicht in Hauganes stattfinden würde. Vielleicht sollte sie einfach ihren gebuchten Platz auf der Fähre einnehmen, ihren Krempel aus Berlin holen oder gleich ganz in Berlin bleiben, wie sie es ursprünglich vorgehabt hatte. Hákon als einen Sommerflirt abtun, der eben mit dem Urlaub endete. Genau.

Während diese Gedanken in ihrem Kopf umherwirbelten, stopfte sie ihr Hab und Gut in den Koffer und die Reisetasche, zog sich eilig an und schleppte dann alles nach unten. Sie sparte sich einen weiteren Blick ins Wohnzimmer, sie wollte ihn nicht mehr sehen. Und er sie vermutlich auch nicht.

Womöglich würde sie dann doch noch die Fassung verlieren und anfangen zu heulen. Sie würde keine Tränen mehr wegen eines Mannes vergießen. Nie mehr! Lieber blieb sie allein.

Mit zusammengepressten Lippen schmiss sie ihr Gepäck ins Auto. Heutzutage brauchte man keinen Mann mehr, um Kinder zu kriegen. Ja, das wäre doch was. Sie würde sich eine Samenspende holen und ihre eigene Familie gründen. Damit wäre wenigstens sichergestellt, dass sie keinen Liebeskummer mehr aushalten musste, keine Vorwürfe, dieses verdammte Misstrauen und den scharfen Schmerz, der ihr die Luft zum Atmen raubte.

Vío brauste davon, wohin, wusste sie noch nicht. Hauptsache weg, dachte sie und steuerte ihr Auto in Richtung Akureyri.

Kapitel 18

ine Woche war vergangen, seit Vío aus seinem Leben gerauscht war. Hákon stand an Bord des Walbootes und blickte über den schillernden Fjord. Der Himmel war dunkel, und dichte Wolken wirbelten umher. Es wehte ein eisiger Wind, und leichter Nieselregen ließ alle Touristen bibbern und sich fragen, wieso sie sich diese Fahrt antaten. Früher hätte ihm dieses Szenario ein leises Schmunzeln entlockt, heute war er nur genervt. Von allem. Und jedem. Hauptsächlich von sich selbst. Hákon umklammerte das Steuerrad fester, bis seine Knöchel weiß hervortraten.

Sein Großvater stand neben ihm. »Was schaust du wie drei Tage Regenwetter?«

Hákon schnaubte leise, der Alte wusste genau, was los war, auch wenn er es nicht direkt ansprach.

»Es ist der Regen«, log Hákon.

Tryggvi zog an seiner Pfeife und seufzte. »Sicher, Junge.«

Sie tuckerten schweigend weiter. Als die ersten Wale in Sicht kamen, übernahm Opa den Lautsprecher. Nicht mal die sanften Giganten konnten seine Stimmung aufheitern. Nichts und niemand konnte das.

Hákon wusste nicht einmal genau, was ihn am meisten fertigmachte. Dass er Vío so sehr vermisste, dass ihm jeder Atemzug wie ein einziger Kraftakt vorkam, oder dass sie so einfach gegangen war, als er sie am letzten Sonntag auf ihren Ex angesprochen hatte. Hätte er anders reagieren sollen? Aber wenn ihr auch nur etwas an ihm gelegen wäre, hätte sie doch nicht so schnell die Flinte ins Korn geworfen?

Hákon biss die Zähne so fest zusammen, dass sie knirschten. Das Bescheuerte war, dass er sie nachts noch immer in seinem Bett suchte, wenn er kurz aufwachte. Sein Körper wollte einfach nicht begreifen, dass sie fort war und nicht mehr wiederkommen würde.

Er wusste, dass sie bei ihrer Schwester in Akureyri war. Das hatte ihm Fló gesteckt, nachdem er von ihrer Abreise erfahren hatte. Sein kleiner Bruder hatte ihn nicht weiter ausgefragt, er war froh darüber, denn er wusste gar nicht, was er sagen sollte. Seine Gefühle für Vío waren nicht so leicht abzustellen, aber die Bedenken eben auch nicht. Es würde bestimmt nur ein paar Tage oder Wochen dauern, dann wäre er wieder der Alte und Vío bloß eine Erinnerung an den vergangenen Sommer.

Hákon atmete leise aus und ließ seine Schultern sinken. Den Rest der Tour über hielt er die Klappe. Das war besser so, denn seine Laune war dermaßen mies, dass er ansonsten nur Menschen anschreien würde, die rein gar nichts dafür konnten, dass er sich beschissen fühlte.

An Land angekommen trottete er zur Halle und half dabei, die Anzüge aufzuhängen und zu sortieren. Warum, verdammt, erinnerte ihn einfach alles an Vío? Es war schrecklich. Sehnsucht schnürte ihm die Luft ab, aber er würde dem nicht nachgeben und tat so, als wäre alles wie immer.

Guðný trat neben ihn. »Na, wie läuft's?«

Er guckte sie mit hochgezogener Augenbraue an und war versucht, sie zu fragen, ob sie ihn verarschen wollte. Aus Respekt zuckte er nur die Schultern und erwiderte: »Super, und bei dir?«

Guðný legte ihm eine Hand auf den Oberarm. »Ich wollte dir nur sagen, dass Vío morgen nach Seyðisfjördur fährt, um die Fähre zu erwischen.«

»Und?« Er hielt die Luft an.

»Sie geht nach Deutschland zurück.«

Hákon schluckte. Die Nachricht überraschte ihn und traf ihn unvermittelt. Sein Magen sackte ihm in die Kniekehlen. *Deutschland*, wiederholte er stumm in seinen Gedanken. Na immerhin, dann würden sie sich wenigstens nicht mehr zufällig über den Weg laufen. Darauf hatte er nämlich so was von gar keine Lust. Er schwieg und machte mit seiner Arbeit weiter, dabei spürte er Guðnýs Blick auf sich.

»Ihr beide seid echt sture Esel, Hákon.«

Er blickte der alten Dame ins Gesicht. »Wieso?«

»Sie liebt dich, Hákon. Aber sie ist auch verletzt. Vío hat eine zarte Seele, sie hat es verdient, gut behandelt zu werden.«

Hákon fragte sich, wer hier wohl wen verletzt hatte. Er wusste nicht, was er darauf erwidern sollte. Sie liebte ihn? Nun, sie hatte es ihm nie gesagt, und was wusste Guðný schon.

»Liebe«, schnaubte er und schüttelte den Kopf.

»Bedeutet sie dir etwa gar nichts?«

»Und wenn schon. Du hast doch selbst gesagt, dass sie morgen nach Berlin zurückfährt.«

Guðný seufzte und gab ihm einen Klaps auf Stirn. »Was ist nur aus euch Männern geworden? Zu meiner Zeit haben echte Kerle noch für ihr Mädchen gekämpft.«

Hákon atmete tief durch. Guðný fuhr fort. »Vío wird nicht wiederkommen, wenn du sie nicht darum bittest. Willst du wirklich, dass dein verdammter Stolz gewinnt und du am Ende bitter und einsam wirst?«

Himmel, warum drückte sie ihm jetzt diese Therapiestunde auf? »Es gehören wohl immer zwei dazu, Guðný.«

Sie nickte. »Ja, das stimmt. Und Vío habe ich auch schon den Kopf gewaschen.«

Er horchte auf. »Und was hat sie gesagt?«

Guðnýs Mundwinkel bogen sich nach oben. »Ich würde vorschlagen, dass du sie das selbst fragst, Hákon. Du bist alt genug, um deinen Scheiß allein zu regeln.«

Sein Kiefer klappte auf. Hatte sie das eben wirklich gesagt? Er sollte seinen Scheiß allein regeln? Fast hätte er gelacht. Die Frauen in dieser Familie waren etwas ganz Besonderes. Besonders stur und nervig vor allem. Aber auch irgendwie liebenswert. Er war verwirrt.

Zum Glück war er fertig mit der Arbeit. Er verabschiedete sich knapp und schlurfte davon.

* * *

»Willst du es dir nicht noch einmal überlegen?« Hildur umarmte Vío so fest, dass ihr die Luft wegblieb.

Vío schloss die Augen und verdrängte die Tränen. Sie würde jetzt nicht weinen. Auf gar keinen Fall.

Und dann rollte ein heißer Tropfen aus ihrem Augenwinkel über ihre Wange hinab. Scheiße.

Vío holte tief Luft, ihr Körper zitterte. »Nein, Hildur. Ich muss meinen Kram auf die Reihe bringen.«

Es war ein schrecklicher Tag, um die Heimat zu verlassen. Die Sonne strahlte von einem blauen, wolkenlosen Himmel und glitzerte im spiegelglatten Fjord. Die sanfte Brise roch nach Meersalz und Freiheit. Vío wollte nicht gehen, aber sie konnte auch nicht bleiben. Sie straffte sich. »So, ich muss wirklich los, Süße.«

Hildur guckte traurig. »Komm bald wieder, ja?«

Vío rang sich ein Lächeln ab, es tat im ganzen Körper weh, weil sie sich am liebsten heulend in ihre Arme geworfen hätte. Stattdessen nickte sie tapfer.

»Auf jeden Fall«, brachte sie gerade noch über ihre Lippen, ehe ihre Stimme versagte.

Einige Minuten später saß sie in ihrem roten Fiesta und fuhr in Richtung Osten. Immer wieder guckte sie in den Rückspiegel, dann schimpfte sie sich eine dumme Gans.

Er würde nicht kommen, um sie zu holen.

Natürlich nicht. Das hier war schließlich keine scheiß romantische Komödie.

Seit sie gegangen war, hatten sie sich weder gesehen noch gehört. Gut, dass sie kein Telefon hatte, so konnte sie ihn auch nicht anrufen oder – noch schlimmer – stalken.

Vío hatte mal wieder viel über sich gelernt. Sie konnte ihren Empfindungen einfach nicht trauen. Von jetzt an würde sie einen weiten Bogen um Männer aller Art machen. Dick oder dünn, groß oder klein, klug oder doof. So schnell kam ihr niemand mehr zwischen die Laken. O nein.

Das lag jedoch hauptsächlich daran, dass ihr Herz nach wie vor an Hákon hing. Es war tragisch, dass gerade ein Kerl wie er, der niemandem so richtig traute, der eine war, dem sie verfallen war. Und das auch noch in einem unvergleichlichen Rekordtempo. Vío verzog ihre Lippen und konzentrierte sich auf die Straße. Sie atmete kurz auf, als sie den neuen Tunnel Vaðlaheiðargöng verlassen hatte. Hier veränderte sich die Landschaft ein wenig, wurde rauer und ursprünglicher. Immer wieder sah sie kleine Wasserfälle und Flussläufe. Die Berge ragten hoch und grün an den Seiten der Landstraße auf, der letzte Schnee war vor Kurzem geschmolzen. Dabei würde es vermutlich nur noch ein paar Wochen dauern, bis sich oben auf den Gipfeln das erste neue Weiß sammelte. Das war Island, die Sommer waren kurz und intensiv. Wie ihre Liebe zu Hákon. Sie seufzte erneut.

Von jetzt an würde sie nicht mehr an ihn denken. Keine einzige Sekunde.

Vío bremste scharf, als ein Schaf über die Straße trottete. Das war knapp gewesen. Sie musste besser aufpassen, wenn sie nicht im Graben landen wollte.

Sie stellte das Radio lauter und versuchte damit ihre Gedanken zu übertönen, während sie ihre Reise fortsetzte.

Das Wetter war immer schlechter geworden. Nieselregen platschte auf die Scheiben, und eine dicke Nebelsuppe hüllte die Landschaft um sie herum ein. Sie fuhr nicht besonders schnell, aber weit war es auch nicht mehr bis zu ihrem Ziel Seyðisfjörður, wo sie an Bord der Fähre fahren würde, die sie zurück aufs Festland brachte. Natürlich wollte sie bleiben, aus tiefstem Herzen, aber ihr Wunsch war nicht genug. Sie konnte es nicht, sie brauchte Abstand zu Hákon, ehe sie schwach wurde und sich ihm flehend an den Hals warf. Das durfte nicht passieren, denn er wollte sie nicht. Deshalb hatte sie das letzte bisschen Stolz zusammengekratzt und ihre Sachen gepackt.

Im Radio dudelte ein isländischer Song, hinter ihren Augen brannte es. Mal wieder. Sie blinzelte die verdammten Tränen weg und schnappte nach Luft, als ein Verrückter mit seinem Wagen an ihr vorbeiraste. Vío biss die Zähne zusammen. So einen Pick-up hatte Hákon auch. Vío verdrängte die Gedanken an ihn. Das Auto vor ihr bremste, schaltete jetzt auch die Warnblinkanlage an. Sie machte eine Vollbremsung, das war das Beste bei Irren im Straßenverkehr. Auf einmal stellte der Mensch vor ihr seinen Wagen quer auf die Fahrbahn. Vío fluchte. »Was ist das denn jetzt wieder für ein Scheiß.«

Der Fahrer stieg aus, und ihr blieb der nächste Fluch in der Kehle stecken. Sie vergaß zu atmen, während ihr donnernder Herzschlag in ihren Ohren dröhnte.

Er war es.

Wirklich und leibhaftig.

Was für eine Szene!

War es real?

Das konnte nicht sein.

Hákon kam auf sie zugelaufen, er trug einen Wollpulli, Jeans und seine ausgelatschten Boots. Sehnsucht wallte in ihr auf, sie konnte nicht denken, saß einfach nur erstarrt da, die Hände umklammerten das Lenkrad.

Hákon öffnete die Fahrertür, ein zögerliches, reumütiges Lächeln umspielte seine Mundwinkel.

»Vío«, fing er an, und der Klang seiner Stimme bescherte ihr eine Gänsehaut. Der Duft seines Aftershaves stieg ihr in die Nase, und sie seufzte leise. »Kann ich kurz mit dir sprechen?«, bat er sie sanft, beinahe schon flehend.

Sie schluckte trocken.

»Ähm«, war alles, was sie hervorbrachte. Ihr Kopf war wie leer gefegt, dafür raste ihr Puls umso schneller. Sie stellte den Motor aus, schnallte sich ab und stieg aus. Es wehte ein eiskalter Wind, der ihr die Locken ums Gesicht peitschte. Hákon strich ihr eine aus der Stirn. Die Berührung seiner Fingerspitzen ließ sie kaum merklich erschaudern. Sie wollte ihn anschreien und sich gleichzeitig in seine Arme werfen. Sie hatte ihn so vermisst und gleichzeitig verteufelt.

Er nahm ihre Hand in seine und räusperte sich.

»Fast hätte ich es zu spät begriffen ...«, wisperte er.

Sie schaute zu ihm auf, und der zärtliche Ausdruck in seinen Augen ließ Hoffnung in ihr aufblühen wie Knospen im Frühling.

»Ich liebe dich, Vío. Bitte verlass mich nicht.«

Sie schluckte und konnte nichts sagen. Zum Glück war nicht viel Verkehr auf der Straße.

Hákon zog sie an seine Brust und vergrub sein Gesicht in ihren Haaren.

»Es tut mir so leid, dass ich so dumm reagiert habe, Vío. Ich habe kapiert, dass ich dir vertrauen muss, und ich arbeite an mir. Ich liebe dich«, sagte er noch einmal mit belegter Stimme.

Vío blickte zu ihm auf, und als sie die Tränen in seinen Augen sah, brach auch der letzte Widerstand in ihr. Sie fühlte jedes Wort, sie spürte es auch. »Ich liebe dich, Hákon.«

Er atmete erleichtert aus, dann lächelte er. »Kommst du mit mir?«

Vío schaute irritiert. »Wie? Soll ich mein Auto etwa hier stehen lassen?«

Hákon grinste und zeigte auf den Pick-up. Erst jetzt erkannte Vío, dass er nicht alleine war. Fló winkte ihr mit einem Augenzwinkern zu, dann stieg er aus und kam auf sie zu.

»Hey Vío, schön dich zu sehen«, erklärte er und umarmte sie kurz.

»Darf ich bitten?« Hákon reichte ihr seinen Arm.

»Du hast damit gerechnet, dass ich mich aufhalten lasse?« Sie schmunzelte.

Hákon strich ihr sanft über die Wange. »Ich hatte es zumindest gehofft.« Dann zog er sie in seine Arme und küsste sie lange und zärtlich.

»Ich hau ab, das kann ich mir nicht ansehen«, hörte Vío den amüsierten Fló wie aus weiter Ferne, dann schlug eine Autotür zu, und ihr Fiesta tuckerte davon, zurück in Richtung Norden.

Sie löste sich von Hákon. »Ich habe echt nicht mehr damit gerechnet, dich zu sehen.«

»Ich bin froh, dass ich dich gefunden habe. Heute und für den Rest unseres Lebens, ich habe nämlich vor, für immer an deiner Seite zu sein, Vío.«

Ihr Herz machte einen freudigen Satz.

Hákon fuhr fort. »Ich war so ein Idiot, bitte verzeih mir.

Ich hatte einfach so große Angst, dass ich die Wahrheit nicht sehen wollte. Bitte vergib mir.«

»Ich hatte auch Angst, wenn ich ehrlich bin, habe ich die immer noch.«

»Ich vertraue dir, Vío. Mein Herz liegt in deinen Händen. Ich liebe dich. Mit Haut und Haaren, mit all meinen Sinnen. Bitte komm zurück zu mir.«

»Du kannst dir nicht vorstellen, wie sehr ich mir diese Worte aus deinem Mund gewünscht habe. Natürlich verzeihe ich dir!«

Sie stellte sich auf die Zehenspitzen und küsste ihn leidenschaftlich. Der Regen war ihr egal, der Wind auch, alles was zählte, war, dass er gekommen war.

Irgendwann lösten sie sich voneinander. »Lass uns zurückfahren. Ich glaube, ich habe diese Strecke noch nie so gerne hinter mich gebracht wie heute!«

Damit gingen sie Hand in Hand zu Hákons Pick-up und brausten in ihre gemeinsame Zukunft davon.

Epilog

Sechs Monate später

Schnee glitzerte in der Mittagssonne. Der isländische Winterhimmel erstrahlte in einem hellen, reinen Blau, das Vío an Hákons Augen erinnerte. Er war gerade aus den Staaten von einem Treffen zurückgekehrt. In den letzten Monaten hatte er daran gearbeitet, einen Fonds zu gründen, der sich um Spielsüchtige kümmerte und sie bei der Therapie unterstützte. Vío war unfassbar stolz auf ihn. Joes Behandlung war noch nicht abgeschlossen, aber er war auf einem guten Weg, und die Aussicht, Vater zu werden, beflügelte Hákons Freund. Vío freute sich für ihn, hatte sie ihn und Clarisse doch vor einigen Wochen selbst kennengelernt. Vío lief über den Strand, schon von Weitem sah sie die Brüder im warmen Wasser zu ihr herüberwinken.

Eilig zog sie sich in einem kleinen Holzhäuschen um, das Fló für die Gäste seiner heißen Pötte in der Nähe errichtet hatte. Schnell rannte sie über die Holzbohlen, die zu den Zubern führten, und kletterte in den Pott. Das Wasser dampfte in der kalten Winterluft. Hákon gab ihr einen Kuss, Fló begrüßte sie mit einem High-Five. Dann ließ Vío sich bis zum Hals ins Wasser sinken und quietschte. »Heiß!«

Oma und Tryggvi marschierten am Strand entlang, sie winkten ihnen fröhlich zu.

Vío hob ihre Hand.

Fló lachte und reichte ihr ein Glas mit Champagner. Die drei stießen an.

»Oh, was gibt es zu feiern?«, wollte Vío wissen.

»Eine ganze Menge«, erwiderte Hákon. »Auf dein Büro! Auf deinen abgeschlossenen Auftrag.«

Vío freute sich, dass die beiden so mit ihrem beruflichen Erfolg mitfieberten. Gestern war Lotte mit dem Kunden aus Berlin, Herrn Berger, aus Island abgereist. Sie hatten nicht nur im Sommer eine Kampagne auf Island aufgenommen, sondern gleich noch eine zweite im Winter. Sie war überglücklich, wie gut ihr Konzept mit Lotte und den zwei Büros aufging und wie sich ihr Leben in den letzten Monaten entwickelt hatte. Beruflich ebenso wie privat. Die Zusammenarbeit mit Lotte war großartig, sie funktionierte tatsächlich über die Distanz perfekt. Nie hätte Vío gedacht, dass es möglich war, aber es klappte. Der modernen Technik waren nahezu keine Grenzen gesetzt. Gott sei Dank. Von Per hatte sie seit dem Sommer nichts mehr gehört. Ein Glück.

Neben ihren Marketingaufträgen kümmerte sich Vío auch um die Online-Präsenz und das Marketing des *Whale Watching Hauganes* und der *Saltfiskbarinn*. Sie genoss ihr neues Leben in vollen Zügen, vor allem mit Hákon. Sie lächelte ihm über das heiße Wasser hinweg zu. Fló stand auf und kletterte aus dem Pott. Er goss ihnen noch einmal nach, dann deutete er eine Verbeugung an. Sein Körper dampfte in der Kälte. »Wenn die Herrschaften mich nicht mehr brauchen, ziehe ich mich langsam zurück.«

Er zwinkerte Hákon zu, und ein Kribbeln meldete sich in Víos Magen. Führten die beiden was im Schilde? Nachdem Fló verschwunden war, zog Hákon sie auf seinen Schoß und stellte die Gläser beiseite. Víos Herz schlug höher. Hákons Augen verdunkelten sich. »Seit ich dich kenne, ist mein

Leben perfekt. Weil du bei mir bist. Mit dir scheint die Sonne heller, mit dir ist jeder Tag ein besserer Tag. Mein Leben ist perfekt, weil du bei mir bist.«

Hákon nahm ihre Finger in seine und betrachtete ihre Hand. »Ich finde, da würde sich ein Ring gut machen, oder?«

Vío blickte ihn überrascht an. Sagte nichts. Hákon grinste breit und sah ihr tief in die Augen, dass ihr ganz anders wurde. »Findest du nicht?«

»Ich, ähm … Keine Ahnung. Bisher trage ich nicht viel Schmuck«, stammelte sie, während ihr schwindelig wurde – und das rührte nicht vom Champagner her.

»Würdest du einen Ehering tragen?«, hakte Hákon nach, und Víos Magen zog sich nervös zusammen.

»Ist das ein Antrag?« Vío lachte nervös. Sie war schrecklich aufgeregt. Obwohl es zwischen ihnen wundervoll war, hatte sie nicht damit gerechnet.

Hákon hielt ihre Hand, sie hatte keine Ahnung, woher er den Ring gezaubert hatte, aber er schob ihr ihn auf den Finger. Vío schrie überrascht auf. »*Ástin mín*, vielleicht ist der Moment nicht perfekt, aber das Leben mit dir ist es. Seit ich dich kenne, fühle ich mich vollständig, du bist mein Zuhause, egal, wo wir sind. Ich bin der glücklichste Mann, weil du an meiner Seite bist. Willst du mich heiraten?«

Vío schluckte, schnappte nach Luft »Ja! Natürlich will ich. Tausendmal ja!«

Ein reiner Diamant funkelte in der hellen Wintersonne. »Steht dir ausgezeichnet«, murmelte er zufrieden, dann zog er sie an seinen Körper und küsste sie leidenschaftlich.

»Für den nächsten Sommer können wir unsere eigene Hochzeit planen«, raunte er an ihrem Ohr, und Vío erschauderte lustvoll.

»Aber ohne Hashtags!«, gab sie murmelnd zurück. Sie konnte ihr Glück noch gar nicht fassen.

Hákon strich ihr eine Strähne aus dem Gesicht, so zärtlich, dass die Schmetterlinge in ihrem Bauch flatterten wie am ersten Tag. »Nein, ohne Hashtags.« Er küsste sie noch einmal, ließ seine Finger über ihren Bauch gleiten. Er lehnte seine Stirn gegen ihre. »Du bist die Liebe meines Lebens, Vío. Ich bin jeden Tag dankbar, dass ich dich gefunden habe.«

»Ich liebe dich auch, Hákon. So sehr, dass ich es gar nicht in Worte fassen kann.«

»Ich wünsche mir, dass wir unser Haus mit Leben füllen, Vío.«

»Das wünsche ich mir auch.«

Er nickte sanft und lächelte. »Ich bin bereit für den nächsten Schritt. Um ehrlich zu sein, bin ich das, seit du mir begegnet bist. Lass uns nicht nur heiraten, sondern auch viele schöne Babys machen.«

Er grinste anzüglich, sie spürte dennoch, wie ernst es ihm damit war. Er wünschte sich eine Familie, genauso wie sie. Vío wusste, dass Hákon ein großartiger und liebevoller Vater sein würde.

Hitze breitete sich in ihrem Unterleib aus, aber es war viel mehr als körperliche Lust. Es war ein so starkes Glücksgefühl, als würde sie auf Wolken schweben.

»Ich bin unfassbar glücklich. Bist du sicher, dass du mich dann auch als watschelnde Ente ertragen kannst?«, neckte sie ihn atemlos.

»Ich kann es kaum erwarten. Du wirst eine bezaubernde Schwangere und eine noch bessere Mutter sein. Und weißt du was?«

Sie grinste. »Nein, was?«

Er ließ seine Hände über ihren Hintern wandern und zog sie noch dichter zu sich heran. »Ich kann dir versprechen, dass ich mir größte Mühe geben werde, dass es bald klappt.«

Vío warf ihren Kopf in den Nacken. »O ich weiß, wie ehrgeizig du bist.« Ihre Stimme klang rau. »Wir müssen sicher ganz viel üben …«

Zum Schluss ...

Vielen Dank, dass Du mein Buch gekauft und gelesen hast. Wenn es Dir gefallen hat, freue ich mich über Feedback, sei es als Rezension oder als Beitrag in den sozialen Medien.

Wenn Du keine Neuerscheinung mehr verpassen möchtest, melde Dich gleich zu meinem Newsletter an.

Du findest mich bei Instagram, Facebook oder auf meiner Website.

Alles Liebe, Deine Karin